往昔书

李晓君 著

广西师范大学出版社
·桂林·

往昔书
WANGXI SHU

图书在版编目（CIP）数据

往昔书 / 李晓君著. -- 桂林：广西师范大学出版社，2024.7
ISBN 978-7-5598-6911-1

Ⅰ.①往… Ⅱ.①李… Ⅲ.①回忆录－作品集－中国－当代 Ⅳ.①I251

中国国家版本馆CIP数据核字（2024）第086975号

广西师范大学出版社出版发行
　广西桂林市五里店路9号　邮政编码：541004
　　网址：http://www.bbtpress.com
出版人：黄轩庄
全国新华书店经销
广西广大印务有限责任公司印刷
　桂林市临桂区秧塘工业园西城大道北侧广西师范大学出版社集团有限公司创意产业园内　邮政编码：541199
开本：880 mm × 1 230 mm　1/32
印张：13.875　　字数：285千
2024年7月第1版　　2024年7月第1次印刷
印数：0 001~5 000册　定价：66.00元

如发现印装质量问题，影响阅读，请与出版社发行部门联系调换。

目录

第一章 镜中童年   001

梦，和另一个梦   003
鹬鸟，或河边的行走   008
自我的囚禁，以及小故事   013
画画的乐趣超越了现实   021
菖蒲的夏天   026
马厩以南   032
阁塘冲，破落的军官和养蜂人   037
欢愉   043
父亲的医院与晚年生活   053
大山的客人   058
空山   064
酿酒厂里的旧色县城   069

我们县城的疯子	074
陀螺的舞蹈	079
寂寞	085
夏天	092
医生、美术老师及其他	097
一个邻居	105
老宅和婆婆	109
电影记忆	114
广场上的月亮	118
烈士纪念堂	122
黑夜中的隐者	126
性别意识	131
劳动的乐趣和对劳动的逃避	137
我的理想	142
对英雄的崇拜	148
镜中世界	155
父子之间	160
沿着河流往回走	167
冬天的感受	173
美的最初体验	178
街道生活	182
所有人的童年都是相似的	189

第二章　乡村之夜　　　　　　　　　　195

山冈　　　　　　　　　　　　　　　197

醉与梦　　　　　　　　　　　　　204

一个冬天的夜晚　　　　　　　　209

小店　　　　　　　　　　　　　　215

撕裂或者抵牾　　　　　　　　　　221

乡村爱情　　　　　　　　　　　　227

束手就擒　　　　　　　　　　　　234

未能展开的恋爱　　　　　　　　　240

在食堂的消磨　　　　　　　　　　246

夜晚的微光　　　　　　　　　　　252

吃春酒　　　　　　　　　　　　　257

喜宴　　　　　　　　　　　　　　264

诗人与春天　　　　　　　　　　　269

傩　　　　　　　　　　　　　　　278

姨妈　　　　　　　　　　　　　　284

火电厂，以及理发室　　　　　　　292

乡村医生　　　　　　　　　　　　297

乡村艺术家　　　　　　　　　　　302

集资修路　　　　　　　　　　　　309

"讨薪"风波　　　　　　　　　　　315

白昼之黑　　　　　　　　　　　　322

寿翁　　　　　　　　　　　　　　336

时间深处　　　　　　　　　　　　341

录像室	349
"不闻夫博弈者乎"	354
镜中锈色	360
解救妹妹	366
下海	372
离开中学	379

第三章　补遗　　　　　　　　　　　　　　387

官厅	389
摩丝头	396
从上海来的女人	404
文化馆干部	410
国画	421
异乡人	430

第一章

镜中童年

梦，和另一个梦

有一日午睡时，我梦见回到了上街的老宅，看到邻居老陈——一个卡车司机，同时又是我的养父（我出生时，按民间的说法要"躲母"三日，便认老陈夫妇作养父母），从车窗里探出头来，脸上遍布那个年代的雾气。他吐掉嘴里的"大前门"，用缠着胶布的粗笨手指按了按喇叭。我茫然地抬起头来，用无辜的眼睛望着白花花的阳光，我的脸有一边已经红肿了，那是噩梦烙下的印痕。我看着桌面——上面只有木头的纹理、几块木板拼凑形成的缝隙（一只苍蝇正挣扎着从里面翻身）。窗子外面，喇叭里正在播放高亢的乐曲。

白杨树在孤寂而疯狂的年代里静静生长，有的被锯断了，留下一个个树墩子。有几次，我和母亲走在公路上——天知道我们走了多远的路，我们在树墩子上坐下来休憩。那时候母亲依然年轻，她握着我的手——她的手还是那么白皙细腻，一点不像现在皲裂苍黄。母亲紧紧地握着我的手，像是生怕我会飞走似的。这一对母子，坐在公路旁，眼睛毫无内容地望着前方的田野、村庄和天空。旧公路一直延伸着，看不见它的尽头。公路没有浇黝黑的沥青，白亮的碎石和沙砾铺在上面，疾驰的卡车经过时，不时溅起一些石子。飞起的石子速度惊人，它们"噗噗"地射到旁边的田野里。

我仿佛睡着了。一只蜘蛛，在我头上徒劳地奔忙着——它的乐此不疲，激起一个孩子莫名的恼怒，他随手捞起一件物什，将蜘蛛连同它的网从半空中挥扫下来，再狠狠地踩上一脚。在这"扑哧"的声音里，仿佛听见另一个声音："命运"。我望着天上的云翳，以及它们下面移动的暗影——影子在大地上匀速移动，事物在暗影里呈现出一种辽阔的悲怆感。

离县城不远有座玉壶山。灰黄的山冈像是一个怪物——它背阴的一面，被人为炸出一个嶙峋的口子，人们不断地从里面掏出矿石，直到有一天将它完整地雕塑成一个镂空的建筑。山坡上有一个寺庙，佛像已被推倒，看庙的人已不知所终。曾经，我爬上山，在寺庙的石柱和祭坛上攀援，看见细长的公路连着棋盘般的县城——我和同伴站在山冈的寺庙旁，就像古人才能体会到的那样，感悟到一种超度人世的平静。我们将手拢在嘴边，朝着山下大声叫喊——我们听见自己的声音，像片片飞絮，飘浮在空中——我们沉迷于这幼稚的把戏，但除了空洞的山冈，没有谁会听见我们的胡乱呼喊。

我老是做梦——梦里有一个院子，我相信从来没有去过。但现在它出现在我面前，带着一种我仿佛在其中生活多年的气息。院子里，梧桐树叶腐败不堪，锈铁丝上垂挂着冰冷的冬雨，抹着石灰的砖墙已经发黄，爬满了水渍和霉斑。整个院落空无一人，但走廊里的白炽灯却亮着，木板楼梯上响着仿佛刚刚离去的脚步声，糊在书桌前的报纸，上面留着十九二十年前一个年轻人的指纹——他糊上报纸以后，转过身来，心满意足地将房间打量，嘴角带着淡淡的笑意。

枝叶横陈的法国梧桐，树叶掉了一半，堆积在水洼里，剩下的一半挂在枝头,抖瑟着、摇晃着,枝杈间布满了铁灰色的寒气。屋檐上的水落在台阶上,转而流到下面的水沟里。院子靠近洗手间的地方,挂着一件白色背心。

我充满惊奇地看着这一切——像走进一个不存在的时空中。一切都是静止的、脆弱的,只要轻轻一推就会"哗啦"倒塌下来。

我仿佛感觉到某个神秘的女人在此生活多年。当我这样想的时候,脑子里很快浮现出我的老师来——语文老师是个漂亮的少妇,穿质地很好的裙子,扎一条不长的辫子,说话软绵绵的。她的先生是个穿白西装、打领带的英俊男人——这样的装束,在那个年代是多么令人惊奇啊!仿佛一个小学老师那样的女人,在这个院子生活多年,这个院子安安静静的,女老师也是安安静静的,但我又觉得她的内心是五彩斑斓的。她有一颗热忱而不安宁的心。

我仿佛又睡过去了。在梦中,我看到不知在哪本画报上看过的照片:一个陌生的广场,有着无与伦比的雕像,马的头部嘶昂,前蹄腾空,手拿盾牌的武士眼中充满了对胜利的渴望;喷泉后面是哥特式建筑的尖顶,阳光照在青铜马头……而我是在哪里?我从午睡中抬起头来——我仿佛有着永远睡不完的觉,永远。我要从巨大的甜蜜和空虚中抬起头来,梦中的奔跑戛然而止。我永远坐在黄昏莫名的寂静中,听见飓风响彻荒原……

我永远独坐在世界的寂静中。世界只剩下我一个人,我的亲人们,都去了哪里?阳光照耀着大地上的事物,照耀着山冈、平原、河流和树林。我的影子和树木纵横交错的投影纠缠在一起。我的呼吸,混合着泥土的呼吸。

我来到大街上,看见几辆马车停在车站那里,赶车的人坐在黄昏里吸烟。这几匹马,瘦弱、肮脏、有气无力,看上去跟几条老狗差不多,可是照样若无其事地在昏暗中打着响鼻,漫不经心地甩着尾巴驱赶蚊虫。在我的注视中,三三两两的少年,从各自的屋子里出来了,他们满不在乎地沿着街道溜达,嘴里大声吆喝着,一副称王称霸的狠相。我看见他们的父母、姐妹也出来了。他们的父亲一脸坏笑的样子,他们的母亲,嘴里永远骂骂咧咧的,他们的姐妹勾肩搭背,天知道她们迎风怒放的花季会遇到怎样的凶险。

那些坐在摇篮车里的婴儿也出来了,他们的祖父祖母颤颤巍巍地推着他们迎向越来越暗的黄昏。他们家的黄狗黑狗花狗也一块儿跑到街上来了——带着身上被开水烫坏被钝器击伤被情敌咬掉皮毛的丑陋身躯兴致勃勃地出来了——像一个个国王似的,气宇轩昂地巡视着它们的大街。

我坐在黄昏里,坐在一个仿佛布满栅栏的局促的空间里。母亲过来安慰我几句又继续在厨房里忙碌着。昏暗的白炽灯在屋檐下摇晃,墙壁上的影子也在摇晃,我觉得我的头被眼前的东西晃晕了。我继续躺下来,星空在蚊帐顶上浮现,我的思绪又被带到乡村夜晚的田野。从我记事起,每年都有大量的时间到乡下的亲戚家去。

我总是忽略母亲的存在,更愿意和同龄的孩子在一起。母亲与我,就像黄昏的太阳对于早上的太阳,它们本身来自一体,却永远不会相遇。我的长相、脾气与母亲极为相像,通常在她眼里,我简直就是外祖父的化身。外祖父在我很小的时候就去世了，我因此对他的印象非常模糊。大约从我懂事起，母亲就不再把我看作是个小孩——在她眼里，出现的是一个老人和小孩的双重影像。我觉得我的童年结束得比其他的孩子都要早，当我羞怯地向她发出乞求，我觉得她距离我那么远。而当她俯身向我呢喃——她会感觉，面对一颗过于早熟的心，温存的言语会多么不合适。我用属于她的父亲的眼神注视着她——我看见她眼睛里的慌乱和羞愧。但是仅仅在一瞬间，我们又恢复了平静。交流的障碍永远横亘在两颗柔弱的心面前。

我像一匹待在厩里的马驹，焦躁、易怒，对栅栏里的生活充满痛恨，唯一的乐趣就是做梦。我有做不完的无穷无尽的梦，我有热烈的永远不能实现的梦。

我却一次次回到大街上去。夏日的大街，太阳晒得路面上的沥青淌着汗水，我的塑料凉鞋踩在上面，必须用很大的劲才能将脚从路面拔出来。通常我走在树荫下的水泥人行道上，夏日正午的大街，在树下的行走仿如梦境一般。我几乎快要沉睡过去，感觉不到脚下的地面，百货商店的窗玻璃摇晃着，使人晕眩；但我还是在短暂的余暇里瞥见包子店的女主人嘴里的涎水，她睡着了，手里的红色蝇拍掉在地上，苍蝇趴在白胖的包子上，幸福得快要晕厥过去。玻璃店的师傅还在忙碌，在寂静的中午，玻璃的碎裂声响得那样惊心动魄。一个寻常人家的媳妇，手里端着尿钵子，双眼迷蒙地从家里走出来，她好像刚从午睡中醒来的样子，身上散发着我们赣西女人特有的植物和河流的气息……

鹬鸟，或河边的行走

我经常顺着黄昏的河滩行走。水鸟的叫声像水漂，贴着水面飞翔，河滩上的锯齿状植物已经枯黄，水面浅了许多，细长的刀鱼在冰凉的水中游弋；松鸦的鸣叫掠过城镇，它们凄惨的叫声里，仿佛浮现出久远的模糊的时间。

河流环绕着县城缓缓地流着。像所有封闭的山区一样，这里有着茂盛的植被、浓郁的乡情，有清冽的河流和单纯的人们。我家临水，水鸟的叫声夜夜抵达睡眠。当我在河边行走的时候，总是会产生某种错觉——仿佛另一个我从我的身体里分裂出来，而我则以另一个人的目光去打量他。这种错觉，使我获得一种怪异但清晰的视角——我看见，暮色里，他的背影有些孤单——越过他的肩膀我又看到，对面的山坡渐渐变暗——几亿年前它们就存在那里，我想，那个时候，这里还没有人，没有村庄，这里还是一片亘古未化的蛮荒之地。我一边漫漶无边地想着，一边走上古老的城墙。旧城早已被摧毁，过去城门楼的地方变成了菜地。穿红背心的黑瘦男子，正举着细长的勺柄浇地（一股浓烈的粪便的臊味在黄昏的天空飘荡）。几个农妇弯身在地里捡拾割下的球菜。大块的红色的云朵堆积在山冈上空，再往上，则是无垠的深邃的蓝，微亮的星辰已经出现，鳞状的瓦顶铺排在暮色中。

河上面是一座水泥桥。载着石灰的卡车从山冈冲下来，扬起的石灰漫上树梢和建筑的坡顶，当它驶上水泥桥，我感觉到一种微微的震颤。

有几年春天发大水，洪水没有预兆地奔泻而来（我总是疑心大水来自山上），母亲大呼小叫，赶着我们手忙脚乱地将衣被、家具、锅碗往楼上搬，但还是有些旧椅子、破斗笠顺水漂走。有的人家的牲畜也被水卷走了，涨着白白的肚皮漂浮在水面上。有人撑着竹排用钩子打捞可用的东西，我们站在阳台上，津津有味地看着他把一件件物什往怀里扒。当时我就梦想着拥有一条木排，将它撑上大街，引来别人的一片赞叹。洪水退去后，四处一片狼藉，我看见乡邻们似乎并不怎么抱怨，而是乐呵呵地收拾这残局（这当然是我的一种错觉）。河滩上伏倒的植物，它们的钩刺上挂着塑料纸、禾秆和破布条；死烂的鱼无辜地躺在那里，被更小的孩子们欣喜若狂地拾回去。

我的生辰八字忌讳水，母亲绝对不允许我下到河里去，但她一厢情愿的企图阻止不了我对河流的渴望。几乎没有孩子不下到河里去游泳。我很快就能畅快自如地在水中折腾是顺理成章的事。母亲的优点就是不为我的成长设置道路，她不会逼着我做作业、看书，对我她几乎可以说是放任自流，这无疑助长了我的野性。因此逃避母亲对我玩水的追问是很容易的。她似乎总是轻易地就被我骗过去（我有时怀疑她是故意装作不知道），因为我手臂和肩胛上脱下的皮屑岂能蒙过她的眼睛？可以说我充分享受到了作为一个儿童所应有的欢乐。她很少对我怒斥，更少打我，对于疼痛我从小疏于体验，日后我的性情显得有些脆弱是否有此渊源？母亲很少用显见的语言、动作对我进行惩罚的教育，但也几乎不与我做出拥抱、亲昵的举止。有时我觉得我爱她，强烈地渴望亲近她，但觉得有种无形的力量将我推开，使我愠怒和不快。这种体验，像静静生长的植物，只要不改变它的位置或者割断它，它就一直在那里生长，并且变得越来越粗壮。

我不知道我的忧郁是从什么时候开始的，它一经在我的内心出现，就像黑色的糖块沉入玻璃杯里，被时间缓缓地搅动着，越来越浓。我并不是个很合群的孩子，尽管我看起来并不缺乏快乐，我的欢乐通常自给，很少在别的孩子那里分享到真正的友情和温暖。我排斥他们，像一只充满怨气的动物，独自一人沿着墙角默默行走。那些孩子，将我的书包丢到墙的那边去，但我不会跟母亲说，更不会哭泣。我从阅读当中体会到了真正的愉悦。但书籍是那么的少，记忆里几个要好的伙伴，都是因为首先热爱他们家里的藏书而与他们交上朋友的。但这种友情并不牢靠，一方面出于我自私的天性，另一方面我们志趣确实迥异。这几个，出自书香人家，却都是打架斗狠的角儿。最早接触的书籍是《红楼梦》《三毛流浪记》和一套完整的连环画《三国演义》，我奇怪在当时竟读了张贤亮的小说《绿化树》。姨妈家有不少医学书，放在高高的架子上，好奇心的驱使让我爬上梯子取下来偷偷翻过几本。但阅读的紧张感，在经历无数个夜晚之后仍然驱之不去，并且带有某种强烈的罪恶感，像绝望的蠹虫滑过纸张的缝隙。

对水的阅读，却不会使鹬鸟产生厌倦。它的尖喙像发暗的铁丝，当它又迅疾地落向水面时，我的心却在抽动，我捡起一颗石子丢过去，像无数次做的那样——我曾将石头丢进别人家的窗户，我捡起石头包括我的眼泪，砸向我的敌人……它飞了起来，它跃起的优美的姿势让我妒忌，我甚至感觉到它轻佻的跃起里饱含着对我的无知的嘲弄。我不会真的伤害一只水鸟，我也无法使它受伤；但不能避免为他人所伤。这些伤害是细微的、不足挂齿的，有些是无从逃避的，却让我感到漫长的悲伤……

在一个冬日的夜晚，我看见一个戴眼镜的男人，他经过大街的时候遭到几个怒汉的殴打。他们撕扯着他的衬衫，其中一个用手锁住他的喉咙将他的身体顶到墙角，另几个用拳头猛烈地击打他的头部和腹部。他最初试图逃跑，但看来无济于事，就干脆任其殴打而沉默不语。殴打的人边骂边走了，我看见他用布满血污的手抖索着将地上破碎的眼镜重新戴上，我震惊地看着他，而围观的人却没有丝毫同情，他们的神情告诉我他是在为曾经的罪恶付出应有的代价。我惊愕地呆在那里，他似乎不易察觉地艰难地对我笑了一下……我很奇怪，这个场景至今清晰地印在记忆里。后来听说这个人是个花痴，譬如贪嘴的动物，必然会落得被捕获的下场。但我潜意识里依然同情这个人。

如果我能够追溯到多少年前的精神导师，你将会看到那是一个拉板车的疯子。这位姓金的环卫工人，在全城的知名度不亚于县长。在很多人眼里，他是个奇怪的天才。他有些疯疯癫癫，口无遮拦，他的爱好（可能是终身的）是画画和写诗。他可以随口吟出一首打油诗来，引得围观者哈哈大笑。从那些傻瓜一样的笑容里，你会感觉到他们有多欣慰、多敬佩和戏谑。如果没有他，我们这个可怜的地方将会失去多少欢乐？他创作的打油诗不计其数，相当一部分在人们的口中广为流传。据说，起先他是个无业游民，有一天在街上拦住县长，要县长给他安排工作，县长问你有什么特长？他便张口作了一首诗，引得县长也哈哈大笑，当即指示身边的秘书去安排（但我一直对这个故事的可信度保持怀疑）。他的画更是遍布城镇、乡村的每一面墙，足迹所到之处，都会留下涂鸦。他用木炭和煤渣在墙上作画：剃头匠、挑夫、喂奶的少妇、凶恶的屠户、戴着墨镜抽烟的混混、穿喇叭裤烫着波浪卷的时髦女子、坐在小车里的县长、卖菜的佝偻的老妪……这些画，有着抗战时延安版画的味道，又有些旧时上海月份牌的俚俗和轻佻。多少年以后，人们还能记得他，在他们的回忆里，那些画作还与老旧的楼房在一起，栉风沐雨，历历在目。

我依然记得有一天，他拖着板车来到我面前，叫出我的名字——我正低着头，背着书包往家里去。我很震惊他叫我的名字。后来知道，他和父亲是幼时的伙伴，或许还是邻居。我在上街画画的名声早已远扬，不知怎么传到他的耳中。他像看见自己失而复得的孩子一样惊喜，表扬我的聪颖，说我在画画上必能有所成就——其实，我当时都不能确认，他是否见过我画的画。不过，像他总是喜欢在县城的建筑物上随处留下涂鸦的痕迹一样，我在上街的地上、墙上，也是乱涂乱画。我就像他的一个微缩版。但我想到因为画画，长大后如果成为他这副模样，顿时感到不寒而栗。

自我的囚禁,以及小故事

一种偏僻、荒蛮的气息囚禁了我。就像一条无人光顾的小河,紧锁了一条鱼孤寂、暗淡的漫游。那条河微不足道,终有一天会干涸,断流,在移动的沙土和腐败的光阴里消失了自己——连同她身体里的鱼儿,在时间里了无踪迹,形同梦寐。仿佛巨大的泪滴,顷刻间被风的舌头所舔舐。

那样一种情怀,在幽暗、封闭的瓶子里痛楚、缓慢地生长着。我在暗黑中,看到一位老人向我走来,他穿着白色的旧汗衫,手里握着一把蒲扇,他的白发被梳得整整齐齐(带着潮湿的头屑味道的梳子,留在了他身后的房子里),脸色过分的红润——那是他易怒的表情退潮后,永不散去的充血的风景,他的黑棉布裤脚被风撩起,露出苍白的、浮肿的脚踝。我看到他向我走来,带着背后的一个影子——一个沉默的、体形瘦小的中年人,仿佛是在一个空旷地带,一个地老天荒的角隅。

我感到我的生活正被爷爷和父亲所囚禁。

然而更多的时候,他们只是作为一个幻影存在——他们并不经常出现在我的生活中。爷爷和叔叔住在县城金城路一座自盖的红色房子里;而父亲,常年工作在一个带有军工性质的僻远工矿。他们只是以过去出现的形态压迫我,不断出现在我的回忆里。

我被我自身囚禁。

我的姐妹，她们在哪里？她们隐没在课本、弄堂和女孩更为尖锐的细小身体的秘密里。母亲隐没在没有尽头的繁重的劳作和家务里。

我像一尾鱼，自由然而盲目地沿着瓶子的壁沿来回游动。我爱上了游泳。从我家走到县城唯一的河流，不用五分钟。你会看到宁静的正午，一个孩子从午睡的躺椅上爬起，像梦游一样来到河边，正午的阳光仿佛烧灼了河面，使之反射出阵阵耀目的烫人的光芒。白色的燃烧着的光焰之下，是墨绿色的、深不可测的河水。周围没有一个人，水泥台阶上有粗心的妇人洗衣后，忘记带回家的肥皂盒。身后的古城墙上种着蔬菜，随着河流蜿蜒辗转，鲜绿的蔬菜在黑色的泥地上顺着棚架伸展着杂乱的触须，上面开着白花黄花，条状或球状的果实暴露在叶缝间，像女人不经意露出的身体的部分。河对岸是稻田，刀子般的绿色叶片迎风起舞，互相纠缠和拍打。静。然而我能感觉到我心里的躁动——我脱掉衣裤，跃入水中，感觉到水面的滚烫和水底的清凉。我一个人，在水里盲目地游动，顺流而下，然后又逆流而上。我总是一个人，我似乎分阶段地拥有一些朋友，但更多的时候是一个人。

我的自闭、拒绝的姿态，是否意味着我此生将长久地与自己为伴，关注自身内部的深层感受，而对外部世界感觉迟钝和麻木？

我的同桌，是个眼睛明亮漆黑的俊秀男生。他的父母工作在××地质大队，那是个专门勘探地下矿藏而来我们县城的临时派驻机构。那一年暑假，我们小学毕业，等待着进入中学。我去过他家几次，那是片红砖砌成的平房区，中间围着一大片空地，魁梧的法国梧桐投下一片浓荫，树下有水泥乒乓球台和供人休息的石桌石凳。同桌家的纱窗门上蒙着灰蓝色的鸢尾花图案的布片。推门进去，闻得到客厅兼餐厅里，一股浓烈的饭菜味儿。他家是双职工，来自外地，身上带着一种我无法探测的神秘的气息。我和他的交往平淡但相互信赖。

如果我们能够一起升入中学，我们或许可以成为长久或者终身的朋友。然而没能够。暑假快要结束的时候，他在一次游泳当中，沉落水里。几天以后，当他重新浮现水面，已经是在遥远的邻县，他的脸肿胀不堪，几天的时间，他似乎老了好几岁——可以想见怎样的痛苦使他变成这样。同桌没能和他的父母离开这里，而是永远地归于赣西一条无名的河流。那片平房区，××地质大队，我没有再去过。我的同桌，他有一张白的方整的脸，一双明亮的眼睛，以及沉默不语的神情。

下午时辰，直至夜灯初亮的时刻里，河流变得异常地喧哗和热闹。来自弄堂的、机关的、学校的、村庄的各种人，兴致勃勃地骑车或者步行来到河里游泳。在河边洗衣洗菜的妇人也很多，就像是怀着某种宗教信仰的人，在特定的时刻，来到水边进行生命的洗礼。水里是一片白花花的男人的身体，从须发花白的老人，到乳臭未干的小孩，他们纵情享受着水的乐趣，在其中扑腾游弋，神情愉悦，流连忘返。我也深处其中，在这具有节日色彩的喧闹里，仿佛看到另一个孤独的游魂，在水中若隐若现，平静或微笑。我感到忧伤。站在水里，看着眼前的热闹场景，仿佛在目睹与自己无关的电影。

如此喧闹的场景仅仅是为了对一个幼稚的灵魂敬礼、悼念。

放学的时候，我背着书包，经过电影院门前。我永远对里面这张神奇的幕布感到好奇，对银幕上的明亮和周围的暗黑感到神秘。但是，这张幕布，就像多少年以后读到的马尔克斯伟大的小说《百年孤独》里的飞毯——不翼而飞了。幕布洞开后，又变成了一个戏台。观众由影迷变成了戏迷。我记得母亲爱看戏，经常带着我，或者姐姐妹妹去看"人戏"（我们家乡人对戏剧的称呼，显示出人世的通俗和欢喜）。家乡的人戏是"采茶戏"，是一种盛行于赣中以及西南一带的民间戏剧。有演绎神话故事，如《白蛇传》，也有历史故事，如《窦娥冤》《清风亭》等。在那个荒僻的赣西山区，戏剧具有一种超越现实困窘和贫乏单调的神奇力量，使一个暗淡无光的现实世界变得具有某种熠熠发光的幻觉。

县剧团里有个姓张的演员，很著名，她的唱腔如泣如诉，表演如诗如画。在俘获观众的眼泪方面，具有温柔和残暴的力量。这是个长相标致的女人，体形修长而丰盈，细腰白脸，皓齿明眸。母亲是她忠实的戏迷，然而我对戏却不知所以然，当她在台上扯着嗓子揉红戏迷们的眼睛时，我大约在瞌睡。我只是对进入戏场最初的时候感到兴奋：墨绿色的帷幕拉向两边，露出舞台明黄的灯光，灯光后面是描画着垂柳拱桥、亭台水榭、湖水蓝天的布景；乐器在看不见的角落敲响，丝竹之声悠悠缕缕；描眉画眼的女人甩动水袖，款款地从幕后出来，她们身上的服饰显示出一种非真实性，如同梦里；观众顷刻间安静下来，他们的表情一致地惊愕、好奇、沉醉、满足，同样显示出一种非理性和非真实性，如同被催眠的人，任由摆布，无从抗拒。

演员这个角色激起我对艺术最初的认识。在演员这种类似疯癫的举止中，我看到人们对于自己理性的、贫乏的现实世界的唾弃——我真的在这么小，就有这样深刻的认识吗？这个张姓演员无疑是全县的明星，据说她的芳名还传播到了地区，县里各方面的人都以结识她而感到荣幸。出入她家门庭的都是些什么人呢？当她在舞台上痛彻肺腑地哭诉，卸妆以后，回到家中，又是一副怎样的模样？她真的这么神奇吗，和我们这些凡夫俗子有何不同？在僻远的赣西的天空下，难道她的命运完全是另外的样子？我的母亲，一个最最平常的家庭主妇，忙碌于繁重的家务的女人，是否设想过自己站在舞台上，下面是成片的如痴如醉的眼神的情景？她如果出现在张姓演员面前，是否会感到紧张和羞怯，手心冒汗，心跳加快？

我在这里提及的这位美丽的女性，后来死在县郊的山上——死于"情杀"。这个词就像西装、领带一样，对我来说是新鲜的，但也是永难忘记的。在当时我并不了解其中的原委，只是对这个凶手感到痛恨，他不仅杀死了一个美人，并且扼杀了全县人的精神寄托。从此以后，他们要回到生活的苦闷、枯涩里去。

杀死张姓演员的是个干部，因为他无法容忍她在和他交往的同时，和另外一个人——剧团里演小生的男一号保持同样的关系。干部因之被迫下台，并且判了无期徒刑。

我每天上学放学，在县城大街上漫无目的地闲逛，感受时日的漫长和生活的戏剧色彩。我能阅读到的书籍非常少，但是每日身边发生的事又是那么多。它们吸引着我，诱发着我的好奇心去感知。我生活在一个女性包围的家庭环境里，没有兄弟，父亲和爷爷总是缺席，我对他们不在我身边的生活同样感到好奇。那样的生活对于今天的我来说依然是个谜。也正因为此，我得以很早地以个人的面目，来观察生活，看到我自己看到的东西。我依然认为，印象最深的，是那些和自己毫无关联或者关系不密切的人，看到他们的"生活"，以及他们的结局：死亡。仿佛那是不可避免的厄运，罩在他们头上，无论他们怎样努力，都无法逃脱死亡对他们的囚禁。

总记得一个叫"五狗"的人。老家人习惯在五狗后面加上"魔气"（疯子的意思）两个字——他的名字变成了四个字。这个名字有两层意思在里面：一是那时县城的疯子特别多，而他是其中一个；二是人们强调他是疯子，而不是他的名字。事实上他没疯，只是他无家无室，从小泼皮无赖，有一身的蛮力，具有很强的破坏性。人们说起他，脸上露出喜乐的神情，说明并不讨厌他；尤其女人在教训自己的丈夫软弱无能时，还常常拿出他来打比方——仿佛这个喜欢偷鸡摸狗、无所事事的混混其实是个英雄好汉。是的，他就是一个混混，好吃懒做，头脑简单，冲动暴戾；他有一条跛腿，和一身使不完的力气，在冬天里，依然穿着单薄的衣裳（而且时常是敞开的）。他有时也会走到哪个孤寡老人家去，帮着挑水劈柴，但这样的时候不多。

我常常看到的五狗，是穿着蓝色制服，斜歪戴着帽子，脸上酒气冲天，一瘸一拐地在街上招摇过市、横冲直撞的样子。他所到之处，那些乱摆乱放的小贩、江湖游士（相面、郎中、卖鼠药之流）顿时大惊失色，卷起摊点就跑。因为他是个临时城管人员，大家习惯了他的蛮不讲理，好汉不吃眼前亏嘛。

大家都知道他经常到医院去卖血，他的菲薄的收入不足以支撑他常常买酒喝。自从做了城管人员，他也不去偷鸡摸狗了。这个有着大方脸、酒糟鼻，以及一头硬硬的钢针一样的直发的男子，发着酒疯，在街上制造出一种喜剧气氛的时候，人们便乐呵呵地驻足围观，如同看戏一样。

他是小孩的噩梦。我们总是站在密密的人群之外，从远处来观看他的表演。

人们将五狗卖血当作传奇。我从大人的语气里，尤其是妇女们的口气里，听出有称赞他身体好的意思——试想，一个羸弱的人去卖血，医院会接受吗？那些在医院亲眼看见五狗卖血的人，回到家里必定要对孩子们或者邻居大谈特谈。那种兴奋的程度就好像县长握了他的手似的。以至于有些人习惯编织谎言，张口就说"我今天看到五狗又去卖血了"。

大家只关心出现在医院和大街上的五狗，只关心疯疯癫癫、给大家制造了传奇的五狗，却没有谁去关心晚上的五狗是怎么过的、在何处栖息、他的起居何人在照顾。大家甚至故意不去设想后者——如果有房居住、有人照顾的五狗还是五狗吗？大家只关心卖血的五狗，如果有一段时间他没去卖血了，人们便会焦急，不安。

五狗好像是为了满足大家的愿望，去医院的次数越来越频繁了。

五狗自身制造的戏剧性，就像一张软绵绵的网，使裹挟其中的人感到心满意足。同样,他也掉入了另外一个陷阱之中。如果他一旦离开自身,不再配合人们的期待,他的周围就都是刀子般愤怒的目光。他敏锐地捕捉到人们微妙的心理——从这点上来说,他可一点都不笨啊。是的,他本来就不笨,也不疯,只是喜欢装疯卖傻而已。

那年冬天,我们县城变得格外宁静。像个抑郁、自省的老人变得沉默不语。人们也不再爱上街看热闹,而是待在家里围着炉子烤火。那些小商小贩、游医相面兜售鼠药的,又有恃无恐地挤满了大街,不再担心五狗的蛮不讲理的拳脚——因为五狗再也没有在大街上出现过,据说他死于卖血。

画画的乐趣超越了现实

贫乏的生活激发起一个儿童的梦想，这个梦是彩色的，被颜料涂抹得五彩缤纷。事实上，我还没见过颜料，我的梦想一定寄寓着今天的色彩。我拥有的只有屋檐下捡来的碎瓦片，以及公社礼堂的水泥台阶、水泥晒坪，但那也足够了。水泥的灰色在一个沉醉在幻想中的儿童眼中，是深邃的星空——源源不断的欢乐的泉水来自那里。水泥地的粗糙，正宜于瓦片划过时留下结实的线条，用脚都难以擦掉。我的一个邻居喜欢用粉笔在地上列出一些算术题，让我和他儿子回答，这时，我手中的瓦片就变得犹豫迟疑，就像一个来到沼泽地的人不敢轻易迈脚一样。抽象的算术，包含着一个理智世界的推理——而我的长项是准确地描绘出我头脑中的形象。对于一个孩子来说，画出一朵像样的花来，比算出一道较为复杂的数学题获得的肯定要少。我因此认为自己是个不聪明的孩子，因为我算术迟钝——而我捕捉大人内心活动的敏感却不见得比别的孩子少，我从小能从大人脸上的表情、眼神里，知道在一个成人世界里什么是值得称赞和应当去做的。我从小就知道画画是属于雕虫小技的玩意儿，读书并且取得好的成绩才是一个孩子唯一的正途。

但我最乐意做的事还是画画。当一个孩子试图用瓦片画出一些形象——虫子、飞鸟、蝴蝶、花草、大树、房子、白云、飞机、汽车、奔马、小狗，甚至人物时，他对世界，就有了一种陌生和新异的认识。一个魔术师可以从帽子里取出火鸡、鸽子以及别的什么东西，而一个喜欢画画的孩子，可以不断地在水泥地上绘出一个个线条简单的形象来。我因此能够获得一个如同魔术师般的虚荣感。有一次，大人们在礼堂门口聊天，我在地上画画，突然感觉到周围的声音低下来以至于消失了，我抬起头来——大人们不知什么时候都围到我身后来看我画画——其中一个开口说话——这孩子画得真好啊！这是我第一次听到大人对我画画的首肯，心里扬扬得意，却装着害羞的样子低下头来更加认真地画着——生怕我的表演配不上他的称赞似的。我周围的伙伴，他们更喜欢跳皮筋、打沙包或者玩"抓特务"的游戏。他们很少对我的画表示赞赏，更多的时候是出于妒忌，他们喜欢用脚来擦我的画——我一边画他们一边擦，嘴里还用脏话来配合他们的双脚。

　　读三年级时，我有个同桌，家在乡下，书包里经常有咸萝卜干的气味。他好打斗，而且鼻子下面经常挂着一串墨绿的鼻涕，成绩总是班上最后一名，但是我们班上每个同学都怕他。他经常命令张三李四去捉弄某个女生——譬如把壁虎放在她们的文具盒里、在她们的凳子上放一颗图钉什么的——有时也命令男生靠着墙壁站成一排——他则像个长官似的巡视和发号施令。因为他个子高大、力气过人，没有谁不惧他。唯独对我比较友善，因为我的画他很喜欢——我至今搞不明白这个一身蛮力的小子为何还是个艺术的鉴赏者和保护者。我那时喜欢画古代人物，线描的那种——关羽、张飞、孔明、岳飞、林冲、鲁智深……大约是对连环画的模仿。我有很好的记忆力，临摹几遍，便能将人物的五官、帽饰、盔甲、刀剑、坐骑等细节记在心中,然后凭记忆画出来,与范本相差无异。我赠送了许多画给我的同桌。我画画的热情后来变为一种狂热——经常在课堂上画,而我的同桌则在旁边放哨,一旦老师有所察觉,便推我的胳膊予以提醒。我的同桌后来换成一个叫刘湘赣的,是个武侠迷,经常编撰一些侠义故事——我们曾经合作,完成过一本连环画,我给他的文字配图,这本册子在班上一度流传甚广。

我的画经常出现在学校的墙报上。那时我的兴趣已开始向水墨画方向转移——爱画马和兰竹。我有个亲戚,是个木匠,论辈分应该叫他爷爷,实际上比我父亲年纪还小。他也喜欢美术,木雕做得很出色,是方圆几十里出名的师傅。他送过我一本《芥子园画谱》——这是我拥有的第一本像样的美术书,但我那时还不能很好地掌握水墨画的要领——我也没有真正的书画墨水,我用大人书写春联的普通墨汁,和一角五分钱一支的毛笔。班上有个同学,母亲是学校的老师,父亲是县政府官员,常邀请我去他家作画——我的画作全部被他贴在床头,可见他喜欢的程度。他有一个姐姐,模样秀气文静,总见她在读《少年文艺》和童话书(我因此记住了一个名字"拉伯雷")。这个家庭不缺乏书报。它们,整齐地叠放在客厅的茶几上,总是吸引着我的目光——不知为什么,每每我心中升起一种异样的惆怅。同学家的明净整洁,以及充满书香的氛围,让我第一次感受到一种强烈的忧伤。

不管怎样,绘画给我带来了乐趣,它超越了现实的粗鄙,将我的内心充盈、照亮。但是我不明白一个连鸡蛋都画不像的小孩——我的同学，为何也能表现出一种对绘画的由衷喜爱——甚至我感觉到，他的喜爱远在我之上。看来人与生俱来分为两种——一种是创造者，一种是欣赏者。有时很奇怪，我会突然地失去画画的兴趣，而是一种类似虚空和无聊的感觉。但没过几天，又对画画充满激情和陶醉。

有一次，路过县文化馆门口，路边的橱窗里张贴着许多画，其中不少铅笔素描画——大部分是静物写生——我吃惊不小。这是我头一次看到学院派风格的素描，突然充满着一种深深的挫败感和失落感——觉得以前的作画方式是错误的，一时感到惶惑。后来不知从什么渠道弄来几本素描入门书——教学石膏几何形体和工农兵石膏像。我很遗憾，没有老师指点，完全是自己摸石头过河。我将这几本书临摹了多遍——也开始摆几个静物——瓦罐、蔬菜、鸡蛋、水杯、酒瓶之类进行写生。最难忘的一次，是在一个刚大学毕业的美术老师宿舍墙上，看到巨幅"大卫"和"被缚的奴隶"素描，久久不忍离去。

我在绘画当中注入了太多的忧伤和喜悦——不敢说梦想。我只是画，仅此而已。家里似乎缺乏培养一个画家的氛围，父母对如何让孩子成才完全没有规划。我们就像池塘边的蔓草，完全没有章法地成长——家里充满着一种随时要搬迁的临时居住景象。母亲很不善于持家，常常为长辈们所诟病。我很早就意识到这些——这样的困境让人感到窒息和茫然，唯有埋头在绘画里才能忘记现实的不堪。我经常走到大街上去，在电影院门前流连徘徊——欣赏电影海报。电影院美工是个有些怪异的人：瘦高、塌鼻、两腮有黑棕色髭须。每次新片上映时，他便将用水粉颜料画的大幅海报挂在门口。这些水粉画让我深深着迷，色块神奇的一笔笔塑造出一个个棱角分明的形象：警惕和神气的大眼睛，被白色侧光照耀着的鬓角、颧骨和鼻翼，鲜红的嘴唇，深刻的人中，竖起的衣领，被紧紧握在手中的驳壳枪，漆黑的城堞，鹅黄弯月及深蓝天空的背景……这些神奇的笔触，很好地刻画出一种形象、一种氛围，具有一种不可思议的光彩。

成为一个电影院美工的愿望——因为可以拥有许多免费的画具——强烈、持久地咬噬着我的心。

有时也去瓷板画店看师傅画像——我一个同学，他父亲就干这一行。我看到他坐在临街一个不大的店铺里——门前挂着周恩来、齐白石和一些电影明星的瓷板画，他眯着左眼，右眼戴着一个眼罩（里面装有放大镜），用很细的毛笔在一块画满了方格子的白瓷板上轻微地描着——我至今不知道用的是一种什么墨——旁边是一张二寸左右的老人照片（上面按比例画着更小的方格）。在我们这里，只有人感觉到自己将死的时候，才让人给画瓷板画，以便亡故后给子孙们留下不朽的形象。但也有的老人生怕死亡突然造访，很早就请人画好瓷像放在案几上（这与家乡有些人很早就做好寿材一样）。也许我画画的名声开始在亲戚间流传——一次我的老姑婆从乡下给我一张照片，要我给她画一幅瓷板画。在她眼里，我的画和瓷版画大约是一回事吧。瓷板画是一种民间技艺，登不了大雅之堂，与真正的艺术相去甚远——我当时就明白这个道理。至于是如何明白的，却并不知道。

菖蒲的夏天

夏日的绿光，它们像火焰，刺疼了我的眼球。在汹涌而至的大面积的绿色海浪中，呼吸似乎变得激喘。一整个夏天，我睡思昏沉，热浪托举着虚脱的身体，在白昼中下沉……

大地蒸腾起湿热的地气，蚊蚋结队成群地在空中飞舞，我感到皮肤湿热，还有痒，用蒲扇驱打着蚊虫，母亲放下手中的箬叶，拿来清凉油涂抹在我手臂上，但无济于事，我仍然感到奇痒无比。下午的时候，吹来一阵阵凉风，让我感觉舒服些。我从竹床上下来，摇着蒲扇来到了屋外。厨房的炉火烧得正旺，冒起的蒸汽使铝制蒸锅嗡嗡地响着——那是蒸盖与蒸锅没有完全合缝的缘故——我很奇怪，我家的蒸锅（老家方言叫"罐子"）盖子从来不是平整的，它们在无数次掉到地上后变得凹凸不平。粽子的清香围着我的鼻子打转，诱惑着我的胃口。母亲做的粽子，里面包裹着火腿、红枣、花生，加入少量盐，特别诱人。我在屋中无所事事，放下手中的扇子；河滩上应该站了些戏水的孩子。在母亲重新走进厨房的瞬间，我溜了出去。

据老人说，过去端午要挂五色线，小孩戴着它可以避开蛇蝎毒虫的伤害；然后扔到河里，可以让河水将瘟疫、疾病冲走。五月在民间被视为"恶月"，在门前、窗台插桃树枝可以避邪驱鬼，有的人家会用生朱写些符咒，譬如"五月五日天中节，赤口白舌尽消灭"之类。

书写人口中必须放上硝石才会灵验。

我是在端午节后一天出生的,我想我是受了粽子的诱惑才来到这个世界的。后来看到资料,说粽子也叫"角黍"(《风土记》),大约是粽子被包裹成三个角的缘故吧。粽子现在已非常普遍,城市的摊点随时可以买到,但味道远不能与当年母亲包裹的相比。端午那天,全县弥漫着粽子的清香,家家户户都在蒸粽子。它们的香气混合、渗透在一起,与蒸腾的热气一道深入我们身体的每个部分。

美食的享受对于我来说是次要的,我最感欣慰的是夏季已经到来。居住在河边的孩子对夏天的喜爱自不待言,而我们还可以无所顾忌地光着膀子在巷子里晃来晃去。我们这些小孩子,对于异性的身体已有隐约的意识,女人们脱去了厚重的衣服,她们姣好的身段已经开始吸引我们眼球的注意。通常孩子们会用一种语言攻击的方式,来表达对一个女孩的喜爱。越在意一个女孩,就越是不断给她挑刺,故意说一些难听的话给她。那个年代,关于女人的风流韵事是最敏感、最易点燃人们情绪的话题。我家上街的邻居有个女人,长得高高瘦瘦、白白净净,大家叫她"白妹"。在我印象中,她是一个极开朗、热情,很有书卷气的女人。她没有工作,常在一些单位做临时工。她的老公在一个煤矿当会计,也是一个看起来很斯文的瘦高男人。他们有三个男孩,最大的与我是同班同学,我们经常厮混在一起。关于美人的最初概念,我通常就会想到她。在我眼中,她是很漂亮的,肯定有不少男人喜欢她;但这些好色之徒,使她的名誉受到了损害。她的名声在我们县城很不好,被认为是乱搞男女关系的典型。在一个风气依然保守的年代，她的生活和精神受到了很大的压力。她被那些姿色平庸的女人视为肉中刺、眼中钉。她的婆婆其实是个非常厉害的老太太，我常常听到她们家哭哭啼啼的声音，但令人奇怪的是，每次在路上看见她，她似乎都显得很愉快。她对我很好，而我也对她抱有好感。

现在想起她来，我仍然不认为她犯下过多么不可饶恕的罪过。在我们这个国度里，人们（包括那些受伤害的女人），总是忽略男人在这些事件中扮演着更为重要的角色，男人通常都逃脱了舆论的声讨和道德的责问，最简单的方法，就是把那个女人搞臭，把所有的污水泼在她一个人身上。至今，似乎都没有很明显的改观。

我们是很好的邻居。她的男人，那个老实的、算术很好的人，经常用粉笔在地上出一些算术题给我们做。她的儿子显然遗传了父亲的基因，每次都能很顺利地完成，而我老是被那些数字搞迷糊。

关于"白妹"的绯闻从来没有中断过，直到我们家从上街搬到城南以后。她的儿子也有几年未见过了。有一次，"白妹"恰好路过我们家，与母亲亲热地寒暄，看见我仍然是那么热情，夸奖我长高了、文静了。而她的儿子，据说已经精神失常，她的婆婆也已去世，而她的老公也终于和她离异。他们过得都不好。曾经她在小县城，制造了许许多多的艳事，在通常人的眼里，她得到了报应。就像那些符咒的灵验。一直以来，她的美貌和媚笑对于那些女人来说，不啻是另一种瘟疫。她家的际遇，成了大人教育小孩的现实教材，也往往成为女人们规劝男人的良药。每年端午，家家户户悬挂艾草、菖蒲，是否也暗含着希冀一年家门清静，不受"蛇蝎"侵扰的意思？我早先并不知道，为什么端午要插菖蒲。这是一种寻常的植物，在我们小县的河流、池塘边，比比皆是。菖蒲在屈原那里有另外一层深意，就是美人。是不是因为它的叶片碧绿、修长，惹人爱怜？

我幼稚的脑袋当时自然想不到这么多。长大后读《离骚》，知道屈子的满腹忧愤与坚持"美政"的理想，便遥想家乡以西的楚地，和我们这里风物仿佛。甚至县里的学者考证，本县是屈原的流放地，"当陵阳之焉至兮，淼南渡之焉如"（《哀郢》），说是陵阳与本地的关系，云云。自然是增加了县里文化人茶余饭后的谈资，谁也没有当真。我们这个县倒是有个很好听的名字"莲花"。屈子《离骚》中吟唱道："制芰荷以为衣兮，集芙蓉以为裳。"可看出他对莲花的喜爱，比之宋代周敦颐的《爱莲说》早很多年。

前文说的"白妹"，是个高中生，算是有知识的人，她出自本县一个叫"坊楼"的乡镇——那个地方的人说着一口和县城人完全不同的方言，故我们县依口音又分"上西"和"垅西"。上西自古出美女。2010年，县里搞莲花节，请来本县出去的三个世界选美小姐，全部出自上西。白妹的美貌，自然是有着出处的。在当时，我只觉得她好看，若要形容，便想到光洁饱满的莲花。

白妹貌美，又对新鲜事物敏感，喜欢追逐时尚。记得那时男人的穿着普遍是灰色蓝色的中山装——我父亲有一件那时的中山装，今天还在穿！女人是素色衬衫、灰蓝裤子。而那时白妹就喜欢穿连衣裙、白衬衫、喇叭裤。曾经，女人中流行"上海头"——那种到脖子根的短发，发梢小巧的别在耳朵后面，露出精致玲珑的耳朵，显得清爽而不失妩媚。白妹是第一个将长长的麻花辫给剪掉的人,而又总是数她的发型最别致、最好看。后来又流行"波浪卷",白妹也总是走在最前面,一头大波浪、一件白色或米黄色连衣裙,勾勒出她挺拔、秀丽的身材,朱唇皓齿、长眉秀目,总是显得鹤立鸡群,与众不同。

如果说,那时张瑜、刘晓庆、陈冲是全国人民的偶像,是人人追捧的明星,白妹则是我们县里的明星,众人仰之弥高,梦寐以求。有点像汉乐府《陌上桑》里罗敷的意思。白妹自然无法做到使君前来追求而拒之门外的决绝——因为罗敷手中有着很好的底牌,"东方千余骑,夫婿居上头",她自然可以藐视使君的荒唐,但并不为之感到难堪,相反言辞中透露着一种被欣赏被追求的欢欣。白妹的夫君只是一个小煤矿的会计,虽然长得也算斯文,但毕竟只是一个工人而已,与离上街一墙之隔的县委、县政府大院里的众多"准使君"相比,不可同日而语。白妹就在大院机关事务局打杂工,起先在食堂——据说,她在食堂上班的时候,许多本来常年在家里吃午餐的男人,挖空心思给老婆找借口,都去机关食堂吃饭,只为了一睹白妹的风姿。一度,这个食堂人声鼎沸,人满为患。之后,白妹在机关事务局做过后勤、出纳之类的临时工,又在县纪委、组织部、人事局、民政局,等等,都做过一些拾遗补阙的事情,但是都不长久。

生活作风问题,是那个年代的敏感词。一个女人,如果被冠以"作风不好",其处境之艰难,是可想而知的。多少年以后,我看到莫妮卡·贝鲁奇主演的《西西里美丽的传说》,惊异地发现,在遥远的亚平宁半岛以南的西西里岛上,白妹重生了。玛莲娜和白妹合二为一，灵魂附体了。

事实上，我们县里的"白妹"不止一个，而是多个。白妹的风光维持一段时间后，就被另一个白妹取代了，新的明星聚焦了男人们的眼球。数个乃至无数个白妹，构成了县城的一段艳史，不被书籍记载，但高扬在男人们欲望的旗帜上。我从童年时，就目睹了美的诞生和毁灭，而这样的事实，每时每刻都在发生。

马厩以南

鉴于奶奶的早逝，正值壮年的爷爷离开了上街。而把一个刚刚呱呱坠地的孩子——我的父亲，交给了他的岳母。在祖孙俩相依为命的岁月里，作为鳏夫的爷爷在麻石村，带着伤痛开始了新的生活。那个被油茶树林包裹着的小小村落，只有三十来户人家，全部姓朱，若追溯起更遥远的先祖，则来自北方。

同村人说我爷爷目光高上，意思是喜欢出人头地，对于潦倒和破落怀有莫名的痛恨。他——我应该叫他表叔，说，有一次，邻居家起房子，屋脊高过了他亲手垒起的那座两进式新居，爷爷为此非常生气，吵得那户人家不得安生，直到邻居把屋顶削低了为止。作为一个入赘者——在我们这里，一般过得去的家庭，是不会让儿子去做上门女婿的，爷爷家的境况不佳定是不争的事实。一个穷汉子始终没有放弃飞黄腾达的梦想，这就是我的爷爷——出人头地的念想烧灼着他，对后辈寄予过高的期望，也使他以后的岁月变得焦灼不堪。父亲自小怯弱，被爷爷一眼看出不会有大的出息。爷爷续弦后，叔叔出生了，他从小表现出活跃而敏捷的天性，爷爷对他寄予很高期望。我出生时，有八斤半重，这个硕大的男婴，对于一贯保有浓厚的传宗接代思想的爷爷来说，是个莫大的惊喜。

从我记事起，爷爷的身边就布满了糕点面包，在那个食物极其匮乏的年代，爷爷的生活在我眼中不啻充满着童话性质。爷爷一辈子和糕点，也包括腌制萝卜、酱菜打交道。他是县副食品公司的首席师傅。这个看起来五大三粗、严厉而暴躁的男人，让人很难想象会做出这么精巧漂亮的糕点来的。那时上街很多妇女，利用邻里关系，蹭到副食品公司，在爷爷那里找一些事做，赚点小钱——比如，刮生姜皮。刮一斤生姜可以挣几分到一角钱。据说，这些妇女极忌惮我爷爷，因为他经常为上面一些没刮干净的姜皮，骂得她们狗血淋头。生活在县城市井里的妇女，其实个个蛮刁钻泼辣的，但她们在我爷爷面前没有一点脾气。

她们一边咂着舌头，一边半恨半笑地说："朱三毛（我爷爷外号），赚他的钱就是要他的命！"

我爷爷骂人的名声因此在县里流布很广。

我八岁那年，爷爷尚在升坊乡一个副食品站上班。麻石村本隶属这个乡。在我印象里，该乡街道充满着柴火味和马粪味——县城的人家，几乎都烧煤，但这里每家每户都是烧柴的。我第一次看到这么多马，它们立在街上，像一群无家可归的男人。通常它们是被人们用来搬运东西的，比如副食品站运到县城的腌菜，建房用的石灰石、砖瓦。片刻的闲暇让它们获得一种自由的假象，它们在黄昏里投下斜长的影子——这样的画面总是让我有一种深深的触动。有时，趁爷爷不注意，我便溜出来，看马互相撕咬、用粉红的舌头卷起地上带着马粪的干草。

这里距离县城大约十五华里，如果继续往里走，再走十华里，走到一个叫"阁塘冲"的地方，便到了外公家。

每晚，祖孙三代——爷爷、叔叔，和我，坐在宿舍前的空地上纳凉。爷爷嫌水泥地面太燥热，叫叔叔从井里汲几桶水来浇一浇。叔叔穿着大裤衩，赤裸着上身在屋角后消失了。而后，他白亮的身子——右手提着锌皮水桶，左手握着一卷麻绳，又出现在我们面前。他把水小心地泼到地上，我们一起看着水漫到脚下，然后同时将脚抬起，灰白的水泥地面转眼变成了黑色。

此刻，这个通常不苟言笑的人，正惬意地躺在竹椅上，手中扇着一把有两处补着白布的蒲扇。我坐在一把椅子上，偶尔望着他：脸色红润，眉头微蹙，白色的圆领衫黏黏巴巴地贴在松弛、微凸的肚腹上，一双大脚从拖鞋里挣脱而出，两个大脚趾互相摩擦、咬噬着，夜色在他脸上投下一片阴凉的暗影。

副食品站周围是高的围墙，院内小径以外是疯长的杂草，一个个杉木圆筒叠放在墙下，有些像西方葡萄酒厂的橡木桶。在我和爷爷似乎要睡着的时候，叔叔——这个年轻高大的男子，却穿行在镇上的大街。他略显忧郁的眼神，使镇上许多女人怦然心动。供销社、电影院、修理铺、五金店都亮着昏黄的灯火，横七竖八的影子涂在满是泥浆、污水、油渍和落叶的地上。他穿着干净的白的确良衬衣（下摆扎在笔挺的灰蓝的直筒裤里），身上散发出好闻的香皂气息。他像爷爷一样习惯性地微蹙着眉头，双臂展开控制着平衡，小心地绕过水迹——夏日的暴雨总是每日下午到达，路面总是泥泞不堪——双脚轻轻地落在露出水面的石子、砖头上。像跳舞一样。年轻的供销社的女售货员们正坐在店门口嗑葵花子，明亮的眼睛颇有意味地瞥着这个陌生年轻俊朗的后生，彼此都没有说话，心思却在肚子里心照不宣地交流着。

院墙外的马厩里传来马的响鼻和踢踏地面的声音。它们的声音，加深着睡眠的到来。爷爷已经从一个梦境回到现实，他睁开浑浊的眼睛，命令我上床睡觉。而我知道，这时必定离八点还不到，活跃的大脑还在围墙之外的天空下兴奋地奔跑。有时，爷爷也会领着我在升坊间街上走走，镇上婆娘们摸着我的脑袋，与爷爷东拉西扯：食品站的旧事、爷爷鳏居的生活（叔叔尚幼，他母亲也去世了）、我的看起来怯弱的样子，还有小镇上当日的新闻……我反感头上那些粗糙的刚刚擤过鼻涕的手掌的摩抚——而它们，还像心满意足的落巢的鸟儿一样，迟迟不肯离去。他们最后谈到了萝卜的收成——这个乡出产的萝卜极有名——或许是副食品加工站建在这里的原因吧。

但爷爷从不许我到副食品作坊去。不让我目睹他工作的区间，似乎生怕我以后会重操他旧业。

叔叔成年后，依然要领略爷爷的暴力美学。这个两鬓灰白的老人，面对一个个子比他高半头的结实男子，仍然时时亮起他强悍的拳脚。甚至在叔叔结婚以后，他依然数度将巴掌狠狠地挥在叔叔脸上。这是源于我们家族血液中的一种强悍，遗传到爸爸身上，是一种固执和坚持，在叔叔身上，则是一种骜烈与儒雅相混合的气质。

在辗转难眠的夜晚，我的手伸向枕头底下的小人书……这是我在升坊度过的第一个也是唯一一个暑期。那时，爷爷还没患上支气管炎，双脚也不像后来那样浮肿不堪；叔叔正处在羞怯、敏感的年纪，世界在他面前呈现着朦胧的炫彩的面目——在紫气萦绕的夜晚,他给我诵读郭沫若的诗歌《天上的街市》,透过他的表情,仿佛看到他正沉落在青春的幻梦和激情当中——他定然为此感到庆幸,以为青春的到来,可以躲过鞭影和斥责。一切看起来,似乎也是如此,爷爷闭目养神,像一匹安详、幸福的老马,鬃毛柔顺,威怒尽失。而风中流布着食品作坊腌萝卜的咸腥味儿,院子里的芙蓉花瓣轻轻掉落……

阁塘冲，破落的军官和养蜂人

外公在我记忆中的形象远不如爷爷那么清晰。在母亲口述关于外公的零星、片段的生活时，我头脑中闪现出老家丘陵地上飞翔的乌鸦，或者水泽边的灰鹬鸟。外公给我的感觉仿佛是一只鸟：善良，敏捷，对人满怀爱意又充满恐惧。这种与人保持距离的动物，总是在天上飞，它们一辈子的命运，看来就是如何逃脱捕获。

外公家是亲戚中离我家最远的，快到邻县永新。去外公家，通常是走路，要走半天不止。稍大以后，我学会了骑自行车，便以车代步，仍觉得遥远。我对外公的回忆，总是和他家门前干枯的老梧桐树、灶火旁辛辣的烟味，以及冬天田野里覆盖的白霜联系在一起。去外公家，一般是拜年，或家中有要事通报。而那时，外公早已不在人世，只有外婆——母亲的后妈，和舅舅一家，住在那栋建于清末民初青灰色老房子里。我在外公家得到的感受，是客气，但并不亲密。外婆，也就是母亲的后妈，有着旧年代乡村后妈所具有特点：爱恨分明、亲疏有别。母亲在成长中充满了对她的怨愤。舅舅是他们姐弟中最不喜读书，也最晚懂事的一个，我的表弟遗传了他的特质。但，这是外公家，我血缘的一部分，我的某些特质出自这里。

外公姓陈，叫正春，弟弟叫正德。舅舅是外公唯一的儿子，而正德公家却人丁兴旺。正德公似乎也是懂事比较晚，不像外公早熟、敏感、熟谙人世沧桑。正德公多子多福,而外公命运多舛。

在乡村社会,人多势众,对邻居则构成一种威胁。舅舅家势单力薄,屡受几个堂兄弟的欺压,田间地头、房前屋后、红白喜事,总是会遭遇许多难以描述的烦恼。让我百思不得其解的是,既然是堂兄弟,自然是一家人,应不分彼此,如古人所言"孔怀兄弟,同气连枝"。但现实远不是这么回事。我的几个堂舅是同父同母,和舅舅一家有疏有别,因为一些利益纠葛——甚至只是蝇头小利,妯娌间动辄恶语相见。可见,早在1970年代末,敦厚纯良的传统社会风气,已经败坏。

外公若是能够看到舅舅日后艰难的处境,不知做何感想。我想依他的个性,他不会像爷爷那样做出激烈的反抗,相反,可能会默默地吟几句"尽人事,知天命"的句子。从这一点上看,我的性格远不像我的祖父,而像外公。

外公在我五六岁时,便去世了。因此我对他的印象很模糊。但我对与他见的最后一面依然清晰:他穿一身黑色、干净的对襟布衣,平躺在棺椁里,脸上是心满意足的安宁,灰紫的嘴唇微微张开,里面含着一枚铜钱(也可能是一枚银圆),他的那双总是流露出善意的眼睛,像舞台上的帷幕,已永远地拉上了。我趴在棺柩边沿,费解地注视着他,思忖在一个五六岁小孩头脑中形成的死亡……我闻到了灵堂中"死亡"的气味,那是一种木棺上经年的油漆、亲人披戴的麻衣、火盆里焚烧的土纸、恸哭者的泪水鼻涕,和越过布满冰凌的田野上的寒风相混合的气味。我望着这张瘦小而寡白的脸,仿佛看见金色的阳光下蜜蜂的嘤嘤飞舞。除了我,没有谁再关心后屋的蜂房了。我的目光不免被后院荒废的蜂箱所牵引,那些金色的蜜蜂,似乎正穿越灵堂幽暗的空间而来,萦绕在外公头顶跳着悲伤的舞蹈。

母亲说,外公自小读私塾,写得一手漂亮的瘦金体字,还可以将算盘搁在头上,手指拨算如飞,精确无误。在阁塘冲,甚至升坊乡,可能是最有文化的人物之一。外公成年冠礼后,提出要和一位暗恋多年的芳邻结婚,不允。寻死觅活要太公答应这门亲事。可能这个一贯恭谨孝悌的儿子使曾外公(喜欢穿绸质米色的对襟长裳)觉得受到挑战,结果将他吊在堂屋的房梁上痛打,几乎要去外公性命。当晚,他的母亲偷偷将他从房梁上解下来,外公对着她磕了三个头便离家出走了。

直至十几年后的一个春天,他突然回到了小山坳。一同回来的,还有一个坐在大轿里穿银色旗袍的女子——我外婆,怀里抱着一个三岁女婴——我姨妈。

外婆是安徽六安人,一个纸伞商人的女儿。而外公当时已是国民党的一个军官。他们的出现,无疑在阁塘冲引起哗然。

外公当年离家出走后,去了外省,投笔从戎,进了军校。他周密、持重的个性,善良、宽容的心胸,和一肚子的墨水,帮助他在部队里节节上升,坐到一个母亲也无法说清的位置上。打仗读书,读书打仗,这是外公参军后的生活写照。他嗜书如命,喜欢写字,每晚睡觉前日课一个时辰,直到在那个动乱的年代里他步入晚年依然如此。他随身携带的箱子里放着金条、衣物和书籍——据说,外公家"文革"

期间被抄，找出的金条有几斤重（对此我并非深信不疑）。

这些口述史，伴随着我的成长。既让我好奇，又让我费解。似乎带有传奇色彩，与我若即若离。

新中国成立前夕，曾外公以病危的名义连发几道电报，把外公骗回了乡村。为他送终后，外公在公社里养蜂，选择这个职业，让我很感兴趣。起初，他在公社里帮着抄抄写写，但没多久，便因身份，从公社离职，成为一个养蜂人。曾经驰骋沙场，在抗日战争中屡有表现的外公，变成了一个谨小慎微、嚅嗫卑微的小老头——他本来个子就不高，一米六五不到，现在因为刻意的小心，显得更瘦小了。这个脸上总是密布着阳光般的微笑的老人，所经历的一切，是我无从目睹也无从感受的。他和我生活在不同的年代，我在他的身体里顺流而下，无法将他的世界泅渡和探索，但我依然能够感受到暴力和痛楚在他的身心里烙下的巨大印痕。在那个饥馑的年代里，家人生活中遭遇的苦难，在外公带回家的蜜糖中得到轻度的释解和补偿，这是否也是外公的一种生活智慧，或者是命运的一种灰色幽默？因为养蜂，可以换来南瓜和红薯，因此，在母亲的记忆里，家里总是有南瓜和红薯吃——比起更多的乡村家庭来说，外公一家饥饿的程度要轻一些。

我仍然记得一个场景，那自然也是极少能被记忆的画面：一个五六岁的孩子，蹲在外公家后院的蜂场里，面对着阳光下一个个豆腐块般的蜂箱，和嘤嘤飞舞的蜜蜂，充满了好奇和惊叹，对这些幼稚的生命充满探索的冲动——伸出手去捞取飞舞的蜜蜂，外公来不及拦住，我的手掌被蜇得红肿——外公慌了神，用嘴来吮我的手指，并且不断地安慰我,在我哇哇大哭的声音中又恼又笑地注视着这个外孙,目睹他人生中领略到的一次微不足道的创伤,此后他必将经历更多更深刻的伤害,才能真正成人——后来,一枚铜钱(银圆),像一根柱子,顶在了他的上下颚之间——此外,我对外公的回忆,没有更多。

运送灵柩上山的那天,姨父牵着我的手随送葬的队伍出了门。从灵堂到山坡上的墓穴之间,要进行多次祭奠仪式。我学着姨父的样子,面朝着八仙桌上外公的遗像鞠躬,绕着灵柩徐行、抛撒白色的纸花。冬天乡野的风冷彻肺腑,将花圈和白色的挽幛吹得呼啦啦响,飞扬的纸花,像一场盛大的雪,落在送葬的路上。

我的脸上看起来是一种老成持重者所有的哀伤、恭谨。母亲后来告诉我,村里的女人不住地夸奖我:像他的外公一样深沉不俗、文质彬彬。我不明白,一个小孩的行为举止里为何能沉淀下一种似乎是过去年代的礼仪,这使他的气质与别的小孩不同。但我想,她们,肯定是先见地带着对我外公的印象,而主观地加在我身上。我是沾了外公的光,但也宿命般地被外公的形象所禁锢,成为对他的仿照和临摹。

我不经意地回望那条通向村外的山路。母亲曾多次带我走在这条路上。从县城走到这里,要花上大半天的时间,最使我痛苦的莫过于双脚,我走一段,母亲背一段。每次,都像是唐僧带着孙猴子走在西天取经的漫漫长路上……

有一次,我同母亲到阁塘冲去,在崎岖的山梁之间,见到一个穿黑布衣衫的老头,挑着两只铁皮桶——蜂蜜的香气从桶盖里溢出来,他看见我们却不言语,只微笑着张开嘴,露出里面白白细细的牙齿,他没有停下来，自顾从我们身边经过，然后在一棵老梧桐树下消失不见了……

后来我对母亲说起这事，她很惊异，无论如何不肯相信有这一回事。

欢愉

我能记起的欢愉,是夏天里在姨妈家的阁楼上翻阅连环画的情景。姨妈家在乡下,人多屋少,二楼的阁楼本来是用作堆放杂物的,现在新辟成了我和表哥的寝室。在三角形斜坡的瓦顶下,放着一张大竹床,蚊帐因为年深月久而颜色发黄,上面十余个破损的地方缝着青灰或蓝紫的补丁,并且散发着陈年的旧腐气味。床正对着木窗——一尺多长、近一尺宽的小窗,光线涌进来,落在我打开的图书上。我趴着或者躺着,随时调整自己的姿势,沉浸在故事里;其时,窗外,风呼啦啦地吹着,一些树枝,晾衣绳上的被褥衣物,发出摇晃、拍打的声音,隔壁的回生老爹,又在噘着他的小嘴,呼唤池塘里的鸭子——"哦呖呖呖呖……"这声音充满节奏和韵味,响亮清晰,有时又像隔得很遥远。回生老爹的眼睛有白内障,仔细端详,那并列的两个三角形晶体里,有浑浊的黄绿颜色,眼角处又总是布满鲜红的血丝;他的头圆而小,就像一个球菜。然而他是我的好友,对于我这个来自县城的小孩,他喜欢和我开些善意的玩笑,比如我在姨妈家最早获得的外号"邓矮子",就出自他,他还喜欢在我——一个小孩面前卖弄他的力气和见识,喜欢说些骗人的鬼话,看起来自得其乐——然而,尽管我还小,但依然看得出他们家的艰辛:他的妻子早已不在人世,他和四个儿子共居两室,最大的儿子已经到了成家的年龄,而最小的儿子和我同年。回生老爹，在四个儿子面前没有脾气，他喜欢抽烟，有一杆摸得油亮的烟枪，当他抽烟的时候，他的身子总喜欢朝地面矮去，烟雾将他圆小的脑袋全部包裹了，我惊异地看着他的头消失在烟雾里，幻想着他的脑袋可能被烟雾搬走了。

  我重新在竹床上调整一个睡姿，有时我会一整个下午昏睡不醒；我的两个表哥，一个十三四岁，一个十一二岁，仿佛血气方刚的青年，有着和孩子完全不一样的见解、爱好。比如，他们喜欢书法，经常在那间餐厅兼诊室的低矮屋子里，一张散发着药水味的桌子上临摹字帖。姨妈是个赤脚医生。她的气质和对病人体现出的那种温柔、体贴，使她看起来具有一种难言的美感。她总是一边撩开孩子屁股外的衣服，一边将冰凉的消毒棉签在紫红的屁股上来回擦拭。当她敲开针剂的瓶盖、将针管伸进去把药水抽进注射器时，孩子开始在母亲的怀中蠕动，并且咧开了嘴——他还来不及哭，姨妈已经迅速地将针管从孩子的屁股里拔出来了。她的长发随着身子垂泻、起伏，淡黄色的阳光照在上面，她的脸部处在蓝紫色的阴影里，白皙手臂下的蓝色血管隐隐可见，她站起身来，脸上的表情仿佛在说："好了，勇敢的小伙子。"孩子的母亲一边道谢，一边从裤子的口袋里掏出零钱，姨妈接过来也不数，拉开药柜的抽屉丢进去。现在是表哥在练习书法。姨妈给孩子打针的情景如同幻梦。正午是写字的好时辰，乡间一下子陷入寂静和瞌睡，连蝉也懒得鸣叫。两个表哥一人朝东，一人朝西，面面相向，桌上铺着黄色的毛边纸。字帖是颜真卿的《勤礼碑》。表哥恰好也姓颜，这让我感觉他们是在临摹先祖的笔迹。字帖已经破损，那是经过多人手指的摩抚、把玩后的效果。有的页面已经脱离开册页，上面洇着黑色墨团。那是时间在上面的沉淀。多少人的憧憬、赞赏和忧伤在这脱裂的册页上积攒。那些捧起册页仔细端详的情景仿佛历历在目——这是乡间，那些读帖的人，他们大半忧愁的人生里因为这力夺千钧的字而获得一种喜悦和满足，他们懂得欣赏美，这美和他们日常的风物息息相关。就像他们欣赏某户人家的春联、某个出外读书的游子寄回的家书一样。他们对读书人，或者说，对纸上的汉字，发自内心地赞叹。

我在阁楼看连环画，或者午睡的时候，表哥正在练习书法。我还不能欣赏毛笔字的妙处，但是从他们沉醉而庄重的神气里，仿佛看到了久远的朝代散乱的马蹄、宴饮、杀戮……多年后，我也成了一名书法爱好者，在我临摹王羲之的《兰亭集序》的时候，那童年的情景便在纸上浮现。那时，我的表哥们在哪里？兄长远在桂林，一个地质研究所的科研工作者，常年奔走在野外，已经不写毛笔字了；弟弟在故乡的一个乡村中学教习美术，依然写毛笔字。颜真卿被称作鲁公，是书艺和人格达到相当高度的完人，他的楷书——表哥们正在临写的字，浑厚方正，沉雄有力，我想他一定是个胖子。表哥一笔一笔写着，仿佛在书写自己的命运。书法的抽象之美和命运的无法测知，某种程度上有着相似之处。他们写完一张，就铺到地上，互相评点，然后继续写，墨汁的气味混合着药水的气味。过夜的墨汁散发着难闻的臭味，这些黑色的汁液像嗜血的蝴蝶紧贴在黄纸上，深深地融入纸的肌理，成为纸的一部分。那些黑色的没有掺水的墨汁油亮沉着,力透纸背。有时表哥自己用颜体创作一幅——书写的内容是"无欲则刚""曾经沧海难为水,除却巫山不是云"之类。我不懂,表哥们也未必了然其中的意思。他们张贴在墙上,让前来玩耍的邻居小孩一下子变得沉默不语。表哥们练习书法的时候,我躺在阁楼的竹床上看《三国演义》连环画,看到关公走麦城,被捉住,杀掉,不禁掉下泪来。

而很可能的是,我正看到貂蝉走到帐外,看到关公秉烛夜读《春秋》,庄严而不可亵渎,堂堂的大君子气度。貂蝉敬慕。我亦热血沸腾。

姨妈家门前是口池塘。对岸的人家也姓颜(这个村没有杂姓)。男主人是个精明、沉默、爱干净的人,女主人是个泼辣的活跃的女人。他们种田之余,以做鞭炮为副业。暑假里,雇佣一些孩子,做一些事情。具体来说,就是将细麻绳捆在一起,给尚未编织的鞭炮插上引线。一盘向日葵状的鞭炮有几百颗,插满一盘,可以赚两分钱。我去他们家玩的时候,看到厅堂里坐着七八个孩子——他们的样子像是刺绣一般。其中有两个是我的表妹。在姨妈家,我主要是和表哥玩,对女孩子们的游戏、心思不感兴趣。在我和表哥们练习书法、耍枪弄棒的时候,我的两个表妹在哪里?她们是怎样玩的?我并不知道。现在我看见她们各捧着一个"向日葵""刺绣",感觉很好奇。

我说:"你们在干啥?"

"在栽爆竹。"其中大的头也不抬。她和我同岁但小几个月,却显得比我成熟，看起来像我的姐姐。

我也领过一个盘子，坐在她们身边栽起来。栽引线是个细活，要眼疾手快。否则一个上午栽不了一个盘子。我的两个表妹，手法娴熟，左手捏着一把切好的比火柴棒略短的引线，右手迅疾地从左手接过引线，手指雨点般地落在盘子上。盘子上栽好的引线像灰色的树芽齐整整地站着。她们两个每人一天可以栽上五盘，也就是说可以赚到一角钱。

那七八个孩子我都认识，因为我是姨妈家的常客。不仅村里的孩子我都认识，大人也都和我好熟。甚至邻村也有我的一些朋友，那是我们在河里游泳、在野外放风灯，或者干架时认识的。

那些栽引线的孩子不太说话，个个显得心事重重的样子，其实他们是在用心做事，无暇闲聊。这个厅堂，地面裸露着黄黑色的泥土，因为一遍遍的踩踏，而变得油亮和结实，墙上挂着犁耙、斗笠和刀镰，贴着领袖的年画。略显馊味儿的豆角汤的味道在上午的空气中播散。隔壁间的内室，放着木马一般的工具，那是卷爆竹用的。墙角里堆放着黑硝和黄泥。池塘上空的电线倾斜着，被风吹得摇摇晃晃，落在上面的蜻蜓也随势荡着秋千。绿色的水面上波纹一层层随风而去，当它们触摸到鸭子的腿脚，鸭子们欢快得仿佛受惊一般"嘎嘎嘎"叫着，扑棱棱地游到对岸的浓荫下。水稻在池塘边连绵起伏，那是姨妈家的地，是最肥最好的一块。其他几块地，分散在村子不同的角落，甚至在远山脚下还有一块。

我记得，姨妈家也养了一群鸭子。我和最小的表妹常常下午一手提着用铁丝箍了口的塑料袋,一手拿着钓竿(诱饵是一条青蛙的腿),去田里钓青蛙。钓回的青蛙都用来喂鸭子。这种能够上钩的青蛙,颜色土黄,体形都比较小,有着活泼、好奇、贪嘴的天性,自然是没有好结局。不像那种绿色的大青蛙,稳重而狡诈,它们远远地避开钓竿,从来不被"美腿"诱惑。我的表妹皮肤白皙,头发油亮细黑,眼睛大而扑闪,性格沉静而聪慧。她是个漂亮的女孩,在做事情上,可以称得上是我的老师。半天工夫,她的塑料袋已经被青蛙填满了,而我的还显得空瘪。我那时不自知,现在回想起来,大约很沉醉和表妹在一起的时光。那是和表哥们在一起时完全不一样的心境,我的情绪变得柔和,内心充满静谧的阳光。表妹的头发齐耳长,当她甩动钓竿的时候,头发像水流一样波动,露出精致白皙的耳垂来。我大约对异性的意识发蒙很早,善于感知来自异性身上美的光辉,这些光辉足以擦掉我脸上的鼻涕和身上的泥土,使我变成谦谦君子。我的性情和趣味的形成,就在日复一日向女性学习的过程中得以形成。除了钓青蛙,我也和表妹一起去割过猪草:马齿苋、指甲花、牛蒡草、红花草、艾草。对这些草的认识都是表妹教的。有时冬天去田里割草,草稀疏,割满一篮并不容易。通常草平矮地趴在湿泥上,必须用小铲子从土里撬出来。割草的时候,人是蹲在地上的,一棵一棵寻过去。

阁楼里的连环画被我一本本读尽了。主要是《三国演义》《封神榜》,也有几本《水浒传》,我疑心自己那时也看了几本《红楼梦》,现在仔细想想,大约没有。读《红楼梦》是在几年以后邻居家中看的。《封神榜》中西伯侯姬昌之死我印象最深。表哥深夜在竹床上给我讲这一段的时候，我还深为他没能躲过申公豹变身卖菜农妇的欺骗而死，深为惋惜。

表哥延续了村中老人喜欢讲古的天性，恳求他讲故事，满足我可怜的孱弱的想象，是我每日睡觉前的重大事件。表哥也就十多岁，肚子里却装有那么多的故事，足以让我钦佩。我那时还和他们一起做的事是：临摹连环画。我有绘画的天资，表哥也有。我们临摹的水平实在难分伯仲。

我在乡村夏夜里难以入眠，白天遇见的事物，和书上的故事，在我梦的边缘交织迭现。在明亮如昼的星光下、在连绵起伏的水稻之上、在蜿蜒的漆黑的乡村小路之间、在池塘河流和山坡地里，总是会有无穷的故事发生，会有乡间之神被遭遇。我总是臆想自己变身为武士，或者大神，或者猛兽，在乡村的版图上开始自己没有终期的征服。生活中我总是一个孱弱者、白痴。只有在梦中我才能重树自己高大的形象。

我记起，白天，村子旁边的河里，上游有人放了茶饼（一种油茶果的残渣），许多鱼被这毒水熏得昏了过去，翻着肚皮，浮在水上。我在河岸看见一条浮在水面的大鱼，远远地从上游漂下来，慌忙脱掉衣服，扎进河里游过去。就在我快要靠近它的时候，从更远的上游迅速游来的一个年龄和我相仿的男孩子——表妹的堂兄，一把把鱼捉住了。这个耻辱一直让我记恨在心。我睡在床上，咬牙切齿，暗自流泪，不能入睡。作为对我的安慰——因为是我首先发现了那条大鱼，他将几条小鱼送给我，我当然没有接受。后来我在梦中，无数次地见到自己抓到大鱼，大约源于这次刺激吧。

那条河，一直贯穿了大半个县区。宽阔，明亮，苍茫。相去姨妈家村子三五百米远的地方，有片大草坪，放牛的孩子喜欢集中在这个地方，将牛放在那里，自顾下到河里去洗澡。有时，牛也会下水，游到对岸去，吃食岸边的红薯藤。当牛隐下水的时候，仿佛一艘战舰。有一次，我骑在牛背上，又惊慌又狂喜，只感觉周围的水流纷纷退去，抑或是被无穷的流动的水淹没了头顶，我呼喊着，引来周围一片笑声。

河上面本来有座木桥，被大水冲毁了。乡里决定发动社会群众自力更生，重新架一座水泥桥。然而只做好五个桥墩，上面的桥梁迟迟没能架好。我也曾作为姨妈家的劳力，挑土，挑石头，这里一度干劲冲天、热闹非凡的样子。表妹的堂兄带给我的不快暂时被我忘记了。我和表哥躺在河边的沙地上，看到北辰从暗蓝色的天际浮现，像发光的石头，经过水稻田的风吹过来，带来淡淡的农药的腥气。

在静得只听得见蛙鸣的夜里，我们再一次把身子潜到很深的水里，用手掌抚摸水底光滑的石头；表哥绕着桥墩，潜在水里一圈圈地打转。我突然很惶恐，大声地叫表哥的名字，桥洞下的回音，听起来有些失魂落魄。表哥突然在水里伸出手，将我的脚踝握住……夜晚湿漉漉的，我和表哥走在田埂上，颈上落满了星星的光辉。表哥从口袋里掏出一把刀子，砍下一根田埂上的高粱秆子，削掉根部以上的部分，只留下一尺见长的秆子，递给我，我嚼起来，嘴里都是甘甜的水汁，像咬甘蔗。

几个自称习过武的老人,老在孩子们面前吹嘘他们的本领:口中取火、隔山点穴、飞檐走壁……却从未见他们表演过,但仍不免使我们畏惧。货郎挑着担儿,进到村子来了,我们一哄而上,围着货担的棉花糖咽口水。"货郎里也有会点穴的。"大人说,"小孩因为嘴馋被点了穴就没得救了。"有一个仙姑,平日里与别的老婆婆没有两样,大字不识,不改指桑骂槐的恶习,但会在固定的日子被仙灵上身,呈现出一种眩晕的状态,却对人家的福祸灾病,了若指掌。她还能让亡者在她身上显灵,用死者的声音与他的家人说话……我对此既畏惧,又深信不疑。

有一次,我和表哥洗完澡,从水里上岸,在穿衣的间隙,看到一个白衣女人坐在岸边,头发一直从头顶垂到地上,脸部全部被遮盖了,吓得我们魂飞魄散,顾不及穿衣服就拼命地跑——后来我怀疑这只是一个梦。那时,老爱做奇奇怪怪的梦。但我会对自己说,那是真的,用一种吓唬人的语气,我知道如何去应对内心中另一个自己的提问,告诉他,那是不可能的,而他却一口咬定,语气不容置疑。我对夜晚既畏惧又热爱。一切光怪陆离的图像都会在夜晚显现,用我们肉眼看不见的方式,好比我们夜晚写下的毛笔字,第二天发现,其实上面一个字也没有写。

我又想到那个男孩子——表妹的堂兄,身子结实,脸膛黝黑,是个游泳的好手。农忙时节,都会跑到姨妈家中帮忙。作为对我的"羞辱"的回应,我用煤渣在墙上写下"××与××相好"……

夜晚的图像,纠缠在大脑里,分不清哪些是真的,哪些是假的。

这并不重要。我去姨妈家是为了听一个瞎子老人说鬼故事，沉迷于他被烟雾遮挡的脸和那种仿佛来自地底下的语气，我想逃离却紧紧地握住他的手；也许还为了看一眼表妹，和她一起钓青蛙、拔猪草；也还为表哥阁楼上那一纸箱子的连环画……每次离开姨妈家，都有一种深深的不舍和绝望，我站在岔道上，向村子再看上一眼，生怕一转身，村子就在眼前消失。

父亲的医院与晚年生活

医院是一所白色的房子，上下两层，像一个凹形，院子中间有块很大的空地，扶疏的植物在地上留下斑驳光影，银杏、香榧、虎耳草、蔷薇、马齿苋、石栗——那么多山里的植物，分布在院子周围。通过父亲，我认识了这些植物。这个庭院，在一座大山深处，是一个国有钨矿职工医院。父亲从十几岁来到这个工矿，直到退休，从未离开过。我钦佩那种一辈子生活在一个地方的人，内心有着巨大的定力，可以漠视别处的生活。

并非山里的生活有太多乐趣，使父亲乐不思蜀。他不是那种内心足够强大的人——本质上，他是个被动的害怕变化的人。退休在家以后，他很少（在语言上）回忆起过去的生活，仿佛那段漫长的时间对他来说是不存在的，或者说是不愉快的——就像一个囚徒不愿再惊动那些不堪的岁月。

那时，常从他嘴里蹦出来的两个字是——探亲。他对邻居说，我回来休探亲假。过几天又说，休完探亲假了，明天要回去上班了。父亲每次回来，身上都携带着浓烈的中草药味道。每次我一闻到家里有这股味儿，就知道他回来了。对于孩子们来说，他并非一个完全不懂人情世故的人——每次回来，他会从他那个印着实现四个现代化图案的黑包里，掏出一把党参、枸杞或陈皮给我们。另外还有"白气球"。

我已经习惯了这个叫法,其实就是没有使用过的避孕套。我和姐妹总是欢快地吹着"白气球",追逐着在院子里奔跑,将它抛到天上。邻居的小孩也分享了这份欢乐——他们和我们一样,嘴里一边嚼着党参,一边尖叫着抛着白气球。

他上班的地方,离家只有一百多公里,但因为交通不便,他每年只回来几次。每次回来要转乘两道车。

有一年夏天,我被父亲带到矿上去玩,那时我快要上初中了,父亲认为母亲对我过于放任自流,想让我转学到矿上职工学校去。记忆中这是我第一次来到他上班的地方。我听到医院那些漂亮的女士叫他"李师傅"。他原先是下矿带队作业的班长,管理着几十号人,有一次,在街上行走,被一辆汽车撞折了右臂——以致这只手臂像一根不自信的枝条,一直弯曲悬垂着。他的岗位被调整,安排在医院。从他的宿舍到医院有好几里路,在一座有着几百个台阶的山顶上。

这个封闭在大山里的钨矿,有两万多名职工及家属,操着来自全国各地的方言。男人们无师自通建筑手艺,在宿舍楼前用木板搭建了许多既实用又美观的棚子;在工作以外的时间里,他们精心地侍弄着屋后的菜地。

父亲的房间却异常简朴,缺乏温馨感,整个房间弥漫着一股寒碜、冰凉的气味。房间外的过道里,散发着浓烈的柴火、熏肉和植物油的味道。临时灶台的火,舔黑了两边的墙壁。实际上他完全可以搬到山下医院的宿舍里住。但他更愿意享受山头的那份清静,以及步行几里上班的乐趣。他住处的后面,有一条水泥筑坝的沟渠,山泉异常地冰凉刺骨，他领着我到那里去洗澡，脸上带着一个馈赠者的愉悦神情。当我把脚伸下去，委屈（但没有尖叫）的神情并没有被他所在意，他用力把我的头摁进水里，然后潦草地在上面搓揉肥皂沫；而他自己一丝不挂地坐在水里——说实话，我很难为情，不敢去看他。这个通常古板、内向和过于严肃的人，甚至还自得地哼起了小曲。

他的医院——那个布满了阳光和花荫树影的地方，年纪不轻的护士们坐在走廊里打毛线，贴着白瓷砖的墙壁，和锃亮的水磨石地面，看起来一尘不染。他拿着耙子在院子里翻晒陈年的药草，在中药房迷宫似的药橱之间熟稔地走动。说实话，我更喜欢这里，觉得他住在山上像个原始人一样的生活，是不可理喻的。我喜欢站在药房里闻药草的清香。那些整齐的药橱，每个抽屉上都贴着一张小纸片，上面写着：熊胆、白草、天麻、首乌、藿香、地黄、山茱萸、拐枣、绞股蓝、黄芩、五味子、白芍、薄荷、柴胡、蟾衣、独角莲、蝉壳、胆矾、海浮石、沉香、白及、冰片、血余炭、侧柏叶、巴豆、白果、茯苓、地龙、安息香、番红花、丁香、杜仲、地枫皮、枸骨叶……这些陌生和有趣的名字，看来他烂熟于心。他自信地穿梭于一个个药名之间，用一杆别致的小秤，称量草药，娴熟地用牛皮纸包扎。他在做这些事情的时候，目标准确，动作轻盈，目光柔和，与我平常在家见到的性情急躁、粗枝大叶的父亲判若两人。他塞给我几张报纸——读报是他的习惯，他津津乐道于那些宏观的时局、高层的人事——虽然与这些之间，他隔着无以穷尽的距离。他仅仅是个工人，初中学历，从小缺乏母爱，在公众的口碑中是个胆小怕事的人，但有一天他会热情地与你谈论国家大事。他的神情告诉你他是真诚的。我坐在他的办公桌前，假装看报，其实目光在偷偷望他，似乎在观察一个陌生人的举止。

  他叫我看报是因为他要工作，不想受到干扰。而我睡着了，知了在窗外响亮地嘶鸣，我呼吸着药草的清香，嘴里的黏液洇湿了报纸。从一个旁观者的眼睛来看，我不知道这个时候他的目光里是不是充盈着柔软的父爱——他在一个远离家人的工矿，度过几十年直至衰老，没有特别的嗜好，没有任何绯闻。他仅有的药理知识退休后变得毫无用处，头疼脑热时，像个孩子似的不知所措，不知道要去打针吃药，晚年的生活看起来更加马虎、潦草，甚至变得不那么爱洗澡（以至于母亲忍受不了他身上的怪味而与他分床而睡）。他随便地就被他的妻子、儿女支使着，我们用不是我们所应具有的语气大声责问他。他有时也会暴怒，变得啰唆和极不耐烦。

  这个时候的父亲，离开那个矿山已有些时日了。那个医院，门前是矿上大街——灰白的矿石在溪流、断崖、狭窄的山路之间裸现。山谷的寂静，像班德瑞的乐曲。那年暑假，我每天陪他上下班——这是我们初次并肩行走，我也因此受到他同志式的重视。他向我讲述独居山谷矿区的故事——我更愿意把它当作是他为了打破沉默的尴尬刻意表露出的一种姿态。这个额头以上头发稀疏的男子，第一次近距离地在我的心理上出现，这反而使我感到了不安。

  在很长一段时间里，我们父子俩像两个暗暗角力的人。我对他的抵触、躲避，和他以巴掌、斥责施加的父爱，使我们之间一直无话可说。他工作、生活了大半辈子的矿区，我只去过一两回。而矿里的效益每况愈下。晚年他退休在家，一门心思钻研厨艺，沉湎于报纸，在大段的时间里充当小保姆的角色，甚至把抽烟的习惯都戒掉了。他提前几年病退在家，是不是觉得那么多年有愧于母亲，而用以迟到的补偿？母亲很满意，借以从忙碌的家务活中闲下的双手，经常地搁到麻将桌上来。我们这里的太太喜欢让丈夫在旁边观战，以便差使取个茶杯，换几个零钱。这样的时候，父亲不便使用但仍很有力的右手往往挎着一个竹篮——里面装满了自家种的新鲜蔬菜，急急地打露天的麻将桌旁走过。妇女们不失时机揶揄地与他打个招呼，而他全然不予理会。母亲嘟囔着手中的牌，退隐在老花镜后面的眼睛，弥布着一层荡漾的、悦喜的光辉。

大山的客人

每年某个时节，母亲的堂兄——我的表舅，便会来我家吃饭。他是个牛贩子。每次到来，便像是在自己家里一般随意，大口朝地上吐着浓痰，然后用解放鞋使劲擦几下——使地上的痰迹愈益明显。他的身上有一股浓烈的腥味，胡子乱乱的，头上沾满了草屑和不明物。每次他到来，母亲便苦不堪言——虽然她是个脾气极好的人，仍然忍受不了这个来自大山的堂兄。

我这个表舅，每次来到我家，便将牛拴在屋前的板栗树下。是一头大水牛，有一对饱满有力的犄角，牛蝇在上面飞舞。每次这头大水牛离开时，树下便留下一大摊牛粪。母亲不仅忍受不了这位堂兄的不讲卫生，更忍受不了他的似乎完全不讲礼数的脾性。他会直接向我母亲提出要酒喝，而且一喝就没完没了，还要好的菜肴。似乎这都是天经地义的。我的外公是个谦谦君子，每次来上街我家，哪怕是快到午饭时，也不肯留下来吃饭，而是说完事便匆匆回去。外公是个生怕给人添麻烦的人——就是在自己女儿家也是如此。外公的礼数是太讲究了——而他的这个堂侄，则完全相反。

这个表舅，没有文化，性格直愣。我不知道他的性格在阁塘冲那个大山里，是否有代表性。他说话的语气很冲，性格有些古怪。每次他来，不仅母亲，我似乎对他也有一丝说不清的排斥感。他有个儿子，小名叫"吃谷的"，年纪和我差不多。记得在七八岁时，他第一次来县城，表舅要我带他到百货大楼转转，意思是让他开开眼界。在那个年纪，我对照顾人意识不强，自己对商店里各种物品充满着好奇，一下子没看住这个表弟，结果弄丢了。我沿着大楼（总共三层）来回找了几遍，没有找着，便回到家里，还是没有看到。我的表弟——"吃谷的"，和我走丢后，大约也不知道我家的路，自己竟然摸索着回到了大山里的阁塘冲。这件事，使我的表舅非常生气，说我们城里的孩子"狡猾""精怪"，总之，对我以及母亲都充满着怪罪之情，此后数年依然耿耿于怀，与我家的关系不好。

记得"吃谷的"有两个姐姐，一个与我姐同年。有次同母亲去阁塘冲拜年，舅舅家床铺睡不下，便安置我在这个表舅家睡，和"吃谷的"睡一床。晚上，听见两个表姐——大约还有其他女孩，在亲密地谈话，她们不时发出"咯咯"的愉快的笑声。她们似乎有说不完的话。而她们说的东西，我完全不懂。那时"吃谷的"还没有和我发生那件不愉快的"被丢失"事件，他也愉快地说着大山里的事情，语气和他父亲很像。这个小孩，长得精壮而有力，个头小，但很活跃。此后几年，他长到十二三岁时，有次在山上放牛，遇到一头野猪，这个少年居然凭借一己之力击毙了这头野兽，成为他父亲经常挂在嘴上的骄傲。

这个小小少年的英雄之举仿佛一个神话，他的血脉里有着大山里人的彪悍。也许他父亲经常性地牵着一头牛来到我家，使我过分地注意到他牛贩子的身份，而忽视了他——其实本来是个猎人。表舅打猎用铳,家中厨房的墙壁上挂满了野味。山鸡、野兔、麂子、穿山甲,等等,经常成为他的囊中之物。他的腰间别着一只军用酒壶——在我的认识里,似乎猎人都好几口酒。母亲自小同他以及其他几个兄弟一起玩耍长大,嫁到县城以后,逐渐脱掉了山里人的习气。而这个堂兄则身上散发着山里人——一个猎人十足的野性。母亲不喜欢这个堂兄的到来,也许有着更长久的渊源,也许自小他们就很合不来。我的外公是个君子,母亲天性对读书人以及彬彬有礼者更加敬重。

虽然不情愿,但每次表舅到来,母亲无法推掉待人的礼数,总是热情接待,说起来是娘家那边来的人——虽然,母亲的弟弟、我的亲舅舅,在那个大山里,总是遭到这几个堂兄弟的欺压。"吃谷的",自从与我发生那次走丢事件以后,我们就很少再见面了,以至到今天我离开家乡日久,更是难得相见。他大约继承了他父亲的职业,成了一个真正的猎人,在那个鸟兽日益稀少的大山里,孤独地逡巡。记得读课文《少年闰土》时,我的脑海里便闪现出"吃谷的"形象来——他有一张圆圆的脸,头发短短的,红红的脸上有许多疙瘩,眼睛很细,说话的语气带着浓厚的山里腔。我最后一次见到"吃谷的",是在1983或是1984年春节,他的两个姐姐都已辍学,在城里打工,很兴奋地谈论城里的事情。那时,我虽然比乡下的孩子多点见闻,但对于县城以外的世界也是一无所知,便感到她们谈论的东西,很新鲜,很好奇。同时隐隐感到外部世界酝酿的变化将给我们这个沉闷而平静的县城带来影响。

母亲嫁给父亲,是爷爷的妹妹——我的老姑婆做的媒。母亲和姨妈是同一年出嫁的,那时妈妈还不到十八岁。这也可看出外公做事不拘一格。但按照乡间的说法,一户人家同一年嫁两女其实是不妥的。

我的老姑婆住的村庄叫刘家村,离外公家阁塘冲只隔着十分钟不到的路程。我每年随大人去外公家拜年——外公早已不在人世,总是被领着在舅舅家拜过年,然后几个表舅一家家走动,最后来到刘家村老姑婆家。老姑婆是爷爷唯一的妹妹,但没有得到爷爷——这个兄长的足够庇护。他们两个似乎并不亲密。爷爷性格比较暴躁,而且用一个亲戚的话说是目光"高上"。老姑婆便觉得自己以及自己的家人没有得到爷爷足够的重视。那时,叔叔已经参加工作,年纪轻轻便在一个乡镇做党委副书记,有一次老姑婆来到叔叔工作的乡镇,晚上住在那里。叔叔便安排老姑婆在乡镇的旅社里住——这使得老姑婆大为不满,她觉得自己应该住在叔叔的宿舍才是合情合理(她的原话是,"难道我会弄脏你的铺吗?"),认为叔叔——她的侄子对她有所怠慢。这个细节我一直印象深刻。连带着"吃谷的"走丢事件,给我一个人生的启迪,便是山里人有着非常强烈的自尊心,一些在我们这些读过书或者住在县城的人觉得正常的认识,在他们觉得是不可接受的。

外公之所以执意要让母亲嫁到县城,乃至于无力置办两套嫁妆——母亲出嫁时,只有一床铺盖相随,也许是因为在那个大山里有着非常多的痛苦的感受。我们通常熟悉了山里人的淳朴、好客和善良,但这只是一面,而山里人心胸狭隘、不讲理、目光短浅的另一面,不被我们认识。记得姨妈在县城高中毕业以后,她的高挑、秀丽,和知识分子气息,引来不少追求者。其中一个是大队书记的儿子。但姨妈并没有看上这个年轻人，此后便遭到对方的报复。有一次，外公在村榨油坊，被这个大队书记诬告说偷了队里的茶油，说完，便举起一个大玻璃油瓮砸落在外公头上，雪花般的玻璃铿然碎了满地，外公居然大难不死，奇迹般地活下来了。诸如此类的遭遇，外公一家还遇到过多次。这些都深刻地影响了外公对他自己的家乡——阁塘冲，那个大山里人的看法。为此，他对哭哭啼啼的母亲说："宁做城里的狗，不做山里的人。"多少年过去以后，不知母亲对此有着怎样的体会。需要指出的是，那个大队书记对外公下黑手不到两个月后，他的儿子竟然得暴病死亡了。善良的人都说，这是报应啊！

外公一家的遭遇，使我对阁塘冲一直保持着偏见。仿佛那里住着一群和我们不一样的人：他们人性中恶的成分比常人更多些，身上的野性也更足一些。这个村庄很小，总共就十几二十户人家，除却我的舅舅，其他基本都是他的堂兄弟，血管里流淌着同一个祖宗的血，只是两个兄弟分房后，外公一家一脉单传，而另一房则繁衍很快，外公一家便沦为弱势。但这么小的一个村庄，也具备着中国乡村所有一切复杂而深刻的关系，人性的各个层面尽在其间展现。我的这个表舅，有一个亲兄弟，入赘在一个离县城更近的村庄（我曾写到几次夜晚独行，就是去那户人家）。这个表舅早年也入伍参军，和我外公相反，他参加了解放军，新中国成立后得到政府不少优待。他的儿子比我大两岁，有一回我们一起去阁塘冲做客，来到其中一个表舅家，他的婶婶——我的表舅妈，拉开了一个黑黑的抽屉，里面装满了黄绿的成熟的李子——这个村庄的李子树之多，幼年给我的印象非常深——往我的这个表哥的口袋里塞，直到将身上所有的荷包鼓满。正当我也期待这份幸福的时候，这个远房亲戚把抽屉一关，脸很难看地别在一边。这件事当时给我的刺激很大，震动也很大，我非常不理解她的待客之道——我和这个表哥在她眼中是有区别的，正因为如此，我们的待遇截然不同。

外公续弦后——一个寡妇带着两个儿子嫁过来了，我的这个外婆对待自己的儿子，与对待姨妈和母亲区别很大。姨妈到县城读书后，母亲包揽了很多家务活。那时，外公在异地的村庄为公社养蜂。每次母亲砍柴回来，外婆带着两个儿子将午饭吃得干干净净，不给母亲留饭，只留下一堆碗筷让母亲洗。母亲咽着泪，洗完饭碗，独自啃几口红薯当午饭。母亲长大后还能对后妈如亲生母亲一般孝顺，也足见母亲的善良本性，这与她的父亲如出一辙。我想母亲的遭遇，姨妈也领教过，只是她读书更多，年纪也大几岁，对后妈的反抗强烈。出嫁后也很少回娘家。

我不知道阁塘冲这种对人伦的教育源于何处，肯定不是来自古人的典籍、祖宗的教训，更多的是破败后的乡村，在田间地头争夺蝇头小利的结果，匮乏的资源难以满足人的生计，礼让和谦逊早已让渡于争夺与野性。对于这些山民来说，除了外公一家以外，大部分人家读书不多，不必说"克己复礼"的传统礼教，就是新社会提倡的"舍己为人"的风尚，也没有在他们的内心沉淀。为此，每次想到这个村子，我的心情便没来由地沉重起来。

空山

人们对某些事物的记忆,往往是秘密的。我家大门,正对着郊外的青山。一抬头,便可看到它淡蓝的剪影浮现在云翳里。山叫玉壶山——我对它始终抱有某种明澈、虚静的感受。这种感受类似于看到年画上透过浓黑遒劲的松柏、丹顶白羽的仙鹤,捕捉到后面两笔轻描淡写的云彩萦绕的山峰:轻、薄、虚。玉壶山就像蓝色的剪纸粘贴在天地之间,而不是厚重的、敦实的自然物,安妥地沉放于大地,这种感受是很奇怪的。风水先生认为玉壶山是笔架山,不过,我们县自晋代建制以来,就没有出过像样的文人。因此,我认为这不过是乡民夜郎自大的说辞,以此找到超越这穷乡僻壤的现实的幻觉。

玉壶山是罗霄山脉的一部分,这是自然老师告诉我们的,它起自哪里,终结于何处,老师却语焉未详。山是无名小山,县是偏僻小县——对于我来说,却也是个广阔的世界。我的足迹并没有到达县城的每一寸土地,当我像个土地测量员,耐心地出现在黑色瓦屋连成的窄巷、爬满藤萝和苔藓的医院围墙外面、生长着高大的法国梧桐树的大街、茅草低垂的河滩以及匍匐着矮壮的油茶树林的山坡,诸如此类之处时,我感觉到我还远未看到县城的每一处。我对它的了解是如此有限——有的甚至还没有去看过,就已经消失,譬如某个村庄里的祠堂、礼堂,某条连接着两条马路之间的里弄——忽然,就被别的建筑代替，或者干脆神奇地消失了。那些消失的事物，带着人们曾经和它共同发生的情感、记忆，以及某段或长或短的时间，一起消亡。

好多次，我爬上山顶，坐在那里向远处眺望，脑子里迅速跳出这个词来：星罗棋布。——县城像个微缩的景观，星罗棋布地陈列着它的工厂、街区、建筑、河流、马路……平时见到的工厂高大的烟囱，现在像是几根火柴头在冒着青烟。工厂机器的轰鸣声隐约可闻——平时我们从其旁边经过时，则是壮阔的、振奋人心的轰鸣——不知道为什么，我喜欢听机器发出的轰鸣声，仿佛内心有壮阔的诗章在掀起。这个县的工业和矿藏主要是煤炭、石灰石和水泥——这"黑、白、灰"三色，恰好也显影般地浮现出一个模糊、暗淡、久远的县城面貌。

颜色的贫乏和物质的贫乏一样，这个赣西县城仿佛是个旧县城。有着旧的街道、旧的房子、旧的树、旧的人、旧的时间……唯有远处的青山，浮现出一点靛蓝的色彩，仿佛是旧瓷器上拭亮的那点青色，看起来永远是新的。

当年闹革命的时候，轰隆的炮火没有打破这山河的平静。毛委员带着秋收起义部队，从相邻的湖南过来，第一站就是将老家县城攻克，国民党的政府弃城而出，但是革命部队没有停留就挥师上了井冈山。就像是放了一个绚丽的礼花，县城很快恢复了它旧有的面貌，回到了它的孤寂、沉闷和固执的面目中去。

山河岁月，古老而安宁，仿佛一朵受不起惊吓的莲花，兀自蜷缩在时间深处。元代僧人释惟则用诗句赞美家乡："上辟天湖仙子泣，下书龙溪鲁公传。"然而我是有疑问的，觉得这是一种传统文人习惯上不负责任的夸饰。主观的艺术化陈述，离客观事实很远。这个县城，并非"雄州雾列，俊采星驰"之地。当然，它也确实不是一夜间横空出来的没有时间、没有历史的临时所在。它的故事像远处的青山一样虚淡、暧昧、一览无遗而又不知所以。

青山是我们县城的边界，翻过山头，就是另外一个县的属地。它离县城不过二三里路程，山上有寺庙，山下是水泥厂、田野、小河。小学时，因受到电影《少林寺》蛊惑，县城的男孩子一夜之间都剃了光头——这让校方大为震惊和不满。孩子们业余时间结队成群练武习拳，替代了读书写字。我也不可避免地萌发了习武的狂热之情——对我这个性格内向、懦弱的小孩来说，也是令大人颇为不解的。但似乎是，我们县城一直以来——除了毛委员部队的几声枪响，从来都是太沉寂了，就像一个太文静的孩子也会使人觉得沉闷似的。我们突然找到了打破这沉闷的依据，一池莲花的静好，有时也要夜间青蛙的呱叫来打破。曾经，我和几个同学爬到玉壶山上，插香盟誓，模仿电影里的情节，结拜为兄弟。那样一股少年豪气，似乎也是荡气回肠的，充盈于天地日月之间。

依然记得，那是春天的一个周末，我、王斌、贺建军、刘小毛，早上各自从家里出发，按照约定的时间，来到玉壶山一座寺庙前的空地上。古刹有暗红色的屋檐、黄色的墙皮、发出悦耳响声的风铃，杜鹃花正开得鲜艳如血，一些爬山的老人和春游的少女——他们的身影在山道间时隐时现，鹧鸪在深谷里发出痛哭般响亮的啼声。我们几个分别从山下冒出来，击掌相庆，严肃而可笑地相互颔首致意，抱拳盟誓，随后又嘻嘻哈哈地闹成一团。

（多年以后，刘小毛因为参与抢劫，在严打中被枪毙。王斌兴趣不在读书，而是赌博和抽烟，后来成为某局领导的司机。贺建军是某副县长的儿子，后随父去了异地。）

年幼的记忆，随着时间褪为模糊的遥远的影子。自然，它也是县里每个人记忆的一部分，他们心中痛苦或欢欣的一部分。因为青山就像我们县城这篇文章的文眼一样，以致人们回忆往事，就会陷入被青山围困、囚禁的岁月的悲喜里；这道天然屏障也是人们精神上感到窒锢的根源：我们的日常生活和思维习惯摆脱不了青山的潜在暗示。我们的身上沾染着山林的岚气和夜露，甚至带着野兽的不可控制和非理性的气息。人们为什么长久以来甘愿忍受盆地一样寂静和压抑的生活？他们试图眺望远处，但视线像折断的剑戟一样在山的壁坡上掉落下来。青山的肩头，夕阳锈黄铜绿，当昼日的光线像辉煌的往昔销迹于永夜，暗蓝的夜空，月亮的光辉像乳汁渗透在天宇深邃、透明的水池。人们接受这日光和月光日复一日的照耀，对世界、命运以及生命之谜，永远充满不解和疑惑。

为什么那里有青山，我是永远无法理解的。就像我同样无法理解落日、春雪和动植物一样。自然万物，以自身的神秘无言，在述说神奇的存在。

我无法不看到门前的青山，因为只要一打开门，它就在那里，从来没有改变。浮现在云翳和地平线上的青山，一次次将人们的视线引向高处，在那个"千山鸟飞绝"的所在，人们看到什么，想到什么，仿佛不可言传的秘密，在时间里腐烂。

当我用描述夜空一样的语言来描述这座青山时，像是描述县城梧桐树上挂着的雨滴、清晨巷子里扫地发出的"沙沙"声、山脚下沉睡的老房子黑黑的瓦顶、满山溃败一样鲜艳盛开的杜鹃花……仿佛是在一个惨淡的春天，我依然站在山头眺望。

酿酒厂里的旧色县城

城东小河，蜿蜒辗转至邻县永新。每次我在河里凫水（方言，即游泳），总是会下意识地望望对岸：一片被绿草覆盖的浅滩，上面垂着杨柳，掩映着几户人家——我有个女同学家就在这几幢带有大院落的红砖灰瓦的房子之间——每次她高傲地走过东门大桥（她很漂亮，看起来具有一种与年龄不相符的成熟），我们这些在桥下凫水的孩子，就目送着她走过大桥，转弯，消失在柳树后面的房子里。这个同学，素来不与人交往，孤独而寂寞。在对知识的领悟上，她是个才智平庸的女生，她的骄矜，看起来似乎是多余的。每次我凫水——当我站在水里，感觉到水流在身上冲刷的温柔——这种在肌肤上激起的愉悦，久而久之变成了一种虚脱和饥饿——总是会下意识地往河对岸看去，并不是去捕捉消失的女同学的身影，而是越过柳树丛，看到后面的烟囱，那是一家国营酿酒厂。

我有一个远亲，应该叫表叔，在酿酒厂工作。这个远亲，长着一张与职业很不相称的英俊脸庞；他同样有一个美丽的外省口音的妻子。他们的女儿，多少年以后我见到，也是一副洋气的上海滩女子的模样。在这个有着深红色围墙、灰黑色建筑的厂坊里，我的表叔如电影明星一样的身影出现在酒糟味浓烈的作坊，在一个个蹲在地上的酒坛之间走动。酒厂围墙下叠放着一个个坛子，雨水一遍遍也无法刷净上面的尘垢，有破碎的瓦瓮躺在芜杂的荒草间，无人清扫。在我的印象里，酒厂通常是寂静的，它的内部有着怎样的构造，却不为我所知——我对酒厂的了解非常有限，除了这位表叔。而这位表叔，我也只是见过几回。但他却让我感觉到他的存在。

每天黄昏，我会骑着自行车在桥上闲逛；要么就浸泡在水里。县城上空的月亮已经浮现在深色云幕的背景上，显得格外金黄和明亮——如果说暮色就像挪威画家蒙克调色盘上的灰颜色，那月亮就是唯一的亮色。在浓郁的灰色的县城暮晚，仔细分辨，能依稀看到一些久远的灯光，一些微动的暗蓝的波光，一些树影、房子、和在路上移动（他们背后的暗影更加茂密深厚）的人。我就处在这样的一个画幅里，用那双永远迷惑也永远好奇的目光凝视这个仿佛静止的世界。

酿酒厂周围有一些房舍，这些房舍顺着一个微微倾斜的坡面而建，有几栋房子建到沙滩上来了，处在密密的杨柳树林之间。女同学的家就是最靠近河滩的那栋。我在游泳时，甚至可以看清她家大门的颜色，听到庭院里偶尔的狗叫和塑料拖鞋在水泥地上（也许是石板路上）敲击出的响声。这声音诱惑我去想象，仿佛看见一双好看的瘦削的小脚，在白色的裙幅下面走动。这是个漂亮的沉默的成绩一般的女生，也是一个让我想象和好奇的女生——我不知道，对她好奇的理由，有理由吗？确实不知道。我在班上自始至终没有和她说过一句话，不是因为喜欢而害羞得说不出话来的那种——我对她不是这种感觉。我在水里舒适地躺着仰着，随意地划动着手臂，看台阶上钓鱼的人，从水里拖上一条条白亮的刀子鱼，看远处的青山暴露的粉红色的鳞峋伤口——因为山下的水泥厂需要不断地吞噬石料，使山体的伤口日益扩大，但也没有到足以使山体崩塌的程度。我隐约闻到酿酒厂的酒糟味在空中弥散，钻进我的鼻孔。我仿佛带着轻微的醉意漂在水上，晚风浮动，使柳树的枝条在眼前像水波一样荡漾，酒糟的气息也贯穿其间，同时，也在我女同学家的屋顶上停滞和吹散。

有一年暑假，母亲给我一个方形的泡沫箱，让我到酿酒厂找表叔批发冰棒。当然不是买来自己吃，而是背到街上去卖。母亲觉得我有必要为家里分担一些责任。

我去了，好像是第一次进入酒厂——我去过我爷爷所在的副食品站，和这个酒厂有着大致的作坊、车间、火车厢一样的办公室，和满院子的杂草。这个酿酒厂为什么又生产冰棒，我不清楚。我找到了表叔——这个长得像唐国强的人，那时电影《小花》刚刚放过，在县城里引起了广泛的骚动，多少女性爱上了这张完美无缺的脸——我不知道我的表叔用这张近乎克隆出来的脸，来迎接街上众多女性注视的时候，内心里会激起怎样感同身受的虚荣和自恋。现在，这张脸的光芒同样刺穿了我，让我在内心里惊叹——况且，我和他还有着那么一点亲戚关系，仿佛分享了他的荣光。我就带着这样一种虔诚的类似膜拜的心情，注视着他在车间忙碌，给一个个小贩（我突然间找到这个词，并意识到自己的身份）清点批发的冰棒。我的白色泡沫箱里同样被这些仿佛不是冰棒，而是类似银锭一样珍贵的礼物所填满。我用近乎感激的目光望着他，语无伦次地说着话。他似乎只是微微地笑了一下，没有给予我更多的热情，似乎担心我会攀上更为亲近的关系。他用近乎冷漠和嘲讽的微笑和我划清了界限。

我带着一丝满足，同时带着更多的遗憾，出现在县城影院的廊柱下。我的小贩生涯来得突然，但也终止得迅速。母亲似乎只让我去贩卖过一次冰棒，就没有再让我继续干了。影院门口影影绰绰，里面观众翻动木质座椅的声音"啪啪"作响。那是个靠幻想维持精神生活的年代。幻想的非物质属性，也使人们身上保持着某种单纯、天真和可爱。那时物质固然贫乏，但是人们似乎也没有表现出对物质带有掠夺性的占有倾向。

酿酒厂围墙外面的河滩上，住着我的女同学。我和她的关系，似乎就像我和酒厂里面的表叔的关系。有一点点，但接近于无。这一点点关系，却又不期然地在我心里放大，我像是用显微镜来注视这微乎其微的关系。今天，我甚至已经不记得这女同学的名字了，但她的模样还记得，那种心事重重的表情也还记得。它们，写在一个稍带点成熟味道的女孩脸上——我记起，有一回，学校里举行国庆晚会，班上抽了十多个男女生跳舞，男生一列，女生一列，我的对面就是她。排练时，有几个是拉手动作——因此，她手掌的温度和柔软的感觉一直停留在我的掌中。我并不喜欢她，我前面说过，但是很奇怪的，这种感觉顽固地囤积在我心里。拉手时，我的女同学也没有改变脸上的麻木和冷淡的表情，似乎面对的不是一个优秀的男生，而是一个令人嗤之以鼻的鼻涕虫。

酿酒厂的烟囱不时冒出白烟，并在屋顶、河滩上形成淡漠的影子。我在河里凫水,有时用眼睛望望女同学家的院门——通常是紧闭的,甚至庭院里也是静寂的,听不到狗叫和塑料拖鞋敲击地面的声音。

我们县城的疯子

县城电影院的海报经常挽留我的目光，让我在其下流连徘徊。电影院像个大会堂，漆着深红颜色的木质屋檐，黑色的瓦顶，挑出的二楼阳台——深处是木质地板，下面是四根又圆又粗的石头廊柱。宽敞的廊道空间里，经常站满了排队购票的人。女疯子就靠着廊柱，坐在地上，衣衫褴褛，头发凌乱，目光凶恶，口中诅咒不止。她经常一整天地坐在那里，锲而不舍，夜以继日。她的身边有着来历不明的腥臭的排泄物。大家都对她视而不见。如果哪天她不在那了，大家大概也不会感到奇怪。

通常这样容易被大人忽视的人，往往会成为孩子们关注的对象。她的谵妄、诳语，以及失控的动作，让孩子们又惊又喜，持续地在她身上找乐——向她吐痰、丢石块、咒骂她，就像对待一条癞皮狗一样。这样的行为却不会为大人所阻止。我混杂在孩子们中间，却有一种异样的情绪——对她的处境充满怜悯，对周围孩子的举动感到悲哀和不解。但我不能表现出来，我不想成为孩子们中间的异己分子。我紧张不安地看着空中的石子、木棍、口水，朝她身上落去，而她不为所动；但有时突然她会从地上跃起，朝孩子们扑过来，人群轰地四散而去。我也飞快地跑着，总感觉脚不听使唤，过度的紧张让我几乎要哭出声来。孩子们跑得远远的，又回转身来，嘲笑她，快乐得像被狂风抽动的树叶。

我也气喘吁吁地站定,看着她:这个六十岁左右的女人,全身上下就像一条直通通脏兮兮的抹布。她的脸扁平,眼泪、鼻涕、涎水,模糊一片。头发狂乱板结,就像很多年以后电视里看到的卡通形象。衣服就像一块活的泥土——里面干瘪的身体,奔突着盲目、激烈的血,两只手掌没有缘由地攥紧或者松开——我们的目光一刻也不敢脱离它们,生怕有不明的暗器从中甩出来。

她咒骂着,神情特别恐怖,然后回到廊柱下的阴影里。孩子们满意地散去,在他们活跃而顽皮的思维里,还有许多重要的事情要在晚饭之前去完成。在那个忧伤的年代,阴霾正渐渐散去,大人们惊慌未定的生活逐渐呈现新的生气。我们这一代并没有赶上动乱,所以我们的童年仍可以说是幸福的。这份幸福正是建立在一片空白和贫乏之上的——我们有无限广阔的空白地带去探索属于我们的乐趣。

女疯子家在城南。她经常出现在南门广场的主席台上。在多数情况下,不是一个,而是多个疯子、乞丐一起混居在主席台两侧的休息室里。这个所在也常常是孩子喜欢光顾的地方,一个培育英雄好汉梦的场所。权力、支配、离间、斗争、凌弱……这些古老的幻术,在孩子们的游戏当中代代相传。女疯子睡在脏污的干稻草上,不时转移着孩子们的注意力——在一种狂热的英雄主义的幻梦中,经常扮演着敌人的标本——他们拿起手中的弹弓,将石子射到她的脸上、身上。我惊异地看到石子蹭破了她的脸,血从脸颊上流出来,这绽裂的伤口同时在孩子们的心里开出一朵朵恶之花。

血，从一张恐怖的脸上流出来，在那一刻，我突然想大哭。蒙昧的心灵被一根尖锐的钢针触痛，使我看到人世的丑恶。

对人生的第一步认识，使我变得不快和困惑。我忽然发现自己有一双第三者的眼睛，冷冷地观看眼前的一切，孩子们的游戏变得不那么有趣和吸引人了。我离群索居，沉浸在自己的世界里。

女疯子身世不详，但有一个长得还算英俊的儿子。这是个厚道和沉默的小伙子，他的父亲是谁，不可考。那一年，我们家的新房子盖起来了，请他来帮我们粉刷内墙和地面——因为他是个泥水匠。我注意到这个小伙子，与别的年轻人，没有什么差异，如果沉默寡言不算突出的个性的话。他有一头潇洒浓密的头发，瘦长白皙的脸，高挺的鼻子——当姐姐告诉我，他是女疯子的儿子时，我吃惊不小。他在人面前的紧张和羞怯是难免的，不知为何，我却喜欢他这一点。母亲大约也对他有怜悯之心，不以他的家世取人。对他热情和客气，甚至付给的工钱还略高于其他手艺人。母亲说他做事认真，手艺出色，为人厚道。

我有时在县城电影院门口，有时在我们家胡同的路口，遇见她——她有时似乎收拾得干净整齐些，虽然她的表情依然不对。不知是她自己还是至今单身的儿子帮助的结果。当一个大人指着一个人，对我说："瞧，这是个疯子！"就像我现在描述某人像动画片里某个形象，我的女儿第一反应是呵呵地开怀大笑一样——我也大笑不止。为什么一个人被指认出是疯子，我们就感到愉快？言下之意，"哦，这个人是疯子，和我们不一样，是可以鄙视的。"

我们县城的疯子，不是一个，而是很多；流浪汉、乞丐，也不止一个两个，而是很多。在常人的眼中，他们是没有分别的。对于社会来说，他们根本就是多余的，是人类的耻辱。我们县城的氛围——我能清晰地描述出那片混沌的灰色，贫乏的缺乏生机的生活，人们僵硬严肃的表情，压抑的思想和沉重的内心。尽管这样的环境，对于我们小孩子来说，可能完全是另外一回事——让他喜悦的是：工厂机床刨出的花卷一样的铁花，如山一般地在垃圾场堆积；厂房里机器轰鸣，这声音让人心情振奋。一个骑着自行车被后座的女人环抱腰襟，在大街上招摇过市的年轻人，被人赞叹他的勇气，同样让他感到愉快。国营理发室里，几十个躺倒在圈椅里的人，面前围着一面白布（上面落满了深浅不一的头发），电风扇"哐当哐当"地在弧形的仿如教堂穹顶的上空旋转，理发师们神情悠闲，心满意足，水池的龙头"滴答滴答"地响着——和墙壁上挂钟的步伐一致，而理发师走到镜框前，将剃刀在一块油亮的黑布上来回摩擦时——雪亮的刀片的反光几乎让人忘记了呼吸……乐趣不止于此。我想说的是，在那个时代氛围里，从一个孩子的眼光来看，并不比现在贫乏和无趣。孩子的天性是，世界永远是谜团，永远充满着等待认知的缺口。无疑，女疯子，给我的印象是深刻的。她和她背后的那个群体，构成我年少记忆的一个无法遮掩的镜像。

关于他们，有两件事，至今让我记忆深刻：

1. 正如我前面描述的电影院廊柱下，事实上，坐了好些疯子、乞丐。他们的年龄也不在一个档次，有的稍大，有的还年轻。但谁会去关心他们的生活呢？有一天，有人惊异地发现其中有个女疯子（年轻一些的）的肚子隆起来了——此后一天天在以细微但无疑的速度增大——我要佩服这第一个发现者，因为他（她）具备多么深刻的洞察世事抑或是职业目光啊。这件不能说有多了不起的事，实际上还是在我们县城造成了轰动。人们趋之若鹜地前来围观，这个消息传到十里八乡后，有不少乡民或搭车或骑车或步行，长途跋涉，前来目睹这一女疯子的"风采"。这个景况，就好比今天的追星族们，为了亲睹心中的偶像的架势一样。有些小贩，甚至乘机在电影院门口做起了小生意，兜售瓜子花生、凉水冰棒之类。

2. 乞丐某（我不知道他的名字），曾长期滞留本县，这个人既有疯癫的精神癔症，又有装疯卖傻的淘气劲。那个时候，每逢法定节日，比如"五一""八一""十一"，县城的小镇都要打扮一新，营造浓厚的节日氛围，城管部门就会开动车辆上街，将乞丐疯子流浪汉装上车，开到远远的别的县去，丢在那里。那时，大约是，县城甲将乞丐疯子们丢到县城乙，县城乙又将他们弄到县城丙，而县城丙又把他们丢回县城甲，如此循环。节日过后，便谁也不去过问。乞丐某大约是经常被人丢来丢去的，于是瞄上了我们小镇，除了我们小镇他哪儿也不去。他的一段话，曾经在我们县里流传过一阵子，大意是："他们（指城管人员）刚把我从车上丢下来，我就立马回身大步流星地往小镇跑去，等他们的车刚回到县里，我也一分不差地回了县里。"

我依然记得，他是用非常幽默和自豪的口气说出这番话的。

陀螺的舞蹈

有一阵，我对玩陀螺游戏特别着迷。在晃眼的日光下，用自制皮鞭抽打这旋转的玩具——它摇晃着，在鞭子的不断抽打中，加快了速度，它的影子像一湾暗蓝的湖水，随着移动的陀螺覆盖着干燥的水泥地。在它旋转的这种形式里，我看出一种被鞭打、被驱策的快感，一种忧伤。陀螺滚过的地方不光是水泥地，事实上，那个时候，水泥地是很少的，更多的时候是在干燥的泥地上。它尖尖的底部钢钉在地上旋出一团团淡色的线团来。鞭子被孩子举在头顶，甩下时，发出响亮的"噼啪"声。鞭子落下，像毒蛇迅疾缠住陀螺，又迅速松开，陀螺仿佛被撕咬后疼痛难忍，加速地旋转，抽打的孩子甚至可以暂时离开，而放心地和其他的伙伴聊天。

我玩的陀螺都是自制的。用柴刀砍来一截油茶树干（手臂粗细），然后用刀削出尖尖的底部，钉上钢钉，一切大功告成。这新做的陀螺，带着尚未发育成熟的少女的笨拙和生涩，上面还散发着树脂和木头的清香。那新钉入的钢钉，在日光下闪着耀眼的银光。钢钉、木头，这二者之间还没有经过磨合，被一种外力强制地、突兀地组合在一起。深深嵌入木头漏斗般尖嘴内部的钢钉，从此永远隐没在黑暗中，再无重现在日光下的机会——如果它自知，一定会对自己不断地和一块唇齿相依的木头莫名地旋转，感到吃惊，因为它的命运本来是钉入固定的、静止的木头里，随木头一起在时光中衰老的。

钢钉和木头，在童年的记忆里，总是组合在一起。曾经在另外一些时刻，我还迷恋过玩自制弓箭：一根竹条弯曲着绑上麻绳为弓，一截小木棍前头绑上铁钉为箭。我家未曾油漆的大门成了目标，我一次次听到离弦之箭发出的"嗡嗡"声，以及结结实实地钉在木门上的"咚咚"声。不幸的是，有一次，我的箭被风吹得飘起来了，落在旁边一个小姑娘的头上——巨大的恐惧感倏忽之间将我淹没，所幸只是造成了一点皮外伤。但是在之后的岁月里，一直有这么一支箭在我记忆的空中呼啸，朝着一个有着一双异常惊恐的大眼睛的女孩奔去。

从此我再也没有玩过弓箭了。我将全部的热情倾注在玩陀螺上。在被大人抽打的岁月里，似乎是，陀螺扮演了另外一个孩子的角色，一个沉默的哑孩子，任由我们这些假想的大人抽打。年幼时，难免被大人抽打，这份恼恨和狂暴，在玩陀螺的游戏中，似乎得到某种程度的消解。

因为我们的生活过于贫乏和单调，我们没有别的游戏可玩，除了跳房子、丢沙包之类，玩陀螺似乎是个比较时尚的乐趣无限的游戏。几乎每个男孩子都有一根鞭子和一个陀螺。暮色中，一群孩子在空旷之地抽打着陀螺，喧嚣的世界在他们的听觉中变得安静、遥远，他们只听到鞭子发出的响亮的"噼啪"声，这声音在远处传来了回声，覆盖了电线杆上广播里发出的声音。一群孩子，名叫木生、毛崽、二胖、黑皮，或者别的什么名字，他们一边在暮色的风中甩着鞭子，一边甩着流下的鼻涕，军绿色书包在他们的屁股上一颠一颠的，铅笔撞着铁质文具盒发出零碎的"叮当"声。

　　他们的父亲，叫前进、建国、党生什么的，正在黄昏的野地里劳动，积累他们的工分。公社的谷仓里，金黄色的稻谷层层堆积，没有谁认为那谷子应该装进自家的谷仓里去。一边是陀螺的旋转，一边是打鼓机的转动，广播里播送着振奋人心的歌曲，红色旗帜在暮色里显得格外鲜亮。

　　后来，我在电视里，看到舞台上，穿着白裙白袜的女子踮着脚尖像陀螺一样旋转，有人告诉我这叫"芭蕾舞"，我感到既新鲜又震惊，就如同电视机突然有一天出现在我们面前，让我感到新鲜和震惊一样。

　　我原以为，我们的世界里，只有陀螺，它们可以永无止境地在空地上旋转下去，不停歇地接受孩子们对它们的鞭打。随着电视机的出现，我们的生活里新鲜的东西越来越多，它们像磁铁一般吸引着孩子们聚拢在它们身边，狡黠地将他们内心的新奇感一点一点地掏空。那丢在一隅的陀螺，仿佛木偶，身上积满了尘埃，只有它们知道，人是多么势利和喜新厌旧的生物。或许，有一天，一个陀螺，偶然地被一个百无聊赖的孩子记起，抽打起来，它旋转的舞姿显得多么忧伤。

　　电视机的声音突然代替了广播的声音。电线杆似乎突然消失了，与此同时，一根根电视天线像树枝一样密密地插在人家的屋顶上。随同广播消失的，还有公社的谷仓也空瘪下去了，公社的礼堂变成了一座废弃的房子，甚至"公社"这个词也突然消失了，取而代之的是乡镇、街道这样的词。

喇叭裤、花衬衫也出现了。一度我们县城的少年都喜欢卷头发——远在美国的迈克尔·杰克逊，若是知道这个东方国度僻远小县的少年，都在模仿他的发型，该是多么的震惊！太空舞和港台歌曲刮起了时尚的旋风，我们县城的少年争新恐旧，生怕自己落伍，每一点新奇的事物都足以引起他们的尖叫。

就像一群盲目的陀螺，被一根不可知的时代的鞭子抽打着。

带有旧社会痕迹的社会黑帮也死灰复燃了。我记得我们县城有两个著名的帮派，一个是"青龙帮"，一个是"斧头帮"。这两个帮派都为一个果敢、凶横的年轻人所统领。在他的麾下，混杂着上百位少年——追究他们的身份，有辍学者、失足孩子、不上进学生、文艺少年……他们共同的称谓是"流氓"。

县城的体育老师Z，同时是个吉他和太空舞的爱好者，他长着一张齐秦般的脸——据说，他在师专读书时谈过的女朋友不下两位数。他肩上的吉他成了他区别众人的标志。只要他坐下来，半垂着那张古希腊雕像般的脸，白皙细长的手指一拨弄琴弦，在场的女生必定会因激动而昏厥过去。很遗憾，他没有成为我们县城优秀青年的代表，他是"青龙帮"的首领。

他之所以走上黑道，据说缘于一次失恋——对我们来说，Z也会失恋，是不可想象的事情，但事实确实如此——这其中必有误会、争风吃醋、浅薄、虚荣，诸如此类说不清的东西。

事情很简单，体育老师泡上了一个学音乐的女生，而该女生同时被一个局长的公子看上了，女生处在甜蜜而痛苦的挣扎中。某天，体育老师背着吉他，在街上溜达，看到对面——他的情人，正被局长的公子牵着手，其乐融融的样子。体育老师顺手从旁边的摊位上操起一把西瓜刀，直奔过去，没等对方闪躲，"咔嚓"一声，就把局长家公子那只手给砍下来了。女大学生左肩一沉，原来紧扣她手指的有力的大手，突然像一条咬钩的大鱼——她用力地甩了几次，这只脱离母体的手，还紧抓住她不放。

体育老师暂时地消失了。当风头过去后，他返回了县城，他的"传奇"吸引了一帮刺头少年投奔他门下。

体育老师走上了不归路。在那个活跃的同时也是混乱的80年代，在一切都在摸索和不可知的情状中，Z凭借其胆识、聪明和凶暴的手段，迅速成为我县民间的掌控者，连地方官都要敬他几分。

我好几位同学，都在他队伍里混，学会了抽烟和说流氓话。

我的一个同学，他的父亲是我们学校的音乐老师，曾经我和他搭档在班上表演相声。这个浑身都是文艺细胞的时髦少年，有一天，我和他在二楼一间空教室玩耍，他突然用粉笔在黑板上写下两个大字：阴道。

他大声地读出来，并诡秘地"嘿嘿"笑着。我感到非常震惊——眼前的同学仿佛变成了一个陌生人。虽然时代开放和混乱的风气，我早已耳闻目染，但那一瞬间给我内心造成的冲击仍是那么迅疾。我的同学像一个知晓很多秘密的人一样，神色诡秘，深不可测。在那突然的时刻，我觉得我和同学的友谊不存在了，他在我眼中变成了一个

"陌生人"。

我的另一个同学，家住在县城郊外玉壶山的袁姓村子，也是"青龙帮"成员，是个没有头脑、意气用事、喜欢打架的家伙，因为参与了几起群殴事件——据说手上犯有命案，被校方开除了。几年后，听说亡命于异地。

班上这些混迹"帮会"的同学，我们都敬而远之，但也不敢得罪。一般来说，他们也很少在班上兴风作浪，在他们眼中，"义"字高过一切，通常老师和家长都拿他们没有办法。做得比较绝情的家长，有和孩子断绝关系的——无疑，是彻底地将其推向了社会，从此，他们也在学校匿迹了。

曾经在一起玩陀螺游戏的孩子，迎风成长，他们在青春期猝不及防地到来之前，毫无思想准备。那时父母们在忙什么呢，以至于无暇顾及孩子们孤独、盲目地同时激烈地撞入青春最初黑暗的甬道？土地已经分产到户，曾经荒芜的农田这时呈现了真正的"劳动竞赛"的繁忙；乡镇工厂如竹笋般耸立，"万元户"的理想在鼓舞着曾经贫瘠的大脑；国营企业正处在幸福指数最高的峰值（这背后的隐忧也已埋下），工人叔叔阿姨像骄傲的主人翁焕发着对生活过分的热情；那些县城文人，投身于思想的"激流岛"，形而上的争辩和思索，成为他们奢侈、华丽的造型……

我们在自我塑造中孤独成长。就像一只只被鞭打的陀螺，有着炫目的舞姿和对旋转的渴望，然而身上尖锐的部分，仍不免在肮脏的地上留下歪扭的浅薄的痕迹……

寂寞

如果我依然能够回到那条路上——事实上不可能了——我将重新看见三十多年前的景象。我在路上一再延迟回到家中的时光。一个孩子背着沉重的书包——军绿色的书包,背带已经磨损,露出很多线头,沉睡在书包里的书本,像酷热夏天正午翻卷的榆树叶,上面刻痕累累,仿佛不是出自爱惜,而是仇恨。一条路镌刻着一个孩子的记忆。他迟滞或者轻快的步伐,已随着岁月的风声渐行渐远,蓦然让你惊觉,那生命里消失的……永不再返!如果你意识到,每一刻,你都在消失,都在和世界进行残酷的生命游戏——那永不偿还的部分,永远地掉入了岁月的黑洞,你会为自己感到痛心!

你终于感到,永久陪伴你生命的,既非你的父母,也非爱人,而是你的双脚——它们随你,踏遍生命的千山万水。这逐渐枯萎、青筋暴露的器官,忧伤地垂放在沙发上,像卸下的一副马靴——而它始终是个背叛的情人,对于亲吻它脚底的路,它从未曾迟疑地逗留。路,永远地留在了黑夜的虚空里,仿佛也从未存在过,而时间,由脚步积累起来的时间,只是身体朝向衰老的阴影……

当年我从家里出发,走路去学校——我们县城唯一的中学,坐落在一个山坡上,有个好听的名字——"小碧岭",当时满脑子都是些稀奇古怪的想法。一路上我被这些想法笼罩着,或悲哀,或憧憬,仿佛不是走在路上，而是走在内心的想法里……

从一个空旷地穿越一片密集的民居——这里的住户都姓龙，我曾经对这个姓好奇过，我有个同学，别号叫"龙崽哩"，记得还有一个人叫"龙在田"（应和《易经》有关）。这个龙姓村落的人嗓门洪亮，每个人说话都不像周围村落的人那样细声细语。这里的狗也特别多，而且比较凶暴，我每次经过时都显得极为小心。

并没有什么需要特别说明的，我在这个村落没有留下特殊的记忆。无非是掉过一两支圆珠笔，或者衣服的袖子被某根枝条剐破了，或者不小心踢翻了路边的一个水盆之类……这片民居周围都是菜地（我们县城近郊的土地大都不种庄稼，而种蔬菜），一个个白色塑料棚整齐地在土地上排列，隐约可看到绿色的菜秧在它们封闭、沉闷的内部——就像关在教室里的孩子！土地上有电线杆，其间有一两个广播，来自北京的消息，经过电流，在这片南方的土地上流传，我比较熟悉的，是个稚嫩的嗓音："小朋友，小喇叭开始广播啦，嗒嘀嗒，嗒嘀嗒……"

冬天的土地特别荒芜，逆飞的麻雀像甩在空中的毽子，它们身体的散乱显示了风的方向，风吹在脸上，就像刀子割着一般。我，或者一两个同伴，总是缩着脖子，默不作声地往家里走……在昏黄的傍晚，仍可见到挑粪的村民，走在田埂上，去往菜地，这样的情景，非常像法国乡土画家米勒的油画。

有一次放学回来，我和同伴在田里玩投掷石块的游戏——一方将石块扔出一定距离，另一方用石块击打，中者为胜。这是我们男孩子之间常玩的一种游戏，其好处是可以就地取材，随时玩耍。我们班主任贺春林——一个身材挺拔，有着鲁迅一般短直头发的中年人，正从暮色中走来，他太太在我家附近的南门小学当老师。贺老师穿着纯白的确良衬衣，有些像革命党人昂首走在风雨如磐的幕布上，他的衬衣在暮色中非常耀眼，但不足以让我们发现他那张表情严肃、眉峰紧蹙的脸。突然一声棒喝，响在我们身后，使我举在空中的手一哆嗦，石块顺着肩部砸落下来……然后我们目睹了这张义正词严的脸：

"放学了，还不滚回家去！在这里玩？……"

他严厉的目光在我和同伴——刘军脸上来回扫了几遍，最后定格在我脸上。我感到非常愧疚——因为我居然还是个班干部！

当我穿越这片民居，看到眼前的开阔地——那片蒙着塑料棚的菜地，仿佛看到眼前这一幕——两个呆若木鸡的少年，一个居高临下、目光严厉的老师，就像一组雕像……这雕像又在我迟疑的、自省的观望中消失了，我低下头去，像背着深重的罪孽——而这不为人知的秘密，我并不曾告诉家人，贺老师此后也未曾提起。但是为何，它依然那么清晰地留在我的记忆里？甚至那条路今天已经不在了，那雕塑还矗立在那永在的暮色中……

在平整的菜地尽头，是另一片民居，连接两片民居的小路，像河岸的堤坡，高出土地一两米，它们像极了一条游弋在泥土里的大鱼的脊背。

前面的民居是另一种风格。两边的房屋中间有条溪流，其上有弯曲的石拱桥，那个村落看起来很古雅，瓦顶、马头墙、粉墙、窗格、阳台，错落有致，像水墨画——老家把这片民居叫作"十八家"。这是县城的一条老街，新中国成立以前是条商业街，两边店面的白色墙面，仍可见到黑色字迹："××米店""×记药栈"之类……我去往学校的路，是老街旁逸出的一段，像一根盲肠。老街地面镶嵌着光滑的鹅卵石和青石板，水流潺潺，有人蹲坐在那里洗衣，亮色的衣衫被水充满，"吹"成一朵朵大花，我往往会在溪边停留，看溪水流经古老房屋，墙根的茅草被水冲刷，却未曾折断，水面漂浮着白色的水沫，有鱼甚至还有蛇，在水中浮沉……有时我放下一只纸船，那纸船上画着戏剧或者小说人物——这虚拟的船夫，正随波逐流……

回望老街，幽深迷茫，青石板路上的水迹泛着清白的日光，暗褐色的砖楼顺着环形的老街向远处延伸——在日复一日的行走中，某天我突然获得某种忧伤的诗意，仿佛突然感受到时光清晰的水纹在身边漫溢，我置身其中，无力呼告，隐痛而绝望！

许多年以后，看到那个躺在病榻上写下《追忆逝水年华》的法国人，那个有着微卷的髭须、满脸忧容的男子，在《驳圣伯夫》一书里对"时间"写下这样精彩的话：

> 我面向着墙，甚至光线还没有出现，只听到第一辆电车开过的声音和唤人的铃声，我就可以说出电车是在雨中无可奈何缓缓滑行，还是朝着晴朗天色开动……如果它的声调是沉郁的，就像是雾中的鼓声，如果声调是委婉流动的，那就唱出提琴那样的音

韵,这时,在像风吹动河中流水那样的气氛中,就可能听到轻盈飘忽染有不同色彩的协奏,或者,像短笛那样回旋缭绕,那音调一直可以穿透那布满阳光、寒气袭人像蓝色冰体那样的时间……

这感受绝对而孤立。我听到时间之水哗哗地冲刷自身,就像那溪流洗刷着屋边茅草一样,在那坚固、冰冷的水流的意志中,人的意识在彻底瓦解,我惊异地看着自己——一个瘦骨伶仃的少年:缭乱的头发,圆形的充满稚气的脸,与脸极不相称的大眼镜,灰蓝圆领的短袖衫,土黄的宽大的裤子,露在凉鞋外面的微翘的脚指头,斜挎的军绿色书包——这个充满不确定性的形象,像根脆弱的麦秸,漂浮在幽深回旋的时间之流上,在学校—家里,两个终端之间的小路上摇摆,似乎在花尽全身的力气泅渡,而不知所终。

一个少年某天在从家里去往学校的路上获得某种觉悟,他意识到自己是个"人",而这个人是个有思想的、可怕的、充满期待而前程叵测的怪物。他不再是个单纯、无知、知根知底的小孩,他成了个不确定性的"人"!

一个少年获得的成熟,是不知不觉中在路上行走获得的。他突然地和一些孩子拉开距离,不再和他们打闹说笑,而用一种冷淡的、嘲讽的眼光观看他们的"表演",为其中的某些举止感到"恶心""可耻",他"真诚地"开始信奉一些价值、原则——今天看来,多半是可笑的、荒谬的。他甚至开始反复地感受这个词——"伤害",那童年里不快的记忆,种种细节,排山倒海般扑面而来,使他时时想要哭泣!

　　睡梦中还经常出现那条路。路灯半暗的街巷，人影和建筑的投影在路面狭长地延伸去，在夏日沉闷、湿热的夜晚，有亮着橘黄灯光的人家，主人消失在厅堂后面的厨房，而门口的木制童车里，一个娃娃在撕心裂肺地哭泣——我久久地盯着这张娃娃的脸，它使劲后仰，以便喉咙畅快地发出响亮的啼声，因为过于用劲，两颊的筋络像虫子一般鼓胀，两只小拳头上下挥舞，并撕扯着胸前的围脖，两条腿使劲地蹬踢着囚禁他小小身子的童车，为自身遭到的冷遇深感愤慨——这是每晚，都可能在这条老街上遇到的情景：不是这家，就是那家的娃娃，在大人忙碌的间隙里因失落而痛哭。暮晚的老街呈现出黑白版画的味道，大量细腻的光影被浓重的墨色概括了，人的身影也只是一个个黑色的剪影——不知为何，我却觉得这样的时刻尤其伤感而动人。所有的音响——包括归家的自行车的铃铛声、"噗踏"的脚步声，都围绕着"归家"的喜悦感而展开，都洋溢着一种"家庭式"的温馨感和归属感，就连门口痛哭的娃娃也显示出他悲痛表象下的一种骄傲、自鸣得意和久受娇宠的意味——试想，若他一贯地不被大人重视和疼爱，这时他也许只是漠然地待在自己孤独的"小巢"中，而不至于这么肆无忌惮地哭喊。

　　在这样一个人心思家的时刻，我却背着书包在街上溜达、徘徊，究竟是为什么？仿佛我不是一次，而是多次一个人"流浪"在街上。我像个过分迷恋某种情境的意志力薄弱的孩子，吃惊地、忘我地在老街的暮色中伫立，看着深蓝的中天，一枚淡黄的月牙跃上瓦顶，不被光线照及的部分，无一例外地陷入漆黑的仿佛污水一般的阴影里，路面偶尔还有透过树缝照射下来的跳跃的亮点，晚风摇动着人家的木窗，忽然听到一声玻璃撞碎的尖锐的脆响——"哐当当！"这声音让人的心脏蓦地收紧。

菜籽油——在蔬菜落入烧红的油锅的刹那，发出"chua"的声音，香味不胫而走。门口痛哭的娃娃这时已被抱在妈妈的腿上，愉快地享受喂食的欢乐。聚集在厅堂灯光下的老少几代，氤氲在橘色的灯光下，灯影里有一种古老的、朴素的温情在流动，一种神性、一种感激的氛围，在夜晚来临之前，鼓荡在久远的时间之河里遥远的小城……

或许，我并不曾多次在暮晚时刻徘徊在街头，沉醉在这漆黑夜色中满怀感慨——我不过是将过往许多记忆剪辑、拼贴在一起而已，我的记忆欺骗了我，以为那是真实的情景；或者根本这就是我的梦见——我无数次地梦见这样一条老街，梦见这样一条路。我是在屋里，在做作业或者发呆的间隙，看到面前一条这样的路，一个这样的少年，无数次地出现在我面前，只是他的长相、身材、神态、衣着和我相像而已。

那个少年无数次地在路上徘徊，延长着回家的时间，他在别人屋前满怀感慨地观望、逗留，其实心里想说的是：我要赶快回家去，回到妈妈身边去！

夏天

我对夏天的喜爱超于寻常。度过一个阴雨绵绵、冗长的春季，夏天以它纷披、繁盛的阳光倾泻而下，万物在日光瀑布中获得一种蓊郁的、蓬勃的生命力。孩子们在阳光下撒开脚丫欢快地奔跑，骄阳的炽热仿佛松软的绒毛，撩拨得他们身上的肌肤发痒，因之发出"咯咯"的笑声。他们头顶烈日，出没在知了狂叫的榆树下、赣西河汊密布的水边，在正午寂静的时辰里，在大人们睡梦的边缘，仿佛活跃的虫子，在发亮的云翳下的阴影里隐现……

"我该到哪里去打发时间呢？"坐在床上的我，自言自语，目光被窗外炫目的日光牵引，心思早在户外的鸣蝉、游鱼身上。

时针在户内的墙壁上"嘀嘀嗒嗒"地走动。妹妹横躺在地上的凉席上，藕节一样胖乎乎的手臂和腿，安然地搁在席子上，几只蚊子在围着她沁出汗珠的鼻子打转；姐姐则侧着身子，面朝着墙壁，双手贴在左脸颊下，因为匀称的呼吸，她的脸显得格外红润，连衣裙像一朵荷花一样覆盖在身上。

我蹑手蹑脚地从她们身上迈过，经过客厅看到母亲在床上睡得正香，我出了家门，来到了外面自由的天地。

整个居民区的上空似乎冒着热气，民居（那种红砖房）处在正午日光下的阴影中，地面的反光使墙体荡漾着一层微蓝的紫光，被篱笆隔断的菜地里，大片的绿色失去了清晨的鲜嫩，一层仿佛干燥的白色盐霜蒙在上面，我的周围都是耀眼的、流淌的灼热白光，只有我的影子在尾随我，去往一个莫名的地方。

每次出门，我都不知道要往哪里去，漫长的暑假使我既欣喜又枯燥，我伸手折下一根从邻居矮墙上垂下的柳枝条，边走边抽打地上的野草，几条蚯蚓从湿泥里露了出来，它们翻了几个滚，就不见了。

我照例会走到河边去。正午的河流，清澈透明，蓝天白云倒映在水中，一览无遗，远远望去，就像晶莹的琉璃。岸边的蚕豆和薯藤在迎风起舞，古城墙上，纯净的天空像一双俯视的明眸。这条河，在以前是护城河，只是河上的城垛已经不在，古老的风俗也不再。每日正午，我将身子浸泡在河水里，河水因为太阳的照射而变得滚烫，潜到水的深处，在玻璃一般的绿色中，可以见到阳光刺到水底，在摇曳的水草中晃荡。

夏天围绕着河流发生的故事也多。每天晚上，会有许多乘凉的人站在桥上，他们或者摇着蒲扇叽叽喳喳地说话，或者看着三两个垂钓的人，等待他们带来惊喜。我对后者的兴趣也很大。只是很纳闷，在高高的桥上，目光无法企及黑乎乎的水面，他们如何知道鱼在咬钩？我往往在桥上守候一两个小时而一无所获，因为不曾见他们将鱼钓上来。夏夜的桥上，仿佛一个梦幻的场所，我感觉周围的面影模糊而鬼魅，他们的声音像虫子一样嘤嘤嗡嗡的，我不曾听清一句。多年后，看到挪威现代派画家蒙克的《呐喊》，我却很奇怪地想起那座桥来。

河流上的夜风，带来某种惆怅和忧伤的快感。让人遥想不曾涉足的远方。在这清凉、湿润的夜风的抚慰中,仿佛看到我们古老的县城在河流上浮起:柏油马路上停着孤零零的马车,两边的街道树全是法国梧桐,这种阔叶乔木,有着苍老的剥落的鳞片般的粗壮树干,疏落的枝叶间,投下广阔无边的暗影;工人俱乐部的橘黄灯火仿佛暗夜的眼睛,它和不远处的电影院的楼上灯光形成呼应;邮政局在更远些的十字街头,绿色邮筒矗立在门口,微微张口的肚腹内装满了我永远搞不懂的秘密,玻璃柜台里摆放着不多的新旧不一的杂志,它们的沉静提示着观者对它们的注目和爱惜;邮政局背后的武装部,隐藏在一片茂密的板栗林里,我们常常出没在树下,抬头仰望高高在上的布满针刺的果实。

女人们出现在街上,她们经过你身边时,带来一阵花露水的香味。这浓郁、干爽的香气,让你体内萌发一种既新鲜又陌生的情绪,我之前似乎没有注意到女性的美,而这份初次觉醒的知觉,让我更加惊异于夏天的美丽。无疑,这美的新鲜成分,是由女人带来的。她们穿着裙子,露着胳膊,挺着骄傲的胸脯走在夏天的街上。她们矜持的表情里,不曾遗漏一丝别人目光中投射过来的赞美和敬意。那时,她们流行的方式已经由短发的"上海头",变成了蓬松的波浪卷发,白色的确良短袖上衣、深色裙子、高跟鞋,是她们夏天惯常的打扮,更年轻的少女们,则喜欢穿连衣裙,走过时,被风吹动,像花朵一般饱满地盛放,同时不无细致地勾勒出她们起伏的、柔和的身材。

女人无可置疑地成为我们县城夏天傍晚的焦点。人们吃过晚饭,在闷热的屋子里待不住,便把竹床搬到户外,一边纳凉,一边打听和传播邻里之间的家长里短；男人们赤裸着上身，穿着宽大的花短裤，手里摇着蒲扇，吸着烟卷，喝着茉莉花茶，仿佛是一天最幸福的时辰正在到来——他们欣喜地迎接着这一时刻，并将在户外的竹床上消磨到翌日天明；而女孩们，包括那些年轻的少妇，则盛装出行，来到大街上，她们或三三两两嬉笑着结伴而行，或独自矜持地溜达着。男人们或在路边躺着，或驻足品评议论，不时发出不怀好意的笑声。而那些比我们年长的少年，喜欢结伴在路灯下，对着女人吹口哨，说些不三不四不盐不油的话，冷不丁从近旁传来一个女人的呵斥——他的母亲或者婆婆之类，突然从暗夜中露出一张愠怒的脸，那少年丢掉手里的烟卷，一溜烟跑掉了。在这观看和被看的场景里，我们县城的每个人都从中找到内心的慰藉——谁也不觉得其中有伤风化的成分，仿佛有秘而不宣的协定。

这是夏天最柔软和粉色的部分，它赋予这个夏日傍晚一种节日般的轻快、愉悦色调，使孤寂、枯燥的生活获得一些生动、轻松的表情。

曾经在那样一个夏天，我开始关注班上一个喜欢脸红的女孩子。她家离我家不远，和我一个要好的男同学是邻居——那男生和我一样喜欢画画。我经常傍晚到男同学家去做作业、画画——在完成如上程式般的内容之后，我们在屋前房后的巷子里游戏。那个喜欢脸红的女生，个头高挑，鹅蛋形脸庞，短发，黑乎乎的大眼睛，沉静的表情里似乎透露着对外界的惶恐。那女生不太参与我们的游戏，但也不躲避我们，而是远远地望着。

后来，某天，我和男同学在一起画画的时候，进来一个女人厉声呵斥我们——我仍能清晰地记起那张黑瘦而丑陋的脸，她责骂我们对她女儿的影响，不允许我们这些"坏孩子"继续和她女儿交往。我当时心里非常震惊——对女孩的注视只是内心深藏的一个秘密，至今都无法理解她如何能破译我心里的想法。

我升上初中以后，就再没见过那个喜欢脸红的女同学。也许也曾见过吧，只是那样的一种情结已经随着那个夏天突然中断。那个夏天也随着记忆远去，只留下一个模糊的幻影般的背景。

医生、美术老师及其他

这个医生，在我出生以前，已经开始在这里行医。他的医术，来自何处，不得而知；他为人称道的与其说是精湛的医术，毋宁说是玉树临风的气质。他是个俊朗的男子，一米八的大个，瘦长、白皙的国字脸，略微翻卷的浓密的黑发，一副深色边框的玳瑁眼镜，眼神深邃、柔和，白色大褂从来一尘不染，就像台上演员的服装，在镁光灯下作为艺术道具而非生活用品而存在。

我上学时，路过他的诊所，总是不禁要引颈观望一会儿——在一列仿佛车站宿舍的临街建筑中，他的不起眼的诊所看起来就与众不同，茶色的玻璃门，血红色的"＋"字，刷得粉白的墙壁在周围灰红色的砖墙中脱颖而出。高大的法国梧桐树下，光影斑驳，形形色色的人在他的诊所出没，这片本应嘈杂的处所看起来竟像夏日暮晚的浓荫一样静谧。太多的人，为着相同的烦恼——疾病，来到这里，在一个美貌绝伦的男子面前，展示他们（或怀抱中的孩子）身上溃烂、腐败、丑陋的部分，仿佛是为了在美的面前亵渎美。医生素以好脾气著称，他并不对那些难以示人的部分表示厌恶和反感；相反，他就像一个儿童见着盛开的花朵一般表现出极高的热情和欣喜——那带着毒素和病菌的溃烂之体、那鲜红的肿胀的病之花，在一个知己的面前傲然开放。

医生愉悦、专注的表情，很轻易地征服了病人，使他们脸上露出信任、激动和满足的神情，连一开始躁动不已的婴孩都在他的双手和表情的抚慰下，渐归安静，眼眸中惊恐、暴戾的泪水散去，渐渐放射出一种天使般喜悦、清新的光芒来。医生轻轻地站起来，将耳中的听诊器摘下，端起桌上的水杯喝了口凉开水（他从不喝茶水，牙齿保持着瓷质般的洁白），修长的手指习惯性地拢了拢前额的头发，然后将右掌握成拳头的形状，捂在嘴边，轻轻地咳了下——他整个的动作，如行云流水，焕发出一种艺术的美感，不像一个身份不明的江湖医生，而像一个大牌演员。

我的一个女同学，长得十分妖媚——我之所以不用秀丽、娟秀这些字眼，是因为，她长得过分漂亮，这份姣好的容貌里有一种咄咄逼人的光芒。与我们县城多数的美女保有的那份矜持、清纯和内敛不同，她的美有一种西洋化的、难以遮蔽的媚态，有些像李玲玉，也有几分像现在的范姓明星。

李玲玉，是当时的一个流行歌手，我们都喜欢听她唱的《原野牧歌》：

> 辽阔草原，美丽山冈，群群的牛羊。白云悠悠，彩虹灿烂，挂在蓝天上。有个少年，手拿皮鞭，站在草原上，轻轻哼着，草原牧歌，看护着牛和羊。年轻人啊，我想问一问，可否让我可否让我诉说衷肠。年轻人啊，希望我能够，和你一起和你一起看护牛和羊……

女同学名叫王娟，但我们不叫她王娟，叫"李玲玉"。她家开了我们县最大的药房，她的父亲，祖上是个大地主，可能尚有余财没有在动乱的年代里被搜刮干净，传到他手里，就经营了药材生意——也许他祖上一直从事这种营生，也未可知。他是个年近六旬、头发花白的跛脚老头，面色红润，嗓门很大，动作利索，看起来像女同学的爷爷。老头年近五十才喜得千金，而他的太太，是个年轻的大美女，个高肤白，面若桃花，热情活泼。

在我们县城封闭、保守、压抑的氛围中，这对母女，带给我们别样的、新鲜的感受。像两朵怒放的鲜花，盛开在一池死水微澜上。我几乎很少和"李玲玉"攀谈，因为我在她炫目的光芒面前自惭形秽，对于我这种生性敏感而怯弱的男孩子来说，这份过于喧嚣的美是有毒的、有害的，我所能做的就是目睹美的最后的悲惨结局。班上有调皮的、感觉自我良好的男生，喜欢围着"李玲玉"转，用语言和动作进行挑弄，而她一一抵挡、化解，进退自如，让我感觉像个交际花似的。

很奇怪的，我认为"李玲玉"这种本领来自遗传。因为她母亲让我得出一个交际花的印象，但要找出具体依据，似乎又拿不出来。她的母亲只是喜欢和年轻漂亮的男子说笑，并不避讳那个跛脚的、年老的丈夫。据说，"李玲玉"的母亲是填房，并且老家不在我们这儿。老头的前妻病死多年，并未留下子女。这样一对组合，很容易让人产生"李玲玉"的母亲只是贪财的想法。

药房，和医生的诊所同处一条街上。在80年代初，街两边尚有绿荫如盖的大梧桐树，我上学的时候，有时会绕道走到这条街上来。梧桐树下，有老妪卖冰凉粉，有出租小人书的摊子，这些，总会消磨掉我一些时光。对于成人的世界，我开始产生好奇，并兴致勃勃地观望这个讳莫如深的世界。诊所那些看病的男女，也总会让我观望的眼睛得到某种满足，我目睹他们的神情：焦虑、痛苦、无助、释然、感激。凡此种种，无不具有一种戏剧性，我想象那尖利、炫亮的针头扎进粉红色的肉体，似乎也能得到某种快感……对于疾病，我虽偶有体验，容易淹没在一种浑然无告的不适和疼痛里，但是在正常的情况下，我似乎是在想象一种遥远的事物，仿佛在努力想象一种无从经验的感受。此刻，在我眼前的诊所里，它们，集中在一起，因着各种不同的器官，因着仿佛受到蔑视的难为情的表情，一起在这个展馆里暴露、展示，而医生，是它们唯一合法的欣赏者和收藏者。

　　自然，我的目光也会在女同学家的药房徜徉。那个目光精明、红脸白发的老头，烫着波浪卷发、穿旗袍的高个美妇人，对我漠然但目光灼人的女同学，不知道哪一个更能吸引我的眼球？如果说诊所对我来说像个谜团的话，药房是个更大的谜团。不同于诊所的大玻璃门，药房店面和内里的摆设，显得古色古香，沉重的暗红色木门上有巴掌大的铜制门环，被鞋底磨平的高高门槛，青砖地面一尘不染，漆着桐油和黑漆的香樟木柜台，柜台上精致的秤盘、珠子纹丝不乱的算盘，布满植物药香的橱子，每一格都用蝇头小楷写着一个个或熟悉或陌生的名字。透过柜台下方的玻璃，我看到黑色的干枯的蝉壳、如冰糖一般的明矾、一些有着红色或黄色脉纹的矿石……它们，和鹿茸、人参、麝香，这些珍贵的药材比邻为伍。我平生见过的第一幅油画也是在这里，挂在药房的墙上，画的是一个西方的妇女肖像，一个戴着蓝色头巾的女人转过头来，三分之二的脸部处在亮光中，三分之一的脸隐没在深褐色的背景中，白色的带有蕾丝花边的衣领和红色披肩，透明的、深蓝色的眼眸不解地、茫然地注视着画外的一切。药房具有的那种复杂格局是我在家中无法体会到的。

我很少看到医生从他的诊室出来，这个孤居的、俊美的男子，没有太太和子女，没有来历和背景，似乎是横空出现在我们小镇上。可以说，医生，是我们县妇孺皆知的人物，但是，关于他的家世及其他一切，人们却均一无所知。

人们说，医生是从上海来的。人们说，医生是某伪县长的孙子。人们说，医生是留过洋的。

均是无法查实的谣传。

人们还说，医生是药房太太的情人。关于这点，人们言辞肯定并且兴趣盎然。我们几乎相信完全是事实。人们进一步说，"李玲玉"是医生和药房太太的私生女。人们又补充说，"李玲玉"的眉眼、神情和医生一模一样。人们恍然大悟，并对这一对璧人抱有既首肯又唾弃的复杂态度。

然而，人们传说越盛，越是值得怀疑，因为并不曾有人亲眼看见他们之间有过任何不端的行为。甚至，在"李玲玉"母亲喜欢交往聊天的男子中间，都不曾见过医生的身影。

夏日的傍晚阴影盛大。十字街头的百货商店门前，人们在朝灯光明亮的大门涌动。有一阵，我反复地做同一个梦，那就是：梦见十字街头被改造，百货商店、供销社、银行、电影院和公安局一带，被改造了，那些灰色的砖混结构的两三层楼房子，都换了模样，似乎是都贴上了白色瓷砖，有的房子屋檐处还装饰了绿色和紫红色的琉璃瓦——我在梦中惊恐地看着我们县城的变化，为此感到深深的忧虑；在我看来，我们县城那种灰扑扑的、古老的甚至不乏呆板表情的风格，具有一种朴素的、值得信赖的美感，它稳健、扎实地呈现在那里，仿佛是可以触及的和让人心慰的。

我们县城的美术老师也是个美男子，他是个擅长风景和人物的画家。我们经常在文化宫的展览室看他展出的新作——他特别擅长描绘县城的街道、建筑，以及那些景物背后一种乡愁般的忧郁。我们能一眼辨识出他画的是县城的哪幢建筑、哪条街道，但是，他画的建筑、街道，似乎又是陌生的、抽象的，就像是我梦里的景物。

美术老师性格有放浪不羁的一面，他留着长长的头发，黑黑的胡子，身上的衣服似乎从来没有干净过，涂满了经年的油彩。他偶尔也配合宣传部门，在一些节庆日，画一些主题画，画面往往洋溢着热情的、艳丽的然而也是浮夸的色彩，就像乡下黑黢黢的农民进城受到表彰戴着不相宜的大红花、抱着不协调的大奖状。我们知道画家平素的画风，是灰色的、忧郁的。

但是美术老师的性格是豪放的，或者说具有一种佯狂的味道，就像魏晋名士。这一点，可以说，和医生是一面镜子的正反面。

美术老师是药房太太的少数知己之一，这样说吧，他是"李玲玉"母亲聊天交往的人当中最热乎的一个。据说，她还是美术老师固定的模特，经常出入美术老师的寝室兼画室。"模特"，对我来说，是个极新鲜而刺激想象力的词，对于我们保守的县城来说，未必不是如此。我仍然记得电影《庐山恋》在我们县城初上映时的轰动，如今，已过去了几年时光，人们思想的开放程度似乎有了很大的变化——但因为我们县城积累上千年的保守的习气的惯性，对于男女之间的话题和行为，依然保有顽固的敌意。

既保守又喜欢咬舌接耳，可以说是我县人们的劣根性。曾经，人们一度热心揣测医生和"李玲玉"母亲的关系，现在他们言之凿凿地相信，药房太太和美术老师之间的关系并非清白。因为有人亲见，美术老师给药房太太画的"裸体画"——单单这三个字从人的嘴里蹦出来，都足以使我们县、使我们小镇骇了一跳！无论如何，人们认为这足以伤风败俗，既然人家的裸体都看了，还有什么没做呢？

有一阵，我看到药房关门停业了，药房太太没有露面，包括"李玲玉"和她爸爸，也不见踪影了。

美术老师也不见了。

并且，似乎是很奇怪的，他们再没有返回我们县城。许多年了，人们一直在翘首盼望，终究没有见到他们回来，直至后来，人们也淡忘了他们，因为我们县城在经历着种种时代的变迁，应接不暇，人心思变，早对一切来临的事物既茫然无措又坦然接受。

唯有医生，依然在那里行医，在和药房同一条街的诊所。似乎一切的谣言和县城的变化,都和他无关。他依然那么俊朗,但是又有什么用,只是使我们县城一些有几分姿色的少妇心疼。这是我童年和少年时代最为困惑的人之一,医生,就像一具没有情感和血液的石膏像,他的美貌只是一种游离在他的灵魂之外的假面,他的内心有着怎样的想法我们一无所知。对人内心的探索,是我在童年时代遇到的难题之一,我几乎不知道这个人——医生的任何想法,以致他漂亮的外貌强化了他作为人的"虚无"特征。有时,我甚至怀疑,我们小镇上真的存在过这个人,还是我臆想出的一个人。因为他没有亲人、朋友、爱人,没有来历背景,他像个隐士只是问诊,足不出户,甚至言语都很少。虽然我们一致公认他具有强大的亲和力,但几乎没有听到他一句多余的话;他似乎热衷于用眼睛说话,目光里写满了要说的话语,以致前来问诊的人也由喋喋不休的聒噪变得安静和沉默下来。

一个邻居

许多年以后,这个邻居,死于心肌梗死。

在上街时,我们两家就是邻居。出于民间的说法,我和她的大儿子还共同认了一位邻居做养父。一次,她和她婆婆吵架,在黄昏的巷子里,相互指责、咒骂。我看到她和婆婆激烈地争吵,互不相让。后来,她背起她婆婆,消失在黄昏里。她为什么要背起婆婆,她们要去往哪里,我并不知道……

她当时给我一种很强悍的印象,与她小小的个子很不相称。

我家搬到城南以后,她家也搬来了,共同租住在一户人家的大宅里。这幢旧宅,厅堂很大,两边各有四五间房子。我们两家分别租住在东西两边,长达近十年。在这漫长的光阴里,三户人家的女人,相处为一种亲密关系,情同姊妹。我们两家,也得以被这片街坊视为本家。

邻居强悍、尖利的特征,一再地在日后的生活里凸显出来。有一次,我在和她的两个儿子玩耍时,大约他们两个与母亲顶嘴,忽然我看见一把雪亮的剪刀"呼啦啦"地飞过来,大儿子赶忙头一低,剪刀贴着他的头皮"噌"地钉在了大门上。她就是这样一个暴戾、强悍的女人。

她的两个儿子,与我自小厮混在一起,我们感情深厚,彼此以兄弟相待。大儿子，聪明，天真，个子如她般矮小，但有一双大而深澈的眼睛。小儿子，像父亲，有着和父亲一样稀疏、黄色的头发，更瘦，也更矮小。他们的父亲，是一个有些小聪明但无大智、缺点明显的人，有些叛逆，衣装邋遢，贪杯好玩。

有一天，不知他从哪里摆弄来一台十四英寸黑白电视机（这是我们街坊第一台电视机），每晚，他把电视机架在厅堂的八仙桌上，七邻八舍的男女老幼，纷纷带着板凳前来看电视。在那段时间，这男人是颇有些自豪感的。而每次信号不好，电视屏幕雪花一片的时候，席间的老太太便带着央求的口吻说："毛毛（他的小名），快来弄一下喽！"而他，却磨磨蹭蹭，直到台下呼声高涨，不能自持时，他才前来。也没带什么工具，而是对着电视机，左拍拍，右拍拍，雪花消失了——节目又恢复了。台下便赞叹声一片，这是一只多么神奇的手啊。后来，每当雪花片出现时，取而代之的是他大儿子的手，"啪啪"几下，好了！真是神了！连带着父子两个人的手，都被大家崇拜不已。现在想来，其实并不是手的神奇，而不过是电视信号不好。

但是大儿子和他父亲，对于工具、修理，诸如此类，却有着天赋。他们无师自通地摆弄电器，把收音机、电视机拆得七零八落，又重新装上，完好如初；而对于接电、修理损坏的电线之类，更是小菜一碟，不在话下。

他们父子都有取悦大众的宽厚大度，而邻居，却是有些抠门儿和小气的。每次电视里《霍元甲》的结束曲一响起，她便来收电视机，拔掉插头，说太晚了，要休息，边说边将电视机抱回屋去。台下有几位老太太是电视迷,非要看到电视屏幕打出"再见"时,才会恋恋不舍地起身——因此,每次她来收电视机,老太太们便大呼小叫,如丧考妣,形状颇惊恐,又很荒诞。而她是这样一个一意孤行而暴戾的女子,断不会因为长辈们的呼声,而稍微改变一下主意,自顾扛着发烫的机子,头也不回地回屋去了,任后面骂声一片。

我也是电视迷,就是通过邻居家的电视机,看了《霍元甲》《陈真》《再向虎山行》《血疑》《三口之家》《阿信》《在水一方》……获得了巨大的欢乐,同时也收获了对外界的困惑和向往。那么多年过去,曾经在一起聚众看电视的人,那些长者,不少已经纷纷去世,包括她,让我惊警的心,突然感到刺痛!

她是一个笃实、坚定、性格有明显缺陷的女子。而对于我来说,也颇能感受到她的温柔、慈善。她的儿子,在责骂中成长,成绩一度很好,却最终没有考出去,赋闲在家,也没有学什么手艺,在混沌中打发时日。她的男人,那个面色枯瘦、头发稀疏发黄的男子,好高骛远,好吃懒做,经常和她斗。在我的记忆里,他们没有哪日不扯皮打架。恶狠狠地把碗柜推倒,碗碟碎了一地,衣物被褥横飞,儿子们在他们中间左挡右闪,哭哭啼啼,抱头鼠窜。他们夫妻是一对冤家,吵架成为彼此仇恨对方的一部分。后来随着岁月增长,这种状况有所好转。

我自小却感受到她对我的恩慈。她对自己的孩子横眉冷对,恶语相向,恨铁不成钢,对我却一直颇为欣赏,某种程度上我能明显感觉到她身上一种母爱的情怀。她也许潜意识里把我也看作了她的小孩。

用鼓励的语气和我说话，给我零食，在她家玩耍时经常挽留我吃饭。她身上有浓烈的狐臭，但我却并不觉得反感。她对我的好意和善行使我感觉温暖。

她的男人是个泥水匠，本可以顶替退休的父亲在教育部门作食堂职工。没有去，而让她去做了。我依然记得，有一次，我和她的大儿子骑车到她的学校去。她在学校为老师做饭，同时开了间小店。她留我们吃了饭，我有生第一次吃了单位的"钵子饭"，这份经历留给我至深的印象。

她精细、勤勉，是家里的主心骨。她还挤出时间上街修补皮鞋、在园里种了一大片蔬菜。在她辛劳的操持之下，一家人的生活温饱无忧。

她矮小的身躯从来不曾比别的女人更少承受生活的担子，甚至更多，当然也是微不足道的。她从来亦没有做过任何一件值得大书特书的事情。她只是勤勉地做事，知道别人议论她过于辛劳——言下之意，大约说她过于爱财。她并不为此受到影响，后来，不太上街去修补皮鞋，那个三角形状的机器，废弃在家里，散发着铁锈和胶水的气味。而家里的菜园，仍是一手伺候，蔬菜弄得翠绿可爱，各种时令蔬菜用板车拖到市场去卖，换回不少钱资。

我的这个邻居——崽嬷婶，那日凌晨对丈夫说胸口疼，丈夫说你揉揉。邻居说还是疼。毛毛叔起来将她弄到医院去，在冬日寒风刺骨的凌晨，她在路上就咽了气。

老宅和婆婆

潮湿的院子，青绿色的苔藓沿着灰色的墙根往上蔓延，旧腐的木头——挑梁、雀替、圆柱、窗棂、隔扇，显示了时间对它们的伤害，而它们表情寂静，随同那些青石、砖头，一同在过去的时间里沉沉睡去。这是我家从上街搬到南门居住后租住的老宅。在村落数百栋房子之中，这算得上是最老的一栋。我们家占据着东边三间屋子，兼带一个小院。但这栋房子并不为一户人家所独有。我们租住的三间房子，产权属于另外一户人家。崽嫚姆一家租住西边的三间屋子，产权属于紧挨着旧屋搭建了一溜两进四间房的主人。在老屋中还有几间空房，则是西边房主的老人居住。房子厅堂很大，很幽深，在白天，仍然是漆黑的。我们周围十几户人家，每晚在老屋的厅堂里看电视，就像一个乡土社会中的大族一样。

而大门口精雕细刻的石鼓和柱础显示了昔日的辉煌。香案上的神龛早已撤掉，据说，原先上面挂着穿戴官衣官帽的老宅先祖的画像。不知道从哪一年开始换成了伟大领袖的年画。厅堂墙壁上一位新近结婚的年轻人的名号（书写在一张对开的红纸上）以及插在上面的一对花束还在。堂屋里摆着打谷机，角落里放着爬犁，墙上挂着锄头、铁锨和其他应时农具。地面凹凸不平，圆鼓鼓、黑黝黝，仿佛一个个卵石——那是脚无数次踩踏后留下的痕迹。

老屋最老的太太姓徐，她的娘家在离这里不出二里路的徐家屋，八十多岁了，微胖，肤白，眼不花，耳不背，慈眉善目。通常我们叫她婆婆。她有一个弟弟，十五岁的时候，随王震的部队去了井冈山，此后辗转赣南、北上抗日以及进入新疆，1950年代在解放军总后勤部任职，是个少将。这个弟弟自当兵后就再没回来过，但是授衔后给老家寄回黑白照片，被婆婆用手帕包着，放在首饰盒里。军人的传奇生涯，对任何一个男孩子都不可避免地构成诱惑，我们围在婆婆身边，让她给我们讲她弟弟的故事，给我们看他的照片。婆婆的儿子是个六十多岁的高个子老人，身上有一种旧社会乡绅的风度。他的德行和威望之高，在这片街坊是少有的。他的确像那种有德君子，允恭克让，文质彬彬。每日，他像《朱子治家格言》说的那样，"黎明即起，洒扫庭除……既昏便息，关锁门户……"我从来没见过他与人吵架，但自有一种沉着冷静的威严，批评人，也只是晓之以理，使人能够虚心接受。他是个职业的农民，业余的礼生。按辈分，属德字辈，同房门下，好几个这样德字辈的男人，少长不一，有叫德裕、德才、德明、德炳的……我父亲是显字辈，与他的儿子显平、显明是同辈。崽嫚婶的丈夫毛毛是出名的赌棍，为此婶子没少和他吵架。我的邻居——德明公，几次委婉地批评他，要他在孩子面前立得正，自己必率先垂范。起先，毛毛是在别的村庄赌。但是某一天，德裕老人家也摆起了赌桌，麻将声不绝于耳，似乎印证着"礼崩乐坏、世风日下"的现实。这自然是无足称奇的。但让我很感意外的是，有一天，德明公也坐在麻将桌上，并从此一发不可收，成为我们邻里俗称的"铁三角"之一了（这三角即德明公、毛毛叔、德裕公）。

我是婆婆最喜欢的小孩之一，与我同龄的毛毛叔的大儿子，则是她最讨嫌的。恰好，我们又都是邻居，共同生活在老屋之中。我和"烂疤子"（我们每个小孩都有一个外号）——直到今天，遇到，仍然不叫大名，叫外号——时常围在婆婆身边。这个老太太，常年将一块干净的手帕别在襟前，戴一个正中镶了一枚类似玉石的黑帽子，小脚穿一双绣花鞋。她经常会从口袋里摸出一块饼干或者一颗糖来，偷偷地塞在我们的手里——而每个得到这份礼物的孩子，心里都会升起一种被幸运女神眷顾的幸福感。婆婆的零食大概来自子孙的孝敬。因为不曾目睹别人的状况，我因此总认为婆婆只给我一个人零食，我是婆婆最宠的孩子。这份虚荣感一直伴随到老人去世。我的家族当中，祖母、外婆都命不长佑，使我没有机会与她们亲近。而婆婆则弥补了我内心的这种缺憾，使我在老人身上体会到一种中国老妇人的博爱、宽容和恩慈。我对婆婆也是非常敬重的，轻易不敢造次。只有一次，那也完全是个意外——我和婆婆坐在一张竹榻上，各据一角，我突然站起，竹榻翘起来，将婆婆摔在地上，把我吓得不轻，生怕带来意想不到的灾祸。我大约是吓哭了，屡次被显明的妻子——媛娇婶，拿来开玩笑。

媛娇、崽嫚和我母亲，年纪相仿。这种农业文明所特有的群体居住方式，营造出一种非常注重人情味的邻里关系。母亲与这两位婶子的亲密关系，如同姐妹。平常谁家地里出了新鲜的菜蔬瓜果，必然最先给对方尝鲜，而哪家有个应急、有个难处，对方也是毫无保留地全力相助。若是谁家做红白喜事，更是当作自家的事情来办，彼此照应，和睦融洽。

那时的生活，自然有时是苦的，但大家都喜气洋洋。孩子和长辈之间的关系，远不像今天这么紧张。独生子女时代，看起来孩子得到更多的娇宠、溺爱，其实也承担着与弱小的肩膀不相匹配的压力，望子成龙的热望和转型社会给大人带来的压力被并不理智的父母转移到孩子身上，加上学校之间的竞争，使得教育变成一种数据和排位的竞争而丧失了其本质，又进一步剥夺了孩子纯真的天性，所谓社会生病、孩子吃药。我们那时候，分数自然也是大人关注的焦点之一，但不是唯一焦点。理智的大人会想到，精英总是少数，高考的独木桥上挤下来的大多数是可以同情和理解的。那时的大人更有一颗平常心。我们因此和大人的关系也相对亲密。我同母亲、几个婶子，乃至和叔伯之间，俱是如此。而我与父亲的紧张关系，一来这是一种特殊的构成，非我独此，这种紧张的对立在大多数父子之间都程度不一地存在，这是人性如此；二来父亲长年在外工作，使我们相处的时间过于短暂，对他的生疏感和不适感也是存在的。

崽嫚婶有个乡下亲戚——是个外甥，在我们老宅里生活了好几年，我们都很相熟。这个年轻人戴一副程度不浅的眼镜，手不释卷。他是寄居在舅母家高三复读的。他无时无刻不在读书，有时倚在门框上，有时坐在床榻前，他的头发总是长久不洗，有一股很浓的酸味——我想古人形容读书人的那种酸味，看来是有道理的，一定有着生理层面的反映，而非全然的心理上的感受。"皓首穷经""黄卷青灯",必然无暇洗漱沐浴,身上怎会没有酸味?那时高考远比现在难,大学实行精英教育——因此人们习惯称大学生为"天之骄子"。想要跨进大学门槛不是容易的。这个外甥,接连复读了四年,还是落榜,最后把书一抛,卷起铺盖回到乡下做农民去了。每想起此君来,总有一种可怜。那时,我们打扰他也不少。我们喜欢在夜里听他讲鬼故事——大约都来自《聊斋志异》,甚至从他手里借过鬼故事的连环画看,上面画的鬼无一例外都是青面獠牙、张牙舞爪、黑身长发的,我总是被吓得要死,但又非常想听。他总是以一种成年人的狡诈和残忍,用故事不断调动起我们对恐怖事物的想象。空荡荡的厅堂晚上是漆黑一片的,每次从崽嫚婶家摸到我家去,内心的恐惧都无以言表,每一步走得都惊心动魄,信鬼与不信的我,在身体里激烈地交锋。

只有黎明的光线才能刺破和扫荡夜晚的鬼魅。每晚,我在极度的惊恐和疲惫中睡去,而早晨睁开眼时,都有一种如释重负的轻松。看着窗外,迷蒙、幽蓝的光线细雨般自黝黑瓦檐间落下,想起在清凉的光线里,一群孩子光溜着屁股滚过高高的门槛,互相直呼外号,在厅堂里奔跑、欢笑,那门梁上的对联、诗句、格言,那端庄、平朴的案几,那洁净、勾缝的砖墙,那黝黑结实、鎏金描画的桌椅——无不让我们产生一种信赖和亲密的感受,而农历年节,大人举着火烛在香案上燃起,木盘里盛着斋饭,双臂高高举起,敬天,也敬先人,在寻常日用之间,我们领悟到一些仁慈恻隐、忠孝节义的道理。

电影记忆

那穿透于头顶之上的玻璃光柱,已永远湮没于过去的黑夜里,包括定格于银幕上的属于过去年代里的人物。在神话和光柱被抽去的空气里,弥散着漫无着落的尘埃、淡蓝色的烟雾、口水的腥气、胶片烧灼的焦味……回忆的山峰从人们的肩头陷落,让人在夜晚追思、怅惘。

电影,是童年里一个发光的词。我第一次被拉到亮得晃眼的银幕面前时,大概是六七岁,在南门广场。电影银幕就挂在广场主席台上,我们端着小板凳坐在下面,往往等待电影开始的时间比眼睛停留在银幕上的时间要长——因为我总是在看电影的过程中不知不觉就睡着了。那个时候的电影似乎并不好看,但永远不缺少观众。不少人或许能如数家珍地搬出镂刻进他们记忆里最早的电影名字,我对那时看过的电影却一部也不记得。

南门广场也不是每天都有电影看,而是每周一次,不用买票,来去自便。不仅在县城,电影队还经常下到乡镇、学校、厂矿里去。我记得有几次在乡下亲戚家里,恰好逢到镇上放电影,我被亲戚家的小孩带着,走十几里的山路去看,路虽遥远,但也正好延长了我们快乐的长度。我家离南门广场只有一箭之地,看电影最方便不过。因此每次都是全家出动。作为享受视觉盛宴的一种补充,食物似乎是观众必不可少的携带品。在零食极度匮乏的年代，母亲在我们口袋里装进的是一把红薯干——而它通常悬挂在我们无法企及的横梁上。放电影的那天，像是被赐予了某种节日的气氛，姐姐穿上了通常舍不得拿出来的最好看的衣服，在试衣镜前不知餍足地停留。大部分女孩子，都把每周最美的一刻献给了那个激动人心的夜晚。与其说是去看电影，其实更像是去参加选美竞赛。连那些像母亲一样年纪的妇女，也不会轻易怠慢自己那天的容貌、衣着。

悬挂银幕的主席台，墙上凝结、发黑的血痕，和红色（框金边）的老宋体标语清晰、可怖地呈现在眼前。但却被电影故事所牵引的人们所忽略。不放电影的日子，南门广场成了我们这一带小孩的乐园。我们像猴子一样忙乱地在台上台下活蹦乱跳。我最大的爱好是用没有燃尽的煤炭渣在墙上涂鸦。不光我，各色人等在墙上留下了他们的手迹。如果这墙壁现在保存下来的话，完全可以称得上是一件具有后现代主义风格的作品。

曾经用于批斗的主席台，现在成为放电影的戏台。同样的空间，已被赋予完全不同的性质、意义。那些曾看到自己的丈夫被揪出来接受拳头、皮靴的暴力而内心痛哭流涕（表面上还要装出一副义愤填膺、振臂高呼的样子）的妇女，现在却喜滋滋地边看电影边嗑瓜子，完全像是好了伤疤忘了痛。生活有时会将人的身份偷换，让他（她）由演员变成观众，只是他（她）并未觉察而已。

南门广场看过的那么多电影，我一部也不记得。唯一让我永难忘记的是那部《少林寺》，但这部电影是在县城影院看的。在以后的岁月里，县城电影院几经改动——舞厅、录像厅、游戏室之类，如今的身份是百货超市。而李连杰竟还英姿勃发地在银幕上打斗，真让人觉得不可思议。《少林寺》我接连看了六遍，这也创下了我看同一部电影的纪录。从窄小的售票窗里，可以看见一张漂亮但似乎有些高傲的脸。人们的手臂拥挤在售票窗口，仿佛是永远不从洞口里伸出来的那几根白皙的手指的狂热崇拜者。在口袋空瘪的日子里，那些如我一般的孩子，在电影院门口的广告牌下徘徊不去。有一次，他们怂恿我在几张背面空白的票上，用颜料水模仿印戳盖下日期字迹，居然骗过门口的检票员，混进去了。

南门广场已不再放电影了，一个免费看电影的时代突然宣告终结。母亲极少带我们去电影院。但她是戏迷，每次去县城采茶剧院看戏，总不忘带上我。我还是喜欢看电影，虽然去的机会不会很多。相比南门广场的时候，电影院的观众更加纯粹，以青年人为主。他们身上衣着的光鲜、亮丽程度，也上了一个层次。而我每获得一次看电影的机会，都是从牙缝里抠下的一两个月的零花钱。而零食的重要性，对于时常有饥饿感的我来说，与看电影孰重孰轻，实在难分伯仲。当时最大的愿望是，早点长大并且成为一个拿工资的人。

我记得每次看电影，在椅子上坐下后，心脏要怦怦跳动好久才能平息下来。如此紧张、兴奋，仿佛不是来看电影，而是经历一次重大的人生事件。如果是夏天，空气里弥漫着水仙花牌花露水、硫黄香皂、汗液、狐臭、老鼠尿臊相混杂的气味。冬天则是雪花膏的香气在暗黑的空间里流淌。电影院的座椅分单、双号，也是我最早关于分类的印象之一。我每次去看电影，都会带上一把手电筒，一来为了查找椅背上的白漆号码（因为我每次都去得很早，电影院里还很亮堂，这项作用基本作废），二来是为了照回家的路。在影院里，唯一对银幕上的画面毫不关心的，是在过道里逡巡的查票员，他手中电筒的光亮程度似乎是我们的好几倍。之所以觉得他手中的电筒特别亮，其中一点是因为莫名的紧张感——总怀疑自己口袋里的票突然不翼而飞了。

　　曾经看过一本小说，里面有个细节："我"坐在电影院里，手掌不由自己所控制，像是一个充满醉意的、独立于"我"的意识之外的生命个体，它在黑暗中痛苦而兴奋地游走、探索……我想，当时我的四周肯定有不少这样的手：燥热、紧张、沉醉、投入，像纷纷出动的蛇……而黑暗掩盖了这不为人所知的属于个人的事件，永远只背负在他个人记忆的天空。唯独像我这样的少年，天真地、目瞪口呆地注视着雪亮的银幕，对身边成人内心的羞怯、欢喜、逃逸，一无所知。

广场上的月亮

居住在城南的人们，是否经常意识到他们血液中静止的风暴，并没有完全在往昔中停顿。他们从四个方向朝广场会聚，时间（看起来）已经抚平了他们心灵的创痛，那是无数个年轻的傍晚之一，我是走向广场的其中一个。古铜色的月亮已经在天空升起，桂花的芳香在空气中弥漫，县城在经历最初的喧哗与骚动之后，像退潮后渐渐平静的海滩，卷曲的树叶在屋檐低垂，高分贝的广播，正播放着轻柔的来自南方的音乐，在大街上逗留的人们像在海边眺望，暮色使他们收拾起行装，回到朝向往昔的临街的房子里去；那个闷闷不乐的小孩，正向他的爷爷挥手告别，大街上自行车亮闪闪的钢圈，偶尔将夜色擦亮，兴奋的神色在女人的眼中熄灭，倦怠像不可回避的厄运落在她的肩膀，街上凉风骤起，吹落的树叶使行人的背影看起来孤单，人群散去，黑暗中的月亮充满着时间的深意……

月亮照在人们的头顶，照在县城静谧的大街，照在荒凉的城南广场；它曾经照耀的，有的已毁于模糊的往昔。照见今天的月亮也曾将过去照亮。广场是这样一个所在，它用它虚空的怀抱，将人们集合、会聚；在后半夜的月光下，则几乎像个荒原。

曾经它是风暴的策源地。我们未曾经历的动乱，停留在大人们的记忆里。而我们今天经历的时代，尚未在它的身上露出端倪。现在，它还像县城身体上一块可有可无的扁桃体，它的过往的价值被人们坚决否定后，尚未开发出它新的用途。它的庄严神圣的面纱被人们无情撕下以后变得丑陋而无用。一度它客串了临时停车场，被车轮碾碎的泥地污水横流、线条狰狞，扛包的、挑担的人嬉皮笑脸或神情慌张。最终这个停车场被取缔，不是要恢复它原有的地位，而是人们嫌它偏离了城镇中心。原来泊车的地方被铲平，铺上上好的煤渣、黄沙，改造成了一个老干部活动场所（门球场），木槌敲击圆球的响声清脆地在广场上空回荡，那些曾经策划了风暴的人，和被卷入风暴中心的人，此刻，摒弃前嫌，握手言欢。门球场只占据广场不到五分之一的地方，大片的空地在一次现场办公会上，批示给了镇办小学。很快，这块空地被砌墙围起来，脚手架也搭起来，教师宿舍和办公楼矗立起来了。一个广场的历史从此终结。那些曾经在黑夜的草地上呢喃耳语的年轻人悻悻地转移到了更远些的郊外。

这块风暴过后、无所事事的广场，它的精神状态与在大街上溜达、闲逛的少年趋于一致。在我的想象当中，人们的精神面貌有着形而上的庄严和崇高，他们心中有一个虚无的但不容亵渎的目标，这目标牵引着他们的目光和步伐，他们的衣着严实、整齐，但中性化。谁如果漠视他们的力量，谁将自讨苦吃，没有好下场……事实上，在广场出现的人，没有我想象中具有一致的方向，他们的步伐凌乱，目标模糊，衣着远谈不上整齐划一。你甚至会看见，赤裸着上身的黑瘦菜农叼着烟卷、挑着粪桶漫不经心地走过。几条年轻力壮的杂毛狗在欢快地追逐、撕咬。大声说着脏话的孩子们，远远地朝它们投掷石块。水性杨花的女人也出现在广场上，她用涂着猩红口红的嘴小心地嗑着葵花子。主席台屋顶枯黄的杂草被风吹得东倒西歪，乌鸦叽里呱啦地叫着，两边的耳房里，乞丐睡在臭气扑鼻的稻秸秆上……曾经，主席台前方挥舞着拳头和木棍，当它们落下去的时候，得到下面山呼海啸般的回应。我不曾见过的这一幕，月亮曾经看见。但它像个最狡诈的人，始终守口如瓶。我只记得月光照耀下，主席台上的银色幕布，在晚风中旗帜般飘扬。从风暴中走出的人们，在光影流动呈现的虚拟图像中，得到了最真切的安慰。同样是黑压压的人群，此刻却变得安静，怒吼的力量变为一种对故事的谦恭。

　　面前的月亮，散发着亘古的光芒，在这个小镇的广场，潮水般的人群退去，它像银色的沙滩、建筑的岛屿，浮现在深深的夜的海洋。我想如果有一只暗盒将它收藏，它该不至于在这个世界消失？但没有人做这件事。我现在努力将它回忆，但不知道在多大程度上偏离了它本身的形象，以至于我现在对自己发问，是不是真的存在过这样一个广场、一段这样的历史。当我们现在触及那些过去的事情时，你会觉得它多荒谬、多不可信，但在那样的时候，谁都不曾对它有过丝毫怀疑。你会对人说："这里曾经有一个广场，这里曾经怎样怎样……"你会发现他对你瞪大了眼睛，或者苦笑着摇摇头陷入很深的迷茫。这个时候你要努力抓住那些飘散在你记忆天空中的碎片，是困难的，甚至你自己都不能那么确信了。你会对自己发问:"谁曾是广场的凝视者,我,或者你?"

是否月亮有着精准无疑的记忆?但它微笑着,对此不予置答。

烈士纪念堂

那时,"毛主席"是口头和书报中出现频率最多的一个词。毛主席的真实面容自然无缘亲睹,只能从画报上见到他的身影,成年后,第一次在纪录片中见到他的影像,带给内心的震撼仍然无法言喻。毛主席在神州大地无处不在。我家后门有条宽不过两尺的小路,路边有红砖垒砌的高墙,墙内有高耸的松柏、银杏和水杉。里面是个很大的园子,叫毛主席纪念堂。尽管有铁门把守,但我们仍然能够经常出入其间。这是一个比鲁迅先生笔下的"百草园"大得多的园子,是我们县唯一的公园。

与南门广场的空旷、寂寥不同,这里草木繁盛、鸟语花香。园内坐北朝南的是一座大殿,又名曰"革命烈士纪念堂",大殿东边是一座烈士纪念塔,西边是一座黄绿琉璃瓦顶的小亭,亭子间有石桌石凳,亭子被一个养着小鱼的池子环绕。周围分布着几何图形的植物,高低错落,疏密有致。多年以后,我读法国新小说家克洛德·西蒙的《植物园》,脑子里便映现出毛主席纪念堂的画面。

这里其实是个革命烈士纪念陵园,但为什么又叫作毛主席纪念堂,我是不甚明了的。在我见过一些世面、走过一些地方以后,发现在中国各地,都有一些"文革"的遗留建筑——其实在今天,算得上是文化遗产保护项目。这些建筑都有着共同的名字:毛主席纪念堂、展览馆、万岁馆、主席台，等等。只要毛主席足迹踏及的地方，还必有一个毛主席旧居。城南正有这样一个所在。南门广场，以及被流浪汉、疯子和贪玩的小孩占据的主席台——一度成了悬挂银幕放映露天电影的地方——而放映露天电影，又不可避免地成为一代人的共同记忆，仿佛一个巨大的装置，将祖国各地的人们共同置入一个巨大的文化景观中，成为历史的一部分。隔着巨大的广场与主席台相对的，是毛主席旧居。如今，这里已被改造成"一支枪纪念馆"。它的前身，名"宾兴馆"，是建于清道光年间的祠堂式青砖建筑，是为当时读书人以及科举的学子们所建的。1927年9月25日，毛泽东率领秋收起义部队从湖南来到江西，首站便是莲花县，攻克县城后，毛泽东和部队领导机关驻扎此地。新中国成立后，这里一直被叫作毛主席旧居。我那个小学同学——彭怡君，父亲是县党史办干部，母亲是小学教员，家就住在毛主席旧居的平房宿舍里。我那个同学是我涂鸦的鼓励者和最初绘画作品的收集者。

因此将革命烈士纪念堂叫作毛主席纪念堂，似乎是合乎情理的——广场、主席台、毛主席旧居以及毛主席纪念堂，共同构筑成一组革命纪念建筑物。

革命烈士纪念堂常年关闭，只在重要客人来访的时候才打开。因此，隔着门缝觊觎里面的内容，成为我们这些孩子经常性的举动。只是里面漆黑，模糊的陈设和图影，增添了几分神秘感，唯有霉菌和油漆的味道，隔着缝隙冲到鼻孔里来。于是又去骑坐汉白玉石栏。整个大殿采用古代宫殿建筑样式，琉璃瓦顶，深红墙面，水磨石回廊光滑可鉴，汉白玉石栏雕刻着传统花卉图案，精美，但难以被我们这些孩子辨识。我一个远房亲戚，是出色的木匠——曾赠送我一本封皮发卷的《芥子园画谱》——加入了一个团队，对革命烈士纪念堂进行修缮和装潢。至今记得，他侧坐在木条凳上，用工具仔细地雕刻一个巨大的国徽。因为他，我得以进入常年关闭的革命历史纪念堂内部，看到墙面上一个个严肃而冷漠的烈士遗像——我们这个县，是井冈山革命根据地所在地之一，牺牲的烈士数以万计，加冕的将军也有十数人之多。这些为共和国的创建做出牺牲的年轻人——他们绝大部分默默无闻，在第一、第二次国内革命战争中，倒在战火之中。

革命烈士纪念堂前面的空地上，有一座工农兵雕塑，我曾亲眼看见它的完成。文化馆的美术干事们，坐在用木头搭起的架子上，手中拿着泥巴和刮刀，往一个用钢筋做成骨架的泥塑上捏挤和刮刻，一个农民——头上裹着毛巾，手中拿着一个手榴弹，给他们做模特。这一切，都极大地勾起我的兴趣。我每日早早地赶到园子里，观看一个个泥塑渐渐成型，成为我最大的乐趣。而那个农民模特百无聊赖地坐在一块木板上，神情麻木，极力克制自己的疲倦、无聊的神情，也让我深为好奇，他有时用闲置的那只手挠挠背、抓抓下巴或揉揉眼睛，以换取片刻的休息——这些，都无形中给我上了最初的美术课。

雕塑最后栩栩如生地完成了。一名解放军战士手握钢枪、俯身前倾；工人模样的人昂首挺胸，振臂高呼；农民抓着手榴弹身子后仰做出投掷的姿势。它们共同立在一个方形的水泥基座上，目向铁门外的广场——这组形象，和当时八一电影制片厂的电影片头，以及人们手中的瓷缸上的图案，如出一辙，共同显示出一种大无畏和高大金光，然而在今天看来也显得做作和夸张的神情来。

革命烈士纪念堂不仅植入我的记忆，也在母亲的记忆中留下痕迹。有一回，我和母亲上山去采拾遗留在枝头的油茶果——老家方言形象地用"续木梓"这个词来表达。记得走了很远的山路，把板车停在山脚下，上山一棵树一棵树搜寻去，待肩头背篓里的木梓（油茶果）装满了，便下山来倒入板车，再返回山上。成熟的油茶果呈现出紫红色，有的裂开口子，如同秋末的板栗一般。母亲将续来的油茶果倒在革命烈士纪念堂前的水泥地上，均匀地铺开暴晒，直到果壳和果核完全分离，才将果核收集起来，挑到榨油坊炼制茶油。干燥的果壳则用来烤火或熏制冬天的腊味。因为担心晚上油茶果被人偷走，母亲便带上铺盖守护在那里——这在北方叫"护秋"。护秋当晚，母亲的胸口被异物揪住，想叫喊却不能发声——民间说法是"鬼压床"。这种经历，多年以后，我也遭遇到——那次，我在一位吉水朋友的老宅中过夜，夜晚胸口被按住，想叫喊，却叫不出来。

但那次，母亲向我们口述这难以置信的遭遇时，加重了我们对革命烈士纪念堂的疑虑。"鬼"，作为一种形象，在童年的记忆里占据着重要的位置，成为一种异己力量的存在，培植我们最初经验世界的幼芽，至今，犹不能免除对一个唯物世界之外的惊惧。

黑夜中的隐者

我们究竟生活在一个物质的世界，还是生活在一个灵异的世界？这个问题打小就纠缠着我。

母亲说，要敬鬼神。这同孔子的说法无异。然而我们得到的教育却是，鬼神根本不存在，唯物论统率着意识形态。但我依然害怕鬼神，对夜晚的恐惧，源于一个儿童的本性。

要克服这种对鬼神的恐惧，恐怕真的需要"无知者无畏"的勇气。老屋中堂背后有一间屋子，无人居住，摆放着一具棺材，和其他被"废黜"的农具。曾经我们躲猫猫时，还掀开棺盖藏进去——其实完全可能会因缺氧而导致窒息；稍大些，为曾经的举动感到后怕，再也不敢靠近那具棺材，也不愿再去那间黑屋。我总疑心厅堂背后的那间屋子有"鬼气"。

这里其实涉及一个我们中国人无法回避的认知——这个认知已经绵延了几千年。古人说，非常人要顺乎天地的意志、日月的光彩、自然的时序、鬼神的凶吉，即"与天地合其德，与日月合其明，与四时合其序，与鬼神合其吉凶"（《易传》）。尽管也有像韩愈这样不信鬼神信命理的人，但总是寥寥无几。我的父辈经历的时代，恐怕是开天辟地以来，几千年未有过的，那就是——鬼神，在全民的精神世界里，得到了最大化的清除。尽管，如何评判它是另一回事。

在"满街红绿走旌旗"的世界里,父辈们淹没在集体高亢的声浪里,那种场面,的确足以产生一种改天换地的幻想,鬼神安在?恐怕地球上没有它们的容身之所。我读小学一年级时,是在公社大队的礼堂里——过去它是一座宗族的祠堂。祠堂附近有一座土地庙、一座镇守风水的宝塔,都已在"文革"中摧毁了。只留下旧祠堂——但也被改造得面目全非,"毛泽东思想万岁"的巨大标语,在外墙上打老远就看得见。曾经供奉孔子和先考的牌位,早已同其他"腐朽落后的封建思想"被扫荡无存。

但每晚对鬼的恐惧,依然是直面内心的困境。不像现在,那时家家夜晚灯泡发出的亮度有限,节约能源不需发动,各家只要看看抽屉里有多少储蓄就该知道如何让日子细水长流。在发黄的灯光下,人的影子却显得深重,它们映现在墙壁上,像银幕上的剪影,自有一种神秘和凝重。

我们县城东门桥下,每年都要淹死几个人,那时无可避免,因此人们逐渐恢复了对"落水鬼"的恐惧。那时,"文革"已经结束,经过几年的解放思想,人们的生活重新回到正常的轨道。一些过去被认为是封建迷信的东西也重新泛起。烧香礼佛的人越来越多了。东门桥正对着不远处的玉壶山,山顶上的法藏寺香火逐日地旺盛起来。山底下有个溶洞,据说有条暗河通向莲江,因此,有人看见在东门桥下淹死的人,多日后在溶洞的暗河里出现了。在人们描述不一的形象中,落水鬼——有的说是像一只水猴子,有着光滑的毛发和敏捷的身手;有的说像一只水獭;有的说成是个黑发遮脸的女性。尽管说法不一，但共通之处是，它们都会"鬼扯脚"，生生将你往水里拉——这个令人惊惧的担忧，总是使在河中洗澡的人下意识地甩动着腿，对于缠绕脚踝的水草、流经而来的树枝格外敏感。不少人听过夜里水鬼的叫声，像娃娃的啼哭。我们那边的山溪里有大鲵，它们会发出娃娃的哭声。但人们总愿意相信那是水鬼的叫声。

如同那晚母亲在革命烈士纪念堂前守护油茶籽，被"鬼压床"，进一步让我意识到一个我不曾了解的世界、不曾了解的对象——出没在那黑夜中。每年几节——清明、端午、中元，神鬼的形象总是无比清晰地来到我们的生活中——母亲让我在纸包上用墨笔写上"先考""先妣"字样，然后将鸭血洒在上面，连同一沓沓黄表纸（清早被母亲叫起，在上面打出一个个类似铜钱的凹印），在屋前火化。据说那天，地府将鬼门打开，让它们来到人间。七月鬼节是一个难熬的月份。

父亲告诉我，在他十七八岁的时候，有一次在山林里走夜路，发现走了一晚还是回到了原地，一直没有走出这条沿溪的山路。而这条路，他走过不下几十上百遍。据老人说是被鬼蒙住了。这使得我那时几次夜晚独自在山中的行走变得异常紧张。我是个贪玩的孩子，不仅经常去姨妈家度假，一度我还曾和一个住在大山里的表舅的儿子成为好友。我几次到那个亲戚家做客，又独自在那山间小路夜行——风吹动茶树林的沙沙响声，总使我怀疑会有个黑色的恐怖的东西突然现身。每次，贪玩的欲念总能战胜对鬼怪的恐惧——我又一次来到表舅家。至于为什么会晚上独自步行回家，则是不明缘由了。

我描述过在姨妈家，看到一个妇女口吐白沫，用来自另外一个人的声音——亡灵的声音，告诉求问者信息。这个大字不识的老妪，是方圆几十里著名的"神婆"。我也曾在五六岁时，因为一场莫名其妙的病，变得异常，总是下意识地发抖，日益消瘦，母亲晚上对着水缸，为我喊魂。

当母亲手举斋饭（给亡灵用的），站在大门口，面色肃穆地朝着天际，心中默默念着我无法了解的词语——父亲退休回家后，代替了母亲这项工作，他用手托举斋饭的动作和脸上的神情，显得匆忙，像是不耐烦和另有所思——我站在他身后，总是意识到，还有我不曾见过的亲人，始终在我身边，他们既是我的先祖，也叫作亡灵或鬼。总之，在我们花红柳绿、天蓝水碧的世界之外，还有一个抽象的世界，供另一批魂灵居住。无论是，我们挤在某户拥有电视机的人家，如饥似渴地看香港电视连续剧《八仙过海》——那一个妙曼、极乐的仙人世界，还是从一个高年级学生手中借来的《聊斋志异》——那一个旧祠破庙中，鬼狐出没的荒野，都愈益充实了一个拥挤的鬼仙游荡的虚幻世界。

母亲说要敬鬼神，但她自己似乎对此并不过度迷信。她也在家里烧香点烛，但那多半是为了在节日里表达对祖先的哀思。她不像我，满脑子奇奇怪怪的想法，她大部分的时候像个单纯的孩子，简单而迷糊。许多的事情，她总是想当然是这样的，并不愿意深究事情背后的逻辑或深意，有时甚至人云亦云。因此对鬼神，她也总是说不出个所以然来。烧香只是出于对传统的因袭，或者是别人这样做，自己也跟着那样做。总之，不问因果，仅凭着惯性做事。这一点，姨妈大不同。她会主动追求内心的信仰，总是相信有一个更美好、更纯洁和大善大爱的世界存在。起先，她是佛祖释迦牟尼的信徒，积德行善不仅体现在生活的细节上，更主要地表现在频繁地出入于寺庙和宗教场所。她对母亲最严厉的批评，就是不信——不信神灵。母亲大约是受唯物主义教育比较成功的范例，尽管在头脑中没有完全清除鬼怪神灵的影子，但基本上做到了吃饭睡觉、睹物接人、出行休止，不受神鬼的影响，而是坦然而淡定。并不会因为家庭经历任何坎坷，而闹得心神不宁，求神拜佛。姨妈对神的探索持续了她的一生，中年以后，她从释迦走向上帝，改信基督教了。姨妈对宗教的信仰，表现出对现实的深切不信任。对人的"愚昧""不善""狡诈""欲望"，感到无比痛心。她总是试图将周围的人——亲戚、邻居，从诸种泥潭里拯救出来，但收效并不明显。

我读初中以后，思想越来越被改造成一个唯物主义者。马克思主义唯物论，将我满脑虚幻的鬼神驱逐到愈益遥远的边界。"物质决定意识""经济基础决定上层建筑"，这些概念对我的头脑进行了密集的轰炸。当我认识到世界只是物质的构成时，忽然感到一身轻松，变得无所畏惧了。这也许就是一种足以改造世界的力量吧？！当它们形成一种共识后，世界注定将为之一震。

性别意识

十二岁那年,我上初中。记得那年"严打"。我在街上看到公安(也可能是解放军)押解着犯罪分子——他们胸前挂着牌子,上面书写着巨大的黑体名字,名字上面写着罪名:强奸、抢劫、杀人……他们坐在卡车里,从十字街头呼啸而过。据说,这些被严打的罪犯,最后枪毙在升坊乡某个山坳里。此后,这个地方一直对我构成巨大的诱惑。我一直想亲临现场,观看犯罪分子被正法的情景。也许银幕上的革命电影,给我们这些孩子制造了一种枪毙罪犯的浪漫想象,而丝毫没有察觉到其中隐含着的巨大恐怖和人性意味。我的邻居,毛毛叔也被戴上高帽子,和其他一些人用绳子牵在一起游街示众,因为他想在公家的晒坪地上筑基修建房子。那年还有一件事情被人津津乐道,就是县工商银行一个女职员晚上值班时,正和情人睡觉,被一个流浪汉在窗外无意间看了一眼——不知是出于恐惧还是羞愧,她拿起抽屉里的枪朝窗外打了一枪,正好击中流浪汉命门。这个女职员也在严打中被处决了。

但构成那一年最深刻的记忆,还不是这些,而是我第一天来到县中学的时候,就听人议论,那年暑假,一个初中的女孩因为怀孕被学校开除了。一个十三四岁的女孩居然会和人发生性关系,这个听闻对我来说是爆炸性的。此后,关于女生怀孕和堕胎的消息时有传闻。我记得校长在操场上义正词严地申明学校的纪律，对有流氓习气的学生进行痛斥——当然，不是指名道姓的，而是对那样一种现象、那样一种潜伏在我们身边的"败类"。

手抄本这个词紧随着出现在我耳中。我身边一些同学据说看过《少女之心》之类带有淫秽描写的小说。我乡下姨妈家邻居回生老爹的三儿子与我同年，也向我绘声绘色地讲起过这本小说，他在描述其中的情节时，眼神变得让我陌生和暧昧。性爱，这个词，突然地跃升为精神层面最大的疑团和困惑——我当然记得，初三时，生物课上，老师给我们讲人体器官以及生殖时，避讳和模糊的语气在课堂上制造出一种更大的困惑和好奇。

那被学校开除的怀孕的女生，以及在校园里制造了绯闻的女生，引起了我的好奇。记得，我们家的农田在县城厢小学后面，一条笔直的机耕道，通向一个山里。路上，有几座新做的民居，据说，其中一家，和一个被开除的女生有关。每次，我路过她家门口，去往田间的时候，总是情不自禁地朝大厅里观看。在我的感觉中，似乎会有一个女生（穿着那时极为罕见的牛仔裤），坐在大厅的藤椅上听音乐，或者看书——为什么勾勒出这样一个情景来，却是我解释不清楚的。事实上，我每次都一无所见，那暗处的女孩，从来没有被我目见。今天想来，当年我是怀着一种怎样的好奇心理，想一睹那传说中女孩的芳容？是我自身开始滋长的性意识，还是纯粹出于一种猎奇心理？假使那女孩真的被我看见，那又满足了我怎样的心理呢？至今都无法说清楚。对于当年的我来说，也许带着鄙视，但更多的可能是仰慕的心情，寻找机会从城厢小学背后的机耕道上走过。那并非一条朝圣之路。那关闭在性意识沙漠深处的迷宫不是加沙，它是自身成长中无法摆脱的一种困惑的心象、一个存在之谜。

那传说中的手抄本，我也没见过。但它的确在好几年前就开始在校园的地下流通。那些幼稚的心灵之手触摸到那些滚烫的字眼时，怀着一种如获至宝的惊喜但也藏着一丝罪孽深重的恐惧。因为性知识，在当时来说，根本就没有在阳光下显露真容的机会。一个个少男少女都是在黑暗、孤独和恐惧中自我探索，对于自身生理开始出现的征兆惊恐莫名，而又羞于启齿。我那时，最恐惧的，就是生怕自己和别人不一样，我是个另类，是个发育不健康者。这种心理负担伴随自己多年。

课间操时，我透过密密的人群，用眼睛去逡巡那躲藏其中的传说中的绯闻主人公。早恋，是多么羞耻的事情，但却总是不可避免。我用一个刚刚从儿童过渡到少年的青涩目光去定位那可能存在早恋的女生，并将其钉在内心的耻辱柱上。我有一个同学，他的姐姐正读高中，是校广播站的播音员。她长相甜美、成熟，大方中又透露着一种羞赧。记得一次学校组织演讲比赛，她以毫无争议的优势获得头名。我以一个初一学生的眼光，在下面仰视她，觉得她的美和成熟似乎与她的身份不相匹配。而她和某个老师相好的传闻，更加深化了我的这种印象。这个与众不同的女生，身上有一种仿佛不是我们县城女孩子所应有的气质，洋气而甜美。然而这样一个与众不同的出色的校花，却高考落榜了。她后来工作在我们县的火电厂，服务于该厂广播站，他的英俊的老公也是火电厂职工，他们是高中同学。火电厂后来倒闭了，曾经热闹非凡、花红柳绿的厂房衰草萋萋、颓败的迹象，显示出一种无可挽回的残忍。他们后来都去了广东打工，没有再回来。

但与其仰视那大龄的同学——那高不可攀的校花，不如近距离地观察我们的班花。不知为什么，我总觉得我们班是整个年级最活跃、最大胆的。那时，我们班上有一两个相貌非常出众的女生——这样的女生，通常能歌善舞，又桀骜不驯。我担任班上宣传委员。每周五下午，其他的同学放学回家，我则和几个同学留下来出黑板报。我从小爱好画画的兴趣，帮助我总能出色地应付那面长方形的黑板。黑板报的名称叫"雏鹰"，可能是班主任贺春林取的，也可能出自班上文笔出色的某位同学。每周一，新出的黑板报总是引起班上同学的强烈关注，我画的报头，以及工整的粉笔字，为我在学生中加分不少。记得出板报时，班委总是愿意留下来陪我们。我们的班花——她顺理成章地担任着文艺委员，身边总是被那些成绩好的班干部围着。她的热情活跃、春风拂面和冷漠桀骜、翻脸不认人的个性，无疑使得她更加引人注目。我的一个好友——体育委员李胜平，则总是喜欢表演武术，或者纵步从一辆高大的自行车上飞跃——这种取悦班花的举动似乎并不高明，但也不让文艺委员反感。

个子高挑、长相甜美洋气的文艺委员，像太阳一样照耀着我们。我们的头颅像葵花般朝向太阳的方向。我的相声搭档，性意识出现比我要早，在他被开始萌动的荷尔蒙搅得内心不安的时候，我还像个木讷的儿童，停留在对异性浅显的认知上。

有一点需要说明的是，我们班的男女生并不互相排斥，而是走动频繁。记得初一下学期，我们班委几个，在周五出黑板报时，临时动议，周六一起骑车到一个乡下的水库游玩。那时寒假刚刚过去，春寒料峭，我们相约出现在中学门口，整齐地往楼梯凳水库骑去。我那时尚未学会骑车，而是坐在一个男生的车上。我们男女同学十几个人，一路上顶着寒风细雨来到水库，并且解缆乘船，在湖上游了一圈。中午的时候，大家团聚一起，享用早已用饭盒装好的午餐。我们并不知道这幼稚的举动里，冒着多大的危险，假使有人在水上出了事故，将会是多么严重的后果……班主任贺春林自然探听到消息，将我们班委狠狠地叱责一番，他的震怒，多年以后，依然鲜明地出现在我脑海里。

班上的女生，有的喜欢跳皮筋，有的喜欢看书，有的喜欢唱歌——我开始从童年的不分彼此的视角中，渐渐清晰地看到女生的形象。在小学时，我似乎并未感觉到男生女生的差别。但现在这种差别就像雪在阳光下融化而露出了黑色的泥土一样清晰起来。不仅她们的衣着，更是她们的爱好、游戏，与我们男生不同。男孩的粗野与女生的矜持形成了鲜明的对照。有的女生可能来了初潮——我在当时自然是不知道的，那种性别意识顿时深刻起来。我们看到这样的女生突然会脸红，会和男生保持适度的距离，喜欢课间的时候几个人手挽手奔向某处，喜欢几个人亲密而神秘地说悄悄话而在男生经过时突然噤口不言……

性别意识将我带到一个陌生之地。这是一片既让人好奇、新鲜、兴奋,又让人困惑、茫然和无助的区域。我看到自己,就像幼时抓到一个蝉蜕一样,对那下落不明的蝉充满着想象。我自己也脱掉了一层壳,这层脆薄的、透明的壳,剥落在地上,而我对此既坦然接受又努力抗拒……

劳动的乐趣和对劳动的逃避

我第一次体会到劳动是一种乐趣,而不是负担,源自那次学校组织的集体"续木梓"。秋后的南方丘陵,天高地阔,雁声嘹亮。我们每人手中挎着一个篮子,去往一片已经采摘过的油茶林。我们所要做的工作,就是将人们遗漏在枝头的果子摘下来,以"充分地将这种劳动成果占有"。油茶林,隔几年要整理、修剪一番,否则油茶树会变成"老头树",产量大大降低。我们赣西丘陵地上遍布这种油茶林,开花季节,满山皆白,香甜扑鼻。将成熟、爆裂的油茶果进行炼油,由来已久。那时,劳动的观念仍然很强,劳动仍然是教育的重要内容。

对于走出校门的活动——无论是什么,必将引起学生巨大的热情。我们这支队伍,分年级由老师带领着,浩浩荡荡地向山林出发。一路上歌声响亮,鲜红的队旗猎猎有声。母亲在先晚就给我准备好第二天的午饭,装在一个铝制饭盒里。通常,每家孩子的这顿午餐都是无比丰盛的——谁也不会轻易让自家的孩子在同学面前丢了面子。享用这顿期待已久的午餐,成为萦绕在大家心头的一桩大事。从这个意义上来说,这种劳动的性质更多地带有野餐的味道。这注定是一次大家难忘的秋游:既培养大家的劳动意识、珍惜粮食意识、团结协作意识,也让孩子们在自然的怀抱中感受到她独有的美感。

我们沿着公路走了一个多小时,又往一条山路走了半个来钟头,来到了预定的山林。每个班早已分好片,已经有先期抵达的工作人员在那里迎接我们。采摘油茶果是在忙乱而有序中进行的。好胜的男生,这时充分地表现了他们的优势。那些平时学习差劲但长于打架的孩子,这时在女生面前充分地露了一把脸,把他们的长处发挥得淋漓尽致。有不少男生主动和女生配合,一个负责爬到枝头去采摘,一个负责在下面捡拾。快活的笑声,始终在山林里回荡。

假使不是目睹到摊开在学校操场上的油茶果居然有如此之多的话——几乎将一整个足球场那么大的场地覆满了——我们不会意识到"续木梓"的必要性。如果不去收拾那些人们采摘过后的油茶林,将会是多么大的浪费啊?!这天的劳动自然是义务的,榨油所得则成了学校的收入。没有谁不认为这是天经地义的。

但我自小是个喜欢逃避劳动,至少不是很喜欢劳动的人。如果不是一种外在的强制规范,或者以一种诱导为补偿,劳动很难成为一个人的自觉和习惯。我们家当时有两亩多田,父亲不在家,母亲和姐姐则成了家里的主要劳力。赶到农忙的时候,一些要好的邻居也会前来帮忙。姐姐初中毕业后没有继续读书,进了一家乡镇企业,并很快认识了一个男朋友(后来成了我的姐夫)。那个小伙子和姐姐恋爱后,成了我家农忙的主力。如果没有姐姐的男友的帮助,我们家这几个人应付这两亩多田是比较困难的。

如果是在乡下,一个如我这般年龄的孩子,应该可以迅速地成为一个家庭劳力的有力帮手。可惜我不是。至今回忆起来,自然是带着羞愧的。我是在半推半就中参与了家里的一些农活。很难说起到了应有的作用，可能玩的性质更浓厚一些。我更喜欢读书和写字，对于泥巴总是唯恐避之不及。当一个两脚是泥肩扛犁铧的农民，对于我来说简直是个噩梦——我可能终生在逃避做农民的境遇。我并不讨厌农民，我本出生于一个单职工家庭——我的母亲是农民，因之，我们姐弟三个出生后顺理成章的是农业户口。但我总是逃避，不去当农民，是因为对农业劳动的艰辛有着自身的体会。当姐姐初中毕业在爷爷那里顶班做工人的希望破灭后，她不得不弯腰在田地里收割和播种，当她两脚插入泥土麻利地插秧或割稻时，她的样子让我感受到一种痛楚。

我很小就很会插秧，记得有次帮助邻居媛娇婶家插秧，我插的秧笔直而整齐，旁边一个大人用一个带有荤味的词给予夸奖时，引起了周围人的哄堂大笑。母亲对我的宽容，却使我总是成为家庭劳动的缺席者——她自己带领姐姐，在自家田里辛勤劳作，我和妹妹则像玩世不恭的小混混，在旁边玩耍。这种情况却在另外一个环境中大为改变。我曾经说过，童年的我，放假期间大部分时间是在乡下姨妈家度过的。两个表哥是我形影不离的伙伴。在家里，我总是想方设法逃避劳动，在姨妈家，却总是乐意和两个表哥去割稻插秧。暑假里正是双抢时节，劳动量很大，天气又酷热，但我总是愿意和表哥一起下田劳动——至今闭上眼睛，仍然能够准确无误地将姨妈家那好几块分散各处的田给描画出来。农田里的程序很多，除了插秧和成熟时收割以外，还包括犁田（一般是请人用柴油机耕）、耙田（我和表哥每人手中握着一根竹棍，用脚将耕过后高低不平的泥土蹚平）、放水（有时是晚上，有时是清早，扛着锄头从很远的地方将水引到自家田里来，为争水源发生的打斗事件屡有发生）、施肥（有时是挑农家肥，有时是把化肥抛撒在田里）、杀虫（裹着头巾戴着口罩，肩上扛着喷雾器给稻秧喷药），等等。因此，种田的辛苦是不言而喻的。

劳动在农村是天经地义的事情，长于农活的人总是受到尊敬，相反，游手好闲的人则总是受到人们的鄙视。有一点，我和小表哥比较相似的是，我们都不喜欢劳动，不像大表哥总是任劳任怨，身上有一种老黄牛精神，但这并不影响我们对劳动的参与。在姨妈家，我愿意参与劳动并熟悉了田间劳动的全过程；而在自己家里，却总是成为劳动的缺席者。就在母亲的这种庇护和姐姐略微不满的怨气中，我读完初中考上地区师范学校，毕业后成为一名教师，算是如愿以偿地完成了摆脱做一个农民的夙愿。

但童年劳动的记忆依然是深刻的——正因为我一直有志于从事非体力劳动，而对那些劳动记忆格外铭记。我曾经在姨妈家和大表哥批发冰棍在乡间兜售，也被母亲赶去县酒厂批发冰棒到电影院门口叫卖。那时，家里经济状况不佳，光父亲一点微薄的工资和家里两亩多田所得不足以应付开支，母亲便提着小篮子在我们小学门口卖零食。每次傍晚回来，母亲和我们姐弟几个一起清点那皱巴巴的纸分币、角币和硬币的喜悦——那一分一厘积攒起来的快乐真实而饱满——一天十几元的营业额如此兴奋地打动母亲和我们。母亲总是给我们每人五分钱或一角钱作为奖赏，并许诺等经济状况好转后给我们的零花钱增加到两角钱或三角钱——这鼓舞人心的期待，和难以言喻的幸福，今天回忆起来却充满着酸楚意味。

我在家里逃避干农活，且也不是一个合格的小商贩。我是个羞耻感和自尊心奇强的孩子，觉得背着一个泡沫箱子卖冰棍的愚蠢样子是可鄙的，那是一种潦倒和破落的写照。尽管在当时，各家贫富的差距并不大，但一个孩子在县城叫卖冰棍不是出于社会实践而是因为生计，无论如何是需要巨大勇气的。我躲在电影院巨大圆柱后的阴影里，怯生生，战兢兢，羞于启齿，面红耳赤。当我从泡沫箱里掏出一个冰棍出来，给客人，仿佛那不是一根冰棍，而是一个烫手的烧红的铁锭。自从那样的经历以后，我患上了一种奇怪的"病"，那就是，我再也不吃冰棒了。冰棒在我眼中不再是美味，而是一剂苦药。

虚荣心和自尊心同时提拔着我成长。我的邻居媛娇婶曾经对我说，小时见"大脑壳"（我的外号）用板凳垫脚，在灶前给自己做饭吃，而我的身高都不及灶台高。婶子的话有两层意思在里面，一是带有夸奖的意思，二是道出了我们家那时的艰难状况。确实如此，我们家的窘况在当时的邻居中比较突出，所幸的是，我家的人缘很好，与四邻的关系处成了一种亲人般的融洽。这自然得益于家族遗传的温良敦厚，也得益于那个时代单纯、淳朴的社会风气。照理，穷人的孩子早当家，我不应该是个逃避劳动的孩子——尤其作为我家唯一的男孩，更应尽快地成长和担当。没有任何借口——我这个劳动的逃兵，总是试图在书本上寻找理想国，但事实上劳动带给我的领悟依然比书本上的知识更多。

我的理想

对劳动的逃避,源于我懒惰的性情。这一点在学习上,也是这样的突出。如果我依然能够诚实地面对当年我的学习状况,真的会为今天的我感到吃惊——无论如何,人们无法将当年那个不求上进、在玩耍和做梦中打发时日的孩子,与今天这个以写作为职业的人相提并论——这里,我丝毫没有自得和自诩的意思,我只是一个普通的脑力劳动者,但我依然认为自己的所得远超出了自己的资质,幸运女神对我的眷顾不少。

记得有一次,班主任贺春林布置作文,以"我的理想"为题。嗣后,点名让几个同学朗读。我第一次道出自己的理想——也许是率性的,根本没有深思熟虑,但至少不算很离谱——当老师——在初中毕业填写志愿的时候,我仍然毫不犹豫地写上"师范",并真的如愿以偿地来到了吉安师范学校读书,毕业后当了几年老师。我的同桌李海星是我很好的朋友,他给自己定义的理想我不记得了,但我非常清楚地记得,他说,二十年以后我们再相聚,那时李小军已经成了一个画家……在他眼中,画家是我未来的形象。带有这种认识的,在班上还不乏其人。然而李海星话音未落——立马遭到了班主任的耻笑,说李小军这个样子还想当画家?!……这是我这辈子遭受的最严重的羞辱之一,但也不足以让自己崩溃。我摆出一副"死猪不怕开水烫"的样子，僵直地坐在那里，脑袋里嗡嗡响，对班主任的羞辱既感到愤慨又从心里表示认同。

这种打击，几年以后在吉安师范，遭遇了一次翻版——当然严重的程度低于前次。某天我们在画室写生——画室里非常安静，只听得见铅笔在纸上划动时的"沙沙"声，突然廖弓力老师没来由地说了一句："李小军太懒，如果够勤快的话，不是今天这个样子！"我那时大约迷上了篮球，在操场上挥霍了大量的在廖老师看来毫无必要的精力。

我把班主任贺春林对我的批评既看作是羞辱，也看作是鞭策。我是班委成员之一，每周一下午，会和班上其他的班干部准时来到校办大楼三层，他的办公室——这是一栋红砖外墙、木质地板楼梯的老楼，苏式建筑风格的外形，宽大的门窗，墙上"文革"的标语隐约可见。我们每个人手中拿着一个笔记本，仿佛一个个小政客似的，目不转睛而若有所思地望着他，将他的训示和语录给记下来。我们中学是个老牌学校，建校的历史有近百年，学校的地址叫"小碧岭"——这是一个带有诗意的名字。在县城中心一个人工堆积起来的不高的山岭上，种植着大量的板栗树、枫杨树和柳树。这个地方也许在很早的时候，就是地方文人士子游览的名胜。在绿树浓荫间谈论诗词歌赋，亭阁回廊中鼓吹弦乐，登高望远，发思古幽情，是他们经常性的举动。

不知从什么时候开始，我这个班主任眼中的好学生开始变得不学无术、不求上进。我记得那时班上的风气，是学习上大家铆足劲你争我夺，互争上游。一名男同学也是班长刘梁军，和一个女同学也是学习委员吴炜蓉，两人总是在第一、二名之间形成犬牙交错之势，各领一阵风骚。还有几个尾随者暗中使劲，奋力追赶。作为班委的我，本被班主任寄予厚望，但我很快主动放弃加入竞争——首先，我充分认识到，自己在读书上天分不高，尤其对死记硬背深恶痛绝，我的这种自知之明源于自我认识的清醒；其次，我骨子里爱好富有想象力和画面感的艺术，对框框和条条的抵制与生俱来。这样的态度，成绩自然非人所愿。加之，家庭环境的原因——父亲不在身边，母亲作为一个农妇并非疏于而是无暇顾及三个孩子的学习。我便像一朵野花一样，尽情尽兴地遵照自己的心愿开放。

就在这样的混沌中，遭到了贺春林老师的当头棒喝！坦率地说，我在本子上写下自己的理想——做一名教师时，自己也觉得不配，但虚荣心使然，我还是做梦般把自己往教师这个形象上贴。我总不能说自己的理想是当一个农民、厨子、小贩，甚至混混吧，这种心口不一的表白，在我们很小的时候便已谙熟。至今，看到一个系着红领巾的娃娃在电视屏幕上，大声说我长大了要当科学家之类的话时，仍然心惊不已！

没有办法，成绩是衡量学生好坏的唯一标准。这源于当时的教育体制。久而久之，在老师的头脑中便形成了这样一种刻板的、几乎下意识的认识。在我日后做老师的几年时间里，我自己也无意识地戴着这副有色眼镜。当一个个体有绝对价值而不容别人有不同看法时，这个人中毒的程度可谓深矣。然而，环境越固化、僵硬，人的看法往往越走向绝对和片面。应该说，我的性情并非一个反叛者，更大程度上符合朱熹所谓"中规中矩"的人，对于生活的天理我是持肯定的意见，但是并不意味着自己无力参与竞争也要勉力为之。我主动放弃这种竞争，像一只滑翔的纸鸢，往低空里坠落……事实上，这种感受和心情是不快的。我要承认，初中三年，是我所有学习经历里最不愉快的三年，而此后的师范三年则是我学涯中最难忘和首肯的。

　　成绩的每况愈下，让自我评价遭到严重贬抑。我成了一个自卑、怯弱而又无所谓的孩子，深陷苦海却又无力自拔。我依然和那些成绩优秀的班干部混迹在一起，人模狗样地拿着一个本子，每周一，仿佛带有某种心理优势和优越感的神情，来到神圣的校办大楼，去班主任贺春林办公室开会。显然，有权在这里开会是一种荣耀。它使得我们和其他的同学区别开来，泾渭分明。然而没有谁知道我内心顶着一股巨大的压力。我觉得我羞于与这些骄子为伍，生怕自己玷污了他们头上的光辉。班主任之所以还没有撤换我的职位，也许我画画的优势过于明显，这使得我们班的黑板报总在年级评比中名列前茅，我在这方面的优势无人替代；另外，这也可看出班主任的一片良苦用心，对我还抱有期待，寄望我的好转。

　　然而我的这种状况不仅影响到心理的成长，也影响到对自己理想的重估。教师——真的是自己的终极理想吗？现实教师的形象真的符合自己心甘情愿为之奋斗终生的角色定位吗？甚至我在心里，开始对老师这个历来被我视为神圣的群体，产生了其他的看法。可能做一个自由职业者，更符合我当时的追求。当我不太认真而又鬼使神差地在本子上写下我的理想——教师时，并非意识到，命运和我开的无足轻重的玩笑。我日后真的成了一名教师，虽然这只是我工作后的第一个角色，之后我又从事过多种职业。

记得当时我们班只有四名同学考上了师范学校，一部分升上高中，相当一部分被刷下来，进入社会。而入读师范的四名同学中，我是唯一一个今天不再从事教师职业的人。我曾经的理想是做一个画家——正如我的同桌李海星描绘的那样——虽然遭到了班主任的耻笑，但有一段时间，直到二十三岁以前，我还一直坚持想当一个画家——我甚至一度来到北京，以画油画为业，期望成为下一个达·芬奇、米开朗琪罗、毕加索或德加……我其实无意想成为一名教师，但偏偏被命运驱策走上了一条自己在白纸黑字上选择的道路；而我一直苦苦求索的画家梦，最后也宣告破灭，因为我对成为一个作家的愿望更加强烈和自信。后来，读到诺贝尔文学奖获得者、土耳其作家奥尔罕·帕慕克，也在我相仿的年龄中，对他的母亲说，我不想当画家，而想当一名作家时——我是那样地惊讶和欣悦！在阅读《伊斯坦布尔：一座城市的记忆》中，那种"呼愁"，似乎也唤醒我体内曾经的忧伤和记忆。

这里，我依然要书写对贺春林老师的敬意。他是我的语文老师——语文课，一直是我最喜欢的课程。我曾经描写他有着鲁迅一般短而直立的头发，严峻而清朗的神情。他的板书很漂亮，写得一手工整有力的粉笔字，上课的表情如同布道者一般严肃和郑重——这种感觉，总让我觉得仿如鲁迅。尽管害怕他，但事实上我对他的敬意从来没有减少。如果说，在任课老师里让我挑选一个人品和教学俱佳的，我会选他。他身上那种凛然正气和知识人的骄傲感是如此鲜明,使人不得不为之肃然。然而同学们也在传播一个与我看法差异很大的贺春林老师的形象——他是个热衷麻将的赌徒和喜欢垂钓的人,这两项癖好毫不迟疑地被我纳入人性的污点里去。我以为的这个道德和学问两全的完美师者,在我的将信将疑中打了很大的折扣——事实上,后者更符合人最真实的面貌,符合人性本身。

虽然对校园抗拒和教育价值持保留看法,但老师,无疑是对我影响最大的人。他们将我塑造成今天这个样子。虽然在今天,对教育的诟病愈益深重,但这不能成为自己对老师不怀有感恩之情的理由。假使,贺春林老师再次布置作文,让我写自己的理想,我也许会再次——仿佛又是未加思索而又肯定地写下:做一名老师。

对英雄的崇拜

无知是一个孩子的天性。人们不会以一个孩子无知为耻，相反，宽容其为一种天真无邪。孩子的无知表现出一种美感。若是大人，被人认为无知，则是极大的蔑视，等同于蠢材了。无知在我身上无处不在，但我自小却懂得"忠义"二字。至今，都很难为缠绵的爱情故事感动得落泪，却总是为一些男人的"忠义"情怀而不能自已。

我的这种认知，可能有着非常久远的传统。在中国古人的价值观里，经典的爱情尽管也流传千古，但在大多数的时候，女人似乎总是缺席的。我读连环画和古典小说，看到的都是男人们在一起打架喝酒，或者狩猎对弈，很少见到女人的影子。即便有，那通常要么是女妖精，要么就是妲己、孙二娘、阎婆惜之流，对女性至纯至美的歌颂似乎惜墨如金。很少的几个，那通常也是年纪很老——比如岳母、佘太君之类（穆桂英则像个男子一般打仗），几乎可以完全忽略女性的阴柔之美，而只是一个厚重的慈母形象。对于将女性上升到心灵美、形象美的描写，可能迟至明清小说、散文里，才骤然丰富起来。因此，对男性之间友情描写的深度，在外国人看来不下于男女爱情。中国传统，非常重视"友"这一伦理，而"友"又通常和"义"联系在一起。

吟咏友情，在李白那里最为典型："浮云游子意，落日故人情""桃花潭水深千尺，不及汪伦送我情""仍怜故乡水，万里送行舟""孤帆远影碧空尽，唯见长江天际流"，等等。可谓是古今中外吟咏送别——都是对男人——第一人。我自小读李白的诗歌，对其天性的浪漫和豪侠情怀充满着想象。

在诗仙李白那里，不缺少雁鸣猿啼的长江码头、暮色昏黄的野外小径、落叶飘零的山间小亭。在送别友人后独自按剑回返的沧桑背影在我看来是美的。而苏轼赠予其弟苏辙的诗词，则达上百首。两个文豪之间，是亦兄亦友的关系，苏轼说苏辙："岂独为吾弟，要是贤友生。"而苏辙说苏轼："抚我则兄，诲我则师。"两个男性之间的情意岂是寻常？当然，我小时自然还无这么深的理解，只是喜欢读诗，尤其李白和苏轼，而于今日，最爱的却是杜甫。

荒嬉于田野郊外的童年，书是非常少的，但似乎本本基本可读，很少有文字垃圾。《三国演义》不知读了几回，关羽是我最爱的形象。直到今天，这种认识依然没有改变。可能不少人诟病他的傲慢、他的不解风情，正因为此，他的"忠义"风姿显得愈加鲜明。我曾用铅笔照着连环画描摹过数百张关羽的画像：静坐读书的、骑马大战吕布的、用青龙偃月刀挑曹操赠予衣袍的、桃园三结义的，等等。他的形象在无数个画像里头是独一无二的，就如同孔子的形象也是独一无二一样。为了画关羽，在上课的时候，没少吃老师的教鞭，但也不缺少同学的索求。

最喜"千里走单骑"一章。一个忠贞不渝、一往无前的孤独英雄，在尘烟中策马扬鞭、大战群敌的形象总是让我读后眼眶湿热。我们小时模仿过许多英雄，李逵、张飞、赵云，甚至孙悟空，但关公是不可模仿的，在一个孩子的心目中，他只能被崇拜。以此理解，关公在民间被奉为神祇"关帝"进行祭祀是有道理的。长大后第一次去广东，在那边，看到商家将其作为财神供奉，却是我不能接受的。关羽圣洁的形象在我看来似乎不能为铜臭所污染。

对英雄的崇拜，源于一个男孩的天性。我们是在崇拜中成长，又在崇拜中渐渐质疑。我们崇拜过老师、劳模、三八红旗手，学校橱窗的报纸里连篇累牍读宣传"张海迪""史光柱"，对他们的崇拜也带有几分英雄的色彩。我还崇拜过县里宣传过的一个典型人物——一位救死扶伤的医生，把全部的爱和热情奉献给了社会和病人，结果自己襁褓之中的小孩因为发烧救治不及时而夭折，她被当作"无私奉献"的时代楷模出现在全县人民视野中——但这个女医生最后却因为另外一件不光彩的事而使她的光环褪色。接受一个英雄人物的正面形象是容易的，但英雄的神话被戳穿后的尴尬却使人感觉被戏弄。随着时间的推移，我见过无数这样的英雄诞生，也见过不少这样"被塑造"出的英雄的谢幕。

我的一个邻居，显平叔——怎么说呢，我不是把他当作英雄，但他是我比较近距离崇拜的一个人。他长得英俊挺拔，高中毕业在家。他们家有个大录音机，经常放韩宝仪、李玲玉的歌，如《舞女泪》《粉红色的回忆》《绵绵细雨的晚上》《你潇洒我漂亮》……一些俏皮、轻快而粉色的旋律在一个孩童的听觉中植下最初的乐音。我常常趴在缝纫机上，目不转睛地盯着卡带里的黑薄"胶带"被电流带着旋转，对于乐音如何在这台机器里被播放出来充满不解。整齐的卡带堆放在橱子里，包括邓丽君等当时流行歌手的照片印在一张张粗制滥造的纸上。我们有时也将报废的卡带的胶带绑在一根木棍上，在空中飞舞；或者一圈圈缠在一个孩子的身上，让这个五花大绑的形象接受"审判"……如果仅是如此，显平叔不足以让我崇拜。他曾神秘地把我带到屋后的菜地里，在一个压水井旁将一个红色砖块掏出来，斜放在水泥台上，然后收腹运气一掌劈下去，砖块"噗"地分成两块，他这张白净、英俊的脸露出得意的神气来。他继而拿来两块砖叠放在一起，挥手剁下去，砖块"啪"地裂成四块。当他将砖块增加至三块时，没有成功，他一边用左手摸着微红的右掌，一边皱着眉头解释说今天不舒服，影响了发挥。

后院的菜地里吊着一个沙袋，他经常用手掌劈沙袋。曾经他还教我蹲马步、站桩。他是个练家子，和一个武师学过一些本事。电影《少林寺》李连杰"老虎掏心"的画报被他贴在床头，这个一炮走红的明星，不仅是我，也是全国人民的偶像。显平叔让我画过几幅李连杰"老虎掏心"的形象。这些画他以"徒弟之画"的名义分赠给了一些朋友。

显平叔就这样终日以练武打发时日——双节棍、刀枪，都弄过一些，练得一身紧绷的肌肉。经常单手托举着我的腰部，把我抓起来，在菜地里走一圈。这样的时光持续了两三年。他的父母大约看不惯他游手好闲的样子，找了县国营照相馆的盛开师傅学照相。一个练武者向一个照相师的转变是突然也是自然的。对于镜头感和视觉艺术，显平叔有着很好的领悟能力。一个曾经腰缠红布、手拿棍棒的显平叔，变成了一个双手端着"海鸥牌"照相机、一身青布中山装的显平叔。我也自然而然地接受了后者的形象。

成为县国营照相馆学徒的显平叔，一改舞枪弄棒的莽汉形象。他的头发被平整地梳成了七三分，有时还抹上一些水珠。穿着也越来越讲究——不一定是新潮或时髦，而是整洁和清爽，一双黑色皮鞋（当时流行蛋糕底）总是擦得锃亮。也许这些改变，是他通过镜头接触到县里不少时髦美艳的少妇少女带来的。尽管日本电影《追捕》主演高仓健的冷酷、硬汉形象依然是人们追捧和模仿的对象——显平叔操习武术，无疑使自己期待中的自我往这个形象上靠，但并不表示温柔得体与生俱来地受到异性的排斥——相反，在我们县城，照相馆依然是时尚之人趋之若鹜的地方，有点类似今天的娱乐场所。那在光影中挽留下来的形象，随着时间愈久，其价值愈增值；这是无疑的。就是在当时，在重要的节日或者家庭的聚会后，留下一张合影，其意义对于个体和家庭来说，都是非常隆重的仪式。那时，几乎每户人家的餐厅或客厅墙上都挂着一个玻璃框，里面装满了各种黑白照片，定格了主人在时光中的切片。镶满照片的镜框、工作（劳动）或学习奖状、年画，几乎是每户人家墙上可以找到的东西。

有一次，我在大街上看到显平叔骑着自行车，后座上一个我们县城著名的美女（她的名声并不是很好），双手环抱着他的腰，招摇过市地一驰而过。许多人满眼艳羡地看着这一幕。这个美女，有着一头波浪卷的黑发，一张饱满（大眼睛）的仿如刘晓庆的脸，身上穿着一套绿军装，脚蹬高跟鞋——她这身奇怪的打扮，却没有理由地引人注目，让人不禁在心里暗暗叫好。恋爱中的显平叔是幸福的。他不再在我面前表演手劈砖石的武术了。唯有一次，他端着相机，让我和泉生（外号"烂疤崽"）摆出一个比武的pose：两人右臂交叉，满脸幼稚而坚定地仰角望着上空，他拍下了这一刻。可惜，这张照片被我弄丢，没再见到。显平叔再也无暇来和我这样的男孩玩耍，他完全沉浸在爱河里去了。一个让我崇拜的武者的形象，在我心目中渐渐堕落为一个只顾贪图享乐、迷恋情爱的俗人了……

但对英雄的崇拜，在一个少年的心中依然没有停止。苏格兰有个史学家和散文家托马斯·卡莱尔曾写过一本著作《英雄与英雄崇拜：卡莱尔讲演集》。这个超乎寻常地热衷于历史上的英雄的欧洲人，提炼出一个英雄必须具备的品质——"诚"。真诚，在他看来是成为英雄的先决条件，一个怀着信念和宗教感的人只有从"头脑中、心眼里、毛孔中"怀有诚意，才有可能成为一个英雄。这似乎与中国儒家提倡的"诚意正心"类似，唯其如此，才能"格物致知"，进而成为一个"伟丈夫"。我的童年时代，崇拜的巨大雷声，已经渐渐远去，一个平民的时代渐渐呈现真容。经历创伤的人们开始试图恢复他们的"市井生活"，对于英雄主义——就像某些学者后来总结出的，可能会导致的一种"专断"，正不无忧伤地反思。政治英雄渐渐远去，但个人英雄却层出不穷。崇拜英雄，在一个孩子的天性中，可谓根深蒂固。个人英雄主义如果失控，将会成为社会的负面，成为危害公共安全的隐患，于是，我们熟悉的"严打"便以高音贝的喇叭和重拳出击的态势，对此予以打击。

显平叔，一个我曾经心目中的英雄，却没有和穿军装的美女结婚，这没有出乎人们的意料；几年后，照相馆也迅速委顿了，市场重新恢复后，新的让人目不暇接的文化消费——比如录像厅、舞厅、街头卡拉OK的出现，迅速地转移了人们的兴趣。显平叔最终无法靠这门手艺维持生计，又转行做起承包工程、倒卖农产品、投资交通运输等多个行当。奔波于生活的他已完全没有当年俊秀、白皙的面庞，而是头发凌乱、目光浑浊、心事苍茫的样子……看来，时代才是真正的英雄，任何个体都只是沧海一粟，在变幻难测的时代潮汐中，被迅疾地裹挟、吞没和消隐……

镜中世界

我们那边的老屋,每户人家的门楣上必挂有一面镜子、一把剪刀。就是新起的房子,尚未封顶,也是先将镜子和剪刀挂起来,说是为了辟邪。镜子给人带来的神秘感和玄幻感,由来已久。中国神话里,"照妖镜"是个典型的意象;在西方的故事里,"魔镜"也是常常出现的字眼。阿根廷作家豪·路·博尔赫斯曾有一句名言:"镜子和交媾都是污秽的,因为它们使人口增殖。"在这个盲人作家那里,镜子是种特殊而神秘的存在,总在世界的尽头窥视着我们。我每次仰头看见村镇里一面面悬在门上风中轻轻摇晃的镜子,心里总会升起一种怪异感,仿佛一个实在的村镇,被一面面虚幻的镜子给解构了。

进一步加重对镜子神秘感的理解,是初中物理课上,老师讲解多棱镜,一个多向度、多映像的画面,在"科学"的名义下,变得更加支离和费解。那时的科普画报,津津乐道说"小明来到科技馆参观,在一面'哈哈镜'前看到自己变成了一个大胖子。在另一面'哈哈镜'前,发现自己瘦得像根棍子……"文字旁的插图,进一步透露出编辑那种扬扬自得——仿佛在暗中窥视到了阅读者惊异的表情。

在阳光强烈的午后,我们都干过这样的事情——用一面镜子的反光射入某栋宅子的窗户里——有时是故意做的,一个嗔怒的女孩的头伸出了窗户;有时是无意的,一张丑陋的妇人的脸突然冒出来,对着下面的小孩破口大骂，小孩一溜烟跑远了。当正午的阳光在镜子里积聚，反射出来的热量足以将地上的一张纸焚烧。从我们出生到成长，镜子带来的乐趣和困惑是与日俱增的。

在我对富足生活的想象里，包括一面穿衣镜。我们家只有一面柄上有锈迹的圆镜，背面是某个女演员的像——记不清是龚雪还是陈冲。这面镜子是母亲和姐姐的最爱。她们经常对着这面镜子梳头——有时姐姐还将镜子拿在手里，倾斜着，照看身上的穿着。我们家没有穿衣镜——仿佛它属于和电视机、电话一类的高档货，离我家还极遥远。

我低着头在餐桌上写毛笔字，或者做作业的时候，有时抬起头来，便看到条案上的圆镜里，一张布满愁容的脸。在脸的背后是漆黑的背景，墙壁上有我用粉笔画下的人物——关公、诸葛亮、貂蝉、吕布，还有用毛笔模仿《芥子园画谱》里画下的兰花、竹子，它们和墙上的霉斑、屋漏、窟窿一起，构成一幅奇异的画面——有些像被蠹虫咬噬的旧册页。一张脸在镜子里浮现出来，就像石头从水里露出来一样，带着时间在虚空中留下的刻度。我小时长着一张圆圆的脸——对这张脸，总是不自信——害怕人们说"蠢"这个字，仿佛自己心甘情愿要去佩戴这个字眼似的。我总是回避照镜子，不愿在镜中目睹自我的形象。学校教学大楼拐角处有面校友送的大镜子，边上还有一句古人"正衣冠"之类的话，我总是在镜子前匆匆走过，生怕看到自己的样子。有一次，我因在班上出黑板报回去较晚。当我途经教学大楼的时候，看到我们的物理老师——一个秃子，正对着那面巨大的镜子——他的鼻尖快要顶到镜面了,他一面仔细地照镜子,一面用手抚摸秃顶上残存的两根毛发,其情景让我感到一种无缘由的恐怖,又不由得暗暗发笑。我偷偷地缩回身子去,仿佛自己干了件不光彩的事似的。我从教学大楼背后女贞丛旁的小径溜过去了。

很多年以后,在姜文的电影《阳光灿烂的日子》里,出现了一个类似的细节。主人公——也叫小军,不过姓马,在一栋旧别墅里用望远镜,无意间看到了冯小刚扮演的老师在尿尿的情景。望远镜是将前方遥远的、模糊的景象,清晰地、近距离地推到眼前;而镜子则是将背后的情景"复制"在镜前。

镜子带给人的惊异感是无穷的。我的养父,是个卡车司机,他坐在驾驶室里,借助两个耳朵似的后视镜,可以看到车后的情况。可以说,镜子,呈现了世界的形象,也改变了人们的视角。我不知道玻璃镜子出现之前——那是西方的舶来品,我们村镇的人们是否也在门楣上挂镜子辟邪——如果有,那是什么镜子,铜镜吗?总觉得这个可能性不大。因此这项风俗和玻璃镜子的出现,里面应有有趣的东西可以深究。

大约从五年级开始,我眼前的事物开始变得模糊不清。起先我没有意识到是视力的下降,总是下意识地揉眼睛,而不好意思告诉母亲。近视给我带来一个总是充满黄昏感的白昼。母亲带我到街上配了副眼镜,从此我的眼睛与世界之间,永远隔着一层玻璃。我必须透过它,才能将世界看清。随着时日愈久,我近视的程度逐步加深——而我对镜片的依赖程度也在加重。当我戴着眼镜目睹镜中的形象时,必须通过两重玻璃——怪异感又从心底弥漫开来。我看到一个戴眼镜的我，与以前的我似乎不同了。我的脸也在眼镜的衬托下变得不那么圆了，而是瘦些、苍白些，与此同时，我的头发开始变卷——其实从小就是卷的，只是我以前喜欢理短发，而现在喜欢留长发而已。一张长发乱卷、眼神忧郁、脸色苍白的脸，开始形成我成年后的模样。

父亲从异地回来以后，看到鼻梁上架着眼镜的我，投来怪异的一瞥。他的嘴角似乎还讥讽地讪笑了一下。但随即就迅速恢复了他惯常的正经八百的严肃表情。他把印着"奔向四个现代化"的黑色提包往桌上一丢，就伸手去解喉间紧扣的中山装扣子——我不明白，他为什么总喜欢把自己扣得那么严实，而我恰恰相反，因为热爱艺术——画画，开始形成一些非主流审美意识，不仅把头发留得很长，而且把衬衫上面的几个扣子都敞开，露出一片胸骨嶙峋的肌肤。

我们家已经从租住的旧屋搬到新做的宅子里了。一个带穿衣镜的高低柜上摆着一台西湖牌电视机。那个遥远的富足生活的理想，似乎呈现在眼前，但依然没改变我对家境的认识。家里只有我一个人的时候，我经常站在镜子前，对镜子里映现的镜像仔细端详。有时太阳光从窗外射进来，切割在我和穿衣镜之间——我看到金黄的光柱里，明亮的尘埃在其间飞舞。一条长长的布满尘埃的光柱——仿佛一根巨大的温暖的雪糕，斜插在水泥地面上。我在镜子前支起一面画板，对着镜子画自画像。这样的素描练习，大约有十几张。镜子拉宽了室内的景深，使空间产生了膨胀、变异。荷兰画家扬·凡·爱克，在其著名的油画《阿尔诺芬尼夫妇像》里，不仅描绘了15世纪一对年轻富裕的新婚夫妇形象，更重要的是背景中央的墙壁上，一面凸镜里不仅映现了室内的情景，还将画家本人的头像隐藏其中。这种特有的细密画风格的作品，不仅运用光线反射的物理学知识，完成了一个匠心独运的小游戏，更是对镜子——这个神秘事物的致敬。

据说，中国古代，女同性恋行为有个优雅的词——"磨镜"，两个女性身体结构相似，中间似乎隔着一层镜子，而彼此互为镜像。《清稗类钞》记载了清末民初的上海，有所谓"磨镜党"的组织，也就是今天所说的女同性恋团体。就如同一个照镜者，看到镜面里浮出的一个形象来，对这个形象我们赋予的关注、怜惜，感同身受。但一个自我映现的形象，与两个"磨镜"的人毕竟不同。一个是自我的延伸，一个是对他者的探索——这不禁让我想起豪·路·博尔赫斯写过的一首诗《星期六》：

　　…………

　　黑夜使窗栅更加沉重。

　　冰凉的房间里

　　我们像瞎子摸索着我们两个的孤独。

　　你的身体的白皙光辉

　　胜过了黄昏。

　　我们的爱里面有一种痛苦

　　与灵魂相仿佛。

父子之间

我自小与父亲之间的紧张关系,已多有描绘。愿意提笔再述及,是因为这样一种关系,是自有人类以来亘古常新的话题。对人性意识、社会风气多有映现。在孝亲忠君的古代社会,父子一伦,关系远不是对等的,而是垂直向下,具有从属意味。亲亲为大,父母要永远放在第一位,这是形成孔子说的"仁"的基础。因此,"尊老",是几千年来社会不变的习俗。这种风气在近世被打破后,伴随着其他诸种人伦关系、社会结构的土崩瓦解,我们的社会和人与人之间,既有解放后的狂欢,也有沦丧后的凋零。社会和人性充满诸种正面、负面不一的不确定性。几千年来栖身其间的文化系统遭到破坏后,国人的焦虑感和不安定感时有发显。这怨不得别人,是我们自己主动走上今天这样一条道路的,既充满希望,同时又荆棘密布。

父子之间关系的确立,是一种文化确立的根基。当儿子可以骑在老子头上,甚而将他打倒,并以此类推其他相似的社会关系——如学生可以掌掴老师,下属可以鞭挞上级的时候,一种奇怪的社会图景便诞生了——人人自以为自己的人性得到最大的释放,同时又发现个体的孤立无援到了最凶险、最绝望的境地。佛经说,"远离颠倒梦想,究竟涅槃"。佛家之言,认为世间皆空,一切有为法,如电光泡影、如梦如幻,因此劝人们放弃这种真假不明、贪嗔痴愚的念想,但并不鼓励人们放纵人性的黑暗，作孽作恶。当一个社会的文化形成全民自觉，社会就呈现稳定的趋势。当文化不显，或者充满着异动、冲撞的时候，社会的混乱便不言而喻。一切的文明，都是一种使社会面貌、人际关系趋于稳定、有章可循的智慧积累。

我们这一代，幸运地躲避了"文革"的悲剧。打我出生起，和父亲之间的关系，便是一种大致如同古人的从属、被动的关系。因为是两个体量、处世经验、知识技能完全不相称的个体，因此以自己的经验指导幼儿成长，直至成年（用我父亲的话说，"我只养你到十八岁，以后一切你要靠自己"），是父亲天经地义的道理。而在一个孩子的情感和认知里，他还无法先知先觉到这些——他全凭人对他的亲疏程度、好恶程度，来判断和这个人的关系。许多孩子对亲密的邻居寄予的好感，远大于十里八乡之外的亲戚。直到这个孩子的自我意识觉醒到，血脉家族赋予他一种"成人化"的理性之后，他才会更加珍惜那些隔着山南水北的远房亲戚，但彼此淡漠关系的改善，已难有更大的作为。

我们不能去责备一个孩子"不懂事""不知礼"，儿童自有他一个纯净如水、充满童话和诗意的独特世界。一个孩子还没学会对世界撒谎，还没有种种成人可鄙的城府和伪装，他的纯净和透明，使他对与之交往的人，也必须赋予相同的质地。因此，幽默、亲和、大方的长辈，总是更易博得一个儿童的信任和亲近，相反，一个刻板、严肃、抠门甚至严厉的大人，则往往使之避之不及。很遗憾，我的父亲天性是个刻板和严肃的人。他虽然读过一些书，但没进过大学，也没有将知识转化为人性的优雅、从容、智慧之类让人神往的高级的东西。我小时对父亲的害怕，是非常明显的。事实上，我挨他打的经历，也仅有几次而已，但总是忘不掉。长大后，发现我父亲其实与他同龄的男人相比，是性格偏软、善良老实、淳朴真实的一个，远不如一些男孩的父亲严厉和凶暴。但父亲在我幼年造成的威严、不苟言笑、不近人情、不疼人不怜人的形象，一直挥之不去，如同一块巨大的天幕笼罩在我头顶，让我无从躲避。

说起来，父子之间的关系，其实有点像猫与老鼠的关系。始终摆脱不了被盯视—反盯视、逃亡—追逃、反抗—制服的逻辑。儿子——具有鼠的贪嘴、好奇、任性和用今天的话来说——萌——的表情；父亲——则有着猫的专断、控制、力量、自负和小小的"愚蠢"。猫捉老鼠的游戏，每天在父子之间上演。如同每一个下属眼中都有一个愚蠢的上级一样，每一个孩子眼中的父亲，都是不聪明的，他的愚蠢、迟钝的生活细节，总是在一个孩子眼中暴露无遗。而一个只会在公共视域中出现的其他孩子的父亲，则幸运地躲过了这一点——因此，他们的形象总是衣冠楚楚、举止得体、从容镇定，而居在同一屋檐下的父亲，则不免会有衣衫不整、蓬头垢面、大声放屁、说脏话及猥琐的一面，在一个纯度要求极高的孩子的精神世界里，这无疑是使他蒙羞的对象。但往往一个父亲意识不到这点，相反，他坦率地、无所顾忌地在儿子面前暴露这一切，有时甚至有些小炫耀和小得意。

如果将两个我从小亲密接触的长辈——我的父亲和姨父相比较，便发现他们是两种完全不同的人。如果说我的父亲是严肃、刻板和严厉的人，我的姨父则是幽默、亲和、大方的典型。小时，我惧怕我父亲，但我并不怕姨父。我的父亲直到现在还不会骑自行车——他在很多方面是不自信的，但他并不避讳在我面前暴露他"愚蠢"的一面。相反，我经常坐在姨父的自行车上，往返在县城与乡村之间——我坐在自行车三脚架的横杠上，两手抓着前面的车把——姨父总是不无调侃地说——你不要抓得太紧了，我都骑不动了；另有一次，我和姨父到舅舅家去——晚上住在舅舅家，我因没有洗脚，两脚丫的臭气熏得姨父一夜睡不着，第二天他半责备半调侃地向我"控诉"——我既感到难堪又能欣然接受——此后，这项劣习，有很大改善。姨父有这个智慧，他批评人，还使人接受起来如沐春风。说起来，他没进过学堂，认识的字完全是靠自学，还去西藏当过兵，习过武，是个见多识广、善于沟通和爱讲笑话的人。这样一个人，不仅在我，在姨父家邻居的小孩中，也是深受欢迎的。但唯独我的小表哥与姨父的关系例外。

他们的关系有些像我和父亲的关系——紧张、对抗和不自然。这在我看来，是很奇怪的。而大表哥和姨父的关系，则完全没有这些——大表哥从小就有强烈的责任感，做事踏实、勤勉耐劳，深得姨父喜欢。小表哥则时不时会受到姨父的冷言讥讽，比如姨父貌似表扬小表哥穿着干净——说是从田里干活回来，身上都不沾泥，言下之意，是挖苦小表哥偷懒、干活不出力；再比如，说自卫（小表哥）是个读书的料，拿了书就坐着整天不动——这是讽刺小表哥不爱劳动。在小表哥眼中的父亲形象，和我眼中的姨父形象，大相径庭，仿佛分属于两个不同的人。客观地说,除了缺乏姨父的幽默感、乐观随和的态度外,小表哥不仅外貌,而且从精神气质上与姨父极像。大表哥则像他幼年便已去世的母亲。

　　我与父亲的紧张关系,还缘于父亲长年不在身边,缺乏对我成长的指导。我与他相亲的时间也短暂。而他对我又寄予希望,每次见面,鼓励少,批评多。我后来注意到一个事实,发现所有的男孩子,都有一个让他们厌烦的父亲,极少有孩子在伙伴面前表扬自己父亲的。而对自己母亲的态度则驳杂一些。这个发现,让我有一种从未有过的轻松感——看来,别的男孩,活得并不比我轻松,每个父亲都是一个隐在的"暴君"。这些父亲构成一个成年人的团体,构成一个世界,而我们这些孩子,则自有自己的一个世界——他们亲密地结合在一起,通过玩游戏、学习等方式,来摆脱父亲们对他们的控制和摆布。当一个孩子孤立无援地面对父亲的时候,他是没有任何办法的,再调皮、任性、勇敢的孩子,最终逃不过父亲厚实的巴掌。而当孩子们结成一个联盟的时候,他们发现,产生的力量发生了几何级的递增——一个父亲在面对着其他孩子的时候,会减少他的严厉和要求,有了更多的顺从和倾听——虽然他自己的孩子,一眼看出父亲的伪善,他知道回到家中,他将撕掉这张温情脉脉的面纱,而恢复他本来的面目。

　　在童年时,我就深刻体会到一种孤独的滋味。这种滋味,可能是父亲缺席不在身边造成的。我内心里其实颇希望有个大人给予我指导,而不至于放纵自己贪玩的性情,在亲戚同学家里乱窜。我知道读书明理，对于一个人的成长多么重要，但没有一个大人的指导和约束，要做到收束内心，安静地坐到桌前看书，对于我来说是多么不易。因此，我对父亲的态度也变得矛盾重重。我既希望他尽快结束在家的探亲假，早早地回到工矿的医院上班，这样我将获得自由；同时又渴望他能留下来，成为我学习的监督者。总的来说，我对童年获得大量自由时间感到满意，充分地按照自己的意愿度过了一段充满欢乐和野性的时光，但我又为自己这样荒芜地打发时日而为前途忧心忡忡。孤独感时常会像火山爆发一样突然袭上心头。我总是一面宽宥自己，说玩过了今天，明天要努力学习，但到了明天仍然不能收心——这样我一边尽情玩耍，一边又无限悔恨，痛惜自己荒废时日。矛盾和纠葛的心情，伴随着整个童年。

我也曾经说过，我们家族的父子之间，总是会有一个缺席者。父亲刚出生不久，奶奶就去世了，入赘的爷爷把父亲交给老祖母，自己回到了麻石村。父亲和他父亲之间的关系，并不常见于普通人家的父子之间，父亲是在他奶奶的抚养和陪伴下长大的。我比父亲幸运，一年他有几个探亲假出现在家里，但父亲在我的童年里，几乎也是个缺席者。这又让我想到我叔叔，他母亲也是在他很小的时候就去世了，叔叔和爷爷一直相依为命，在他的情感世界里，也始终留着一个缺失母爱的角落。父亲和叔叔，都是不易的。但生活的缺憾和不如意，总是习见于各个家庭之间，每个人家有每个人家的难处，并不见得我们家就比人家更多。我小时，从一个孩子的天性出发，对父亲多有微词，他的形象在我心目中并不高大，而今我自己已步入中年，对父亲的理解和感激却在与日俱增,父亲的形象在我心中也无可避免地高大起来。

那些在童年成长中经历的种种记忆,不快的、欢乐的,都如同一棵大树上的叶子,混淆难辨,在情感的河流里血肉模糊。

沿着河流往回走

在我去往外公家的数次经历中,有一次,我们(我和一位亲戚)在镇上歇脚。那是个曲尺形的路口,有一个风雨亭、许多商埠和一个至今还在的码头——麻石台阶一直从亭子旁的马路上铺到了河边。河面很宽,很明亮,岸上的沙地平整、细腻。这个镇在过去是非常繁华的,古老的民居和商埠的墙上留有黑色的榜书大字"福寿膏""仁寿堂""福满楼""××客栈""××米店"以及"洋油""洋火"等字样。挑担的、推车的、搬运的、吃面的、拉琴的、算命的、卖菜的,各种人等,曾经聚拢在镇上,热热闹闹的,营造出一种偏僻的繁华。

现在,则只能依稀看出一点过去的影子。我和我的亲戚——表哥,坐在风雨亭里休息。眼前的小镇有一种风暴肆虐后的清冷。被破碎的青石板、鹅卵石、黄泥分别镶嵌的街上,有一道道雨后积拢的小水潭,一个锈迹斑斑但又被强烈日光反射的自行车钢圈,悬挂在自行车修理铺门口的横梁上,散乱的车胎、三脚架、扳手、滑油、水桶和脏布,满地横陈,如同一个被切腹的动物将内脏倾倒在地。一片黑亮的油污无可奈何地深深吃进这片泥地。电线杆上贴着白色的纸片,残破又模糊不清,水泥柱子直直地插向空中,使周围高低错落的建筑获得一种视觉上的平衡。

离风雨亭不远的街上的某个院门里,爷爷在这里工作——腌制萝卜、加工食品。

河上面有座石拱桥,对岸是柳树、田野和村舍。沿着这条河可以一直走到县城的家中。在风雨亭短暂歇脚的间歇,我们做出了不走大路而沿着河流往家里走的决定。这条河——准确地说,应该叫江,莲江。但在不同的区域内则有不同的称呼,比如在我姨妈家的下坊,叫梅江,在升坊这里叫禾水,在我家东门(沿用过去的名称,那时这个偏僻的边地县城有四座城门,分别以东南西北门冠之)一带,则叫东门河。

我县历来盛产木竹、茶叶、稻米、茶油,在古代,这些物产的输出,靠的是水路。我县地理位置特殊,濒临赣湘两地,水系都可通达赣江、湘江,过去上豫章、出长沙的乡民不少。那些在码头扛包、商铺做生意的人,不少出自本县。近代随着铁路、公路等交通方式的兴起,水路辉煌的历史终结了。连接赣江,乃至通达鄱阳湖、长江等大江大湖的本县这条水路,也不可避免地沉寂下来。钱锺书先生小说《围城》里的主人公,曾经从吉安走到本县,通过本镇——升坊,继续西行到界化垄(连接赣湘的一个关卡),去往三闾大学。现在,我和表哥跨过石拱桥逆流而行。河边的小路虽不平坦,但也可以让自行车骑行。那是正月,河边的柳枝已经挂上一层朦朦胧胧的绿雾般的细芽,透过树丫和树木之间更大的空隙,可以看到河流的深碧颜色,近处的水域因为清浅而显得白亮。鸭子和鹅在水里漂浮,一个放鸭人手持一根长长的竹竿(在竹梢处扎着一圈柔软的鬃毛)站在岸边。早春的泥地里,油菜花已经开始吐放,黄色的花浪,给冷寂了一冬的村庄带来一种柔软的生气。

我在当时还为沿着水路一直可以走到县城充满着疑惑。在我单纯的观念里，似乎在各处看到的江不是同一条——而它们各自不同的叫法，更加深了我的这种疑惑。我在那时（或者更小的时候），经常会一个人来到东门河，沿着河边走，在一个个岸边的积水坑里，乐此不疲地寻找小鱼，并千方百计把它们抓到我带来的瓶子里；有时则用石块击打水边的一个个可能藏有小鱼的石块，然后将石块翻起，寻找期待中被震晕的猎物。虽然抓到鱼并不是件轻易的事情，但每回也没有空手而归。抓鱼，一度是我最热衷于的事情。我小时的记忆，不少与鱼有关，甚至无数次它们还游进我的梦中，将我对鱼的迷恋深化到一个充满幻象的、无限暗黑的空间。

直到我十六岁到异地去上学，我都没有机会登上一条渔船，这成为我的一大憾事。我一直期待乘船漂流，总是对手持竹篙的渔翁的生活充满着期待——甚至，如果有朝一日我能成为一个渔夫，我将会满怀欢喜。我见过他们坐在一条细长的木排上，头戴斗笠，几只鱼鹰站在船头，当渔夫从它们嘴里取下鱼来——就如同猎人从远远跑回的猎狗口中取下猎物，我深深地为这鱼鹰的命运感到同情。

正月的阳光暖暖地照在我和表哥身上，这条水边的路，只有我们两个人在走。偶尔可以看到村庄里有几个人。路上经过一个村——叫"莲花村"，和我们县名相同，这里的人大部分姓朱，但和我爷爷所在的麻石村的朱姓，不是源于一个谱系。莲花村的朱姓可算是我县一个大姓，里面一个自然村也叫官厅（与我家那个村落名字一样），因一个大族而得名。这里有栋老宅——曾出了一位末代清帝的老师朱益藩,他的哥哥朱益浚,也曾官至湖南巡抚,这个家族和修水陈宝箴(其子陈三立、其孙陈寅恪皆为名流)家族是姻亲。我的姨父一度在莲花村所在的这个乡粮管所上班,还和村里一个硬汉子结义。因为这层关系,我同表哥曾去过这位金兰之交的家中,与他们的几个儿子也都相识——其中一个老大,还一度追求我一位远亲的女儿。过去的末代帝师的官厅被改造成了粮管站的仓库,曾经雕梁画栋的建筑被刷满标语、结着蛛丝。据说,朱氏两兄弟本各有一个大宅,现在其中一座已被"大革命"的战火烧毁,只剩下这一座,虽历经"破四旧"和"文革",依然堂皇可观。古代戏曲人物和雕镂着精致四时花卉的图案,依然在那些古老的砖石和木头上,显示出一种不可剥夺的尊贵和风姿。

这里,堆积粮食的临时库房,在20世纪二三十年代,则是湘赣红色风暴波及的一个所在。年轻的胡耀邦从湖南浏阳来到这里,创办了一所红色学校——列宁小学,宣传马克思主义。这里也成为这位政治家从事革命活动的第一站。后来,这里作为文物保护单位被修缮和展示,已经是我离开家乡多年以后的事了。

我和表哥一路沿着河流行走,一边用柳枝条抽打路边的黄花、篱笆。我的大脑经这春阳照耀,变得不可遏制地活跃,一路上浮想联翩。我又记起莲花村,有我一位表姨,同姨父那位金兰之交的大儿子所追求的女孩的母亲,是亲姊妹。他们家的房子也是一栋老屋,屋前有一条溪水沿着墙根,一直流到一条宽阔的机耕路上(通过暗渠流到另一边），总有一些农妇在机耕路旁的水陂处洗衣服，花花绿绿的衣裤如同搅拌的颜料倒在池子里。表姨父是县水泥厂的职工，每天骑自行车往返。他们家的客房的墙上贴着时新的年画——我记得其中有一张是《打渔杀家》，总使我想起家乡的古老的年俗"蚌壳精戏"：一位美丽的妇人涂脂抹粉、衣着鲜艳，藏在用竹篾、彩纸、凌布做成的蚌壳里面，逗弄一位背着斗笠的老渔翁，或者说是老渔翁逗弄蚌壳精，来来回回数次，老渔翁总不免被蚌壳精夹住腿，或者夹住头……我记得第一次在正月里看到这个戏剧时，心里不是充满着欢愉而是恐惧。此后被蚌壳精夹住脑袋的噩梦做过好几回。我们家一度和这位表姨家走动频繁，就如同与其他一些亲戚之间一样。后来——不知是因为我们渐渐长大而开始注目新的外部世界，还是父母年岁已长，不太能走动；或是我们社会本身发生着急遽的变化，比如，曾经的蚌壳精戏，早已不再上演了，人们被一种加速度的生活弄得兴奋和紧张，亲情跌落，而物欲兴起。

　　河流在身边流淌，对水的恐惧和欢喜交织出现在一个孩子的心里。这条江是全县最大的河流，宽阔，明亮，一泻千里。它不停地吞咽和流淌，仿佛来自一种无情和遗忘的本性，要和时间的节奏相符。"一切都被冲刷干净了"——这句话，既适用于河流，也适用于时间。生长在水边的孩子，他的气息里有水的灵动和潮湿，多变、敏捷和聪慧。河水不断地抚摩他的肌肤，在这温柔的浸润中，也会突如其来地让他体会到一种隐在的凶险——这人生的教训，在自然的各个场域中都存在。温柔是水的表情，但也是它虚伪的面具。它的致命的武器是吞咽,既吞咽时间,也吞咽生命。

仿佛源于一次顿悟,我和表哥沿着河流往县城走去,在不着边际的浮想联翩中,越走越远。似乎也在往事中越走越远。当我深入到更幼年的一些事件的回忆中,我的表情已经具有了今天一个中年人的暮气和宁静。

冬天的感受

照例，我并不喜欢冬天的枯槁、萧瑟和冷寂。繁盛的事物被寒流袭击以后，不可避免地呈现出一种衰败气象和死亡气息，令人厌恶。但这种感受并不是一成不变的。

我们学校后门到县人民武装部之间，是一片板栗树林（武装部里则有更多的板栗树）、一些稻田和民居。我发现，许多如我一般的男生，放学后不喜走前门，而喜欢走后门。一方面将课堂的打闹延续并彻底地爆发出来，另一方面勾三搭四、指鹿为马，成为少年的一种癖好——这都需要借助学校到家里那段路来完成。通常女生放学后，都喜欢走前门，学习优秀、人品俱佳的男生也走前门居多，走后门回去的男生虽不尽然都是坏学生，但调皮捣蛋、心浮气躁的居多。

很难说我是男生中的后者，但归于前者则也不妥。我这种中不溜秋的人，具有两边发展的弹性。我那时有几个经常放学走在一起的同伴：李海星、陈剑、陈松华，后来还有张勤和刘军。我们放学后并不着急回家，有时会到化学实验室隔壁的乒乓球室打球——因为李海星的父亲是化学实验室管理者，我们利用了这个便利。不仅我们几个，有时李海星的姐姐——一个高个子、扎马尾辫的高中女生，也会加入进来一起打球。她的球风有一种男子气的凌厉和霸气，我们经常落在下风。有时则会拐到武装部去，用弹弓击打树上的果实，然后装到书包里，躲到角落里用火烧掉针刺剥食。

　　当然这是秋天才可能会有的事。在其他季节，树上要么阔叶扶疏（不见果实），要么枝条横陈。即便如此，我们也喜欢放学后进去消磨一阵才回家。穿绿军装的武装干部和战士，也不去管我们，任由我们出入。李海星性格有些清高，他的父母和姐姐都有这个特点。他父亲和母亲的关系似乎不是太好，他父亲内向、沉默、拒人千里。他母亲在县百货公司上班。陈剑和陈松华的父母都是农民，他们家住的位置在县城北门，那是一个富裕的同时民风强悍的村落。我出自单职工家庭。我们几个家庭背景不尽相同，却紧密地成为玩伴并结成了一个奇怪的群体。陈剑和陈松华性格活跃，以喜欢打闹而著称。我和李海星则沉默些，我的沉默里有一种忧伤和懦弱的东西，李海星则喜欢仰着头，不说话则已，一说往往有惊人之语——常含嘲讽和讥笑。

　　记得班上有个甘姓美女，她母亲也在百货公司上班。但李海星居然说这位公认的美女腿黑，他的观点总是奇怪的。而在陈剑家中，这位高个子、爱开玩笑的男生的母亲，是我小学老师的亲姐姐，因此她也认识我父母。陈剑父亲在工程队做事，母亲则早早地成为全职太太，主内在家。那时，他们家已经是"万元户"——那是富裕人家的象征。陈松华家稍逊一些，不像陈剑家住的是新建的大宅，而是一座老屋，他的父母我从未见过，只见过他的哥哥——一名喜欢打牌的社会青年。他们家常年有人打牌或者打麻将，赌资不菲。陈松华因此从小就精通麻将。

　　我们这几个初一学生，似乎并不热衷于互帮互助、致力学习，而是在玩方面花样翻新。比如,在河里扎猛子、玩射击游戏(用自制的纸弹),甚至有一天来到玉壶山法藏寺结拜兄弟。陈剑和陈松华父母似乎对他们也是一种放任自流的态度。而李海星的父亲则对我们表示不满,有时当众叱责这个被寄予希望的儿子——他便短暂地与我们疏远,但不久又自动地加入我们当中来。我这种和"狐朋狗友"浑浑噩噩打发时日的感受,似乎潜意识地与天气联系在一起。大多和春天、夏天有关。温热的气温使人的大脑失去清醒和理智,就像被灌了黄汤似的不为理智召唤。

因为天气原因而随波逐流,不用心学习,这理由怎么说都显得牵强。我曾经说过,我深刻地自我觉醒到学习的重要,是在十五六岁以后,此后便从来没有再松懈过。

有一次——我已不记得什么原因,我是一个人放学回去的,那是快到期末的一个冬天。南方的冬天有一种与夏天的葳蕤、盛大截然不同的枯槁、萧索和凄冷。在从田间的路上走上斜坡的时候,我习惯性地走到武装部去,整片的板栗树林这时在正午阳光的照射下,显得黝黑、精瘦,就像一个经历过灾荒的人呈现出的瘦弱一般。正午冬日的阳光白白的,像流水一样从高处流淌下来——这个发现让我感到惊异,我眼中的阳光一直是黄色的,但那日正午冬天的阳光却是如同病室的床布一样苍白,因此我随即打了一个冷战。

整个板栗林空寂无声,悄无一人。我像是缅怀我和几个伙伴的友情来到这里。而我又对我一个人步行回家甚感满意——我突然厌倦了和他们打打闹闹的无聊的肤浅的游戏。甚至在那个突然的时刻,发现自己并不讨厌冬天,而是喜欢冬天的——喜欢它的冷和寂寥,喜欢它的阳光的白亮如水、针骨冰凉。我意识到在喧嚣的夏日,我完全被热浪冲昏了头脑,而失去了自我,现在,在冬天的清冷中,我浑噩的麻木的内心之流在苏醒、流淌,并洗刷着板结在岩石上对鲜润如初的求知欲。

那个正午颠覆了我多年来对冬天的感受。寒冷,成为一种对昏睡的刺激和提醒,又自然而然地成为一个孩子内心隐在的对自己的激励,并以形成多年习惯而作为对自己的奖赏。我进入青春期后开始对诗歌的热爱,往往进入冬天才是丰产期。寒冷如同一道催化剂,能使大脑不停运转,而迸发许多意想不到的火花。我一生经历过多次这种顿悟般的时刻,每一次都如同脱胎换骨,有一个新的自我出现。

当我发现冬天阳光的苍白质地和冰冷属性后,我多次在——比如坐在屋前水泥地看书时,看到白花花的阳光流泻在地;或在室内写生,阳光照射到我的画板上;有时走在郊外公路上,看到白日投下那梦幻般轻如薄纱的光线,地上浅浅的影子交错纠缠——都有一种清醒的、孤立的、如肖邦音乐般的"诗"的成分(后来确实读到一个美国人写的《冬天的诗》:冬天的蚂蚁颤抖的翅膀/等待瘦瘦的冬天结束。/我用缓慢的,呆笨的方式爱你,/几乎不说话,仅有只言片语。……)这与我后来在北京,看到紫禁城上空冬日的阳光不同——它依然是黄钟激荡的金黄色,如同大提琴奏响低沉、轰鸣的乐章。相比之下,我家乡南方冬日的阳光更像是月光。

对冬天的这种感受,使我与以往的生活划清了界限。我变得不那么爱打闹，爱往学校后门走而喜欢走前门（穿过另一条我们称之为"十八家"的古老街巷，走回家去），我喜欢一个人走路。自动放弃了李海星们的友情——我的这种变化让他们吃惊和不解，他们永远不了解我内心的感受，因此从那些时刻起，我就意识到我们是完全不同的人。在我童年的生活当中，我身边总是会突然出现一些亲密的人，然而又分阶段地失去，我和他们共同享有某段经历，但没有共享童年的全部。似乎从小开始，我就是一个坚定的自我怀疑者和批判者——我总是尽可能地敞开怀抱去感知和经历，过后又无情地给予批判。

我想我是喜欢冬天的刻骨和冷的，不知这是不是和我略微悲观的自我意识有关。童年的底色将在一个人整个人生的画面中显影。我想所有内向的、有文艺倾向的人都不会拒绝冬天。喧闹和热忱，好比灿烂的烟火和鲜花簇拥的胜景，本质上不属于一个自我意识深刻的人。他们更喜欢藏在烟花绽放的暗处，成为一个隐匿者和观察者。他们平静的、清冷的表情都像是被冬日冰凉如水的日光洗沐过。这是童年赠予我的一个礼物。当我注目内心深处这样一个细微的、难以描述的最初感受，就像朝镜子深处打量一道虚幻的面影，依然是难以述说但又清晰无比。

美的最初体验

美是什么？对一个孩子来说，是太过深刻了。通常我们会迷恋色彩鲜艳、外形可爱的东西。一种肤浅和表层的视觉元素，满足了一个儿童天性中对单纯事物的注目。越单纯、越带有肥皂泡性质的东西，或者说带有童话性质的东西，它越能诉诸一种愉快的感受。但若对美有进一步些微深刻的意识，则和忧伤有关。

我开始学会骑自行车以后，就如同一个刚刚学会走路的孩子——不再迷恋襁褓的羁绊，而向往一个跌跌撞撞的世界一样，只要有时间便车把不离手。相信大多数人有着相同的感受。简单的动作重复千百遍，便完全成为一种惯性动作，和难度无关了。半年以后，我已经是个娴熟的自行车骑行者——我无法忘记，初一时，与同学去楼梯凳水库游玩，因为还不会骑自行车，是坐一个男生的车去的。返回时，我笨拙地上车，竟直接从右侧跳到了后座左侧的地上——可以想见当时的狼狈。

我开始骑自行车去学校。有一次，下午放学回家，在东门桥自行车修理铺给车子打气，看到一个齐耳短发的女人也在给自行车打气。当我的目光与她的相遇——一种令人困惑的晕眩感随之而来，我像是被电击一般感到一种颤抖。这个女人用一种我似乎非常熟悉的神情在凝视我：一双漆黑、明亮的大眼睛里充满着一种哀怜、困惑和专注。

她没有说一句话，但眼睛似乎没有从我脸上离开。我内心感到一种异样的狂乱、惊喜和空虚，但转而——在匆匆忙忙丢掉气筒，转身离去的时候，感到一种强烈的忧伤。那年我十三岁。我拼命掩饰自己慌张地推着自行车往家里走的时候，脑子里则拼命在将她回忆：白皙的鹅蛋形的脸，齐耳短发，匀称的身材，黑色的穿着……我使劲不让自己回过头去，但感到后背正承受她射来的"噗噗"的目光。这是一种新鲜的、异质的感受。我总觉得她是那么熟悉，但事实上我从来没有见过她。

我从自己忧郁的心境中仿佛看到了她眼中的忧伤。一直，我对她那么久久地专注地看着我的眼神感到困惑——一种混合着自作多情和罪孽感的心情将我撕碎，让我陷入一种苦恼和绝望。我记得那时刚在县工人俱乐部（已改造成了录像厅）看过一部录像《射雕英雄传》，杨康和穆念慈的爱情戏，是那样慌乱地搅动了一个孩子的心，仿佛往一个沉静的水池子撒下一吨重的花瓣——我似乎看到他们亲吻——一种负罪感和不洁感揪住了我的心。我是不快的，从对武侠的迷恋转移到一种对两性情爱充满不解但急欲窥破的期待中。我一个人在黑夜的床上思索着这令人兴奋、紧张和无解的答案，第一次失眠了。

自行车摊边的女人出其不意的出现，给我内心带来一种强烈的震撼。这种感受在第二次遇见她的时候变得更加严重。就在我被这意外出现的——后来才认识到是一种美的视觉形象，搅动得内心不安，并经历过几个辗转之夜后，渐趋平静的另一个下午，我再次在县百货公司旁的自行车摊遇见她——在给自行车打气的时候（我拥有一辆只有四成新的车子,每隔两天便要给车胎打气),猛一抬头,看到她正缓缓地推车过来,眼睛惊异地、欣喜地(我以为)而不无熟悉地望着我——她的专注眼神使我完全可能忽略了她那天的穿着——根据事后回忆,我将之描绘出来:暗红色长袖衬衣,烟灰色裙子,和黑色高跟鞋。

我多次自问——我,或许是她曾经熟悉的一个人,但又不让她那么肯定,以至于她的神情既专注又困惑。除此之外,还能说明什么?这个女人三十岁左右,她的身上有一种经历过沧桑的冲淡之美,也有一种些微的倦怠之美。我是个正往少年奔的十三岁孩子。我一直难以忘记这个女人身上那种我后来肯定地形容为"美"的东西——在当时,它正被其他一些东西所掩盖,使我似乎对显示在美的风暴中心的其他要素、其他情感和令人难忘的惊鸿一瞥的火花所迷恋。这个女人身上散发出来的一种晚秋之美,和我班上的美丽的班花的美是不同的,后者属于带有肥皂泡性质的脆弱的、肤浅的视觉美感。而这个女人深深地投射到我内心深处的一束明亮的目光之炬,则带有一种电烙般的痛楚和灼伤。但这种感受与我后来感受的初恋也不同。它是让我痛楚的、忧伤的,但与情爱无关。

这是我人生课堂经历的第一次对美的深刻意识。我知道,因为它具有逝去的时间的性质,不可停留。如同土耳其作家帕慕克在《伊斯坦布尔:一座城市的记忆》一书扉页引用的阿麦特·拉西姆的句子"美景之美,在其忧伤"一样。当我产生这样一种意识之后,我似乎感到,我的童年结束了,一个少年开始向我走来。这是我产生的另一层忧伤。忧伤之忧伤。

这个女人我之后再也没有见过了。我也曾努力在每次给自行车打气的时候，用目光向四周逡巡，但很遗憾，我再也没见过她。

两年之后，我准备到录取我的吉安师范读书。有一天，在县汽车站候车。在正午形如梦寐的白昼的强光下，在一个并不干净的小餐馆吃完面，望着外面雪亮的日光时，一个穿白色裙子的年轻姑娘走了进来——瞬间，昏暗的室内似乎被照亮，而门外的白昼之光似乎也变得暗淡了几分。她走了进来，齐耳短发，鹅蛋脸庞，唇红齿白，明眸善睐。她愉快地、嘻嘻笑地轻轻哼唱着，用目光久久地望了我一眼——便经过小餐馆，走到车站里面去了。当时她给我的印象之强烈，似乎回到两年前那个陌生女人给我的一瞥一样。具有戏剧性的是，几年以后，我从吉安师范学校毕业在家乡一所乡村中学做老师，她也从另外一所中学调入我们学校来了——她早于我毕业于吉安师专。如果不是因为同事，她给我最初的美的印象，将永难抹去。但此时她已经因作风开放而声名狼藉。我将在其他文章中对发生在这所中学、关于她的有趣的丑闻略有描绘——我始终不解，她的甜美、清纯外表下，与另一个完全不同的灵魂，呈现出的巨大反差。

一个人最初对美的感知和困惑，可能会影响到他的一生。放在今天，我能够说，美之为美，不因是视觉满足，而是一种内心体验。而一个孩子意识到"心"，只有借助于投射物，借助于我心之外的存在。它翻越千山万水，而又"明心见性"——让人意识到人生的美丽彩虹。

街道生活

混合着风俗画和黑白照片气质的街道，留存在上了一定年纪的人们的头脑中。那时，法国梧桐树还没被丑陋的永远长不大的香樟树代替——魁梧的树干具有说服力地展示着这个县城的历史，繁茂的阔大的树叶组成的拱形穹顶，遮蔽了头上的骄阳，斑驳的光点落在沥青马路和人行道的水泥地上——风一吹，便轻轻摇晃如海面上的光斑；青灰、暗红的建筑物的外墙上，有浅灰色苏式风格的宽大门框，窗台上的花盆里的球状植物和杜鹃花，似乎被室内的主人遗忘了——但却出奇地展示着生命的葳蕤气象；入夜，星光在密密的树缝间落下晶亮的光辉，在盛大的暗影里，有着夏日浓郁的栀子花和荷花的香气。

街道是种奇妙的东西——它将人们散点的私密的生活连接起来，汇成一道可供观察和展览的公共景观。人们喜欢说的话里面，必然有这一句——"去街（读 gāi）上"——这成为一种愉快心情和探寻外部世界的特有表达。有时，孩子们，或者大人会急不可耐地询问从街上回来人的所见——后者也总是或漫不经心或郑重其事地道出在街上的新发现。因为街道的存在，我们的生活富有一种可供期盼的想象力的源头。

当然，街道有时也会成为大人发泄不满的一个代名词——比如，大人会说，"又死（走的意思）到街上去了！"

对于我们来说，街道的诱惑力，就像今天的孩子被电玩和网游所捕获一样大。傍晚时分，总有不安分的小孩在村镇里转悠，寻到三五伙伴，便在大人眼皮底下偷偷溜到街上去了。更晚些时候，大人对孩子的咒骂声便在村落不绝于耳地响起，常见的就是上段说及的那句。有的家长正在气头上，或者烦恼于琐碎的生活，便抄起家伙往那个躲闪的小黑影扑去，顿时——咒骂声、扑打声、哭喊声（连同受到惊吓的狗的叫声）在屋宇下响成一片，直到深夜，村镇睡着了，连同整个县城的灯光也熄灭了，这个赣西的边地小县，才呈现出一种无比深沉和漆黑的宁静。大街，除了流浪汉偶尔传来的几声咳嗽和梦话，已经像一件旧衣裳一样寂寞和无人问津。

深夜的街道只是产生一种负面价值，而不被人肯定——白天它赋予人一种满心欢喜的期待，现在则变成了一种不安的诱因。那些在黑暗中见不得人的勾当——行窃、劫色、杀人，等等，都在人们的睡梦中草率或者从容地完成了。第二天的街道，变成了一个被人谈之色变的作案现场，或流布绯闻轶事的信息平台。

如果往具体里说，大人们的表达往往是这样的——"去十字街上"。"十字街"是最具标志性和最繁华的地段——在多少年以后这个国度一波波的造城运动中，无数个这样带有时间和历史意义的旧十字街，毁于一旦，并逐渐地淡出人们的头脑。因此，我试图还原县城20世纪80年代十字街头的景象，保留这纯真的个人童年史，并非毫无意义。我们已经习惯了集体生活对个人生活的挤压，以致要恢复一点点具体而微的个人的面容都显得那么不易。但这种更有人情味、更欢乐的个人记忆，却总是更直接和敏感地触动我们沉睡在体内的某根神经。

所幸我画画的天分，以及因为拥有自由时间赋予的大量观察，让我闭上眼便能准确无误地勾画出这幅地图来。它起于东门桥，东门桥以西一路过来是县委县政府和检察司法几家单位，工人俱乐部模仿了刘少奇、李立三领导的萍乡安源煤矿工人俱乐部的样子（我的记忆里，这个所在似乎与工人生活无关），工人俱乐部旁有条小巷叫下街，对面那条巷子——上街，保有我幼时的记忆，十字街头由百货大楼、新华书店、第二百货大楼和一个药栈四栋建筑构成，以南直达南门广场，以西分别是公安局、电影院、邮局，以北是集贸市场、银行和医院。

在白天，这里总是热闹的、杂乱无章的，用一个不太恰当的比喻——如同"蚁群"。但人们却能忙而不乱地出入于各个建筑物、巷子之间，如同是循着内心的地图在走一般。大街上的私人生活总是罕见的，人们有着相同的表情和举止，它们像流水一般具有复制和流动的性质。如同街道树的梧桐叶子，每一片看起来都是相似的。对于自行车修理铺、肉铺、小人书摊、磁带店等这些隐没在公共建筑和街道之间的小地方，我格外感兴趣，总是会有意想不到的发现。有一度，我偷偷模仿书上看来的画家的举动——拿着一个笔记本，到菜市场去画速写。我曾经在一本封面画着一个农民模样的素描册子里，见过几幅陈丹青在集市上画的速写，欢喜得不得了，这些铅笔勾勒出来的仿佛具有弹性的线条，草率而生动地表现了一种现实的"生活"，一种泥土的腥味和活跃的生命的气息扑面而来。我记得我们县城电影院的廊柱顶上的屋檐有着麦穗交织的浮雕，让人想起一种苏联的气息来——这种感觉和看陈丹青的速写混淆在一起，仿佛那些素描画和速写，也深深地打上了一个"苏联"的烙印。我戴着一个压低的太阳帽在菜市场画速写的时候，脑子里回味着陈丹青速写呈现出的那种"苏联味道"，以期让笔下的线条和场景与之相符。

其实十字街头呈现的就是这种"苏联味道"的景观，连同我们在电影院里看到的黑白电影——无论是苏联的，还是东欧的，里面的建筑和人物的表情和对话，与我们的现实生活有着某种内在的、隐约的呼应。而电影里的黑白画面，又进一步强化了我们县城那种旧年代的气质和建筑物下人们集体生活的形式和内容。

我且这样称呼吧——我童年"街道生活"的部分，有些如同英国"拉斐尔前派"画家笔下的土黄、灰蓝色调的街景，忧郁的表情和仿佛总是冬季的冷灰的天气，在回忆的镜像中显现出生命的斑斑暗影。我一次次在街上溜达，那双无知和懵懂的眼睛被五金店、小餐馆、花圈店、裁缝店所左右，事物的每一个细节都在眼前显得那么新异和无法琢磨，因为时间的缓慢节奏和人们仿佛静止的表情，使事物凸显出一种深刻的抑郁。瓷板画店是我经常驻足停留的，包括电影院售票窗旁的水粉画海报，以及公安局橱窗里的画报——我仔细地浏览过上面的每一张面孔、每一行文字和每一道雨水或尘埃的痕迹。我们街上的著名人物——比如"五狗"或者金清华出现时，在人群中引起的骚动，警车呼啸而过时人们肃然注目的紧张，办红白喜事的长长的队伍在大街上制造的戏剧性画面,以及社会青年举着砍刀在互相追杀时的喧嚣,都迅速地分散了我的注意力。

我在街上溜达时,有几件印象较深的事:

1. 有一次,我看到一个身穿铠甲、武士装扮的人,出现在街头。他的头上戴着一个金属头盔,手中握着一把佩剑,脸上留着乌黑的络腮胡子——他目中无人地迈着步伐,从人们震惊的目光中走过。多年以后,我在古希腊神话和欧洲小说里才看到这种形象。他突然"空降"到我们这个极端保守和沉闷的小县城,其爆炸性不啻人们见到外星人。这是一个什么样的人,出于什么样的动机来到我们县城,对于我来说,至今仍然是个谜。

2. 一个雷电交加的雨夜,我在睡梦中被母亲叫醒,听到窗外滂沱的雨声、嘈杂的人声异常地出现在这三更半夜,我顶着雨披随同大人来到街上——被眼前的景象震惊了:街上站满了密密麻麻的人群,人们在雨水中紧张不安地站立,狗吠声、孩子的哭闹声,以及广播里传来的疲惫而高亢的声音,一起混淆在春夜的雨水里。人们背后黑魆魆的建筑这时显示出一种呆头呆脑的奇怪的形状,有的人开始在地上支起雨棚,往里放置简易锅碗瓢盆——那架势,似乎要在大街上住下来。然而天亮后,喇叭里的声音以及穿着制服的干部模样的人,将拥挤在大街上的人赶回各自的家中去了——一个讹传的地震的消息,造成了全县短暂的慌乱。

3. 我曾经写过一次公捕大会——在南门广场数千名群众面前宣布一批在严打中抓捕的罪犯,高音喇叭和紧张、错愕、哭泣、傻笑的

往昔书

人群共同制造了一种沸腾的、混乱的噪声，随后警车开道——那凄厉的，同时具有某种镇定效果的笛声，使拥挤的人群自动闪现出一条道路来，几辆绿色卡车上的武警全副武装——车厢里站着一些挂着胸牌的人——孩子们追着汽车跑，车队沿着大街兜圈，在表情严毅、冷峻的武警的映衬下，一张张面如土色的脸低垂着，他们的下巴都要磕到挂在脖子上的牌子了——我想，更大些的人们，肯定会在脑子里唤醒那相去不远的记忆。我看到一个剃着光头的年轻人——有着一张结实的凶悍的脸，和与众不同的讪笑和轻松表情——仿佛让我们想起银幕里熟悉的台词——"再过二十年老子又是一条好汉！"他的这副桀骜的神情，不难使人们联想到报纸上、广播里正宣传的"追捕二王"的纪实报道——这篇报告文学，成为当时阅读率最高的作品——来自沈阳的二王兄弟制造了一起血案后潜逃到江西广昌县，最后在山林里被击毙……那段落，人们烂熟于心——曾几何时，就是这兄弟二人，是那般的凶狠、那般的疯狂、那般的狡猾，杀死十名、杀伤十一名解放军、公安干警和人民群众，欠下累累血债，搅得人们不得安宁。围绕这一对亡命之徒，在社会上引起那么多的议论、猜想和传说啊！什么王宗玮是部队的校枪员，是百发百中的神枪手呀；什么"二王"是因生活所迫，第一次作案呀；什么专杀干部不害群众呀；什么他们仗义疏财，杀富济贫呀……离奇古怪，不一而足。头顶庄严国徽的公安战线的同志们，在长达七个多月的日子里，心情不好受，吞咽下许多不被理解的痛苦，在挫折中挺进。他们在这起新中国成立后空前未有的特大暴力性案件中，与残暴、狡猾的敌人，一次次地做着艰苦的殊死搏斗……

　　我永难忘记在十字街头看到的卡车里那一张张表情——他们甚至无力往街道两旁拥挤的人群去寻找熟悉的亲人,并看上最后一眼,似乎死神已经提前将他们的魂魄给取走了,现在只剩下一副空壳;那呜呜叫的警笛(伴随着闪现的红蓝警灯)切割着人们的耳膜——那一个个凝视者的脸上,复杂而眉头紧锁的表情;我第一次熟悉了"人民公敌"这个词,仿佛下意识地感到隐藏在平常生活中的凶险,那"扭曲的人性""丧心病狂""没有好下场"等词句塞满了单纯的大脑,并将持久地影响到他对人性的看法,影响到他对生命的态度……

　　4. 一个精神失常者,经常骑着一辆自行车,在大街上郑重其事地控诉某单位对他的不公。每隔一两天,他便骑着车出来,边骑车边振臂呼喊,仿佛电影里的进步学生高呼口号一样——他的脸瘦削、眼睛布满血丝、头发枯黄,身上的绿军装打着补丁,蹬着踏板的鞋算得上干净——因此很难看得出他的神经错乱。他日复一日、风雨无阻地出现在大街上,连续几年都是如此,而人们显然已经对他熟视无睹了,并不会抬眼看他一下。这个人却深刻地留在我的记忆中……

所有人的童年都是相似的

不可否认，当我意识到身上的弱点——比如自卑、懒惰、无法集中注意力、贪玩、对学习逃避、害怕和女生交流（如果这也算的话）、不敢抛头露面、爱慕虚荣、自私自利，甚至一度对自己的智商表示怀疑的时候，我会认为自己是个"与众不同"的人——在这里暗含贬义的表达，是为了强化自己的不自信。当我形成对自己的这种判断之后，我的人生之路似乎变得暗淡和绝望——当有一次，物理老师（同时是班主任）数落了班上几个"很烂"的学生并愤怒地让他们站起来时，他仿佛犹豫了一下并最终将我的名字也点上了——我自动地站起来，垂着脑袋，心情沮丧到极点——在那一刻，我非常怀念曾经的班主任贺春林，虽然他也曾批评过我，但是我对他的崇敬始终没有减少；相反，物理老师——一个总体而言算是个和气的老头，对我们并不熟悉，但他这次对我的判断给我打击甚大。

我无须回避成绩不佳的事实，因为在数理方面的迟钝，我度过了沉闷的初中生活。虽然，在某些同学眼中，我是个"才华横溢的家伙"，一个在绘画和文艺上有着"卓越禀赋"的人——对此我是有充分认识的，我的画作从小学开始就有不少拥趸，但正如你所知，我们这个国度美学教育还非常落后，在文艺或者其他方面出众的学生，并不能改变学校、家庭甚至社会对他的认识。学习成绩好才是硬道理。

所有的荣誉和掌声只有学习成绩好的学生才有资格享有——试想一下，金字塔尖上的学生统共只有很小的一部分，大多数都垫在他们脚下，并形成我们社会群体的大多数，这样的学习经历，对于他们心理的暗示和人格塑造，将会产生什么样的影响？

我一方面赌气似的"不求上进"，另一方面则自由地在艺术的天地里畅游。在初三大家铆足劲冲刺中考时，我却翻遍了学校图书馆的画册，利用一切可能的时间（包括课堂上的）来画画。初三时，班上已经形成了几个明显的群体，一个是对中考充满信心的志在必得者，与之形成鲜明对照的则是中考无望的学生——他们往往成为老师们眼中的"异己分子"而被严加看管，但是他们还是在课堂上制造了太多的混乱。我的画开始被同学们逐个收藏。他们眼中的这个未来画家，正在用他稚嫩的笔触，展示他与众不同的心灵对世界的观察。不少同学开始互赠明信片表达即将到来的离别之情，我收到的许多明信片上面，那些模仿大人语气说的"抒情"和"深刻"的话里，大部分包含着对一个未来画家的期待。

因为敏感、多思，我有时会在大家热闹的甚至放纵的自习课上嬉笑时，意识到一种悖谬：我一方面貌似这个画面的参与者，另一方面似乎站在空中俯瞰着这一切，成为一个冷静的审视者。

在我身边形成了两拨朋友，一拨是李海星、陈剑、陈松华等中考无望者，另一拨是刘梁军、吴炜蓉、江海军、贺爱民等成绩拔尖者。随着时间的推移，我与后者的交往愈益频繁，并最终成为这个群体里最牢固的成员之一。在相当长的一段时期内，我们之间还互相走动。

刘梁军始终是班上的第一名,并一直当班长,他的父亲和我爷爷是同事——都在副食品公司上班,因此我们之间走得也很近。一般而言,这样的学生总是会格外受到女生的注目和青睐——刘梁军正是如此。那些要和他共建互帮互助学习小组的女生不少。刘梁军充分享受到了一个成绩优秀男生的优越感。那时,我和他以及日后与我一起考上吉安师范的甘姓女生之间,也多有交往。他们正是这样一种学习互助型的恋人。至于我为何也成为其中一个参与者,则似乎是他们聪明地利用我来打掩护。

毫无疑问,刘梁军是占尽风光的。用"一枝独秀"来形容他的初中生活,并不为过。而曾经与我搭档表演相声的刘伟剑,则除了那次一鸣惊人的演讲之外,几乎乏善可陈。但年少时学习出色与日后的出类拔萃并不必然成正比。今天,刘伟剑已在京城一家出版社做社长了。初中时,刘伟剑几乎默默无闻,但我还是隐约感到他的被埋没。因为要搭档说相声,一度我们之间有过密切接触。他的父母和姐姐都是搞文艺的,他的形象思维很发达,脑子很活跃。然而我那时最吃惊的,是他的早熟,体内的荷尔蒙已开始活跃。他一度喜欢班上一位公认的美女,为此还与人打了一架——正是这个原因,他被留级,没和我们一起升入初三。大家说起他,总会和班上其他几个爱打架滋事的人混为一谈。

刘伟剑是否也同我一样对自己的状况不甚满意?我想是的。他背负着"差生"这个称呼,在别人的轻慢和蔑视中度过了人生中一段黑暗期。他的爆发期比我来得还晚,但却充分调动了体内的潜能。用今天的词来说——是"逆袭"成功，几乎可以讲述成一个"屌丝"变为"高富帅"的励志故事。

所有人的童年都是相似的。意识到这点，已经是很晚的时候了。人们习惯犯的错误之一，就是早早地给人定性，迫不及待地给他戴上或优或劣的帽子——二者对于孩子来说都是一种压力。人们容易忽视的一个事实就是，除非少数天才，绝大部分人都是平常的。而每一个孩子在自己父母那里总是容易被拔高——因此对孩子的普遍不满意，又成为家长的一个通病。而老师从职业本位出发（说白了就是从分数出发），可以说简单、粗暴地对孩子们进行了分类，并区别对待。公正和平等地对待每一个学生，这种状况绝少出现。到如今，我已为人父，成为一个叫"书迪"的女孩的爸爸，发现这种教育痼疾似乎并未消失。

我读小学时，尚有一篇课文《半夜鸡叫》，主题思想就是在旧社会，孩子们没有幸福的童年，被地主剥削的状况严重。那时离"文革"结束不远，人们的思想还未完全从以阶级斗争为纲的余毒中走出，"解放思想，实事求是"还是一个渐进的过程。我那时想象几十年后的今天，社会该有多么大的变化（事实也是如此），孩子们的童年与我那时肯定不同，至少比我们更幸福。但我从一个父亲的角度观察女儿以及同龄的孩子，发现他们背负着沉重的负担，幸福感未必大于我那时。而在今天，学校和家长对孩子分数的追逐，使孩子内心蒙受的阴影更加巨大。在人们普遍用分数来要求自己的孩子时，我没有以这一点来苛求孩子，而是试图引导和培养她的真正兴趣，鼓励她敢于表现自己，培育她的审美。

　　分数最后真的不是最重要的。遗憾那时没有大人这样开导我，使我的童年充满自卑的阴霾。但这也成为我童年的一部分，形成我们这一代人——那大多数普通学生的共同气质，因而免于王安石笔下"仲永"的命运。我们不被关注，反而变为一种保护——这貌似强词夺理的说辞，并不虚伪。人生的寻常底色，终将在每个人命运的天空显现出来。在课堂之外，人生的竞争才刚刚开始，而竞争本身也是一把双刃剑。

第二章

乡村之夜

山冈

　　每次我回忆年轻时在山冈待过的岁月，内心里总会交织出现一种矫情、虚幻和痛楚的情绪。山冈离乡村公路有一段距离，站在山冈高坡上眺望，可以望见在公路上来来往往运载煤炭的卡车，高大的白杨树立在路边，下面有错落的店面。可以想见：并不漂亮的女店主坐在柜台后面，眼睛迟钝地看着马路上来往的汽车、行人；柜台格子里摆放着香烟、饼干、方便面和话梅，煤球炉上的铝锅里冒着热气，空气里有隔夜的茶叶蛋的香气。有时，冷不丁一张脸出现在柜台上，使柜台后面那个昏睡的脑袋受惊般抬起，伸出手来，接过褶皱的纸币，把货品递出去……这是秋日下午或者更晚些时候的某一刻，马路对面的火电厂停满了大巴，那些身着蓝色工装的工人，从厂房里走出来，表情或困倦或谈笑风生，都隐没在渐渐弥漫起来的雾霭里。挺立的白杨树仿佛静止不动，柏油马路蜿蜒起伏地贴在大地身上，直至没有尽头的远方。这一切看起来像是一幅法国乡村素描。

　　这是每日都可以看到的情景，看起来永远也不会改变。不同于喧嚣、流动的城市，乡村给人一种恒定、禁锢的感受，一棵树在那儿，似乎总会在那儿，甚至某户人家撑在晒场上的晾衣竿，也会永远地在那儿似的——哪怕你离开了，多年以后回来，它还会在那儿一样。这种感受给心理的暗示，就是，生活就是这个样子的，不会有任何的改变，你所有的幻想比幻想更轻。因此我感觉我的青春也是漫长的，永恒不变的，我将在这个红色山冈消耗掉所有的生命——而青春占据着绝大部分。就像我们柔软的心中某个敏感位置，我对黄昏时刻特别敏感，喧闹的白天只剩下零星、片段的声音——那是夜晚岑静的前奏，我像个溺水的人一样，拼命地想抓住哪怕一根稻草，那些声音使我非常留恋，敏感的听觉不放过任何一点经过耳膜的远处的声响：大人呼唤孩子的声音、咒骂的声音，狗叫的声音，晚风吹动树叶的声音……每一种，似乎都是对内心的最大安慰。说到底，我是害怕夜晚中的孤独和寂寥。

虽然害怕和躲避，夜晚的孤独总是会不期而至。校园里已经人走楼空，白天琅琅的读书声已经熄灭。次第亮起来的，是橘黄的灯光，我甚至可以听见白炽灯泡里钨丝的"嗡嗡"响声。干燥的杨树落叶被风刮进屋里，像不知名的动物在地上跳跃，聚集在黑色的床底下。我坐在桌前看书——事实上我什么都看不进去，脑子里想着白天那些乱七八糟的事。我的隔壁房间，贺灿民，白天他的女朋友从另外一个乡镇来看他——那个镇，据说出美女，贺灿民的女朋友，是个年纪比较大个子比较高的姑娘，梳着一根大辫子，会剪裁衣服；她和灿民站在一起，明显地感觉到灿民的其貌不扬，但这个女村姑愿意和他谈朋友甚至明显地看出非嫁他不可，因为贺灿民是个教师，一个吃商品粮的人。这个高个子姑娘对我也比较客气，是不是我看起来比灿民更文气些？但这只是一种无法印证并且毫无意义的臆想。我身边没有一个女人出现，我还属于一个没有任何恋爱经历的"雏"（用贺的话说）。他们顺理成章地结婚以后,在县城开了一个出租碟片的小店,贺灿民负责进货,他妻子守在店里。好几次,我从家里出来,骑自行车到他店里淘碟看。有一次,她神秘地塞给我看几张碟子——当我从这个看起来已经颇具妇人姿态的女人手中接过这些用黑色塑料袋包起来的光碟时,怀着多么可笑而荒谬的心情啊。

有一段时间,我的手中经常握着波德莱尔的诗集:

> 雨月,对整个城市感到很恼恨,
> 从瓮中倒出大量阴森的寒意,
> 洒向邻近的墓园苍白的亡魂
> ············

这些阴郁的句子似乎和这个秋夜相宜。我的学校附近也有很多墓地,事实上,这个山冈建校以前坟茔林立——选择这样一个地方建中学,无论如何不能算是一个明智之举。至今,食堂门口有一片地,依然有废弃的荒冢,有一个黑衣男子时常神秘地出现,身后背着一个扎口的袋子,他似乎只是凭着气味赶到这里来,蹲在墓地前,耐心地翻开断砖,在伏倒的潮湿的枝叶间搜寻,常常会有意料中的收获——总有那些让我感到不寒而栗的长蛇被他捉住,装进袋子里。这个人也不和人招呼,干完活,拍拍屁股就走人,显得如此诡异、神秘。食堂门口的苦楝树上,有时蹲着猫头鹰——据说猫头鹰也捕食细蛇。夜里,我在屋中,能听到它那让人不安的叫声。

捕蛇人的身影在我走神的时候,出现在我的视线中,有时也出现在我笔下的诗句里。他让我感到,我对身边的事物和人,虽近在咫尺,却一无所知。捕蛇人、蛇、猫头鹰,这些人和物,我在骨子里害怕,就像我害怕秋夜里的孤独一样。同样,我也无法看清"孤独"本身,我无法逃离它的照耀、捕捉,我惶惑、幽暗的心,就像废墟中的毒蛇一样,无法逃脱"孤独"这黑衣人的捕获。

凝神静听黑夜中的声响,那里夹杂着人们的梦语、风声、木桌因为干燥而爆裂的声音……这些声音,在黑夜里放大来,清晰而惊警。我的身体趋向于桌前黄色的光晕,一旦离开那个位置,似乎就隐没在无穷无尽的黑暗中。虽然夜晚岑静,但是我的思维却依然活泛——甚至比白天更甚。就在几个小时前——回忆起来像是几个世纪以前,我和几位教师,他们当中有的个子高大清瘦,说话幽默自信,相貌清俊;有的个子敦实粗壮,说话语速很快,表情丰富;有的古板;有的成熟;有的忧郁;有的天真就像还是学生——一行人,大约有七八个吧,都没有成家,一起骑车从山冈上冲下来。在这里我必须交代一下,取道山冈上的中学有两条路,一是前门那条宽些但布满石子的机耕路,一条是后门——通向镇政府所在地的田埂路——现在,我们一行人就骑在这条田埂路上,不得不说,我们骑车的技艺堪称娴熟,虽然路窄不平,但是我们却如风一样地从稻田丛中掠过,饱满低垂的稻穗和干燥的草叶不时刮擦我们的裤管,使小腿感到一阵阵痒,但是我们丝毫没有停下来挠一下的意思,我们吹着口哨——就像《平原游击队》里的游击队员一样,可以说是意气风发、风驰电掣地驰骋在秋天的田野上,连在田里忙着割稻谷的老妇人也不禁直起身来,咧着嘴困惑地向我们张望;一些青蛙和虫子赶在我们的车轮到达之前慌乱地往两边的稻田里跳。我们此行的目的地,是和中学相隔不足一里路的乡镇完小——那里新分来了一位师范毕业的女老师,我们当中几个曾经教过她,是个子高挑气质上佳的美人。其实这么短的路程,我们完全可以步行去,之所以骑车,是为了造成一种兴师动众的夸饰效果吧。

完小在镇政府对面,中间相隔一条马路,它的左侧则是镇邮政所——那特有的绿色标志,我见到就心跳不止,无论是骑着绿色单车的乡村邮递员,还是矗立在邮政所门口的绿色邮筒,都像是我秘密的亲人。我通过诗歌与之建立起隐秘的关系。我读过多少诗人满怀深情地描写邮政所、邮政局的诗文,仿佛那是一个他们做梦的场所,一个黄金的与世隔绝的桃花源。现在,我眼角的温情尚未消退,就已随着人群涌进了有着高大铁门的完小。

我们或坐或站地出现在刚刚毕业的年轻女教师的宿舍,就像是事先约定好了——而她在惊喜地恭迎我们一样。事实上,我感觉气氛略显沉闷和尴尬。个子高大幽默的男教师这时费劲地故作轻松地说着并不好笑的笑话,矮个敦实的教师蛙口一样宽阔的嘴巴这时就像被拉链拉上了一样,半天没有吐出一个字来,忧郁的老师神情更加忧郁了——他白色镜片后面的眼神显得绝望而深不可测,表情稚嫩的教师就像是胆小的学生来到了班主任的房间,站在门口低垂着脑袋,目光不敢直视。之所以如此,是和这漂亮的小学老师有关——因为她脸上的神情显示出,她对我们郑重其事的造访,感到困窘而意外,脸色显得不悦和冰冷。我们只是利用了曾经作为她老师的身份——如果不是这一点,她很可能拒我们于千里之外。我突然感到深刻的荒谬:扪心自问,我并无追逐女孩的动机和心理准备,我,或者说我们当中的大多数,都只是陪衬,来给潜伏在我们之中的那位运筹帷幄者造势的。但显然,没有取得意想中的成效。这名女教师——或者说少女,有着黝黑的披肩发,它们好看地随着一张白皙的鹅蛋形脸庞流动起伏,馨香阵阵袭人,使人不能自已,她的黑白分明的大眼睛坚定而沉默地望着这群图谋不轨的来访者——她曾经的老师;床上的被褥整齐地叠放着,白色、蓝色和绿色交错的格子花床单散发着如许香气,可以说是一尘不染——现在被矮个敦实的男教师一屁股坐在上面,所有的褶皱涌向他臀部的位置,就像是无声但激烈的抗议。房间靠墙的位置停放着一辆崭新的蓝色女式自行车——它的光洁干净程度,似乎不亚于香气弥漫的床铺。现在,它的后座上同样被一个男教师的屁股压着。房间里只有一张椅子——被个子高大相貌清俊也是年龄最大的周老师占据着——以他为中心,人们分布在四周,小学老师则身子靠着后面的书桌——那上面同样整齐地放着正在批改的作业本、墨水瓶,甚至还有一个直颈的水晶花瓶,里面插着一朵鲜红的玫瑰花。我站在小学老师右手边的简易书柜前,翻看着一本有折页的《席慕蓉的诗》:

今生将不再见你

只为　再见的

　　已不是你

　　……………

我在夜晚的屋中看到白天的我，在完小一名女教师的房间，像个局外人一样翻着女孩的书。我记得我把书插回到书架上，又拿起一本字帖看，是颜真卿的《勤礼碑》，我似乎被字帖给吸引进去了，而暂时忘了身在何处……直至我突然梦醒一般地抬起头，正好与女教师的眼神相遇，那眼神里有火焰、白雪、灰烬相交织的画面，同时又似乎含着嗔怪、期待和困窘……那一瞬间，我的心微微地颤抖了一下，就像一个梦游者在平原的夜晚行走时，突然被迎面而来的黑影撞了一下，突然醒来一样，夜晚顿时像一片片碎瓦一样裂在地上。

醉与梦

我在完小女老师房间获得的那种虚幻、期待和困惑的感受，像一滴血掉在水盆里一样洇散开来。我想起有一次，我来到另外一个小学，一个初中女同学的房间里，也获得某种上述的感受。那时，我们刚刚师范学校毕业，一同在一个夏天分在这个乡镇。随同我们一起分来的有七八个同届的师范生，我和郭某分在中学，其他几个则安排在各个村小去了。

记得报到的第一天，是在该镇长埠小学。我们这些年轻人有几个来自县城，事先约好了，各骑着自行车来到乡镇。这个乡镇离县城大约十几里路，骑上半个多小时就可以到达。我就在那个时候爱上了骑自行车——当你驱车离开嘈杂、肮脏的县城，来到郊外的时候，乡村公路两边的丛林、田野在视线中蜿蜒辗转，阵阵清风拂面，明亮的阳光点染着大地上的植物、河流，那种豁然开朗的舒畅感，使人深深迷醉。我们一行人骑着车，在夏日的乡村公路上飞驰，其间有两个女生，她们的裙幅被风鼓满，像一朵白色和一朵暗色的花开放。在那样一个时刻，我们充分感受着年轻、梦想和虚幻的感觉，觉得幸福感充盈了胸间。

我们早上七点多钟出发，到达长埠小学的时候，八点钟不到，但是学校操场上已经坐了一两百位老师——他们来自全镇各个小学；他们全都在那个瞬间扭过头来向我们行注目礼——他们注视我们的眼神，仿佛在告诉我们，他们是在观望他们自身已经逝去的部分，那使他们怦然心动而又懊恼不已的年轻岁月，因此，我感觉他们的眼神是复杂的，里面浮现着友好和敌意的双重暗影。

记得报到完毕，一个家住本镇的同学邀请我们去他家做客。他家是靠近临街的一栋两层楼房，中间是厅堂，左右各有四间房，是本县那种普通人家的格局。厅堂的地面打了水磨石，靠墙的角落里堆放着打谷机和爬犁等农具，有陈年的稻谷和水酒的气息在房屋中流淌。中堂上面贴着毛泽东、周恩来、朱德、邓小平亲切交谈的塑料纸年画，年画周围贴着新旧不一的"三好学生"之类的奖状——从小学到初中不等，但是它们拥有同一个受奖者的名字，即邀请我们做客的同学。该同学有着沉默但友善的父母，他们看起来很老了。其中母亲耳朵上挂着金耳环，上身穿着白色圆领汗衫，下垂的暗色的乳房若隐若现；父亲是个精瘦的老人，上身穿一件红色背心，下面穿着宽松的蓝色裤子，愈发显得赤裸的手臂、脖颈黑瘦。在等待吃饭的间隙里，我们围着方桌打麻将，年轻、稚嫩的脸上显出一种不协调的老于世故的表情，两个身份未详的小孩子好奇地围着我们转，他们脏兮兮的脸上眼睛格外明亮。午餐很丰盛，杀了鸡，还有从池塘里捞上来的新鲜的鱼，我们每人都喝了些酒，是自家酿的水酒，或许是气氛使然，我觉得这酒特别香甜，喝了大半碗——甚至我感觉我喝醉了，有些胡言乱语，但是似乎没有谁来认真听我讲话，大家都在抢着说话，大约大家都喝醉了。

有一段时间，我们几个家在县城的教师，周一总是相约着骑车到乡镇学校来。大家都没有谈恋爱，彼此之间的友谊呈现一种中性的特征。我迷恋这段大家一起在乡村公路骑车的经历，清晨的空气特别清洌，朝阳像透过装满清水的玻璃杯看到的火焰——柔和、明亮，我们散发着香皂香味的年轻身体因为运动而沁出了微微的汗珠，仿似挂在树叶上的晨露。我们一路上大声地说笑，仿佛不是去上班而是去某地旅游一样。没有经历过恋爱的少女显得特别美，她使我们对其寄寓的某种幻想具有纯诗般的清澈质地。其中一名姓吴的教师，是我的初中同学，她剪着齐耳短发，穿白色的棉质衬衣和暗色布裙，性格明朗爱笑，少有做作的矜持；另一名女教师姓贺，披肩发，喜欢穿红色衣服，眼睛像斟满琼浆的酒杯，属于爱幻想和多情的那种。我们这样相约着骑行去乡镇学校上班，大约坚持了一个学期。我深深陶醉于这样一种气氛里面，似乎被一种类似于激情和幻想的东西鼓舞着，一路上不经意间的一个眼神、一个笑脸，都似乎显得隽永缠绵，回味悠长。我们的车队有时并行在一起，有时又前后尾随。那场景仿佛20世纪80年代初老电影里的场景。一种陈旧但又新鲜的情感，在我们年轻、激荡的心中长出绿色的枝芽。

或许我迟钝，我并不知道在这貌似平常的骑行当中已经发生了深刻的变化，那就是感情在公共的河流中开始分流和汇聚。我们七八个人里面，已经暗暗形成了两对恋爱者。也就是说，我们这群年轻人里面仅有的两个异性，已经被两个男生给圈定了，鸿沟和界线由此产生了，并渐而醒目起来。美好的事物（包括感情）一旦到达顶点，不可挽回的颓败之势便势不可免。我们的队伍自然是一夜之间一哄而散,并没有谁曾提出来。

大家初来乍到时,曾经一起豪饮狂欢的场景化为记忆里曲调哀婉的挽歌。被击落下来的梦想,从美丽的少女身上剥下了迷幻、虚无的金色外壳。少女似乎被恋爱的春风催熟,在我们眼里,已具有某种少妇般成熟但饱含毒汁的魅惑。

我开始习惯一个人在乡村公路骑行。那是一种完全不同于寄寓幻想和激情的集体行动。我变得沉默进而似乎更加深邃地看到自己的内心。一个人在寂寞的乡村公路行走,加速着变老,因为他时时和自己的内心做伴。我身上的香皂气味因此显得格外孤单,甚至和周围的风景格格不入。那是一种忧伤的、暗色的、孤寂的、骚动的气味,它们团聚在一个微微出汗的年轻身体的周围,飘移在乡村公路的早晨与黄昏——仿佛也飘移在一个冰川地带——我青春的蒙昧时期似乎显得格外漫长,只有等待一个奇异的女子的出现,才能将自己从身体的黑暗中解救出来。

我低头闷声不响地骑着自行车。在乡村公路的时候,脑子里不止一遍地想到,我们刚刚来到乡镇时,曾经有一次,我骑着自行车从乡村中学来到长埠小学,看望吴老师——我的初中同学。当我跨进吴老师单身宿舍时的感受,完全不同于几个月前跨进师范学校里女生宿舍的感受。仅仅是几个月时间,我们的身份已经由学生向成年人转换。这种感受在我一脚踏进吴老师房间的时候得到凸显和强化。我面对的

第二章 | 乡村之夜

已不是曾经的同学，而是一个男子面对一个女子。我的心狂跳不止，脸上似乎很灼热。一次平平常常的造访，在那一刻变成了内心世界的一个重大事件，以致多少年以后回忆那次造访，仿佛并不存在一样，而只是一个梦而已。

在那个梦里，我看到男主角——一个脸色苍白、戴着眼镜、头发卷曲的慌乱男子，和女主角——一个齐耳短发、目光镇定疑惑、偶尔微笑的美丽少女，他们在中国南方一个乡村小学砖木结构的平房里相对坐着，周围是广大的黑暗和蛙鸣，空阔的水泥操场上，旗杆上的红旗低垂不语，远处的山峦淡如烟霞，其上是金黄的面色狡黠的月亮。

我留意地看了下吴老师的房间，地面是用拖把仔细拖过的，床头贴着大幅的林青霞的画报——我的神情在那里停顿了片刻，那是张具有女侠气质的脸，眼睛很大，带着一丝对男人不信任的审视，嘴唇鲜红，轮廓分明，里面含着晶亮的牙齿，身上穿着竖领的牛仔服——旁边还有一张黎明的画报，书桌上放着一台"索尼"单放机，整齐叠放着一些英语磁带和小虎队、草蜢之类的带子。一个简易的衣帽架上挂着洗好待干的裙衫——它们在暗黑中被电风扇吹得轻轻摇晃，像是里面躲着看不见的空心人。床底下，整齐地摆放着一双红色拖鞋和一双白色女鞋。白炽灯的黄色光晕笼罩着两张年轻的脸。他们互相之间是那么熟悉——因为他们是初中同学；然而又是那么陌生，对对方的内心一无所知，他们忽而含笑，忽而迷惑、困倦的眼睛暴露了这一切。

一个冬天的夜晚

有一年,我们学校调来了名女教师,姓袁。女教师前脚刚到,就有两个男青年跟着来到了山冈。这陌生的闯入者引起了学校男教职工的敌视。

这两个男青年都戴着眼镜,穿着花里胡哨的衬衫、蓝色牛仔裤,蹬着白色旅游鞋,其中一个粗壮、个矮、皮肤黝黑,另一个瘦高、白净、神情狡诡。这两个人看起来就像一对说相声的。他们沿着食堂前面"之"字形的红泥斜坡慢慢悠悠地走上来,矮个子手中还握着一截折下的柳枝,边走边往路边的灌木丛抽打(他的这个动作增加了我们的反感)。当时我们聚集在食堂门口,手中端着空饭盒——这是快开午饭的时间,起初我们围着食堂大厨周师傅,看他甩动粗壮的胳膊,用铲子翻动大锅里的红烧肉,大家喜笑颜开,油嘴滑舌地说笑着。忽然有人的视线从红烧肉转移到了室外的斜坡,然后神情变得凝重起来,于是我们好奇地一同随他往外张望——乃至从食堂走出来,一起挤到门口,沉默不言地看着这两个陌生青年轻慢地走入我们的领地。

他们也抬起头来看了下我们,正午的日光在他们的镜片上映出两道耀目的白光。他们是火电厂的职工,有人在那里见过他们。只见他们目中无人地越过我们,径直上了山坡,折到另一条通往学校大门口的那条路上去了,他们在操场的篮球架下立了一会儿,交头接耳说了几句，然后走上教室前面的廊道，往教室里东张西望——他们的到来，同样引起了学生们的好奇，也一起向他们行注目礼；他们傲慢无礼地在我们简陋的教室前廊穿行，就像是教育局的领导来视察似的。

在"口"字形校园东北角，有一个带门闩的侧门，也就是我们取道前往中心完小的那条通道。在一片潮湿、被杂草覆盖的红泥地上，有一片板栗树林，高大的树上，一片片阔叶形成了一团团山包一样起伏的树冠，阳光和阴影在这绿色的山包上跳跃、晃动，就像是夏日池塘一样充满了幻梦之感。5月份，板栗树开一种条状的毛毛虫样的花，风一吹，这些花絮便在空中轻扬，越过教室上面的黑色瓦顶，越过空旷的水泥球场上空，也越过教室和宿舍之间的一块平整的草坡，钻进我们的宿舍，在我们的被窝、鼻孔间缠绕、逗留，弄得我们鼻孔痒痒，不断地打喷嚏。这种毛毛虫样的花，有一种刺鼻的、辛辣的气味，经久地在空中流淌，我对这种气味非常敏感，也非常不适，它比3月份学校周围大片农田里的油菜花散发的熏人的香气更甚。每逢5月，我在教室上课的时候总是昏昏欲睡。

现在是9月，板栗树林已经变得面目一新，翠绿的枝叶间，已经挂起了颗颗有着坚硬带刺的绿色外壳的果实——它们压弯了柔韧细密的枝条，像是顽皮的孩子在秋千上晃动。那两个火电厂的年轻职工，拨开门闩，来到校园外的板栗树林下溜达，眺望，阵阵蓝色阴影在两片花衬衫上流荡，那天以后他们没有再在我们视线中出现。

开学伊始，我们被校长召集在会议室开会。袁老师拖曳着一袭白裙,缓步走进教室,那一瞬间,我发现许多低沉昏睡的脑袋,像同时被春风唤醒,在一个个灰暗、干枯的枝头开出花来。校长喜吟吟地介绍说,这是新来的袁老师,我们鼓掌欢迎。

袁老师当时给我的印象感人至深:黑亮的齐耳短发,白皙饱满的面庞,一双黑白分明的大眼睛,高挺小巧的鼻子,湿润鲜红的嘴唇,曲线毕现的玲珑身材。我当时脑袋"嗡"了一下,呼吸有些困难。如同往常一样,我似乎可以忽略异性的美。我装作毫不在意,冷漠而倨傲。在此后,大约有整整三个月,我没有和袁老师说过一句话。路上遇见,似乎也不见打招呼,而是用目光轻轻碰触,似乎短暂地有过一丝颔首致意的成分,在外人看来,毋宁说是羞涩和窘迫。此后在与袁老师共事的两年时间里,我们之间依然没有说过一句话。这在别人看来简直不可思议,但事实就是如此。

我读师范是在赣中一个叫吉安的小城。那是一个有着近百年校龄的老学校。学校门口,是宽阔的有着平展的、细细沙滩的赣江,中间有个沙洲,里面草木葱茏,晨钟暮鼓响彻晨昏,一座大桥横跨江上,白鹭在桥洞里翻飞,不远的郊外,是连绵的青山,名叫青原山,里面有个寺庙"净居寺",据说很有历史渊源。那个小城散发着一种古老、宁静和神秘的气息。现在回忆起来,仍觉得如诗如画,让人颇为感伤。小城也叫"庐陵",出过许多文人。

这是一个节奏缓慢、潮湿晦暗、色彩发黄的小城。记得有一次,我们班组织到青原山春游。一整个下午,我在山上漫不经心,显得无所事事,散漫而不合群。山上的杜鹃花正好开放,我们班女生,大约有二十来个吧,每个人手里采了一大捧。娇艳欲滴的红粉映照在这些十七八岁的女孩汗涔涔的白嫩娇羞的脸上。这些花,有的是男生卖力采摘后馈赠给她们的。我则袖手旁观,远远地跟在后面。我的目光有意无意间追随着一个白色影子:披肩长发,眼睛黑而大,神情含蓄而忧伤,笑起来声音极富磁性。在从一个山洞往外走的时候,我和她似乎落在了后面,我小心翼翼地随着她往洞口走,忽然,她的脚被一块凸出的石头给崴了一下,鞋子掉落了。我走上前去,沉默地、小心地帮她穿好。

我帮她穿好鞋子以后,就走开了。那天,我们还到寺庙里参观,我平生第一次见过这么大的寺庙,里面黄色、飞舞的巾幡,和青色衣衫的俊秀寺僧,给我留下了至深的印象。如今我的一本书里还夹着一张合影照:手捧鲜花的女生,和人数相当的男生,站在寺庙门口。她也在人群中微笑。

不知道从什么时候开始,我们喜欢互赠明信片。元旦、春节、生日,我们都给对方写贺卡。每一次书写明信片,都让我颇费思量。我文笔不错,这是公认的,因此给她写明信片于我是件很自豪和愉悦的事。虽然这同样花去了我不少时间。有时我会写些莫名其妙的句子给她——有的是自己冥思苦想出来的,有的则采自某本诗集。她也在明信片中,向我描述在乡下亲戚家的见闻,以及对未来美好的愿景。

有几次,她来到我寝室——我的寝室,隔断在画室里,我和六位男生住在一起,她坐在对面的床铺上。夏天,很热,电风扇在画室顶棚"咣当"地旋转着,在她汗水微浸的脸上画出一道道暗影,风中有夹竹桃和栀子花的香气，还有越过赣江上面的风送来的远方隐约的市声。我也坐在床上，手指随意翻动着一本画册，偶尔又站起来，显得心事重重。她的神情含蓄而迷人，眼睛里充满微笑，红润的嘴唇里含着精致白亮的牙齿，她偶尔宛然一笑，显得欲言又止。

我似乎在读师范的时候，就开始看一些深奥难懂的书。印象中有一本刘小枫的《沉重的肉身》。里面有篇文章写道：大约三千年前，赫拉克勒斯离婚后过着独居生活，一个夏天在树下读荷马的《奥德修斯》，见到两个女人朝自己走来，隐隐感到这两个女人将是自己面对的两条不同的生命道路，一条通往美好，一条通往邪恶——尽管两条路的名称都叫幸福。两个女人分别叫作卡吉娅和阿蕾特，她们的光艳亮丽代表两种不同的品质，一个是享乐的纵欲的，一个是心灵的智慧的。在古希腊神话里分别代表着"邪恶、淫荡"，"美德、美好"。

毕业以后，我和她还保持了一段联系——写信，和寄明信片。但不久之后，她去了福建，认识并且爱上了一个会弹吉他的男人，随后去了北方。

天生丽质的袁老师，看起来是娴雅和书卷气的，但她身体里的欲望之树，开出的却是完全不同的花朵。她来到我们学校，是因为作风不好，被迫离开了以前那所中学。显然，校长没有对袁老师的历史有所了解，否则就不会这么兴奋地在大会上把她介绍给我们。

那天在学校栗子树林消失的两个火电厂青年，又开始在我们学校出现了。他们不再是一起来，而是轮流出现，在黄昏以后。他们是来袁老师房间过夜的,这让我们全校男教师感到深深的失望和耻辱,同时对袁老师娴雅、清丽的外表之下,裹挟的强烈性欲感到不解。

火电厂那两个纨绔青年,大约也逐渐对袁老师失去了兴趣,此后来的次数减少,以至完全没有在我们学校出现了。袁老师已经完全孤立在教师队伍之外,她的生活总是和别处建立联系。之后不久,经常有个肤色黝黑的中年男子,骑摩托车到我们学校来,同样是在袁老师房间留宿。她就像对性欲充满饥渴的机器,在快速运转肉体的齿轮,加倍地挥霍它、磨损它。我的宿舍和袁老师相邻,每晚迟至深夜还未曾平息的巨大响声,使我患上了失眠症。后来有一次,是一个很冷的冬夜,我的隔壁发出女人高亢的喧闹声和打闹声。我披衣出来,看到走廊里,一个女性赤裸的背影夺门而出,一位年纪稍长的妇女,手中挥动着一把剪子,在后面穷追不舍——那是中年男子的妻子前来捉奸了。

幸好袁老师跑得快,否则一场伤害在所难免——不知道那个冬夜,赤裸的袁老师是在哪里度过的?那个妇女,把袁老师宿舍里的被褥衣物——甚至包括一辆单车,全部扔到门口,付之一炬,我们这些男教师,并未上前阻止,而是怀着难言的心情看着她做着这一切。

小店

可以说,我在山冈之所以能够待下去,完全是靠公路边的小店。那些小店,小卖部、小餐馆、理发店,没有规则地立在公路两边。墙体的下半部分因为尘埃、煤灰乃至春天的青苔的扑打,已经辨别不出颜色了;其上部分,隐约可以看清是红砖或者木板。灰尘也浸漫在店里的桌上、椅上,在缝隙间渗入、叠加,已经变成了黏滞的黑色。

秋天的白杨树,把枯黄的叶片撒在小店的屋顶上、门前的地上,给静止、暗淡的乡村增添了一些活泛的、哀愁的气息。

我在中学宿舍里,想象着店里的一切——一些见过的和陌生的人。他们购物、饮酒、理发,就好像在我房间里出现一样——我想象着他们,感觉到夜晚的充实;如果没有小店和关于小店的一切活动,我的想象将多么地贫乏,我的生活将面临怎样的恐慌?

我自己并不是小店的常客,作为顾客,我相信店主们对我印象不深。但是,他们不知道,我在一个个夜里想着他们,似乎从中感受生活沸腾的气息,和支撑起自己生活的信念。那些小店都具有一种临时搭建的性质,石棉瓦、木板墙——即便是红砖,那也看得出因为店主支付的工钱微薄、泥水匠匆忙马虎做工的迹象。但是这些小店,却又无一不具有亘古的品质,甚至比村庄里的老房子看起来更加古旧。那些店主,有着蜡黄而布满麻点的方阔的脸,就好像也是从尘埃里爬出来的一样——他们身上的衣服也因为布满污垢和灰土而辨别不清颜色。只有方便面、糖果——鲜艳的包装，从模糊不清的玻璃柜里脱颖而出，跳荡出来；但是那样的色彩因为过于明艳也显示出一种不真实感来。

如果没有这些小店，学校通往公路的交叉路口和火电厂门前，将会是一片空旷之地。镇政府尚在几百米之外（包括中心小学、邮电所、大礼堂等）；这些小店，将周围一带的生活勾连起来了。围绕着它们，村里的、厂里的、中学的人，彼此建立了联系。这联系虽不紧密，就像生活本身呈现的松散特质，但毕竟使人们的意识里有个汇聚之处。

小店带来了商品，那是不同于马铃薯、地瓜、玉米之类的东西；小店带来了消费——这数额虽不可观，甚至显示出某种停滞、缓慢的特征，但是这未曾间断的消费行为似乎带活了乡村，使之充满生气。我想我着迷的就是这种停滞和缓慢——试想，如果小店门前车水马龙，人们交易频仍，将是多么可怕。说到底，我骨子里是个保守和怀旧的人，我喜欢小店营造出的那种类似于静止的、古老的生活场景，这场景里有生活的潜流暗涌，适合人们发出某种无伤大雅的慨叹：对生活憎恨和热爱的双重性奇特地在一个载体上凝结着，就像散文里的抒情和叙事找到某种对称的延伸。

我在中学的小屋中想象着小店，并不断地添加一些虚构之物：我设想一辆马车停在那里，一匹肮脏但依然能够看清颜色的马，在下午的光线里打着响鼻，它的长条的俊朗的头低下来，舌头卷起地上的尘土、甘蔗渣子，它的神采奕奕的瞳仁里，映现出弯曲的天空、倒置的房子、杨树和人变形的身影，它的腿非常瘦长，就像两个瘦的乞丐手抱手头抵头靠在一起，脊背上的骨头被光线强化，愈发显示出它的瘦弱，蚊蚋在它耳边、臀部飞舞，尖利的阳光刺穿了它们薄的小小的翅膀。马车夫这时坐在小店门口的板凳上，头颅湮没在口腔喷出的烟雾里，地上还有好几颗烟蒂，那是来路不明的人丢下的，他们在这里说过什么，也早已没有人记得。小店门口的摊位上还摆放着一些色彩鲜艳的水果：苹果、椪柑、黄梨、西瓜，一只竹筐里积了半筐削劈下来的紫色的甘蔗皮，那些未曾卖出的紧紧抱在一起，倚靠在门板上，就像站街女一样。火电厂大门紧闭，一些煤车排列在那里，等待里面传出放行的命令，司机趴在方向盘上沉睡。这死寂、沉默的氛围里，只有那匹瘦马不安地扭着脖颈，踢踏着地面的石子、灰尘。

谁能说，这样的乡村场景不使人激动？只要我们细心分辨，我们就会看到，掩藏在这生活粗糙、庸常表象下的诗意。这诗意都是围绕着小店建立起来的，就像，一场盛大炫目的舞会，是围绕着一个活泼热情、妩媚动人的公爵夫人建立起来的一样。如果我是一个油画家，我会将目光停滞在这里：用细笔蘸上靛青色颜料勾勒出这样一幅小景，然后饱蘸土黄色、棕色和蓝色涂抹小店的墙体，用刮刀给屋顶涂上深褐色和暗紫色，背后的白杨树有白色的树干、深浅不一的黄绿色叶片，伤口般暴露的红色山冈和其上滞重的天空里铅色的云块，灰蓝的天空里隐现着玫瑰色和柠檬色的落日反光，前景是几个聚在小店前的人，分别用几条红色、白色和浅绿色点缀其上，用类似于凡·高的旋转笔触画出水果摊，使之成为画面中最鲜艳、色彩对比最强烈的部分，马路的颜色无疑是浅灰蓝褐色的，以更加鲜明地对比出水果摊的色彩。当这样一幅油画写生，出现在学院展厅或者高级宾馆的走廊时，这份粗粝、朴实的美感，会无限增殖，它会使周围洋溢着的小布尔维亚情调，显得虚假和肤浅。它会唤起人们心中对乡村的美好情感，一种仿佛离乡的哀愁恰到好处地浮现出来——虽然它很快就会湮没在你对别的事物的注意中，就像从来没有浮现过一样。

为什么我们对小店怀有一种奇特的情绪，而不同于对待火电厂或者村民的屋舍？也许有一点是不容忽视的，那就是小卖部里的女店主（虽并不漂亮）、理发室的女师傅、肥胖热情的饭馆老板娘。这些女人，她们的身份带有某种公共的性质——虽然并不意味着她们等同于发廊的妓女。她们因为生意而要比平常的女人付出更多的笑容——这笑容，有时会让人产生一种"她"对你亲昵的幻觉。她会热情地招呼你，甚至在给你理发或者招呼你落座用餐时，身体上有轻微的触及——是触及，而不是接触。这些温柔的举止引导着你的内心朝向一种幻想的情境。这个情境随着你赴会的次数越多，越无限地感受到其温柔的加倍。

如果你认为，她们不过是个举止毫不优雅的乡村妇女，一个招徕顾客的生意人，笑声过于爽朗而并不具有美感，甚至她们腋下还有狐臭、嘴里有口臭，带有污迹的衣服难以遮蔽她们圆突的肚子——那就是另外一回事了。你感受到的，可能是不适、不安，甚至厌恶，你只想早点离开这里。人真是古怪的动物啊,当我离开乡村很多年以后,回到那里,在那些小店确实产生了如上的感受;可是当年我年轻时,在乡村小店,感受到的却是某种不亚于叶芝诗歌般崇高、美妙和诗意的情境。

还是让我回到年轻岁月的时候吧,我们为什么不仔细去回忆和重现那些记忆呢?虽则我们已经逐渐摆脱年轻时的幼稚、爱幻想甚至寒碜,但是我们并不觉得我们现在生活的美好。甚至我们的孤独感有加深而无减少。

为什么我们漫长青春的记忆里,很多事物早已藏匿,不见踪迹,而这小店却依然顽强地矗立在那里,提醒着我们,让我们回到那充满孤寂、悠长、缓慢色调的时光甬道?我一再地能够看到某个夏日或者春日下午,我到小店里买一盒香烟,然后倚靠着路边的电线杆抽烟,眼睛眯缝着,看着火电厂门口光线和白杨树影铺在紧闭的铁门前,耳中响着发电机组发出的浑浊的轰鸣声——这声音在烟囱里喷涌巨大烟雾时达到极致——就像山洪暴发时发出的骇人的响声。电线杆上的电线摇晃着,就像人冬天里到户外撒尿时身上发出的战栗,阳光里风吹起地上的灰尘、纸屑,它们扑打着、弥漫着、飞腾着,不经意地吹起,又不经意地降落在前方某处。我似乎拥有整个下午的空闲,没有课,没有具体的事务,也没有女朋友约会,我只是像个闲汉一样呆呆地、无限满足又无限惆怅地看着眼前的一切:静止的、孤单的、毫无生气的一切。我的心里一片岑静,就像这蓝天一样虚无而广阔。我返身回到小店前,和女店主简短地闲聊几句,她说她的男人在镇上的一个煤井挖煤，出了点小意外，弄得残废了，她的一个孩子，有一天在店门口（她在后屋做饭），突然失踪了，现在依然没有着落——她说这些的时候，神情显得并不过分悲伤——或者，因为过度的悲伤如雨水洗白的蓝布一样，呈现出一种麻木不仁。她茫然的神情其实有一种深彻的绝望，就像这个小店张着大嘴无动于衷地站在这里一样。我既不表示同情，也没有更深地交谈下去，而是又买了些零食（饼干、话梅），然后转身，步行回到山冈的学校。

撕裂或者抵牾

如果说小店具有一种临时的性质，那么镇政府大楼、邮电所、派出所、卫生院、中心完小、农业服务站、税务所、财政所、农村信用社，等等，这些贴上公家标签的单位，则具有一种如同体制一般的坚固性和恒久性。这些建筑一旦矗立在那里，就没有人会担心它们的命运——就像画在纸上的墨水痕迹，永远擦不掉了。这些公共的建筑发出的语言，和村民们发出的语言，是两个完全不同的语言系统。这些系统内部，天然地有根指挥棒在指挥着，使之运转自如。

在一般情况下，这两种语言会平安共处，不会发生冲突乃至对抗。但是这种可能性并不会消除——甚至随时可能会发生。村民的语言和公共建筑的语言来自两根垂直的管道——一根是时间意义上的，一根是空间意义的。有意思的是，它们源头的语言制造者，他们谁都从来没见过。村名的语言系统是不完整的、坼裂的，但是你还是能够隐约捕捉到一些关键词，诸如"忠孝""良心"，总之，依然归结于"仁、义、礼、智、信"的范畴，其中隐约还夹带着一些"毛主席的话"，这套语言的制造者站在远古的时间之河的对岸，面目模糊，几近于神迹。公共建筑的语言系统是完整的，措辞清晰甚至是异口同声的，它们来自中央、省、市、县，最后到达这里，这些声音从会议和文件上层层传播过来，准确而不容置疑。它指向服从（书面上叫"贯彻执行"）。

从我的学校到达乡镇中心，有几百米的距离。我通常会散步到那里。这时天色暮晚，小镇的街两边的摊点已经蒙上了灰扑扑的塑料纸，上面架着一些歪七扭八的板凳——仿佛拖拉机满载稻草的后厢上坐着、躺着的一些农民；地上有狼藉的垃圾、潲水。两边的店里亮起了黄色的灯火，那些公共建筑停止了白昼的活动，这时显得沉寂，像是空无一人。唯独镇政府的大门依然敞开着，有零星的几个人在大楼前的台阶旁聊天——其中一个梳着大奔头，穿着绿军裤，宽厚的棕色皮带高高地架在圆凸的肚腹上，上身着短袖白衬衣，露出壮实的手臂（其中一只叉在腰上，一只捏着牙签剔着牙缝）；另一个是文弱的大学生模样的小伙子，头发也是光溜地分向两边，脸上眼镜的反光遮挡了后面的眼睛，他一直使劲在笑，身体随着笑声而筛糠一样地抖动不停；站在大奔头左边的是一个微胖的中年妇女，剪着短发，那双可以称得上大的眼睛里透出一种女性所不具有的坚定和锋利，她穿着一件偏中性化的衬衫，一条深色裤子，平跟的黑色皮鞋，总之，她的身上寻找不出一丝柔和的、妩媚的色彩来，夸张地说，从背面来看并不容易看出她的性别来；大奔头对面是个长头发姑娘，穿着裙子，容貌和身材姣好，打扮也不俗，不像是个乡镇干部，她脸上的神情有一半是逢迎，有一半是游离，不安和迁就同时在她的眼窝里隐现。这四个人以大奔头为中心展开，他们那么愉快地、轻松地，也可以说是投入地沉醉在交谈的氛围里，对大院外的一切视而不见、充耳不闻，偶尔有一道浮光掠影的一瞥，鸿毛一样飘出乡镇大门，也是难以捕捉和去向未名的。镇政府（包括其他公共建筑）都立在国道旁，因此，不时有卡车、中巴车，偶尔也有黑色的小汽车，从大院门口一掠而过，急冲冲地消失在前方的暮色中。

几个乡镇干部聊天的场景如此打动我，他们那种神气、旁若无人的姿态，具有一种诚挚的感人的力量。可以说，我有些着迷了，不由自主地停下了脚步，眼睛盯着他们的表情看。自始至终，我没有看到一个"闲杂人员"走进镇政府大院去，最多有几个路人，如同我一样，好奇地往里面观看——但是他们很快又面无表情地往前走了。镇政府对面的小店里，有几个人，有男有女，往小店门口洒水，清扫门口垃圾（它们看起来不是被清扫，而是不断被添加），偶尔也抬眼往这边望一眼，那目光也是冷淡的、毫无内容的。小镇似乎在某一瞬间，陷入一种死寂当中。

那种隔膜和陌生的情境，使我更加深刻地感受到自己像个"局外人"，应该说，作为一名乡村教师，我占有这个乡镇一席之地。但是为什么，我的心中总是感觉到，我是个过路人，一个观察者，一个闲汉，我不属于这里——一刻也不属于，我像是梦游到此，而会转身回去在自己的床上醒来。

有时我会陷入卡夫卡小说描写的梦魇里，如同我眼前发生的现实一样。我觉得眼前的生活，具有卡夫卡小说般的幻想和荒诞的情境。如同此刻，当我不安地同时又津津有味地注视着镇政府大院里面几个聊天的人——他们脸上那种养尊处优的神情造成的排他感——使我的脑海里浮现出一篇卡夫卡的小说来。这个小说叙述了一个农村来的男人,请求进入法律之门,但是被门卫阻挡,直到临终之前都始终未能进去。

是什么样的力量在撕裂我们,在人心之间划出了暗藏但不容置疑的界限?当我们退远到虚渺的高空——退到宇航员的位置,我们这个小镇,在地球上是多么小的一个点啊,甚至根本难以看清。但是在这么小的一个点里面,人与人之间的缝隙感、陌生感和虚无感,又是这样的巨大、醒目?

如果让我来画一幅小镇地图,我的学校是在西北角的一个高处(山冈),西南角是火电厂和几个小店,东边是镇政府所在地(那些公共建筑,以政府大楼为中心,向它团聚,形成一片建筑群),由东到西,是国道(一条乡村公路)贯穿其间,周围有成片的农田和点缀其间的村庄。

站在我学校的高坡上,可以将全镇俯瞰眼底。那是一种表象的场景:无非是一些呆头呆脑的建筑,一些行动迟缓的人群,一些稻田,马路和一些村道、河流,被风吹得哗哗响的树木。

然而此刻,我在暮晚中,站在集镇的马路上,我的目光停留在那些公共建筑的墙体上——上面写着一些标语。对标语的琢磨,似乎花去了我的一些时间——我说过,我有很多空闲时间,而且我年轻,未来还有大量的时间可以虚掷。那些标语,就像是文件、会议的派生物,它们被美工用宋体或者黑体字醒目地刷在墙上,提醒着路人、村民观看;它们往往只表达一层意思——比如肯定什么,或者否定什么——但是，显然，话的背后隐含着另外相反的内容，即肯定什么的时候即表示不赞成什么，否定什么的时候即是鼓励和倡导什么。一目了然，简明扼要。有的甚至借鉴了对偶、民歌体乃至"口水诗"的形式，这些标语都具有易于口头流传的特性，祈使句较多，音调铿锵有力、悦耳甚至振聋发聩！

这些标语，就像是绷带一样包扎在公共建筑上，成为本镇的一个景观。与之对应的是，我们学校的围墙上，也刷写着关于教育的标语。但是首先跳荡出眼帘的是"穷"和"苦"字，它们像一声叹息，挂在山冈暮晚学校的墙上，因为每日所见，已经为观者所熟视无睹了。

不知是我天性喜欢独来独往、不喜欢集体和公共活动，还是我性格中的怯弱、胆小、怕事，总之，我对镇政府大楼和那些大盖帽，有着天然的畏惧心理。为什么我一走进机构办事程序的流程中，就感到心慌手乱，面红耳赤，甚至晕头转向？只有当我回到山冈，站在夜晚的高坡，站在自己想象的乡镇地图边角，毫无目的地俯瞰时，内心才获得一种超脱、轻松乃至愉悦的感受。仿佛离开了生活的压迫，离开了公共建筑对我内心的威慑。

为什么我不把这些"隐居"在公共建筑里的公职人员，看成是另一种更平易近人的人呢——这是完全可能的。完全可以把他们看成是头上谢顶、身上有狐臭、脚上有脚气、贪杯、好色、心眼小、爱开玩笑、没有心计、内心良善但喜欢发牢骚，丢三落四，浑身不少毛病但不缺少人情味，有些迟钝和愚蠢但总体是个明白人——诸如这样的人呢？事实上，我常常看到一个收税员或者小警员，骑着一辆破烂摩托车，身上的衣服和农民一样脏污松垮，头发凌乱而布满油垢，满脸通红，乐呵呵地在小镇夏日午后的公路上飞驰。这样的人让我感到可爱和可亲，就像是小说家无数次描写过的那些小人物，具有世俗的温度和可以原谅的缺点。

乡村爱情

我有一个同事，姓黄，先我一年毕业分到山冈的中学任教。该君在师范学校时，就是个著名的才子，擅长写诗和歌词。有段时间，我们经常在一起聊天，尤其是漫长的冬天，乡村阴冷而萧瑟，一个人在屋中待久了，情绪会显得易怒和焦虑。我们就常串门走动，问对方在看什么书，过去读书时有哪些趣闻，等等。一般我们会在火盆里生起木炭火来。这木炭是向学生家里购的。有的学生家在小镇偏远的山区，每年隆冬，伐木烧炭成为家里的一项副业。木炭火特别暖人，不一会儿，整个屋子便暖烘烘的，但也有不足，就是灰大。黄老师有一双漆黑锐利的眼睛，下巴因为勤于打理，显出一种干净的铁青色。黄老师性格有些急躁，好胜心也强，敢于尝试新鲜事物。这种性格的长处就是，容易做成事。后来的事实也印证了这一点。

黄老师英俊潇洒，身上充满活力。他把我也看成是一个才子，因为我当时也写点小诗。黄老师讲得较多的还是他的爱情故事。通常，他会显得难为情但是又露出一种自豪的语气说起往事：

他读的师范学校在井冈山脚下的一个老区县。毛泽东曾经在那里发动了著名的"三湾改编"。学校也在一个山岭上，与县城有不短的距离。该县民风彪悍，惧内是该县男子普遍的特点，换句话说，该县女子性情要强，个性桀骜。当然这与黄老师的故事无关。在一次征集校歌的活动中，黄老师——那时还只是个师范生，一举夺魁，成为全校女生关注的焦点。20世纪八九十年代，国家为培养教育人才，把中等师范学校办得红火，录取的生员都是中考成绩优良的学生，因此学校的文化艺术氛围浓厚，思想也活跃。黄老师在一群自命不凡的学生中脱颖而出，心中也颇有些自得，何况他还身兼学校文学社的社长。很快，有个眼睛很大、皮肤很白，神情纯净、面容姣好的女生开始向他示好。依照黄的性情，两人很快就沉醉在爱河中是应有之义。晚饭后，两人经常手牵手跑到学校后面的山坡上散步，靠着生长了几百年的古枫树热情拥吻。山乡的春晚，花香阵阵，树叶飒响。经常也有校联防队员，在黑暗中神出鬼没，冷不丁一束强烈的手电光照射过来，令人不寒而栗。黄和该女生因此学会了在黑暗中与联防队员斗智斗勇，爱得热烈而小心。

有时，学校上晚自习，不够时间出去，在熄灯就寝前夕，黄和女生磨蹭到学生都去了寝室，然后两人在黑暗的教室里匆忙地温习对方灼热的嘴唇……

黄老师讲这些故事时，目光灼人，脸色通红，不时伴随几声"嘿嘿嘿"的笑声，仿佛在讲述一个别人的故事。一般来说，这样的初恋随着毕业钟声的敲响，便会落下青涩、慌张的旗帜。黄老师也不例外。有时，他也会问我的故事，我努力回忆，只能报以歉意的微笑。我还没有黄老师的荣幸，这么早地踏入爱河。

那段时间，黄老师是我交往最密切的一位。我曾经给他画过几幅素描，他都贴在床头。那时，我还坚持在画画，但是兴趣已不像当初在师范时那么浓厚,我对文学的关心已超过了美术。

很多年以后,在县城一个小酒馆里,我和黄老师一起喝酒,席间一位男子还说起,十几年前在"南岭中学"(我们学校的名称)小名(黄老师的名字)的宿舍里见过我的画,当时就认为我是个奇才。可以想见,我的画确给他留下了难忘的印象。

黄老师那时和我一样,是单身汉。在我们中学,类似我们这样的单身汉老师,不下二十个。如果要完整地叙述他们的爱情史,那是几天几夜都说不完的。

仿佛是一夜之间,我们小镇"空降了"好几位女教职工。她们,有的是刚毕业,有的是替职而来。像一群美丽的小白鸽,散落在小镇的各个村小。

黄老师读师范时,虽是著名的才子和情圣,但毕竟是在一个脆弱、虚幻的空中花园,一旦卷起铺盖离开那个象牙塔,来到这个荒僻的小镇,现实生活巨大的污垢便堆积到颈脖处,让人难以喘息。清贫的乡村教师谋生都已十分艰难,想要获得梦中"公主"的青睐,更是从何谈起?恋爱不易,但交往总是可以的。我们学校的单身汉们对分布在全镇的单身女教职工发起了攻势。他们邀请她们一起来中学玩。所谓的玩,现在想起来,其实也是非常简单——跳舞。

在学校的操场上,跳拉手舞——那是20世纪90年代初时兴过一阵的娱乐:兔子舞、斗鸡舞,以及其他舞种。音响就是一台上英语课用的双卡录放机。伴随着"go,go,go..."的乐音,大家嘻嘻哈哈、摇摇晃晃地扭腰迈步,显得笨拙和幼稚可笑。但是,当时大家却不以为意，反而像是沉醉在旋律里，动容和深情地舞动着身姿，与舞伴目光相对，微笑地交流，彼此充满着柔情蜜意。放学的孩子们，则闻所未闻地在边上看，这些整天和泥巴、课本打交道的孩子，还从来没见过老师们在课堂外暴露出这一面。这究竟是给他们带来了不可思议的光亮，还是矮化了老师光辉高大的形象，也是不得而知的。

　　黄老师的妻子叫李海燕。当时就是和我们一起在中学操场上跳舞当中的一位。她是替职在一个叫"田东"的小学，从事后勤和事务工作。那个小学在我们中学西北方向的一个山坳里，不难想象，是用该村名字命名的。学校其实是不规则的，因为它的前身是村礼堂，是栋建于20世纪五六十年代的上下两层砖木结构的老房子。校大门侧房是个小商店，无一例外，卖的是些粗陋的学习用品和简单零食，五颜六色，隐没在一些塑料瓶瓶罐罐和木格子之间，在幽暗、清凉的光线里，如同寒碜、拘谨的乡村小孩一般。楼层之间用木板隔断，走起路来"咚咚"作响。教室是暗黑的，白天也要亮起白炽灯才能看得清。李海燕负责学校的食堂，但是并不亲自下厨，而是自己出一部分工资给学校聘了一位村娘做饭。况且，学校的老师大部分家在村里，放学后要回去做农活，所以在学校用餐的老师也就一两位而已。

　　李海燕和我是同一年分到小镇的。她的家住在县城，父母都是县城小学的老师。我曾经说过，一群家住县城的青年教职工经常周一早晨相邀，骑车去小镇的学校上班。李海燕就是其中的一位。当时，我和另外一位姓贺的老师常常一起到李海燕家里去叫她，对于她家也是比较熟悉的。那是一个普通但教养良好的家庭，房子不大——是学校的教师宿舍，但收拾得很干净。我当时并不知道，贺老师经常和我一起去邀李海燕，并不仅仅是出于通常的友谊，而是别有好感。可见，我当时确实愚钝。

李海燕算不上漂亮，但是性格随和、开朗，为人大方、直率。她和黄老师之间是如何种下爱情的种子的，没有听他们说及。只能说，中学老师策划的爱情攻略，取得了初步成效。至少有三对教师之间出现了这种处对象的迹象。

黄老师有一辆"飞鸽"牌自行车，是乡邮递员那种结实、硬朗的款型。那段时间，这辆自行车的使用频率奇高，经常夜里，我在屋中灯下冥思苦想诗句的时候，听到宿舍大门"吱呀"打开了，黄老师——下身穿着牛仔裤，脚蹬皮鞋，一个飞身跨上他的"坐骑"，往西北方向绝尘而去。必须说明的是，我们中学通过山下是条"之"字形斜坡，路面卵石横陈，坑洼不堪，白天骑车都要小心，何况这黑灯瞎火的夜晚？但黄老师的车技也许就在爱情力量的驱使下，在这暗黑的夜里大幅提高的——因为他甚至熟悉这段几十米长的路面上每一块凸起的卵石、每一个凹下的小坑。毫不夸张地说，他吹着口哨，心情极为迫切和愉悦地飞奔而下，瞬间消失在夜风起伏的山下的机耕道上。

恋爱中的男人面目是可憎的，友情也岌岌可危，难以为继。去黄老师房中谈论诗词，听闻他述说风月，享受木炭火烘得全身热乎的快意，已是没有可能了。在这样寂寥、漫长的夜晚，我的诗歌发表频率也高了。古人说"愤怒出诗人"，我想寂寞也出诗人吧！我后来建立起来的一些诗名，和别人忙于恋爱，我却和孤寂的夜晚相守有关。

当黄老师和李海燕关系确定后，便邀请我们去李的学校做客。

那个黄昏似乎空气里都溢满着酒香。我们一行八九个人，其中正在恋爱的两对，也在聚会的邀请之列。至今回忆起来，那天都像是个节日：田东小学早早散学了，那些平素下课就回家的老师也都喜气洋洋地留下来款待我们。杀了鸡鹅，炉子上正煮着陈年水酒。黄老师亲自在厨房帮忙，我们则聚拢在李海燕的宿舍里，吃着糖果，说着笑话，脚边的木炭火倍增了房间的温暖。那情景就像是在闹洞房一般。

那是赣西一个无名乡间的村小，冬天的夜晚早早来临，丘陵地上的月轮无声地滑行，疏落的村舍周围，有收割殆尽的稻田，寒意使万物噤声不言，在广大、肃静的天地之间，似乎可以忘却人的存在。

然而，我们——一群年轻的教师，以及几个半教半农的乡土教师，却在通宵达旦地痛饮、欢笑。那情景就像是，赶在末日来临之前，挥霍掉所有的欢乐和愁闷。我那时还不太习惯喝酒，小饮则头晕目眩，不能自已。然而，我一直清醒着并没有喝醉，而我的神思，也常在不经意间溜出这礼堂之外，随同山间的夜风，在月光下游荡。那个小学校长，一个穿着军绿色衣服，活像一个村长的络腮男子，席间说去小解，找不到厕所了，结果被我们在楼梯下发现了——已经像一摊污泥一般，他的身旁留着一大摊冒着气泡的尿迹。

在生命的某一时刻，校长扮演了一个孩童的角色，他通过酒——这个媒介，让自己返回了童年。我记得，当初我第一次来到这个乡镇报到，开始我的教学生涯时，是在一个夏日的早晨，我和几个年轻的朋友一起推车来到中心小学的操场——里面已经坐满了等待开会的教师们，有几张脸转过来，望着我们。这几张脸，多少年以后，我都印象深刻：留着胡茬、黝黑的脸上布着皱纹，略带新奇和不乏嘲讽的微笑里，含着巨大的困惑——不知是为自身，还是为我们的命运，眼神则是带着仿佛看着新鲜鸭子放着砧板上等待切割的揶揄和冷淡。这几张脸当中，有一张就是现在酒醉的校长的。

去李海燕学校做客的那晚，和我们曾经去往完小拜访那位年轻漂亮但表情冷淡的老师那次一样，让我印象深刻。我同样作为一个旁观者，参与了其中的狂欢和词不达意的尴尬。就像我自己后来恋爱，在对异性世界充满激情和忧郁的探寻中，同样显得意味深长。

理所当然，黄老师和李海燕结合在一起了，至今未变。同时和他们恋爱的三对，也都顺利修成正果。当年，参与他们爱情故事的诸君，也都有各自的婚恋，美好，平淡，或者怨怼，抵牾，不一而足。恋爱中的人也如春风夜的桃花，烧灼得何其粲然和艳丽，但也短暂，生活的抒情和高潮部分总是突然戛然而止，从此便进入了另外一条轨道。

束手就擒

很多次，不下于几十次吧，我梦见回到了当年教书的山冈，出现在学校食堂里。说到食堂，那是除了我的宿舍，我印象最深的地方。似乎是，成了家的教师，不常在食堂吃，他们或步行回到乡村的家中用餐，或乘坐中巴车，赶回城里去和老婆孩子一起吃饭。剩下在学校用餐的，其实都是一些单身汉。单身汉们平素各自关在自己的屋子里，或备课，或睡觉，或干着其他无关紧要的事情，以打发时间。因此，食堂，往往成了聚会的场所，成了单身汉教师彼此交流思想和互相调侃的所在。调侃的内容，很大一部分，又都和人身体的缺陷有关：譬如某君长得个头矮小、某君头大与身体极不相称、某君过胖或过瘦、某君臀部过于突出、某君头发过早凋零……极明显地呈现出一种无聊的状态。无聊的好处，就是彼此开心了但不会记在心上。当然，玩笑开着开着，难免就往"下三路"走，这往往将气氛调至最热烈、最欢愉的程度。每个年轻的充满激情和无限饥渴的心灵仿佛都在持久地啜饮着这语言勾画出来的动人的情景之源，无限地满足，当然，之后是更大的虚空。

常常和我们一起开玩笑的，有一位崔姓老师，因为他的家就在学校，他的爱人——在学校食堂工作，他们的儿子，则在完小读书。崔老师和我同在一个教学组，他富有经验且极具耐心，对我帮助不少。

我那时还常背着画夹出去写生，偶尔还有一个艺术家的幻梦在心里燃烧。他是我的画作和行为的褒奖者，那双笑眯眯的眼睛总是让人受到鼓舞，倍感温暖。或许，他在我身上看到了他年轻时身上的部分，或者年轻时他身上匮乏的部分。可以说，我在他眼里总是那么美好的一个人。

他的妻子，也是一个非常和善、脾气极好的女士，近四十岁，身材匀称，身上有一种淳朴的、逆来顺受的温柔气质。他们的儿子，是一个头大、聪明的孩子，顽皮而不失天真、憨厚，给我们枯燥的教学生活带来不少欢笑。

这一家，是美满、幸福和可亲的一家。

单身汉们乐于聚首在食堂开玩笑，并且极易滑向那样一个主题，想来和燕女士——崔老师爱人有关。因为她常常出现在我们玩笑中间，并且，有时她还以过来人的语气主动调侃我们，让我们这些单身汉们时刻意识到自己的匮乏。越是如此，我们越是兴奋，风月素来是最易燃烧情绪的酒精。

然而，我们在玩笑的情境中，往往会忽略掉另一个人，不是崔老师——他有着极大的包容心，并不觉得太太和我们这些小年轻打成一片，有伤体面——而是庞师傅，学校食堂的大厨。庞师傅不到五十岁，但是板寸头发全白了，脸蛋红得就像每时每刻浸泡在酒里，方脸大耳厚唇，长得极精神极壮实——他走起路来，"咚咚"有声。庞师傅不屑与我们玩笑，但是表情也不冷淡，总是喜欢"嘿嘿"笑着，笑得极真诚，极憨厚。

第二章｜乡村之夜

燕女士司职食堂较轻的活，譬如负责给寄宿学校的学生称米、蒸饭等事项。下厨和油烟打交道以及从炉膛里掏灰的工作，则是庞师傅的事。他俩可说是配合默契。南方的冬天，湿寒难挨，老师们喜欢挤在食堂火坑边上烤火——其上大蒸笼里米饭飘香，下蒸时，庞师傅往往会帮助燕女士一道将五尺来粗的蒸笼从热水沸腾的铁锅上架下来。我们边烤火边嬉笑闲话，有一刘姓老师尤其爱开玩笑，此君也往往被燕女士数落最多。

刘老师就是我们经常拿来调侃的那位。他长得敦实，大头巨鼻厚唇圆眼，也就是说，五官长得都偏大，臀部也大，加之头发浓密粗黑，就像一头小牛犊。此君特别喜欢说话，声音大，动作大，但往往难以说到点子上。他说话有个特点，就是喜欢伸出粗短的食指指戳戳，指肚子永远朝着下面，而脸庞则喜欢往上端着。人越多，刘老师越喜欢说话，急欲成为众人的中心。有一年，他和一个借读在我们学校的外乡女生恋爱，每天为该女生打饭，甚至帮她洗衣——在此之前，他自己的衣服几乎很少洗过。他因为教物理，还常常假借辅导女生功课，将她留在自己的房里，每每使该女生脸上露出勉为其难的神色。刘老师越是使劲，越是殷勤，也就越使该女生难堪。虽然她长得比同龄女生成熟，发育得早，脸经常红扑扑的，但是，她的心并不在刘老师这边，这是极明显的事实。我们都看出来了，但刘老师始终不渝地对自己充满信心。

该女生升上县城高中后给刘老师写了封长信，表达了对她照顾的谢意和自己并不钟情于他、不会再和他见面之类的话。为此，刘老师在房里痛哭了一整个星期——他那与年龄不相匹配的天真和幼稚让我们窃笑。

刘老师房间的对角吊着两根绳线,上面挂满了仿佛万国旗帜般的明信片,都是学生的贺卡——用此种方式展示贺卡,于我是闻所未见的。可知,刘老师本性也浪漫,但他的浪漫似乎有些不着调。

一个星期后,刘老师回到了我们中间,带着他一双红肿的桃子般的眼睛。

他又开始嬉笑如常了,和燕女士之间经常在语言上擦枪走火。同高挑、丰满的燕女士相比,刘老师显得矮了一截,完全不在一个量级。但行伍出身的庞师傅,则高大健壮,如一堵墙一般。他和燕女士之间的默契当中显出一种细致的、柔软的东西来。有时,我们还会看到,在厨房里,燕女士匆匆递给庞师傅一个苹果什么的。而庞师傅在和燕女士工作时,两人身体时有看似不经意的碰触、摩擦。

起初,我觉得自己想多了,很明显,我对崔老师的好感远大于庞师傅。崔老师是个白净的书生,身体瘦长,说话斯文,手边经常握着一本《红楼梦》或《闲情偶寄》之类,是个有精神追求的人。最关键的是,崔老师身上体现出了一个长者应有的风范,他对我欣赏有加,让我有受宠若惊的感觉,就像一个慈爱的父亲给予一个最受疼爱的孩子一样。可以说,崔老师从他的风度、精神追求、与人为善的平和,都成了我暗自模仿的对象。多少年以后,我离开了那个教书的乡下小镇,第一个想起来的人,依然是崔老师。

每个周末,崔老师都会离开学校,去往另外一个乡镇——他孤寡的老母亲尚在，这个孝子必定要在那里待上一晚，侍奉老母。这一点，尤其让我尊敬。但这个夜晚，也注定是崔老师最黑暗的日子。虽然我没见过——但是，学校的单身汉们，尤其是敦实的刘老师言之凿凿地说，那个晚上，燕女士钻进了庞师傅的被窝。可以想见，为了等待这每周一次的相拥而眠，燕女士和庞师傅为此付出的巨大耐心，承受了多少煎熬。

我起初听刘老师说起这事，内心有五雷轰顶、如丧考妣之感。我觉得燕女士绝不可能喜欢上庞师傅。一个外貌善良、贤淑、美丽不凡，一个举止粗俗、言辞木讷、缺乏情趣。燕女士有一个温馨、幸福的家，父子二人长得极像，丈夫可说是有着玉树临风的气质和同周边环境略略错位的高尚情趣，对自己的妻子也是温柔备至、呵护有加。但性是个奇妙的东西，它不以必然的外在优势构成吸引，相反，有时，那种异质的、相冲突的情趣是否更会诱发潜流暗涌的激情？对于尚无异性经验的我来说，只能是无边的猜想而不得要领。

崔老师每次从母亲的身边回来，我们都想在第一时间见到他。自然，那种我明他暗急欲看他如何表现的心理占有一定的成分。但，出人意料的是，崔老师完全像是蒙在鼓里。他的表情看不出有任何一丝的变化：微笑、沉稳、可亲。于是乎，大家似乎都有些怀疑自己的判断是错的，不能相信自己看到的事实——究竟有谁亲眼看到燕女士钻进庞师傅的被窝，也是无从考证的。我在山冈教书的五年时间里，虽然一直在流传燕女士和庞师傅的绯闻，但从来就像一个正在孵化当中的鸡蛋，没有破壳而出。

我离开学校到别的单位工作后,还先后接到过崔老师三封书信,皆是用小狼毫写的秀丽、工整的行楷,言语也颇多古雅之词,譬如"××君台鉴""××顿首"之类,述起自己的妻子、孩子(他用的词是"拙荆""犬子"),充满着诚挚的温馨、亲爱之意,就像是最好的夫妻之间的感受一样。

未能展开的恋爱

每年春天，山冈周围的油菜花恣意盛开，成为一片黄金的海洋，火电厂的高大烟囱喘着粗气，两个巨型锅炉也冒着热气，如同一艘陷在由黄花构成的泥泞中的大船。

暮晚的风中传来浓郁的花香，一种看不见的力量在暗处积聚、生长。我有一个同学，姓刘名骁，早年与我一道在小城吉安读中专，我读的师范，他读的体校。我在师范的时候学习绘画，班上有不少漂亮的女生学音乐、舞蹈。有一安福籍女生，相貌姣好，沉静而娴雅，颇能吸引我的目光。骁常从体校来看我，我们坐在教室外的长廊下聊天。与他同来的有另一安福籍男生，身体健壮，个子比骁稍矮，相貌、气质上也相差骁远些。安福男生主攻举重，而骁历来是我县乒乓球赛的冠军。与我们一起聊天的，还有其他几位女生，我心仪的那位安福女同学亦在其中。骁因为和我本是初中同学，来我校看望同学，是应有之义。只是后来，我感到，骁的本意并不在此。他似乎对我心仪的女同学也颇有好感。但是，骁并不善于言辞，话不多，且他的意图似乎也一直不很明确，而他的举重同学虽外向多言，但似乎聪明不足，并不深得女生的在意。我那女同学可谓是兰心蕙质，黑白分明的眼眸顾盼流转之间，其心意了然若揭。她和骁在我眼中，似乎有着某种默契。常让我在谈话的人群中心迹杳然、幽暗惆怅，便转过头去望花池里的夹竹桃树——在五月的青天白日下，吐放着赤炎如血的花簇，投抹下一湾暗绿的清凉的影子。

有一年暑假，安福女同学还来到我县。我记得和她以及骁一起在县城的影院看了场电影，其时，影院的事业开始衰败，观众不多，影院的设施也比较陈旧，片子似乎也不有名。现在回忆起来，更多的是看完电影，我们以一种很成人化的满不在乎的姿态在街上溜达的情景。

但骁和女同学之间，似乎也没有任何进展，仅此而已。我与该女生的故事，更是乏善可陈，与其说是我们之间的故事，毋宁说是我单方面臆想出来的故事而已。

毕业后，我分到山冈的学校教书，而骁放弃了去县体委，进了当时炙手可热的火电厂。因此，我们得以又常见面。同年与我们来小镇的，还有中学同学吴。我这里把她叫作吴老师吧。

1991年的小镇春天，油菜花开得恣肆浓艳，黄昏的镇上人影寥寥，偶尔有汽车在灰暗的光线里，在人们的视线中匆匆掠过。骁倚着自行车，站在公路边的白杨树下，等候着吴老师从学校里出来。不同于黄老师和李海燕之间的恋爱，显得明目张胆和真刀真枪。骁和吴老师的恋爱处在一种介乎友情和恋爱之间的模糊状态。从某种程度上来说，在这场感情中，似乎吴老师的态度要肯定一些、主动一些，但是骁的态度似乎暧昧一些、被动一些。我觉得他们是很合适的一对。

我经常回望来到小镇之初，我们这些年轻的男女，一起骑车去上班的情景。虽然我不在恋爱之中，但是，初涉爱河的年轻朋友们的神情、举止，以及他们因为投入爱情当中从而使自己完全变成了另一个人的样子，总是那样深深地感染着我，使我也为之动容，并感受到一种既欢快又忧郁的情怀。我因为他们的恋爱，也变成了另外的一个人，变成了一个忌妒者、一个易怒者、一个思虑者和一个自我的囚徒。

我虽然也次数极少地拜访过吴老师在长埠小学的宿舍，惊讶于其一尘不染，为其馨香、静幽的居室感到晕眩，但坦率地说，处在那个年纪的我，对于稍有好感的女生的房间，都葆有着最大敬意和吸引，容易沉陷在一种自我营造出来的不知放大了多少倍的迷离情绪里。但是，对于骁和吴老师的交往，非但没有妒忌和不快的成分在里头，相反，还有着一种由衷的祝福和成全之意。

我记得，我们这群少年，每年春节都会相互拜年，各自骑着自行车，一家一家同学家里转悠。常年固定下来的，有大约十来位同学，骁和吴老师都在其中，此外，还有其他几位男女同学。当年的印象，觉得吴老师多才而善解人意，骁性情宽厚、为人古道热肠，我与他们的关系都不错。春节拜年节目的开始，大抵始于我们初中毕业以后，十五六岁的年纪，开始进入青春期，对异性的认识，已稍异于从前，注重自我的仪表和内心感受，往往会有夸饰的言语和举动。我们在同学家长的热情接待下，吃着糖果，喝着热茶，彼此拘谨而故作放松地开着玩笑，我们越是故意混淆男女同学之间的性别差异，越是让人感觉到，我们非常在意对方。吴老师和骁的家庭之间是世交，拜年时，他们招呼对方孩子的热情，明显高出我们一筹。这让我们从一开始，就感觉到吴老师和骁之间，用青梅竹马这个词来形容，大致不会相差太远。

我一点不为骁和吴老师之间的交往而感到意外。相反,我觉得他们之间的恋爱,似乎总是处在不温不火的状态,为此暗暗为他们着急。他们的恋爱显得隐秘,连我们这些中学要好的同学,除了我之外,大概都不清楚他们的状态。

有几次,骁和他几个火电厂的同事来到山冈,找我来玩。他们身上穿着运动装,口音很杂,有本县的,也有外县市的口音。这时候,骁已经长成了一个高大、健壮的小伙,嘴唇上露出浓密的胡须,而他宽厚、温和的笑容一如以前。他们在我的宿舍坐着、聊天,拿起我桌上的书籍,随手翻着,但兴趣不在于此,包括我们聊天的话题,似乎也总是飘忽不定,很难说得上热烈。我望着面前这个男子,正处在恋爱之中,他的脸上闪现着另外一个女生的面影,在一瞬间,我陷入一种困惑之中——他似乎在初一时,就已经长成了这么高大的个子,在一次体育课上,我因为身体瘦弱矮小,跃起抓不到引体向上的单杠,他粗大的双掌撑在我的腋下,将我举向半空——顿时让我觉得心存感激。骁就像一个可以信赖的兄长一般。他们在我屋里坐了一会儿,就出来了,我陪他们在校园里随意地走走,在教室后面茂密的板栗树下站立了一会儿,他们就返身沿着山坡的小路,回到了对面的火电厂。几次都是如此。

骁和我之间这种清淡、踏实的友情,在和吴老师之间,似乎也没多少的改变。吴老师——当时,剪着短发,白皙的略方的脸上红唇皓齿,明眸善睐,一种洒脱和聪慧的气质端显无疑,她的好脾气和大方的性情，总是会使人倍增好感。

油菜花在春天的泥地里炽热地燃烧，暮晚的乡间小镇，空气的花香里羼杂着一种酒的气息，让人神经兴奋。这是个恋爱的季节。我时时在读书写作之余，步出室外，站在坡顶上望着远处。我知道，我的恋爱，还远未来到，我还在为一些抽象的事物烦恼不已。这是我和孤独博弈的时刻，如果我像其他人一样，陷于世俗的恋爱，等于是放弃内心对于彼岸世界的探索——而那样一个世界，尚在月黑风高的极地，我不打算寻找一个同伴，和我一起冒险。但是我依然牵挂着骁和吴老师的恋情，在这个月明星稀的春夜，周围虫声如潮，此起彼伏，响亮而持久。

骁和吴老师正在高大的火电厂旁的小路上散步，摇曳和湿润的油菜花枝不时拂过他们的大腿，在银色的月亮的照耀下，连绵起伏的油菜花像一片淡黄色的波浪。他们的手指没有扣在一起，就连话题，都始终小心翼翼地在爱的字眼之外焦急地打转。

不知是骁没有勇气来表达他的爱情，或者是他对自己的内心仍不很清楚，还在犹豫和彷徨。

有一阵子，我没有去关心骁和吴老师爱情的进展。我的同事黄老师，这时正在积极地筹备他的婚礼，李海燕经常出现在我们中学，黄老师已经不大去往田东小学了，而是整日关起门来，写作青春美文。倒是李海燕常常来看他，与当初黄老师追求李海燕时相反，不明就里的人，一定以为他们的关系是女追男。

一段时间过后，我们得到骁和吴老师的新消息。一位家在本镇的吴老师的同事，追求吴老师成功，而骁也正在热烈追求另一位与他同姓的女子。乍一听到此消息，让我大吃一惊。并深为他们之间惋惜。据说，骁和吴老师的父母，都满意他们的交往，得知他们结交新欢后都很生气，一度让彼此之间的关系紧张。

我们同学之间过年的走动，止于有人开始恋爱。一种新型的更能激荡人心的情感，往往使人对友情表现出漠不关心的姿态。旧有的友情暂时要搁浅在时间荒芜的沙滩上，而让位于桃花盛开的爱情的绿地。这只是友情的假死状态。假以时日，步入婚姻的男女，在米面生活乏味的洗刷中，将渐渐唤醒心中沉睡过去的友情。

骁和女友恋爱结婚了。吴老师和她的同事也最终战胜了父母的意志，步入了婚姻的殿堂。我设想过，骁和吴老师恋爱成家，会是怎样一种幸福的状态——当然，这只是我一厢情愿的设想。

油菜花每年春天，都会在火电厂周围的空地上恣意蔓延，烧灼着碧蓝的天空。时过境迁，火电厂早已衰败，连同我县其他的国有企业，全都破产或改制。就像一个步入残年的老者，火电厂高大的厂房积满鸟粪和尘埃，书写着标语的墙垣已经倾圮，荒草沿着墙根疯长，高过了墙体。只有油菜花每年都像是处女一般，显得生命旺盛而鲜嫩，抛洒着多余的香气，勾起蜂蝶在其间飞舞。而骁和吴老师微不足道的故事，也如同一座小废墟，在时间的深处湮没……

在食堂的消磨

他是个瘦小的老头,半寸长的灰白色的头发像一层草灰覆在脑壳上,因为曾经面瘫(或者别的什么原因),嘴巴老是歪着,露出几颗黑黄的丑陋的牙齿。因此说话的时候嘴里像是含了一块牛皮糖,词语在一个漏风的嘴里打转,被舌头弹出来的时候,并不很清晰地落在我们的耳膜上。军绿色的中山装、灰蓝色的裤子,是他惯常的打扮。在老师们眼中,这不是一个受欢迎的人——他脾气暴而且偏,几乎每个人都领教过他发怒时,将菜刀剁向刀痕累累的案板上的恐怖——仿佛那有着青白色刃口的菜刀会突然从他手中飞夺过来,将他怒目而视的对象终结似的!因此每个人到了用餐的时辰,都变得既欢欣鼓舞又小心翼翼。

他姓胡,是中学食堂的师傅。虽然以坏脾气著称,但是我们不得不每日看他的脸色。教职工食堂只有两间:右边那间是厨房,烧菜的灶台占据了房间的三分之一;左边那间是用餐室,摆着两张正方形木桌,下面分别圈着两组两头相连的条凳,一张布满油污的案几,一个橱柜。每餐固定用餐的教师,大约十几人,多时也会达到二十余人,餐室坐不下,老师们就端着饭菜在宿舍门前吃,或站梧桐树下,边看村道行人边聊天吃饭。这时是胡师傅闲下来的时候,他吸着烟卷,大口朝地面吐着黄色的浓痰,和教师们说上几句话。他极少在学校食堂用餐，而是等教师们吃完，将厨房收拾停当，把门一锁，回到下面村子的家去。据说，他已鳏居多年，只带着一个个子和他相仿的儿子，年近六十的他，儿子却只有十五六岁，让人颇感意外。

每天上午十点来钟，胡师傅用长而黝黑的炉钩掏出积压的煤灰（炉膛的出灰口设在外墙，每次他将炉钩伸进去扒动时，腾起的煤灰就像一团喷出的不断扩大的球体将他包裹在里面）。扒好煤灰，将直径一米多宽的铁锅架在灶台上，汗流浃背地炒菜。菜炒好，用一个个拳头大小的饭碗装好，齐整整地摆放在条案上。无论素荤，好歹就是一个菜，而且就是那么一点点。我记得第一次来到乡镇报到，是在中心小学，开完大会，全乡上百号教师用餐，每人也是这么一小碗菜。清楚地记得是素炒豆角。

我们中学食堂每周大约有两餐吃肉，其他时候无非就是炒豆角、烧茄子、煮豆泡、腌萝卜之类，嘴里寡淡得很。

有两种人通常难得在学校吃饭：一种是家在本镇的老师，上完课，把作业、粉笔盒往宿舍一放，两手一拍回到家里去了，既教书，又兼带干农活，这是他们每日的生活状态；一种是家住县城已经成家的老师，往往上完课，匆匆赶到公路边上等去往县城的班车。因此，留下来在学校用餐的基本上都是单身汉。

餐室外面的墙上钉着块小黑板，上面挂着数十个两寸长的小竹片。每个竹片有一面写有名字，是毛笔字，不知出自谁的手笔，看上去和古代戏剧里行刑画押的木签差不多。竹片是用作统计的，需要用餐的老师，必须在某个时间点以前将写有自己名字的牌子翻过来，以

第二章 | 乡村之夜

便统计备菜。

这个带有几分公社痕迹的食堂,成为青年教师们生活中重要的部分,甚至可以说是最重要的部分——因为精神生活几乎等同于无,每日无非是备课上课、吃饭睡觉,恋爱遥遥无期(那是少部分老师的状态,大部分人还在等待对象的出现),吹牛扯淡固然是每日的节目,但既填不了肚子,反而更增加了精神上的空虚。

曾听过这样一个故事:说是某户人家在公社隔壁,食堂正对着这户人家后窗,每当公社开饭时,饭菜的香味让这家的孩子垂涎三尺。时令蔬菜走上餐桌,总是公社的干部最先吃到。干部们吃时新蔬菜,只吃好的部分,比如芹菜会把叶子择掉,蒜薹会把硬的蒜薹头去掉,然后当垃圾扔掉。这家的母亲常在炊事员倒完垃圾刚走,就疾步过去,将芹菜叶子、蒜薹头捡回家来,洗净一炒,成为孩子们的美味。大家争抢着吃,因为分量少,就总是不够吃。问母亲从哪里弄来这么好吃的菜,为什么不多炒点,母亲的脸上便露出又辛酸又惭愧的表情……

我小时父亲在异地工矿上班,母亲在家务农,抚养着我们三个孩子。家离县敬老院很近,里面生活的老人居然还有当年的红军。厨师是个独眼的难看的男人,说着一口与本地差别很大的话,每月他会回去乡下几天,让母亲顶替他在食堂做饭。在那类似公社食堂的地方,我第一次吃到钵仔饭,同上面故事里的孩子一样觉得美味异常。这让我从小懂得,钵仔饭是给不干农活而拿工资的人吃的。

我年少时觉得喷香无比的钵仔饭,似乎在这个中学掉了价。从第一天嚼着大锅里煮出来的青豆角起,心里就开始变得黯淡。青年教师比较没有城府,容易情绪化,往往将对校方的抱怨转嫁到胡师傅头上来,埋怨饭菜可鄙、难以下咽。遇上吃肉,有的教师还会用筷子在一个个小碗里翻动——比较哪一碗肉多,大蒜少。这时,胡师傅两颊往往青筋暴涨,黑而瘦的手将菜刀在案板上剁得当当响,骂声伴随着唾沫星子,从半歪的嘴里飞溅出来,那教师便边抵挡边拿起菜撤退。平心而论,教师此举确实有失德行,但在教师中绝非个例,似乎是种习惯。可见青年教师对停留在味蕾上的这点快乐,非常在意。

胡师傅最看不起的,是油嘴贫舌的老师。不知从什么时候开始,青年教师之间流行耍嘴皮子,互相调侃打趣,乃至于贬损对方身体缺陷,蔚然成风。连胡师傅也未能幸免。譬如,他们会说:"胡师傅又到哪里扒灰呀?"诸如此类。有一回午饭时,我正在写诗——当拿着钵子匆匆跑到食堂,只见胡师傅一人坐在凳子上抽烟。显然是专等我来吃。不知是刚写了一首满意的诗,还是受时风影响,我脱口而出——未及说出扒灰两字,胡师傅立马正色教训我说:"晓君,平时只有你一人文质彬彬,我觉得你不错,怎么也突然变得油嘴滑舌?"我的脸顿时红到脖颈处,仿佛醍醐灌顶,从黑暗的混沌的洞里拖拽出来,一下子看清自己生活的无聊、无着和随波逐流。哪里还坐得住,逃也似的回到宿舍。

胡师傅退休以后,我偶尔还会想起他,这个以坏脾气著称的丑陋老头,内心里有一种可称之为刚正的东西。胡师傅退休后,庞师傅来了。庞师傅原来是在另外一个乡中学做饭,他家在本镇,能照应到家，因此感到满意。庞师傅行伍出身，个子高大，脸色红润，虽然也有板寸的灰白的头发，但是嘴唇上很干净，没有清涕挂在上面。与瘦小、暴躁的胡师傅相反，庞师傅没有脾气，总是笑呵呵的，人看起来敦厚、朴实。厨房里还有一位女职工，就是燕女士，主要在二楼厨房负责蒸饭和给学生打饭。原先胡师傅在的时候，燕女士似乎没有让我们感觉到她的存在，而庞师傅到来以后，厨房里多了许多欢声笑语，燕女士的形象和庞师傅的形象交叠着鲜明起来了，厨房的色彩和声音似乎也变得温暖和动听了许多，以前青年教师们不爱往食堂去，现在那里俨然成了每日生活的中心。

  在食堂消磨的时间增多，看到的景象自然也就多了。有一回，老师们边聊天，边注意观察路上来往的行人。冬日阳光慵懒地挂在屋顶、树枝以及菜地的篱笆上。忽然来了一队人。一溜鲜艳的色彩渐渐从青灰的背景中突现出来，一种欢快的声音也随之到来。原来是支接亲的队伍。有个瘦高的周姓老师说，我们下去看看。周老师稍长两岁，见多识广，他高声拦住了队伍，说你们路过这里，我们想听新娘子唱歌。按本地的风俗，乡下迎亲，路过某村，被拦住要求唱歌——一般是送亲的姐妹出来唱歌，谁也不觉得这是故意刁难，反而很高兴。因此，接亲的队伍立马停住了。乐师们也不再吹奏，乐呵呵地看着这一切。显然，新娘和她的"闺蜜"们感到有些意外。因为，在村子里被要求唱歌，她们见过，被一个中学的老师们拦住要求唱歌，还是第一回。新娘有些窘迫起来，而那些送亲的姑娘，也收起了平时的大方和率性，变得扭捏和难为情起来。说起来，这些可爱的村姑，极有可能还是这个学校毕业的,现在以这样一种方式和老师进行互动,其中不排除老师们的动机含有某种轻微的戏弄、调笑的成分。此情此景,让我颇为难忘,突然像是置身在荒诞派小说家描写的场景中,感觉到生活的荒谬和不真实。我没有感觉到心中的欢快——它们,在我最初涌起的某种期待中,迅速地流失了。

姑娘们最后似乎还是唱了歌,但欢乐的情绪似乎没有达到预期,彼此开始意识到,尴尬在扩散开来,最后匆匆收场。当我们讪讪地默不作声地返回学校时,似乎听到庞师傅和燕女士在背后偷偷的笑声。

夜晚的微光

缓慢到来的夜晚,像一场无法预期的约会。阳光潮汐般退去,紧跟着,另一种微光在黑夜里出现。光影的交错变幻,可能是这个世界最神秘的事实之一。

夏天的夜晚不仅明亮而且聒噪。中学周围的稻田里,昆虫、青蛙、蛇,分别通过它们的羽翅、腹腔、口腔,通过跳动、摩擦、游弋,制造出一个众声喧哗的世界。月光、星光,照耀着草木山川,其间的事物被赋予了一种神性的光辉。中学教师宿舍楼里,偶尔传来茶缸碰撞、咳嗽、椅子移动和翻书(虽然轻微)的声音。对于一个个单身汉来说,夜晚总是漫长而残酷的。学校曾经流行过一阵玩牌游戏,四个人打拖拉机,但很快就厌倦了。这是最无聊的游戏之一。我照例沉浸在诗歌当中,写诗,使我在学校成为一个另类。但得益于此,我并不觉得乡村之夜难以消遣,反而培养了一种耐烦、沉静的习性。我钟爱的诗人之一阿根廷作家豪·路·博尔赫斯,他那首诗《失眠》,如同箴言一般刻写在我床头,我几乎每天默诵一遍。博尔赫斯式的幻想和困倦,奇妙地融入我内心某个沉睡的野地,仿佛让我看到沉闷的生活之下轻盈、滑翔的部分。

我们学校最有组织和号召力的周老师,和经常被我们拿来调侃的刘老师，都教物理。一个瘦高一个矮壮，像电流的两极，相互排斥和吸引。他们几乎是形影不离的，教学之余，策划和实施了不少活动，给我们带来不少欢乐。譬如，组织中小学青年教师舞会，率领一群男教师到河里裸泳，举行过集体罢课活动，而打牙祭，则是其中最难忘的。

有一天晚上，我在屋中修理指甲，周老师来敲门，说是一起出去抓田鸡、黄鳝。

周老师、刘老师、我、黄老师、郭老师等，一共六七个人，每人手里拿着铁桶、手电筒，周老师早已在食堂借好两把火钳，加上刘老师、黄老师房间的火钳（冬天烧木炭火取暖时备好的），一行人拨开食堂的木门，梦幻一般地出了学校。田埂小路上，手电筒的光柱随着我们手臂的甩动，在空中交错，照射之处——草丛、泥土、青蛙、昆虫，被放大地显现出来，但随即又隐没在黑暗里。为防蛇咬，每人都穿着套鞋。我们的心怦怦在跳，有一种莫名的兴奋和紧张，大家都没有作声，仿佛赴约一场秘密约会，只听见套鞋摩擦草叶发出的"窸窣"声音。

周老师、刘老师大约有过这方面经验，告诉我们，手电筒一照，那田鸡就会一动不动，所要做的就是伸手过去捉住放到铁桶里。一试，果然如此。而抓黄鳝，则更要有经验。晚上，黄鳝会从泥洞里钻出来，在浅水里游动，在灯光的照耀下，清晰而生动。这时，则要又快又准地伸下钳去，一把夹住，丢到桶里。稻田里有不少水蛇，样子和黄鳝很相像，不易辨认。据说，水蛇无毒，被咬到并无大碍，但是我们依然小心翼翼，生怕错抓了水蛇。半晌的工夫，我们收获了十来斤田鸡、三四斤黄鳝，便撤回学校了。

该晚注定如博尔赫斯所"预言"的，是"失眠"的一晚。每人将桶里的田鸡提回各自房间，为防止它们跳出来，我将一个凳子反转过来，压在桶上面。此起彼伏的聒噪声在教师宿舍、楼道里回荡。如果说，平时我们在屋中听到窗外田鸡的叫声尚可忍受的话，此时，近在咫尺响亮的蛙啼，如金属乐器般重击着耳膜。这也是口腹之欲所必须付出的代价啊。

第二天早上，每人乌青着眼睛从房里出来，将黄鳝、田鸡收拾干净，周老师、刘老师向庞师傅要来茶油、辣椒、生姜、葱蒜、盐和味精，自告奋勇地掌厨。他们将田鸡剁得很碎，黄鳝也是如此，待到出锅时候，加入黄酒，的确是又辣又刺激的一道美味。这与我日后在别处见到的烧田鸡、黄鳝的做法不同。

如同节日对庸常日子的装饰，爆炒田鸡、黄鳝的美味，短暂地使我们的味蕾获得满足，这使得平静的日子变得可以忍受。

如果说，捕捉田鸡、黄鳝烩制美味，不算太出格的话，在冬天里用气枪打麻雀烧菜吃，则显得有些残忍和愚蠢。青春寂寞漫长，这给单身汉们做出此种无聊的行径找到某种借口。我不知道气枪制造商生产出这种玩意，除了打鸟，是否还有别的用途？冬天到来，寒风萧萧，万物寂然，指望这群年轻的乡村知识分子，干出什么高尚事情来，是没可能的。我们学校，白天还算热闹，校园里书声琅琅，老师们按部就班地忙于分内之事；可是，每到黄昏，则静悄悄如无人之地。又是我们住校的几个,发明了这项活动。领头的还是周老师,他拿着一杆气枪,雄赳赳地出现在我面前。他把枪从肩头卸下来,对着我下面一指,吓得我赶忙躲闪,生怕他扣动扳机。

南方的冬夜,寂寥感深重,乡村的天地一片漆黑,公路上绝少车辆行人,只有风在上面疯子一样"呜呜"叫着跑来跑去。公路两边多是苦楝树,这时,已经掉光了叶子,只留下一串串黄色的干枯的苦楝果挂在黑色枝头,为雀儿所啄食。一行队伍,一个扛枪的,几个抓手电筒的,悄悄地从学校出发了。如果我们脸上蒙上黑罩的话,人们以为是剪径抢劫的好汉哩。从学校步行到公路上,大约十来分钟。一路上,我们没说一句话,只听得见对方粗重的呼吸。脚下是不能再熟悉的碎石累累的机耕路,两边是漆黑的空旷的稻田;冷不丁,一只野猫从面前蹿过,吓我们一跳。路上经过几户人家,其中一户是做豆腐的——这时,我们都似乎闻到一股卤水的臭味。这臭味,真是很难和白嫩的豆腐联系起来。这几栋房子都有些年头,窗户窄小,大门破损,白天可以望得见摆放在堂屋中的风车和打谷机,有时还能看到脏兮兮的老母猪拖着鲜红的涨乳,"哼哼唧唧"地在屋里走。学校有几个孩子,出自这几户人家。

很快来到公路上。我们如释重负,显得活跃起来。我们几个,兜里分别装有一盒一百粒装的铅弹,足够我们挥霍了。枪轮流在我们手中使用,其他人则照手电。树上的麻雀——在强光的照射下,如梦初醒,然则更显得呆若木鸡。举枪瞄准,扣动扳机,只听得一声"砰"响,硝烟散去,可怜的家伙直直从枝头坠下,掉在地上,发出响亮的

"噗"声——这声音,让人心跳加速,欣喜不已。一个晚上,大约射击了三四十只麻雀。我们沿着公路寻找着目标,渐行渐远,差不多走了十来里路。这条中国南方偏僻的乡村公路阒寂无人,似乎只有我们几个,对着虚空的夜晚,射出一颗颗铅弹——我们真应该为自己感到羞耻!

湿寒漆黑的夜晚,已完全深入我们心中。而我们的身影也消失在1990年代初的乡村冬夜。回望那遥远的乡村之夜,那"啪啪"的响亮枪声,那被击中的麻雀从枝头坠落的弧线,那一颗颗野蛮愚蠢的心,回忆起来仍使人战栗不已。

吃春酒

我们这里的习俗,每年正月要吃春酒。大约是备用的年货已然富余,用来招待同事朋友,既体现了主人的好客,也是一种社会交往方式。在我工作过的乡、县几个单位,都有这种习俗,可以说是我们县的一个传统。春季开学,对于教师们来说,是非常值得期待的,互相请吃春酒,一直要延续到农历二月来临才罢休。在农村,只要不出正月,就都是过年,虽然村祭、庙会、游神、舞龙灯狮子、划旱船、踩高跷、请唱戏等传统民俗已然式微,但是薄雪之上的炮仗屑、门楣上的鲜红春联、村舍里日以继夜的酒令声,还是让人感觉到浓浓的年的味道。这是中国百姓的生活方式。就像一条远古而来的河水,自然而然地流到现在,不曾断流。

我们中学也不例外。开学伊始,校长一边喜气洋洋地在会上做报告,布置一年工作,一边有条不紊地将请吃春酒的老师的做东顺序逐一安排。这样的酒会,不宜安排得过密,譬如每天一顿自然吃不消,因为头天醉的酒,还要留出一天的时间来醒,等麻木的味蕾恢复了对食物的敏感和兴奋才好。去吃春酒,要么骑车,要么步行,因为基本不出本镇(在我的观察里,出自本乡本土的老师们请吃的居多,家在县城的老师虽然也有请吃的,但属于极少数)。

在一个乡间小镇,如果有谁还能列举比饕餮更让人兴奋的事情,我将对他刮目相看。一般是下午下课后，东家扮演了临时召集人，他眼神热切而又忐忑地与每一位老师招呼，那神情仿佛告诉我们，他家已经做好了隆重的接待但是否会让客人满意尚无把握。中国人的饮食，在乡间，似乎可以追溯到《诗经》《礼记》以及更为古老的传统。在一个农业社会里，精神生活围绕着伦理展开，物质生活的富足则主要体现在吃喝上。上千年的儒家教化，宗族意识和耕读传统在乡村依然浓厚。孔子说："有朋自远方来，不亦乐乎。"热情好客，在最偏僻的乡民那里依然得到很好的延续。有时，越是闭塞的、落后的山村，村民接待客人的隆重程度越是会让人感动，杀鸡宰鹅、叠盘架碗、米酒盈壶，自不在话下，每每让人疑是回到了古代。

中学以东三四里路，即是角岭村。教政治的杨老师家在该村，请我们去喝春酒。我们决定步行。出了校门沿着一条红泥巴蜿蜒小路下到山冈下的村子，穿过村子继续往东走。路上是大片的田野，收割殆尽，灰黄色的田间，一个个茬口整齐地暴露在泥土上，不至于使田野显得空洞无物。角岭是个古村，村口有茂密的古樟树，俗称"水口林"，进村的地方有座乡神庙，里面供奉着一位叫"紫姑"的女神。乡村风俗，在新中国成立以前，村里每年正月十五举行"迎紫姑"活动，积极参加者多为女性。这个信仰来自一个传说，说是有位紫姑，身为人妾，常遭正妻妒忌，被迫做污秽之事，最终被折磨至死。死后成为厕神，具有占卜功能。妇女迎紫姑具有两重意义：一是占卜一年的收成；二是基于对紫姑的同情，在神的面前许诺不做妒妇。唐代诗人李商隐在《正月十五闻京师有灯恨不得观》诗中曾写道："身闲不睹中兴盛,羞逐乡人赛紫姑。"看来,这个风俗由来已久。据说,妇女们迎紫姑,测字占卜,发展成了后来的猜灯谜游戏。不知其可信度有几分。

正胡思乱想,已进到村里,来到杨老师家。是一幢古旧的房子,如同周边围绕着池塘而建的房子一般,但是比邻旧屋,却也新做了不少水泥结构的新房子,显示出两种时间在这里交汇。杨老师爱人是个稍有几分姿色、举止麻利的女人,与腼腆、内向的杨老师一对照,家中的话语权落于谁手一望而知。校长带头叫了声拜年,大家跟着哼哼了两句。其时,叫"年"虽不算谬误但也属勉强了。饮酒之前,照例是喝茶,吃点心,嗑瓜子,抽烟。杨老师给我们敬上"极品金圣"烟,出了正月,杨老师抽的是"白沙"烟,明显比这个牌子低几个档次。这里喝茶,有个特点就是,主人在泡好的每杯茶杯把上挂一片盐姜,以示客气。嚼姜的时候,嘴里辣得紧,于是就喝上一口茶。

杨老师父母尚在,与他们住在一起,在乡村,儿子即便娶妻成亲,与父母分居的依然很少。不像城里人,喜欢各自过小家庭生活,父母那边成了孩子时常问候不到的"空巢"。炉灶上挂着熏肉、熏肠、熏鱼、熏鹅,色泽诱人,升腾起的柴火热气将油脂溶下来,"噗噗"地掉在炉灰里。喝春酒,作兴猜拳。长期在乡风中浸染,大家都是猜拳的好手。中国文化里,有不少是表现使诈的,比如麻将,就是相互拆台以坐收渔利;划拳也是如此,互相攻心和猜忌……酒席安排在厅堂里,一张大圆桌面覆在一张八仙桌上,校长坐在上席,杨老师的父亲坐在陪席,杨老师施酒,教务主任、后勤主任、校委会成员、男女教师们，依次排坐下来，在一个小得不能再小的酒席上，权力意识，丝毫未曾减少。贺校长背后的香案上，供奉着杨老师的祖先，瓷板像上的表情木讷而吃惊，仿佛对这群造访者充满着不解。香案上燃着火烛，上面写着"天地国亲师"，其下的香炉后面写着"土地神之位"。在比邻的旧屋中间，有个"杨氏宗祠"，正月里，聚满了赌钱的乡民，在用榜书写着"追远慎终""乡贤懿德，进士芳徽"的牌匾下，祖先的文脉似乎丝毫没有惠及这些"愚夫愚妇"。

席间，猜拳的声音越来越大，不胜酒力的人陆续退席，或站着观战，或在灶房旁的客厅喝茶吃盐姜。我奇怪地发现，酒量和职务自然地成正比。青年教师年轻气盛，酒风刚硬，但数杯下来，则脸红耳赤，语无伦次了；年岁稍长的老师，则慢悠悠地来，但后劲十足，在绵软的背后是充满韧性的杀伤力。杨老师酒量不行，但是他父亲则始终稳坐钓鱼台，看来是个"酒坛子"。我们这里喝酒有个习俗，客人中最有声望的人在酒席将散的时候，要敬主人的拳，叫作"谢东"，就是再和主人行几下酒令，表示感谢主人招待。谢东的自然是校长，记得贺校长似乎谢了三回东，方才被杨父首肯，可见杨老师家盛情如此。但校长经过这最后几下，终于醉倒，被几个年轻力壮的老师架着回校了。

湖村，在另外一个乡镇，更加靠近县城。我们当中的周老师就出自那里。来自那里的老师，还有一位，则是我们学校为数不多的女老师之一罗老师。罗老师有着一张红红的大盘脸，梳一根油黑的大辫子，体态较为丰满。罗老师教英语，还兼带教化学，这在学校是不多见的。也可见我们学校师资力量之不足。罗老师总体是个活泼、朴实的姑娘，爱笑，笑起来声音有磁性，很有感染力。她有一双大而黑的眼睛（而且是双眼皮的），宽阔高挺的鼻子，饱满红润的嘴唇，银白结实的牙齿——她的五官，单个地看都很美，但是组合在一起却逊色许多，不能算得上是个美女。但称为五官端正是毫无问题的。罗老师刚从师专毕业分到我们中学时，是很受欢迎的，频送秋波者不在少数。有一段时间，我隔壁同教语文的严老师就曾多次向我表达过对罗老师的喜爱。类似的追求者不在少数。几年以后，严老师只身南下，通过家里的背景调到广东南海一所中学去了，他和我在乡村中学的友情常让我回忆——这里自然要另当别叙了。

再回来说罗老师，虽追求者甚众——因为我们学校光棍实在太多了，其中不乏长相英俊、性格浪漫者，也不乏正直厚道细心体贴者，然而最后胜出将罗老师追到手的，却是一位个子不高、其貌不扬的王老师。王老师也教语文，来我们中学之前，已在别的乡镇辗转了好几个学校，年岁稍长一些，过了三十了。他虽然个子不高，但长得结实，弹跳也好，经常在学校操场打篮球。教书之余，王老师手不释卷，看的当然不是唐诗宋词水浒三国之类，而是考研的书。王老师考了两年没有考上，这一年打算自暴自弃了，一方面不放弃努力追求罗老师，一方面还常常和村民们打麻将。然而好运降临，这一年居然考上了上海一所重点高校的研究生。人生命运从此改变。似乎是王老师接到喜报的第二天，我们就目睹了罗老师和王老师手牵手出现的场景，向我们公开宣告了他们的关系。

热情大方的罗老师这年正月，也请全校教师到远在湖村的家中做客，吃春酒。那时，罗老师还没有明确她的追求者，还在观察和选择，至于请大家去家里做客，是否有让家人参考的意思，则不得而知。这一次，我们是骑车去，即便如此，到达湖村，我们也花了近四十分钟。这是次愉快的旅程。我们一干人，飞奔在赣西的山林间，乡村公路两旁的密林，在我们的视线中生动而迅疾地往后退，公路贴着丘陵上下起伏，我们视线中的景物因此也充满着动感。那天似乎是周六，我们是去吃中饭。罗老师骑着自行车一马当先，一群年轻的男士们前呼后拥，如众星捧月一般，说笑着，欢唱着，吹着口哨，有个别老师在下坡时，甚至耍起了车技，双手张开离开车把，像只大鸟般飞奔而下。

罗老师有好几个姊妹，长得与她都很相像，邻居的村姑似乎也来了好几个。有的是在沿海打工，回家过年的，不日将回到南方去。她们几乎都是穿着蓝色牛仔裤、旅游鞋，穿衣打扮与待在本地的姑娘有所差别。在等待吃饭的前夕，有几个教师和她们攀谈起来，她们有些不自然地和教师们搭着话，话题像是难以交集。坦率地说，对那日午餐，我印象不深了，至于其间的程序，无非也是敬酒、出关、谢东之类，猜拳永远是酒席上百玩不厌的游戏。

罗老师家的这个村庄，在一个平整的高坡上，猩红色的泥地上生长着翠绿的丝柏，数栋黑白相间的房子并不紧密地坐落着，彼此保持一定的距离，整个村庄显得比较空旷。偶有寻亲访友的人，红红着脸，显然饮酒了，从屋里出来，消失在村道上。村庄里的青年男女比平时多出好几倍,不少男孩子骑着锃亮的摩托在村庄里转悠,还有不少摩托车,停在屋前树下或空旷地,给人带来一种新鲜的、不安的、无可捉摸的感觉。

　　罗老师的父母令人惊讶地年轻。她的父亲居然还穿着一条显然来自广东的牛仔裤。这个村庄给我的感觉似乎和教政治的杨老师的村庄不同。而这微妙的差异,让我感到自己的困厄,如同傍晚到来的阳光一样模糊而迟钝。

喜宴

那次喜宴，与郭老师有关。

为什么我对这次喜宴印象深刻？郭老师是谁？现在何方？这都不是重要的。郭老师的爱人红霞，与他是师范同学，同届不同班。郭老师分在中学，起初和我共一间宿舍。红霞分在田东小学，就是黄老师爱人李海燕那个学校。我曾经不惜笔墨讲述过黄老师和李海燕的恋爱经历。说起来，郭老师和红霞的恋爱，并不比他们逊色多少——在黄老师夜幕中推出那辆邮车般笨重的自行车，奔向建筑在田东小学的爱巢时，郭老师也在擦拭他的单车（1990年代初乡间教师恋爱的重要道具）。两个热血沸腾的青年，一前一后从中学的宿舍驱车而下，是那时经常见到的情景。

一晃，就到了喝他们喜酒的时候了。其间，郭老师搬出了我的宿舍，获得了独立的空间；我们乡镇去往县城的国道拓宽改造，路面全部摧毁，但因为资金不足，拖延了三四年之久才得以完工。郭老师的喜酒，正是在公路无法通行期间进行的。时不我待，婚姻大事并不会因为交通不畅而延期耽误。郭老师的家在一个叫作"下坊"的乡镇，通常要经过县城中转。现在，我们骑行在一条沿河的小路上。去往县城的公路已经挖烂无法通行，这条田埂一般窄小的路成了取道下坊唯一的通道。

喝喜酒要随礼，记得那时礼金很轻，似乎每人五十元钱，也有的随三十。1991年，我参加工作的时候，月工资只有一百多元钱，这点今天看来菲薄的礼金似乎也不少。全校的教职员工几乎倾巢出动，一人一部单车，骑行在沿河的小路上。早春的阳光照耀着静静的河面，油菜花铺陈排比如同华美的词句，一蓬蓬芭茅草如肥胖的洗衣的妇人蹲在河边，大家心里充满着喜悦。

这条河，发源于武功山深谷密林处，由北而南贯穿全县，流到邻县永新，然后再汇入赣江。旧时，是本县山民出境的一条重要水路。平常，我在山冈中学时，看不到这条河，目光所及，都是田野、小路、村舍和树木，有一条宽不过三尺的小溪蜿蜒在田野之间，但在视野中似乎是可以忽略的。而这条河则不同，它有足够宽的河面和深不见底的河床，其幽深处往往呈现出深碧的颜色，这是游泳爱好者所发怵的。

郭老师家是栋老房子，紧挨着西边搭建了两间崭新的平房，是郭老师和红霞的新房。屋子前面有院墙，一个带有徽派建筑风格的院门，上面贴着鲜红的对联——郭老师写得一手漂亮的毛笔字。院子里摆了十来张桌子，地上有暗红色的猪血的痕迹，仿佛让我们看到倒挂在两张竖起的梯子之间的猪，嘴里发出"哼哼"的痛苦的叫声和身不由己流下的鲜血。郭老师西装革履，红霞则穿着红色礼服，化着妆，看起来像是两个我们不认识的人。说起来，郭老师和我同一年毕业做老师，他很快步入婚姻的殿堂，而我还在漫不经心地幻想另一个世界，一个虚幻的不着调的世界。

主持婚礼的，我们这里叫"礼生"，是郭老师一个堂伯，而主持词则是半文半白的，遥远的祖宗在这样的场合，似乎回到众人中间，目见自己的后人完成这人生的大喜事。结婚，意味着血脉的延续，平素不常出现的乡村耆老，则庄重地抛头露面，伸着他们枯瘦的指头指指点点，而人们唯唯诺诺，俯首帖耳，毫无脾气。

我们在新房里吃着红霞从娘家带来的糖果糕点，心情非常愉快。这是我在中学教书以来第一次吃同事的喜酒，一切对于我来说充满着新奇和兴奋感。我们分享着郭老师和红霞的快乐，对人生充满着美好的期待。我与郭老师同居一室时的情节，不禁从浮想联翩的脑中跑出来。那时中学还没用上自来水，在学校山坡下的村道旁，有一眼井，这是全校师生和附近几户人家唯一的生活用水。我和郭老师一人有一个铅皮水桶，每晚从山脚下提一桶水上来，作为早上的洗漱用水。一次，郭老师用一根扁担挑着两只桶去山下取水，回到房间时，脸色惨白，像是丢了魂魄一般。他结结巴巴地向我描述，下坡时，踩着一截光溜的东西，是条蛇！吓得他差点丢掉水桶逃跑……他一边惊惶地向我描述，一边还用一只手拍着胸脯，那颗惊吓的心，还在强烈地怦怦跳动！

郭老师读师范时，是学生会副主席，已经入党，性格沉稳，处世老练，仿佛和我不是一个时代的人。很快，他就成为我们中学校委会成员之一，这意味着进入学校的领导层了，追求进步，是他留给我的直接印象。

红霞是个漂亮的女教师。那时，郭老师和她关系已经明确了。李海燕和红霞邀请我们几个青年教师去田东小学玩,是冬天,红霞的宿舍,烧着木炭火,我们围着火说笑,白炽灯将人的影子投射到墙上,窗外寂静、黑暗。红霞也是穿着一件红衣服(这是她喜爱的颜色),像个新婚的女主人,用新鲜的苹果和花生招待我们。夜晚中她的神态显得妩媚迷人,有时手臂似乎不经意地轻轻拍着你肩膀,让你短暂地迷惑和遐想。老师们七嘴八舌地说笑和逗弄,有点拿郭老师和红霞闹洞房的意思……

一切像是梦想成真!郭老师和红霞修成正果,我们仿佛也感到骄傲和欢乐,由衷地为这对新人祝福。酒席上,大家推杯换盏,似乎都喝了不少酒,那天我似乎也喝醉了,在回去的路上,骑着单车,感觉马路总是倾斜的。

郭老师曾和我说,红霞读师范时,是个很骄傲的人,从不接受男生的约会邀请。不知郭老师那时是否已经开始在追求红霞。记得红霞刚分配过来时(其实我们都是同一年毕业的),因年轻漂亮和聪慧,追求者很多。郭老师能够在众多的追求者中胜出,确实不一般。我们镇税务所所长是个大龄青年,额头有些突出,头发也有些早谢的迹象,喜欢骑一辆摩托车,风驰电掣在乡间。税务所长也是红霞的追求者之一,被郭老师视为最强的对手。我常能感觉到郭老师的隐隐担忧——我想,郭老师在去往田东小学的路上会和税务所长狭路相逢吧。为什么我对那所长怀有那么强烈的反感?他的相貌让人感觉愚蠢和固执,使我偶尔为红霞的命运担忧。老师当中,喜欢红霞的人还有几个,他们曾经默默地为她写过诗文,当我多年后从一位老师手中接过一本日记簿,看到上面写的火辣而坦率的诗句时,感到暗暗吃惊,但并不觉得惋惜。在这场为爱角逐的战争中,郭老师成了最后的胜利者……

我不知道红霞在孤寂的乡间,迅速地向追求者低头,是不是也有面对现实的无奈——与其一个人孤独地与青春做伴,不如找个人来取暖。因为未来似乎是可知的,一切早已在命运的轨道上设定好了。然而,没过几年,郭老师和红霞就办了停薪留职,去了广东中山,在一个企业打工,此后再未回来。

回忆起来,记忆里仍只出现郭老师西装革履、红霞一袭红装,在婚礼上的样子。

喜宴。酒席间的欢声笑语。流动的杯盏。时光……我像初次见到他们一样……

诗人与春天

1994年夏天，诗人广子来到我山冈的中学。那个夏天特别热，我经常深夜提着铁桶来到山坡下的水井边冲凉。在寂静无人的乡村夜晚，湿热使虫子们嘶哑地鸣叫，头顶上的星星明亮、硕大。我一桶一桶地往身上浇水，此后再没有这么畅快地冲过凉。广子背着一个足以压垮他瘦小身子的旅行包，当他执着而缓慢地走上高坡，出现在我们视线中时，所有的人停下了手中的动作，一起惊愕地注视着这个装束古怪的人。有几个学生在短暂地错愕之后悄悄地捂着嘴笑了。

广子有一头浓密的长发，面色黧黑，眼窝深陷，颧骨突出，嘴唇紫红。窄而短的脸，与我日后见过的许多广西人的脸相似。他来到我们面前，几乎未加观察就在人群中将我辨认出来，嘴里叫出我的名字。我疑惑地和他握手。随后他从口袋里掏出一张信纸给我：

晓君兄，见字如面。诗人广子从桂而来，谈诗数日。我与他早于一年前便有通信，他素闻你诗名，前来拜访，请你接待……

这让我想起看过的一篇小说《信使之函》。我与江子认识是在20世纪80年代末期，我们共在赣江边的吉安师范读书，他早我两届，是我学兄，也可说是我诗歌的引路人之一。江子的诗艺来自何方，不得而知。那时，他交往了一些诗人。其中一个叫作拓荒犁的，本是一个农夫，因诗成名，曾就读于江西师大作家班，是一个有不少故事的人。还有一个叫喻彬的，是个乡村油漆匠，也是个诗人，后来辗转于《涉世之初》《江西青年报》之类的媒体，如今已在南方一家出版社做编辑。事也凑巧，多少年后，我和江子去吉安某县出席一个文化艺术节，在锣鼓喧天的人民广场，看到喻彬的回乡画展。那些画作用笔拙朴，洋溢着一种民间画的生气，还能看出曾经的油漆匠的痕迹。

江子那时喜爱庄子，同时满口尼采、萨特、弗洛伊德，与我当时的诗歌经验和话语系统不在一个层面。1989年3月26日，海子在河北山海关卧轨自杀，大约是数月后我得知这个消息。海子是谁，十七岁的我并不知道。当时我正在教室前的花坛边看书，夹竹桃落下一片暗影，大约是晚风吹来海子自杀的消息，或者是学校广播里极其模糊难辨的报道……时隔多年后，这位诗人的名声不仅没有被湮灭，反而更加扩大了。这在当代诗人中，是绝无仅有的。

1990年春天，我在峡江县巴邱小学实习。那是一个巴掌大的县城。我在县邮电所买到几本《诗歌报》月刊和《星星》诗刊，其中程宝林的《钟声》、韩东的《我听见杯子》和陈东东的《诗人普宁在巴黎过冬》等诗，突然让我开悟，似乎一下子洞悉了现代诗的秘籍。这份感受，如同六祖慧能做樵夫时，有一天听到僧人读佛经而突然悟道一样。

在师范读书时，江子已经开始发表诗歌，我常在一份叫作《中师语文报》上看到他的作品。记得其中一首《父亲》，开头一句"阳光打在你的脊背上"，这个"打"字让我印象深刻，仿佛读来我的后背也有一种灼烫感。两年后江子的一组诗《我在乡下教书》获得《诗神》杂志举办的全国诗歌大赛一等奖，开始为诗坛所知晓。几乎也是那个时间，我的处女作《读古典名著》在《星星》诗刊发表，此后，陆续在《诗歌报》月刊、《诗神》发表作品。我和江子建立了更为紧密而持久的联系。

那时我们有个共同的朋友叫秦宗梁，与我同级。他自费油印了一份《赣江诗魂报》，选登了一些本校学生的诗作，散发到全国各地。此君出于对我和江子的友情，在编委会里打上我们的名字，号称是我们三人主编了这份诗报。记得有次，秦宗梁用自行车带我去找本市日报文学副刊编辑肖承忆，当我诚惶诚恐地递上一沓手写诗稿时，这个瘦削沉默的男子并没有抬起一根指头翻下，我羞愧得扭头就走了。

我发表诗歌时，已来到山冈的中学教书。开始迷恋美国诗歌，喜欢"自白派"和"垮掉派"。康德有句名言："世上有两种东西让人敬畏，一是繁星密布的苍穹，一是内心的道德律。"常被我拿来激励自己，仿佛一个僧侣信奉的戒条一般。诗歌使人变得单纯，让人培养成思考和独立的个性。诗歌探索事物神秘的属性，让人往往喜欢探究属于"神"的形而上的问题。艾伦·金斯堡有首名诗《嚎叫》，流行一时，但我更喜欢他的另一首《致林塞》。这是一首非常伤痛又异常平静的诗：

伐切尔，群星闪现

薄雾笼罩着科罗拉多的大路

一辆汽车缓缓爬过平原

在微光中收音机吼叫着爵士乐

那伤心的推销员点燃另一支香烟

在另一座城市，二十七年前

我看见你映在墙上的影子

你穿着吊带裤坐在床头

影子中的手举起一支手枪对准你的头颅

你的身影仆倒在地

这首诗容易让人想起西川悼亡海子的那首诗《为海子而作》。

我喜欢的美国诗人还有史蒂文斯，他的《观察乌鸦的十三种方式》，曾经在国内诗坛广为流传。另一位美国女诗人毕肖普，我曾经将她这句——"尽管我拥有'不幸的童年'这份奖品，它哀伤得几乎可以收进教科书，但不要以为我沉溺其中"——抄写在一个笔记本的扉页上。我还喜欢罗伯特·勃莱，他那首《贫穷而听着风声也是好的》，简直就是对自我处境的写照。

有一年春天，闻着窗外熏香的油菜花，看着刚下过雨的泥土上冒起的阵阵热气，我突然产生想和江子谈诗的冲动。我来到县城，上了一辆开往吉安的班车，到达吉安后，又转乘了一辆破旧的去往吉水县的中巴，未来得及找个地方吃饭，又上了一辆去往江子教书的乡镇

"枫江"。这辆更破更脏的中巴,为了揽客,沿着车站的街兜了无数个圈子,终于恋恋不舍地去往乡下。车厢里弥漫着一股湿布和臭脚丫的味道。车厢顶上装满了货物,让人担心车会在凹凸不平的乡村公路上翻倒。车厢里坐满了乡民,有的座位底下塞着家禽,它们不时地发出不满的"嘎嘎"声,并且不时地排泄粪便以加深它们的不满。司机毫不顾忌大声地与售票员(一个肤色黝黑、个子中等的妇女)交谈,内容是昨天在一个村里,看到一个草台班子剧团跳脱衣舞,村里的老人和小孩都出动了,场面很热闹,除了五十年前唱大戏,村里没这么热闹过。售票员笑嘻嘻地说,"你们男的,都是色鬼……"车厢里其他的人都沉默着,显得严肃而心事重重。我注意到一个十三四岁的女孩,有一张异常清新、文静的脸,和一双大而黑的眼睛,让我在心里赞叹不已。为此我曾专门写过。车到枫江,一打听,离江子教书的村小周家小学,还有几公里。好不容易上了一辆煤车,当我蓬头垢面、满面尘灰地出现在江子面前时,让他又惊又喜。而我急欲向他述说这漫长而美丽的旅途。

江子也有过对我类似的回访。有一次他在吉安,和秦宗梁一起来莲花看我。当时已经错过最后一班车,他们就上了一辆去往安福(介于吉安和莲花之间)的车。到达安福时,天已晚了。他们路上拦住一辆解放牌绿卡。这两个人,身高都是近一米八〇的壮汉,司机误以为遇到劫匪,一路上倍加提防和小心。江子和秦宗梁一路上倦意全无,大声地谈论弗洛伊德、加缪和卡夫卡,使得司机更加紧张和忧虑。到达莲花县城已是深夜,夜雾迷失了他们的方向,漆黑的街上悄无一人，我曾经留给他们的地址不知所踪。他们决定露宿街头。在县工商银行下面的水磨石地面上铺下三张带来的报纸，两张被江子占据，一张给了秦宗梁。他们揶揄地说，一个睡"双人床"，一个睡"单人床"。

江子后来调到吉安市文联做专业干部，我还经常造访他。那时他临时住在赣江边的一个画院里，一个只有三四平方米的小间。仿佛画院的一个守门人。那个如同明清时代楼阁的画院直抵赣江。房间只放得下一张单人行军床，床边放着一张小得不能再小的书桌。每晚，江子坐在床上，听着激喘不已的涛声写作诗歌。有几次，我拜访江子，同他住在一起，两人背靠背挤在床上彻夜交谈，经由我们声音构筑起的遥远世界的景象里，有一条奔流不息的江河，以及上面翔舞的白鹭……

山冈的春天潮湿而芬芳，学校的后山有许多梨树，每年这时开满树的白花，山坡上还有不少墓地。黄昏，放学的孩子经过墓地到山背后的村庄里去，一种青葱的生命的活跃和一种带有死亡气息的静穆在洁白、盛大的梨花背景前，让每次散步到此的我有一种无言的感慨。为此，我在笔记本中用文字记录下这份感受：

> 从我宿舍窗口望出去，梨花像挂在漫山遍野的风灯，白色的风灯，带着一种亡灵的气息。它使我在这个夜晚辗转难眠。
> 我隔着夜晚，看到满山的梨花怒放，忧伤的但不失饱满的情

绪，怒放！这白色火焰里暗含着夜晚的毒汁，是聚拢，也像瓦解。花瓣在枝头，像雪在燃烧，这是乡村向古老冬季致敬的方式。夜晚的花朵，仿佛不是花，而是白昼的余光。是白昼的灰烬，也是夜晚的湖泊。

一定有些什么，譬如风，莽撞的山兽，惶悚的麻雀，将花树弄疼，使之摇曳、飘落。落地的花瓣转瞬化为乌有，但有更多的花瓣挤满枝头。这尖叫的光，在夜晚打开它们水晶的歌喉。我在屋中闲坐翻书，心慌意乱，手指在和纸张的摩擦中，渐渐发烫。长期以来，我对这双手过于关注，它们拂过纸页上的铅字，触摸身边的事物，我注重它们在抵达事物过程中的感受。通常，它们和我的心理状态保持一致，像是附着在心脏上的钟摆。现在，这个晚上，它们显得面红耳赤，焦虑不安。它们指引着我的视线，不断地投放山冈。

仿佛我的心脏在远方的山坡上跳动。仿佛我的心也在一夜之间怒放。

是不是春天唤醒了我心中莫名的情感，是不是春风点燃了青春激昂的忧伤？白色的花瓣在一个失血的夜晚聚拢，仿佛一群饥饿的孩子迎着风雪奔跑，这是一群被青春养育的孩子，在春天，山冈，墓地旁，一夜之间，怒放。白色的枝头下，有着黝黑的树干，它们隐没在黑夜之中，使花瓣在夜晚脱颖而出，像浮游在漆黑的海洋之上。它们也漂流在时间的河流中，仿佛异乡人漂流在故乡的山冈上。

对梨花的理解,就是对春天的理解。我曾经把春天描绘成一幅铺满油菜花的金碧辉煌的景象。一个流淌着欢快的、金色蜜汁的春天。一个拖拉机犁开道路的春天。而这个夜晚的春天,只有无穷的白和更多的黑。它和我的一张铅笔素描相适应:尖削的笔尖刻画出坑洼的道路,干枯的分列道路两旁的苦楝树,树缝间的田野上积雪未融,一辆马车停留在一座有着灯火的小屋前,马蹄踏着路面,摇晃着鬃毛,灯光里有映在墙上的披着风衣的人影,山冈和夜色融为深色的背景,山坡的墓地旁,乌鸦在风雪中鸣叫……

这个夜晚的春天,也和我手中的这段文字相匹配:"他睡意蒙眬地望着雪花,银色的,暗淡的雪花,斜斜地迎着灯光飘落。……它纷纷扬扬,厚厚地覆盖在歪斜的十字架和墓石上,落在一扇又一扇小墓门的尖顶上,落在荒凉的荆棘丛中。……落在所有的生者和死者身上。"(詹姆斯·乔伊斯,《死者》)。

从这不乏矫情的文字中,不难看出一个年轻教师耽于幻想和沉湎其中的虚无性。

在我和江子之间无数的通信中,我们大量地谈论到"春天""谷雨""河流""大地""山冈""死亡""超凡入圣""神灵"……这些词。诗歌维护了我们内心的纯洁性,它使得我们在一个偏僻的乌有之乡,让精神和自然的节律共舞,在死生之间,在神圣和俗世之间,理解和参悟生命的意义。因为年轻,又因为诗歌,我们仿佛掌握着一把开启这个黑暗的不为常人所知的世界的钥匙。如同广子的到来，仿佛也是听命于诗神的安排，来会见他落入尘世间卑微且高贵的兄弟。

广子在我的中学住了几日。我不记得我们是否谈论过诗歌。我们虽然是诗神身边流散的兄弟，但显然还很生疏。广子向我抱怨过，江子"是个生活自理能力很差的人！"，似乎他去看望江子，不是得到江子的照顾，而是临时充当了江子的保姆。广子沉重的背包里带着极少的物品和极多的书籍，仿佛把家中珍贵的书都带到路上来了。在这些书里有一本厚厚的翻得卷了角的《圣经》（我注意到他的脖子上挂着一个金灿灿的十字架）。似乎在20世纪80年代末90年代初，好谈气功、上帝，在学人圈里成风，而研究《圣经》和信仰基督，更是诗人圈子里的一个现象。

我曾给广子路费以便他踏上下一段路程。只是不知这微薄的旅费支撑他走了多久。今天，他依然在路上行走，还是依偎在哪段墙根下回忆往事？

傩

那个村子在一个布满积雪的道路尽头。高大、茂盛的香樟树林在一层淡蓝色的虚无的烟雾中突兀地出现在眼前,下面是一个如梦幻般的傩神庙。漆黑的、带有王铎笔意的几个大字"傩神殿"装饰在庙宇的前额,深红色的有着铜绿色门环的大门虚掩,灰黑色的挑梁、屋檐上面,雕刻着精致的图案,仔细辨认,一个个人物的头颅全被削去,不是来自雕刻工的失误,而是消失在动乱年代里昏昧的人们的盲目狂热。青灰色的砖墙看起来古老,被时间磨圆的棱角粗粝,砖缝间米浆勾线的石灰浆历历在目。真不明白庙宇的修建者为什么用这么奢侈的耐心和材料,建造起这样一个乡间的乌托邦、乡间的神祠。

我同几个年轻的教师去学生的家里喝春酒,不经意间走到这里。傩神庙门前的村口广场站满了激情澎湃的人,仿佛在聆听某位伟人激动人心的演讲。妇人、老者、小孩,甚至村里的动物,如家犬、鸡鸭鹅、猪、牛,都赶到这里来凑热闹,怀着一丝掩饰不住的惊喜和慌张。小小的傩神庙被围得水泄不通。这个村离我教书的中学大概极遥远。我被潮水般的人群推搡着往神庙的方向挤。只记得我应该趁夜还未全黑,赶回教书的中学去,但是我也被一种莫名的兴奋提携着,像一只被动的木偶,在人群中随波逐流。

我的学生告诉我,这里每年正月十六,举行圆傩仪式。圆傩,即意味着傩舞仪式宣告结束，故仪式也颇隆重。有圆傩，就有起傩。起傩，在正月初一，由傩班的头人打开神龛，取出傩面具（据说，傩面具都是开过光的，附着了神灵的巫气），戴上面具跳舞的人，实际上扮演着沟通神鬼世界和现实世界中介的角色，相当于原始社会的巫师。一项四五千年前就有的古老仪式，在今天还能继续下去，并且让人们投以巨大的热情参与，让人感觉是匪夷所思的。自古以来，楚人尚巫。我们这里地处"吴头楚尾"，流风所至，尚巫的习俗也很浓厚。我记得每年农历七月，即人们所说的"鬼节"，七月十五日，母亲会让我早早起来给亡灵打纸钱、封钱包，并让我在钱包上署上"先考××公""先妣××孺人"等内容，然后在屋前割鸡杀鸭洒上血烧掉，据说是给地府里的亡灵用的。这一日，也就是"中元节"，又称盂兰盆节，来自佛教目连救母的故事。十月十五是下元节。而正月十五是上元节。都要举行祀奉祖先的礼仪。傩舞，是一种驱鬼逐疫、祭祀先人的民间舞蹈，源于上古社会的图腾信仰。这个赣西无名小村，跳傩舞的习俗大概有上千年的历史了。

我注意到，我们镇还有一些散落在乡野各处的神祠，如果细分，大概有土地庙、关公庙、观音庙、三清观等数种，里面供奉的神灵，除了土地公、关帝、观音以外，还有如来佛祖、太上老君、文殊普贤、张天师、吕洞宾和其他的道教俗神。这些神祠往往没有名寺古刹那般宏伟庄严，气场显得比较小。有时你在乡间行走，不经意间就会看见田塍地头，或者山坳树旁，一座孤零零的、灰扑扑的小庙矗立在风中。里面供奉的神像可谓五花八门。佛教和道教的神灵在一个神祠里被供奉着,接受乡民的膜拜。多神或者说杂神崇拜,是中国乡村百姓信仰的特色。这在西方只尊一神、别无信仰的人们看来,是不可思议的。本镇的神祠也是如此,水泥预制板做成的神案上,泥塑、木刻的笑眯眯的菩萨,永远怒目圆睁的金刚,身披皂色衣衫有着数缕胡子的葛仙,还有药王、雷公、风伯,它们站在神龛后面,头顶上被垂挂的金色或红色的帐子半遮半掩,而傩神庙里,一个木偶般的傩太子坐在一把精巧的椅子上,环绕着它的是数个颜色鲜艳的傩面具。

除了傩神庙,这乡间的其他神祠,都建造和布置得很随意。很多都像是未完工的半成品,但是又显出一种古老的、颓废的风度来。这个匆忙建造的场所,是村民心灵的寄放物。虽然简陋,但是烧香磕头的人却是神情肃穆、内心虔诚。这虔诚的心灵和年龄有关。孩童乃至于青年,其实多数没有信仰,他们甚至在神像前做出不恭的动作,并相信不会得到惩罚;而年长者尤其老人又尤其老妇人,则诚惶诚恐、谨小慎微,在神像的面前丝毫不敢怠慢。在她们的观念里,遭报应是不可避免的。记得小时,七月鬼节,大人在烧纸钱、纸包,有邻居小孩童言无忌,说出一句骇人的不敬神灵的话,马上听到老人说"掌嘴!"并让他在地上"呸呸"啐了几口。

在我一个乡村教师的观念里,所谓神,似乎是不存在的。我们受唯物主义教育多年,并不觉得这个世界真的有鬼神。而村民们却并不这么看。神在他们的日常生活中,可以说是无处不在的。丧葬、结婚、生子、禳灾、祝寿、祛病、筑屋、升学、开张,都习惯到神祠去敬神上香。

驱疫纳吉，是村民的心理。而这种祈愿，又必须通过某种仪式展开。我们在这个雪后的村庄，见到的圆傩仪式，似乎对此做出了很好的解答。圆傩，从天黑以后开始，傩班一共六七个人，都戴着面具，逐一到每家每户"跳傩"。先是由戴着"小鬼"面具的人跳，叫作"开山"，带有净屋、驱疫的意思。"开山"手里拿着一面旗子，中指、无名指弯曲，拇指、食指和小指朝上举着，显出一种神秘的美感。随后分别是关公周仓、花关索鲍三娘对跳。关公是财神，其中必含有吉祥的寓意。关公的形象，和我们在戏曲里见过的差不多，枣红脸，绿巾绿袍，而周仓的样子与我在话本和戏曲里见过的差别很大，一张骇人的黑脸，与前面的"小鬼"相似。他们跳舞的时候，主人手里拿着簸箕，往他们肚子前方的马头喂食（一种谷糠、茶叶和黄豆的混合物）。夜晚昏暗的灯光打在这些色彩艳丽的"傩神"身上，使得他们的形象在周围的环境中显得格外醒目。那是一种怪诞、荒谬然而又合情合理的形象。他们手中挥舞的刀枪、旗子，不时扫过围观者的眼前——一种当下的、悖谬的、幻梦般的关系，将我和几个教师——意外的闯入者，以及村民、傩神，扭结在一起，形成一个坚固的戏剧场景。

关于花关索，我听来一个故事，说是关公和周仓投奔刘备前，约好互相将妻儿杀掉，以便没有牵挂。周仓在杀掉关公妻儿时，动了恻隐之心，留下了关索，后来被一个姓花的人抱去收养，故名花关索。花关索长大后通过比武招亲娶了鲍三娘，并携妻来到荆州，父子终于团圆。

第二章｜乡村之夜　　　　　　　　　　　　　　　　　　281

圆傩仪式在天亮前结束。全村二百来户人家，都要跳傩，须持续到天亮。这一夜，村庄是无眠的，只听得见鞭炮声此起彼伏，锣鼓声不绝于耳。中国人过年有守夜的习俗，"傩舞"正好弥补了守夜的空缺，使人们在欢娱中不知不觉地将时间打发了。

日本学者渡边欣雄认为，"汉族的民俗宗教大体上是由神明祭祀、祖先祭祀和鬼魂祭祀这三种类型的祭祀组成的"。他进一步说，"鬼是一种变化或转生于神灵世界的存在。也就是说，鬼可以是'神'，也可以是'祖先'"。费孝通先生则说，"巫术是一套动作，具有实用的价值，是达到目的的工具"。这里的傩舞，无疑也是一种有实用价值的工具。本镇的乡民，大多是相信鬼的，只是他们的意识里，并不能清晰地区分哪个"鬼"是祖先，哪个"鬼"是神。其实，农民的观念里，只要是超过了正常时间长度的生物，都可能被认为是附着了神性的。比如，树龄以百年计算的大树、百岁老人、住过了几代人即将坍塌的老房子、古桥、古家具、古农具，等等，都会因为古老而让人们产生无以名之的恐惧感。我小时，去乡下，看到一些老树枝条上垂挂着许多红布条，树苑的泥缝间插着大把的香火，一种紧张感顿时油然而生。虽然我并不能确定大人们在树枝上挂红布条的意味何在，但我本能地认为这老树是"成精"了，是不能靠近的。

一个浸沐着乡风长大的人，潜在的鬼神在他的身体和观念里居住。这是他领悟人和世界关系的第一堂课，虽然这一堂课，他一辈子不可能读懂。因为相信鬼神，一般来说，农民在本土不会做出太出格的事，民风依然可以说是淳朴的。但是，当一个农民来到城市，离开了"祖先"和"神"的注视，他卑怯的心却可能变得蛮横。城市，这个催生欲望、刺激感官、迷乱心智的地方，很可能让一个农民做出平时在乡间不敢做的野蛮的事情来。

当我们从村子里出来的时候，已经是凌晨三四点钟了。我和两个年轻的教师并排走在凝冻的泥土上，嘴里呵出的雾气像几条白色围巾挂在脖子后面。地上厚厚的积雪因为夜晚的缘故，看起来显得比较肮脏——其实，在白天，看起来还要肮脏一些。那些傩神、傩面具、傩庙，以及被激情点燃起来的村广场上的人，瞬间就消失得无影无踪，仿佛我们是穿越古代回到现实中来似的。村道两旁的油茶林黑魆魆的，因为积雪的缘故，枝叶不堪重负，佝偻着朝向潮湿的泥土。

夜晚真安静啊！我们抬头看见天上密布的星星，相视一笑。

在那一瞬间，我们都想到了躲在傩面具后面的那对——"鬼眼"。

姨妈

我的姨妈，是六十年代的大学生。在她对未来美好的憧憬中，遭遇"文化大革命"，学校解散了，她也回到了乡下。那时，姨妈是个意气风发的青年知识分子，她断不会想到，她已和全国七亿人的命运，牢固地扭结在一起，构筑了中国当代史最惨痛的一页。

多年后，我读到毛泽东写于"文革"之初的《七律·有所思》，仿佛也能感受到风暴来临前的隐隐雷声：

正是神都有事时，又来南国踏芳枝。
青松怒向苍天发，败叶纷随碧水驰。
一阵风雷惊世界，满街红绿走旌旗。
凭阑静听潇潇雨，故国人民有所思。

有一点我没弄清楚的是，念大学时，姨妈已成婚，姨父也是个大学生，一个中学教师。那时，他们生活在一个赣中小城。因为停课，姨妈关系回到原籍，重新做农民。这对姨妈来说是个不小的打击。据说姨父能够将姨妈的户口留在小城，但他没有这样做。这件事，也影响到姨父姨妈的关系，以至于他们终究离了婚。

从我记事起，姨妈一直是生活在现在这个地方。我现在的姨父曾在西藏当兵，退伍后在县粮食系统工作。姨父的前妻因病亡故，留下两个男孩：一个三岁，一个不到一岁。此后姨妈和姨父又生下两个女孩。我整个童年和少年时光，几乎都是在姨妈家度过的。寒暑假自不必说，平时周末放假，我也一定要步行十余里，到乡下姨妈家去。两位表哥，和我形影不离，而姨妈待我，也如亲生儿子一般。母亲经常同我说，做少女时，她和姨妈的关系并不好，两人常常闹别扭。各自成家以后，才真正地像两姊妹，亲密有加。母亲宽厚而粗疏，对教育孩子几乎没有具体的目标和措施；姨妈则聪颖细心，我成长中得到许多她的教诲。

成年后，我和小表哥一道在本镇教书。我在中学；表哥在全镇最偏远的一个村小，吃尽苦头，备受寂寥的煎熬。

曾经身材修长、肤色白皙、端庄靓丽的姨妈，在岁月中变成了一个面色黑黄的乡村妇人。她算得上是个要强的人，有自己的独立思想和见解，不肯轻易流俗。然而，这些也给她带来至深的痛苦。两次高考，都因为家庭出身不好，没被理想的学校录取。第一次婚姻，因为和姨父在大节上无法达成共识，毅然选择分手。动乱结束后，几次去县人事和民政部门，争取自己大学生政策的落实，都未果。这些经历，使姨妈感受到命运的无常和捉弄。他们这代人，可以说是经历了折磨。然而使我感到确信无疑的是，他们的意志力比我们这辈人坚强。

姨妈后来皈依神，成为一个基督徒，在我看来似乎是合情合理的。

有一次,我在本镇村道上,遇见姨妈。她正去往一个教友的家中。姨妈骑着一辆自行车,背着一个小包(里面装着《圣经》、手帕之类,数年以后,多了一部寻常的手机)。她的身材依然修长,但是皮肤已经没有年轻时圆润,显得更瘦一些,身体似乎也萎缩了一部分。头发依然盘旋在脑后(头上戴着一个与年龄不相符的女帽——像是表妹淘汰下来的)。眼睛依然是热情、和蔼和明亮的。因为虔心宗教的原因,姨妈身上似乎有一种植物的气息,脱尽尘俗。或者她本身就像一株乡间的植物,静寂之中有一股难掩的活泼的生气。

姨妈的样子让我想起我小时她留给我的印象。那时,她还是个无神论者,一名赤脚医生。也是经常骑一辆半新的自行车,去附近的生产大队行医。那时她总是戴一顶金黄的草帽,背一个四方形的药箱,身穿白色的确良衬衣、青蓝色的裤子、塑料凉鞋(或黑布鞋)。知识分子的气息依然明显。在那个乡镇,她是个受欢迎的人。因为她是为数不多受过高等教育的人,此外,乐善好施,是她一贯的行事风格。对于儿童,她尤其具有一种天然的亲和力和感染力。我记得每天总有一群孩子如我一般,不是围在自己的母亲身边,而是怀着喜悦之情环绕在她周围。在那个物质极度贫瘠的年代,她总能变魔术般地从口袋中掏出一点零食来分散给孩子们吃。对于她欣赏的聪明、漂亮的孩子,得到的礼物似乎要更多一些。孩子们也不计较她这种鼓励优秀的做法,每个人都兴高采烈的。后来我想,姨妈能够有食物来分发给邻居的孩子,其实是平时从自己的孩子口里抠下来的。

这正是先儒说的"人不独亲其亲，不独子其子"。姨妈思想里有一种"仁爱"精神。

我不记得姨妈是什么时候开始信佛教的。她没有出家，也没有去做居士。她只是和很多中国妇女一样，在家烧香，出门拜菩萨，尤其敬重观音。每年观音的生日、佛祖的生日，她都会上香、吃斋和放鞭炮。到后来，大概是20世纪80年代中期，她还会和乡里的妇女结伴成群去"朝南岳"。每个妇女都准备了一大把香火，一起包一辆中巴车，不辞劳苦赶到衡山去。姨妈并不固守沉闷、压抑的乡村生活，她对知识和外部的世界有着浓厚的兴趣。我记得，1990年代初，姨妈已快年届半百了，还和一群年轻的女孩子结伴去广东打工。姨妈信耶稣教，正是在广东打工回来以后。

没有证据能说明姨妈是去广东打工时接受耶稣教的。那时她和年轻人一起站在流水线上工作，虽然辛苦，但是外部世界带来的对精神和内心的刺激和满足，使她不耽劳苦。她的工作比任何一个年轻的女孩子还要出色。吃着难以下咽的饭菜，每日工作十个小时以上，姨妈居然还长胖了，脸色也变得更好看，让姨父和我们惊异不已。姨妈本来就适合都市的生活，她并不能完全认同自己的农民身份。

打工，对于姨妈来说只是生活的一种体验，并不能成为她的人生规划。毕竟她是一个肩负着家庭重任的半老妇人。姨妈没有选择自己的生活和年龄的权利。

1990年代初，我们县里来了几个信耶稣教的人。这几个不起眼的人，给县里带来了意想不到的变化。那时，整个社会处在一个转型的旋涡中，人们都被"万元户""改制""市场经济"这些陆续登场的名词搞得晕头转向，而生活的急速变化则眼花缭乱地配合着这些词汇的喧嚣。之前，生活是牢固的、板结的整体，现在则开始松动，并加速地分崩离析。价值观、家庭结构、奋斗方向、社会面貌，都发生了变化。这变化既让人惊喜，又让人无所适从。

如果说，以前我们觉得生活可以把握，未来可以预见和期待，现在则觉得生活像泥鳅一样光滑、抓不住，未来更像空中诡异的肥皂泡一样多变而虚幻。

应该说，姨妈虽然受过高等知识训练，但是在以"阶级斗争为纲"的年代里，所谓知识的科学性和含金量是值得怀疑的，而意识形态更是全方位地对知识文化进行了覆盖，姨妈的知识系统仍然是不完善和充满缺陷的。几十年的乡村生活，使她无法摆脱一个乡村妇女的处境。姨妈确然地是个农妇，她对知识和新鲜事物的分辨和吸收，有赖于中国农民天然的直觉和集体无意识。

我在本镇村道上遇见姨妈。黄昏，色彩浑浊的天空布满晚霞，村道上有一两个行人（他们的身影被延长到身后的田野里），空旷的野地里有几个收拾稻草的农人，正俯身大地。这情景很像法国画家库尔贝、米勒、柯罗等的油画中的情景，充满着一种静穆的、庄严的同时又有几分悲哀的气息。

姨妈往来于本镇，是最近一两年的事情。因为他们的教友队伍在扩大。姨妈每半个月会来这里聚会一次。曾经，在暑假里，他们在村里还办起了一个短期的类似于学校的组织,并邀请了不少孩子来参加。清末民国初年,中国不少地方由洋人兴办了教会学校,这种新式教育,加速了传统私塾的瓦解。时隔多年,这种"学校"又在本镇出现,但似乎缺乏吸引力。我姐姐的孩子潇潇,是个性格内向、害羞的男孩。在姨妈的劝说下,参加了这个"教会学校"(毋宁说是夏令营)。没到一个星期,便偷偷地跑回家了。在潇潇的描述中,这个"学校"是个毫无吸引力的、涣散的、充满说教意味的地方,一栋陈年老宅,十数个孩子,吃不好,睡不好,对他们是种折磨。

自从姨妈姨父信仰耶稣教以后,和我家的关系也变得微妙起来。有次(那是他们信教初期)他们来我家,见到厅房神龛那里摆着关公像,姨妈一把抓起来走到门外摔得粉碎。这让我父亲大为不满。姨妈姨父还制止母亲烧香,说龙是"邪恶的象征"。让父亲更加生气的是,有次,我家办喜酒,喜帖送过去,姨妈说他们信神,不搞送礼这一套了。父亲气呼呼地说他们变得"六亲不认"。姨妈姨父还曾劝说父亲母亲一起信教,一辈子当工人的父亲头摇得拨浪鼓似的。如果说,在他心中找一个所谓的神,他会下意识地想到毛泽东。母亲虽然不像父亲那么"顽固",但是也难被姨妈说动,她只是什么都不信,基本做到不烧香了。

有一次,我从教书的学校回到县城家中,母亲说,姨妈姨父因为传播耶稣教,被公安局拘留了,让我去看看。这个消息让我吃惊,但同时也感到气愤。我提着水果去拘留所,见到姨妈姨父,他们依然是乐观的、笑呵呵的样子,一点不像是遭受了任何委屈。姨妈姨父的泰然自若，让人感觉，他们的信仰具有无可辩驳的正当性。

姨妈姨父家变成了真正的"教堂"。原先张贴伟大领袖年画的中堂，换成了一个鲜红的十字架。大门口的对联，不再是出自东方某位圣人的格言警句或者乡间秀才的诗句，而变成了对大洋彼岸那位金发碧眼的耶稣的颂赞。如：

> 福音广传世界，真理遍洒人间。
> 主造天地万物，神爱世上众人。

对联是姨妈亲笔书写的，我忘了说，姨妈从小跟着外公写毛笔字，练就了一手好字。小表哥本来也是书法出色的，现在只能屈就书写自己书房、卧室的对联。大门口白色瓷砖门楣映衬着的是关于神的红纸黑字，铁画银钩，赫然醒目。

姨妈两儿两女，或工作在外省，或出嫁了，只留下小表哥一家和他们住在一起。我的表哥表妹，也都不信耶稣教。虽然诵读经书，是家中每周必定的功课（四邻的信徒都会前来聚会听道），但对于表哥一家来说，像是隔靴搔痒，与他们的精神世界无关。

在经过初期对神虔诚的皈依后——譬如表现在，姨父把多年的吸烟、赌博习惯彻底戒掉了，饮酒的乐趣虽没有完全丧失——神也没有要求他的信徒完全不饮酒，也基本做到了逢年过节待客时只小饮一点点。一些中国农村的习俗开始逐渐恢复，和亲朋故旧恢复了红白喜事随礼，这种"中国化的信教"方式使姨妈家和亲戚家的关系开始重新修复。

宗教让人能够忍受现实的苦难。对于姨妈来说,过往的不公平,反而变成了恩慈的海水,在洗涤她的灵魂,使她觉得自己从过往的不幸中得到救赎。她变得更加达观和开朗。姨父也是如此。他们的生活中充满着欢歌笑语。姨父说他的身体得到拯救,以前自己"是个病秧子","浑身上下都有毛病",现在连打针吃药都不用了。快七十岁的他还种了几亩地,还常常到山上去采油茶。我认为姨父信神可以治病的说法是荒谬的,但是姨妈姨父似乎有着不容置疑的信心。无论如何,信仰改变了姨妈的存在,使那个我曾经无比敬爱的姨妈,多了几分陌生感。这陌生感改造了我们的生活,使我对生活的困惑变得巨大。我甚至无法真正去看清姨妈——这个我一度非常熟悉和亲近的人——是时代造成了我们的缝隙,还是岩页般叠加的生活的波折,重新塑造了我们的关系?

在风雨如晦的年代,"满街红绿"的惊恐里,姨妈初尝了命运的不公。生活一点点在改造她,把她塑造成今天这个样子。在希望得到救赎的渴望中,在看似命运预设的轨道上,她渐行渐远。她始终无法真正看清生活的面目,而我试图对她的讲述,无疑也只会加深读者对她的误读。

火电厂，以及理发室

火电厂，是这个乡镇唯一的现代化工厂。高耸的烟囱，热气腾腾的车间，高大的金属悬梯，穿着蓝色咔叽布工装的男女，以及整齐停放在办公楼前的大巴。它像一个强悍的怪物贸然侵犯乡间。每日，生产资料部门口，停着长长的煤车等待过秤，黝黑的有着粗壮胳膊的司机，三三两两地在一起吸烟；煤炭全部采自本镇，每日这庞然大物要吞噬上百吨煤炭，以及数十桶油料，以满足它的发电所需。当初这个火电厂建在这里，也是因为本镇盛产煤炭。十多年以后，这个火电厂却全然破败，成了一座废墟。

学校和火电厂遥遥相望，其间的距离不足三百米。每日，因为无所事事，我会站在高坡上眺望这怪物吞吐烟雾，灰色的雾霭荫蔽了大半个天空，空气里能够感觉到黑色的粉末像雪一样降落。每年，火电厂都要因造成的污染而拿出一大笔钱来赔偿给村民。

家住县城的青年教师不少。他们经常下午搭乘火电厂的班车回城。

火电厂的生活区在县城，建厂初期，是个炙手可热的单位，人人挤破头想进去。工厂的工资、福利待遇不错，文化活动也搞得活跃。该厂的篮球队，在全县所向披靡；每周两次舞会，也总吸引着县城最时尚的男女；图书馆订有上百种杂志。这一切，显示着这个国营企业蒸蒸日上的气象。

　　当然，我们还是更熟悉它在乡间的那部分——突兀僵硬，吞云吐雾，怒吼嘶鸣。在我长久的观望思虑中，甚至会感到学校、个人，已经和它融为一体，共同在灰色的物质的履带中经受打磨。甚至整个乡镇都被统摄在它周围，成为它隐秘力量控制的一部分。工厂外的沟渠，热气腾腾的水从车间里排泻出来，沿着墙根流向田野。村民们在这里洗衣、洗澡，喜不自胜，热闹非凡。有时他们从水里站起身来，一阵寒风使身体不经意地战栗，仿佛有一阵电流正从体内经过。

　　火电厂的斜坡下面，曾经有过一个理发室。木棚的墙身，石棉瓦屋顶，店里有一个表情青涩的异乡女子——这一切看起来注定是个临时的营生。理发室门口对着马路，装满煤炭的卡车，以及行驶在乡村的中巴车，不断地从一个陌生女子茫然的视线里掠过。从理发室洞开的窗户里，同样可以看到中巴车里一张张茫然、疲倦的脸。

　　理发店就像一粒微不起眼的纽扣，别在火电厂这件铸铁的灰扑扑的大衣上。

　　经常可以看到，年轻的火电厂的工人，坐在理发店里——他们全然没有理发的意思，这个异乡的年轻女子，成为他们打发枯燥生活的乐趣之一。乐趣的产生，有以下几种：1. 不怀好意的调笑，因着八竿子打不着的关系，可以不负责任地信口开河。2. 每日面对穿蓝色工装的女工，早已审美疲劳，这个穿连衣裙的陌生姑娘，带来了短暂的新鲜感。3. 沉默地干坐着，在无聊中滋生更深的无聊，也别有一种滋味。想必这些年轻的工人和我一样，觉着青春的漫长和孤寂，仿佛埋首在呛鼻的尘埃里面，无法呼吸，丧失了身体的感受。

理发室的女人，肤白体瘦，动作轻微，沉默寡言，不爱说笑。我有一个远房亲戚，生有四姊妹，个个长得标致瘦长，也都开着理发店。这个女子，就好像这四姊妹当中的一位，或者是不为她们所知的抱养在别人家的另外一个姊妹。不知体胖还是体瘦的女子，更易使男人觉得可以侵犯。我的亲戚——这四位表姐，是跟一个温州师傅学的手艺，在我们县城里，这个温州男人是第一把剪刀。私下里，我总觉得凭理发吃饭的女人，身上有一点点和平常的女人不同的地方。具体是什么，我也说不清楚。大约是有点不洁的意思吧。曾经看过一个女作家写理发师（当然是男的）的小说，她在他身上寄予了一种鸭子和艺术家相混合的气质——他也成为女作家意淫的对象之一。一个有着手艺的女理发师，大概也会让男人们产生侵犯的冲动。我那时，虽然还没开始恋爱，但的确就是这样想的。

有一次，这种想法几乎在应验中要让自己崩溃。我和几位同事相邀去她店里理发，一路上我能感觉到，隐藏在他们心中的某种不良期许的窃喜。好像他们理发是假，图谋不轨是真。那天阳光非常耀眼，轮到我坐到躺椅上时，天哪，我竟然不经意间瞥见她薄薄的衬衫里面在强烈的逆光中清晰的乳房——那一瞬间，我几乎晕厥过去——老实说，这是我第一次目击成年异性的乳房。在片刻之间我产生了强烈的爱上（毋宁说是占有）她的想法。因为不曾把握，我固执地认为，这是我见过的最美的乳房。清晰又朦胧，在夏日强烈阳光的逆照下让人心旌摇荡，倍觉温暖。

沉默的瘦弱的女店主，像黑白电影里不幸的女人，有一双哀怨的眼睛。在她瘦弱身上那对鼓荡的乳房，则像一对恐惧的动物，在顾客刀子般的目光的剜视中畏畏缩缩地藏匿着。不远处的中学里，书声琅琅，年轻的乡村教师在教室和宿舍间走动，分布在乡镇四周的煤矿，黑暗的矿井里，黝黑的身躯鼹鼠般往更黑的深处掘进，近旁的火电厂的车间里，戴着安全帽的工人在奔腾、喧嚣的机器面前反而更像一具具无声的物件——他们，都是小店的主顾，是女理发师谋生的衣食父母。

不像日后连同乡镇都鳞次栉比地出现的"按摩店""休闲房""洗脚屋"，这间本镇不多的理发室，虽然粗鄙、寒碜、摇摇欲坠，但依然是干净的、阳光的、温暖的。女店主尽管每日被一群熟悉或陌生的男人包围着——他们坐在店里的板凳上，看着她给顾客理发，有一茬没一茬地说着前言不搭后语的闲话。至少，在表面上，没有将一种有伤风化的关系暴露出来。

有一段时间，中学的邹老师是理发室的常客，看得出来，他似乎想和理发师发展男女关系。甚至，有几次，女理发师来到了我们中学，他们在食堂里一起用餐。虽不能说这给学校带来多大的骚动，但却也在几个年轻教师的心中荡起了涟漪。

在青年教师中间，似乎有某种默契，那就是一个女理发师并非一个理想的恋爱对象。因此，我们对邹老师私下里普遍抱有某种同情。虽然，一个乡村教师找对象存在着诸种困难，寻找一个稍微过得去的伴侣并非易事，但无论如何，一个哪怕不是从事"风尘"职业的女理发师，多少还是会让人产生无法避免"惹尘埃"的嫌疑。邹老师是个喜欢幻想和内向的男子，平素喜欢独来独往。并且他莫名其妙地对火电厂所有的男职工抱有某种敌视和傲然的态度。每天坐在理发室围着女店主转的火电厂职工们，让邹老师感到了痛苦。

我们为邹老师的处境深为忧虑，好在女店主知难而退，她并没有和邹老师走多远就主动疏远了彼此的关系。

我有一个初中同学，在火电厂当工人。他似乎每天都不需要上班，而整日坐在理发室里。他算得上是个美男子，留着一个郭富城式的中分发型，穿着偏于时尚（几乎没见他穿过工装），他有赌博和吸烟的习惯——但在男人当中，似乎算不上很大的缺点。我们虽然是同学，但往来较少，不仅如此，他和本镇我们几个同学关系都比较淡漠。

他后来成了女理发师的丈夫。他们结婚后，理发室也不复存在了，女理发师成为全职太太还是重新选择了行业，我们不得而知——因为，此后我们再也没有见过她了。

几年以后，"洗脚店""按摩室"开始在本镇马路两边出现了。当年坐在理发店的男人们包括女店主，早已风流云散。只有那对逆光中的乳房，还会突然刺入阳光汹涌的记忆中，刹那间让人盲目和眩晕。

乡村医生

乡村医生有一把红得发亮的吉他。每次我看到他坐在床前弹奏，误以为他是个校园歌手。他弹得不很专业，但很深情，粗黑的长发遮掩了半垂的脸部，贴着胶布的手腕有节奏地敲打着颤抖的琴弦，空气里布满了福尔马林的气味，和冬天炉火的煤烟味。这个时候，村庄外的行人很少，村口马路结着白白的冷霜，栗树的枝条像被电击的动物的肢体，剧烈地抖动着，冬季的田野上空，云翳灰暗，天空倾斜。

他的诊所在村庄的路口，老远可以看见白色墙面上一个鲜红的十字。通常他的门口聚集着无聊的人们，前来听诊的少妇若无其事地将架在乳房上的红色毛衣放下来，目光呆滞地望着门外，而他将听诊器从耳朵上取下来，余温尚存的手拧开笔套，在便笺上奋笔书写。这双手多少次从一副副病体的双乳间抽出来，然后插在口袋里，像害羞的猫头鹰一样窝在暗处。我曾经握过这双白皙、修长的手掌，在这个村子里，我是他倚重的朋友之一。相对悠闲的职业赋予我们相近的气质，对自由和书籍的共同热爱，使我们成为两个可以交谈的人。他的桌上整齐地摆着一些医学书和路遥的小说以及一本《东周列国志》。一本人体解剖书已经书页翻卷，封面残缺不整，里面画着许多红蓝圈圈、线条，好几处空白的地方写着同一个女人的名字；有一页绘着女阴的插图旁边，濡染着黄色的斑点。诊所散发着一股潮湿的、腥膻的气味，散发着一个单身汉身上躁动的体味。

最初，乡村医生是学校食堂周师傅儿子的朋友。小周刚刚从福建打工回来，带回一脸的粉刺和许多骇人听闻的故事。在小周的描述中，福建沿海城市，是个人欲横流的地方，充满着杀戮、色情、火并、盗窃和野心。这在我们宁静的乡村，是个不可想象的充满激情和毁灭的地方。这一切，让年轻的乡村教师热血沸腾，此后，陆续有老师停职"下海"，加入这"逐梦"的队伍中去。

小周从福建回来，说是为了"休息"一下，仿佛那边"纸醉金迷"的生活使他疲于应付，过度地透支了身体。小周成了周师傅的帮手，在食堂帮忙，挑水、淘米、蒸饭，干些简单的体力活。这些工作不足以消耗他旺盛的精力，胡吹海侃占据了他一天主要的时光。他的身边每日总有几个老师围在身边，这些年轻人大多来自乡间，在小城的师范或者师专毕业后，被教育的播种机挥洒在乡间，几乎没有见过大世面，思想比较单纯。有一天，围观小周吹牛的人群中多了一个脸型瘦削、面色苍白、满头长发的陌生人。他的脚有些跛，走起路来，身体一歪一歪的，但是，他沉静的目光里有一种孤绝的、希冀的星子在闪动。

再一次见到他，是在他的诊所里。我和同事散步到那里，看到他坐在诊所里，旁若无人地拨动一把红色吉他。这是一件让人怦然心动的乐器。它打开了我少年时代的记忆，那是在赣江边的一个校园里，一群充满朝气的、热爱文艺的男女少年，在被吉他、小提琴、圆号、大卫石膏像、油画布以及油印诗报占据——这瀑布一样倾泻而下的时光里，有我们最初的暗恋和泪水。

乡村医生的吉他博取了我的好感，仿佛他是我少年时代的一个同窗。

我有时会到诊所去，坐在他肮脏不堪的床上，和他谈论疾病、女人，或者什么也不谈。他残疾的右腿，缘于少年时经历的一次车祸。他读过高中，高考落榜后复读过几年仍然没能考上大学，自学医术，勉强在乡间糊口。他有一个妹妹，在我班上，坐在后排，是个爱笑的成熟的女孩，身体已经呈现出青春期的丰满，每天上课时显得神思恍惚。有时晚自习我去教室察看，走到她身边看到她在入迷地写着日记，发现我走过来时，急速躲开的眼睛里闪过惊慌和妩媚的笑意。她的成绩差强人意，但她早已做好读完初中去广东打工的心理准备。

有一次，乡村医生对我说如果能够做一名老师，他将感到非常满足——他羡慕我有一份稳定的职业，而我当时却想着去外面的世界闯荡。

回想起来，那是一段布满着疾病的日子。疾病似乎无所不在。比如，我的隔壁，住着一个不需要教课而领着全额工资的老师，他患有精神分裂症，每日紧闭着房门，房间里经常水流成灾，却能准确无误地踩着钟点到食堂去打饭吃。食堂的墙壁上挂着写有名字的竹牌。我的邻居，总不会误了自己的口粮，每次都可以看到第一排末尾他的名字：贺××。他的精神分裂，缘于那次动乱。他的父母多次将他送到吉安市精神病院，每次回来情况会变得好些，甚至还与食堂的燕女士开起了玩笑，但总是维持不了多久，便又开始恶化。他原来就读的

第二章 | 乡村之夜

是北京的一所名牌大学，不知什么原因分配在这个中学。多年以后，我离开了这个学校，几次在县城的马路上远远地看到他像卓别林一样迈着奇怪的八字步，他看到我时嘴角嗫嚅着似乎想说什么，却什么也没说，就走过去了。

乡村医生三十出头了，还没有成家，是个默不作声、多少有些古怪的人。房间里唯一的窗户冬天紧闭，呼呼叫的北风被拒之门外，仿佛里面是个与乡村无关的世界，但总会有急迫的敲门声，将他从床上惊醒过来。他翻身坐起，套上那件（仿佛多年未洗的）白大褂，翻开病人的眼皮、查看舌苔、熟练地将听诊器套上耳朵，镇定而严肃地询问。那样的时刻，在我眼中，他看起来像个陌生人，仿佛从一种呆滞的氛围里抽身出来，一根将枯的枝条重新焕发了弹性和生机。实际上他并无把握处理那些难度稍大的病症。他完全是出于对医学的好奇而自学成才的。他的诊所矗立在村口，只是使村庄感到一丝安慰，好像看起来能够使局部溃疡的村庄得到医治，其实完全是自欺欺人。但村庄需要这样一个存在，来缓解对病痛的恐惧。

诊所紧靠着几棵高大的香樟树，其中一棵已经活过了上千年，依然枝青叶绿，树上挂满了红色的画着桃符的布条。黄昏，密密匝匝的乌鸦栖落在树上，将硬硬的樟果撞落下来，噗噗掉在下面青烟缭绕的香炉里。医学和迷信，在村庄里并行不悖——就像两种人：留守在村庄的老人，和常年在城市打工的年轻人。他们形成了一个异质的村庄，充满躁动而又依然宁静的村庄，锃亮的摩托车、牛仔裤，和牛车、破草帽抵手比肩的村庄。乡村医生是为数不多的留在村庄的青年人，他不同于这些烧香迷信的老人，又不同于那些城市打工者。他是个迷失的愤青，又是个旧时代的同流合污者。他眼神的不羁和身上的暮气交织混合在一起——其实他完全是这个村庄里多余的人。他干着这临时的职业，但永难糊口（不像他的弟弟每年从南方打工的城市给家里汇来不菲的现金），对于父辈扛锄下地的生活，他是厌恶的。他在乡间的位置，与我在学校的感受有着相似之处。

从我学校步行到他的诊所，大约需要花费十来分钟，在这步行的途中，我想了些什么，已经不记得了。

乡村艺术家

本雅明在《发达资本主义时代的抒情诗人》中，写到一类"波希米亚人"，这类可以在拾荒者身上看到自己影子的人，"都或多或少地处在一种反抗社会的隐秘地位上，并或多或少地过着一种朝不保夕的生活""他们同样浑身散发着火药桶和啤酒桶的气味，同样尸冷战场"，这类人是文学家和职业密谋家。按字典解释，波希米亚人，是"富有'小资情调'，带有轻微浪漫色彩，富有忧郁气质的人"。在一个日益板结和现实的社会里，具有文艺倾向的年轻人，他们身上与众不同的气质，或许可称为"波西米亚"风格。

翰是我同事，美术老师，同时也是个诗歌写作者。一个僻远小县的乡村中学，何以在90年代初形成这样浓厚的文学氛围，聚拢着数位诗人（或写作者），多少是让人疑惑的，仿佛出自作者的臆造。然而事实就是如此。关于翰的故事，在本镇流传甚广，今天，早已功成名就的他，更加剧了当年故事的传奇性。作为翰的同事兼密友，我分享了他最初写作的喜悦与苦恼。甚至可以说，如果要找出一位对他认识最深切、最能被他引为知己的人，非我莫属。类似的友谊在我日后读到的上海作家张旻的小说中得到了印证。20世纪80年代初期，张旻在上海郊外的昆山（为苏州管辖）一个中专学校当老师，他的同事李劼，日后也成了重要的作家和评论家。对张旻的长篇小说《情戒》，李劼作了非常真挚、独到的评价。

虽然我后来离开中学,来到省城谋职,以写作贯穿自己的生活,并不意味着也把自己当回事。多年来,我一直默默地、诚挚地关注着翰的消息,回想起他在山冈中学的岁月,充满着无言的感慨和对命运给予的珍贵友谊的感激。

翰从小喜欢美术。他家境并不好,甚至可以说潦倒,从小与父亲关系紧张。在那个县城的老街上,有一个带民国建筑风格的街区,古旧的建筑之间矗立着一些柏树、罗汉松和苦楝树,一些大门口保留着石兽的宅第显示出一种没落的颓败的辉煌,光可鉴人的青石板路一直延伸到视线的尽头,这是翰从小生活的场景。他们家占有这片街区里的两间旧房,父亲在异地的企业上班,母亲在家务农,做些针线活,养着一头母猪(用来繁衍猪崽出售)补贴家用。姐弟几个如同倒出箩筐的土豆,自顾自地在泥地上滚爬。

这是位聪慧、敏感的少年,自小写得一手好字,作业本、课本的边沿,都留下他涂画的痕迹——有一次,休假探亲回来的父亲检查他的作业,看到作业本边上画满了关公、嫦娥、曹操之类,当即把他的作业本撕得粉碎,任由他坐在屋子门外哭了一整晚。又一次,他在公社的晒谷坪上玩飞箭,不料箭头刺伤了一位观看的小姑娘,他的父亲用麻绳将一块十余公斤重的土砖吊在他的脖子上,让他一整晚地站在漆黑的后院,以示惩戒和赎罪。

翰从一个美术学校毕业,分到中学做老师。他有一头卷发和一张白皙、忧郁的脸,夏天喜欢穿一件黄褐色的花衬衣,童年的压抑使他性格内向、羞怯,但是在某些场合他又特别容易激切和冲动。来到中学时,他已是一个小有名气的诗人,但是对美术的热爱,使他没有放弃过绘画,他经常一个人背着一个绿色的画夹,手提一个油画工具箱,到附近的村庄去写生;即便我们在食堂用完餐随意聊天的时候,他也不肯停歇,用一个笔记本给我们画速写。我第一次听说陈丹青,来自他。似乎陈丹青是他的偶像(后来知道陈丹青的速写当年是怎样地震动了中央美院的老教授们)。某种意义上我和翰的兴趣惊人的相像。我对绘画也感兴趣,遗憾的是从小没有师承,这份爱好像沉睡的矿藏一直没有机会挖掘。翰的到来点燃了我的兴趣,我开始向他学画画,时常与他结伴出去写生,更多的情况下是帮他提箱子,而他并不推辞。

他的房里藏书很多,是我见过的最爱藏书的人之一,我在他那里恶读了一些美术书,主要有:

《中国美术简史》,中央美术学院编,中国青年出版社

《艺术哲学》,丹纳著,江苏文艺出版社

《艺境》,宗白华著,商务印书馆

《迎向灵光消逝的年代》,本雅明著,广西师范大学出版社

《西方美术简史》,房龙著,吉林文史出版社

《艺术即体验》,杜威著,金城出版社

《吴冠中油画写生》,吴冠中著,上海人民美术出版社

《中国雕塑史》,梁思成著,生活·读书·新知三联书店

《一八四五年的沙龙》，波德莱尔著，上海译文出版社

《塞尚艺术书简》，塞尚著，金城出版社

《光影印象：马奈、德加、莫奈画传》，著者不详，时代文艺出版社

《渴望生活——梵高传》，欧文·斯通著，北京十月文艺出版社

…………

历史、哲学、诗歌、文学书籍也很多，印象较深的有：

《三诗人书简》，里尔克著，中央编译出版社

《日瓦戈医生》，帕斯捷尔纳克著，人民文学出版社

《人与事》，帕斯捷尔纳克著，生活·读书·新知三联书店

《海子的诗》，海子著，人民文学出版社

《士与中国文化》，余英时著，上海人民出版社

《中国历史精神》，钱穆著，九州出版社

《鲁迅全集》，鲁迅著，人民文学出版社

《存在与虚无》，萨特著，生活·读书·新知三联书店

《存在与时间》，海德格尔著，广西师范大学出版社

…………

经常提着画箱出去写生的翰，被视为本镇的"怪人"之一。他基本不说话，绘画风格介于印象派和表现派之间，色彩沉着，对比强

烈，造型夸张，不讲究细腻的笔触，画作呈现一种情感的宣泄和视觉的张力。他的画老是让我想起曾看过的一幅油画:《呐喊》(作者为挪威画家蒙克)。《呐喊》的作者有过不幸的童年和家庭悲剧，这对他日后的绘画风格有极大的影响。我不知道翰的童年是否对他的绘画风格也有着类似的影响。但总的来说，他是个性情温和的人。

翰是个不成功的画家。他在本县基本没留下什么有影响的作品。虽然他的风景写生和人物素描不少，但这些习作大都难以称得上创作。他一直和我说，要创作一幅伟大的作品，但是这幅作品迟迟没有问世。我觉得他是个心比天高的人，他对绘画的见解和虔诚令人不容置疑。他多少有些好高骛远和眼高手低，县里的美术同行基本不入他法眼，他也从不参加县里的展览，除了我对他的激赏以外，他的美术造诣在县里可以说是被湮没的。某种程度上来说，他是个孤独的人。乡村中学的美术课基本是摆设，他被迫兼教历史和地理之类的杂课，因为不是主课老师，他在校领导的心目中地位并不高。虽然他是我见过的最聪慧和博学的人之一，但是虎落平阳，他的价值并未被人重视，或者说他是块难得的珍宝，但是落入了一个村妇匹夫之家，并未显出他的珍贵来。

翰的诗歌天分同样出色。他对现代诗有自己独到而深刻的理解，并且善于从绘画当中移植艺术感觉到诗歌中来，因此他的诗歌的画面感和色彩感很强，匀称的结构、细节的刻画、氛围的营造、繁简的运用，这些来自绘画的感觉天然地在他诗的意境中流动。那时，山冈中学宿舍里最迟熄灭的灯光来自我们两人的房间。我和他在各自的屋中比赛似的写作诗歌,并经常收到邮差送来发表的样报样刊。

能够如此游刃有余地游走于两个不同的艺术领域(绘画和诗歌),他是我见过的硕果仅存的人。

这是最让我难忘的一段时光。然而很短暂。我和翰共事不到两年,他就离开了中学,赴京"北漂"了。虽然有所预感——我觉得他留在这个闭塞的弹丸之地不会有出头之日,但还是为他的离开感到难过。曾经,翰极力地鼓动我一起北上,但我缺乏那样一种破釜沉舟的勇气。甚至,有一年暑假,他从北京回来(那时他在北京一家艺术机构上班),特意来到我家,再度邀请我出去"闯荡"。但我依然知难而止,没有同行。至今仍感到是个不小的遗憾。

翰再也没有回到这个乡村中学,并且在教育局的教师名单中永久地除名了。我有时回忆起他在中学的情景,都觉得不真实,仿佛是幻梦一场。我记得有一次我们散步到学校后面的一个村庄,这个村庄显得萧条、破败。在如蜂箱一般散落于田野之间的屋舍后面,是一片茂盛的板栗树林,我们一直走到树林里,看到金色的叶片之间是一颗颗沉实的板栗果——针刺的黄绿色的果壳因成熟而裂开,像某种动物屁股后面隐秘的私处——他突然和我说起他的恋情。

我看到板栗树林不远处的山脚下,暴露着一个个漆黑的洞口,那是一个个私人开采的矿井,堆积的煤石粗暴地压在洞外的野草地上,有两只白鹭站在煤石上,仿佛八大山人的水墨画,山脚下缠绕着一条浑浊的溪流(溪水里有一个个滚圆的大如恐龙蛋的卵石),溪上有一座赭红色石块砌成的古桥。翰说起他曾经暗恋过一个女孩,并陷入过一种三角恋的关系中,因为那个女孩同时被他的老师所追求。在当时,翰是他的老师最欣赏的学生。女孩的虚荣心使她游走于这对师生之间,并不分伯仲地给予他们妩媚的笑脸,后来这对师生无可避免地反目成仇了。老师曾经为女孩自杀过,而翰却意外地发现这个女孩同时和另外一个男人保持着暧昧的关系……

我不知道翰为什么突然和我说起这些,在一些人看来,他应该是有着丰富的情感经历——而我深信,他在这方面仍然是张白纸。那次散步回来,翰在房间里写了一首诗,我至今还记得:

> 黄昏,有人交换眼神——
> 孤独的人在沉睡。大衣镜里
> 掉落陈旧的衣裳。

> 雨滴爬满往昔的墙壁
> 一个人在弄堂里转身,回望。

> 他忧伤的头颅
> 在暮色里,凸现出来——
> 被另一个年老色衰的女人
> 在灯下,仔细怀想……

集资修路

这条路叫 319 国道，是我县出境去往萍乡市的唯一通道。1992 年以前，本县属于吉安地区管辖，1992 年省里撤地设市后，我县划归相邻的萍乡市管辖。在很长一段时间里，我县从从政人员到一般百姓，心里面还很难割舍与吉安的感情，也难以融入萍乡的风俗和文化中。这里暂且不表。这条公路是双车道，顺着丘陵、山坡和平地，蜿蜒缠绕在赣西大地上。在公路上能够看到峭拔的白杨树、稻田、一个个村落，以及山上的针叶阔叶树林（以马尾松和油茶林居多）。在吉安管辖之前，本县与萍乡的来往不很频繁，加上那时 319 国道没有改造，两地之间横亘着一座叫高步岭的大山，足以让往来的司机心惊胆寒。尤其是冬天，山上布满大雾，冰冻时节要封山，两地往来暂时隔绝，就像唐人柳宗元写的"千山鸟飞绝，万径人踪灭"的境况。

我教书的第二年，1992 年 2 月，高步岭上发生了一起惊动市县的事件。我之所以印象深刻，是因为这件事情发生在猴年春节即将到来的前三天。一个叫晏军生的司机驾着一辆班车从本县开到萍乡去。他是名退伍军人，他后来的举动说明他配得上这个身份。车行至六市乡的时候，上来两个男子（一胖一瘦），他们要到位于高步岭一个叫长丰的乡村去。这两个被报纸上形容为"丧心病狂"的人在下车的时候，将一个装有炸药的麻袋点燃塞到了靠近车门的座位底下。对于这两个制造爆炸事件的人的心理动机，尚不清晰。惊慌失措中，旅客有的砸破车窗跳车，有的拥到车门往外挤，驾驶员晏军生也推开驾驶室的门下车了，但是他发现，一个叫罗桂珍（报载）的妇女坐在底下塞着炸药包的位置上吓得迈不动脚了，晏没有犹豫，从车头那边过来推开妇女，抱起"刺刺"冒烟的炸药往外冲，车门右边正是高山峭壁，他绕过车头往左边山谷跑，炸药包在将要扔出的一刻响了。车上旅客和客车得以幸免，而晏却被炸成了血肉模糊的一堆。这个事迹震动一时。我每次坐车路过该处，都会看到这里竖起的纪念碑，在无言地述说这位舍己救人、富有崇高美德的司机的故事。

让我们回到这条国道，这条乡村公路上来。你将看到的是，从下半年开始，它仿佛变成了一条遍体鳞伤的巨蟒，趴在赣西的丘陵山坳间。正因为属地的重新调整，这条公路已经不能承载两地之间开始的频繁往来，必须改造一条更平坦、宽整，并且绕过高步岭的高等级公路，更便捷、快速地连接两地。顺带说一句，曾经红火一时的火电厂，这时也因为行政区划的调整，由原来的吉安地区电力局直管，划归到由萍乡市农电局代管。此后，它开始走下坡路，并从此一蹶不振了。

挖掘机、铲车和身着橘色工服的工人开进了乡镇，彩旗、标语，配合着这一行动，插在、悬挂在道路两边。在挖掘机粗暴的掘进中，我能感觉到公路痛苦的呻吟和痉挛。古人说，万物有灵，这条公路因长久地浸润在这片山地的肌理中，与周围的旷野、丘陵和生命已经深深地融为一体，成为人们视野和记忆中的一部分。当它被修建它的人们摧毁时，仿佛我能感知到它无声的呼号和抗议。对于我来说，这条公路也承载了我一些愉快的记忆，一些骑行的快乐和孤单的时光。

曾经，我和年轻的同伴们相邀骑行在这条公路上，畅谈和欢笑，对异性致以默默的纯洁的爱意，对迎面吹来的山风，对刺破林梢的朝阳和路边流淌的山泉，对田野里的稻草人和躬耕的农人，对正在盛开的白色的山茶花，对头顶上湛蓝或金黄的天空，都充满着无言的、充盈的、甜蜜的柔情。我甚至熟悉路上的每一个陡坡、每一个急弯、每一个坑洼、每一个分岔路口、每一片平整易于骑行的区域，闭上眼睛，我都能知道它们的位置，都能娴熟地穿越过去……

现在，挖掘机、铲车在它身上倒腾，如同一个顽童对付一条挣扎的蚯蚓一般。它们先在路面挖好一个个点，由点及面，一片片路面被掀翻，露出了下面的石头、沙土，就像水落下去嶙峋的石头露出来一样。秋雨加入了对这条道路的摧残中，连绵不绝的数月的雨水，使这条破碎的公路变成了一道道奇形怪状的沟壑。

破碎的道路，使山冈的中学变成一个孤岛。汽车不再通行，自行车也不能骑行（如果要勉强出去的话，必须将自行车扛在肩上一步一步在泥泞中挪步）。年轻的教师们困在学校，一两个月难得出去一趟。中学宿舍和食堂变得热闹非凡。除了家在本镇的老师，下课后回到家中去以外，大部分老师都住校了。业余时间里，他们以打牌、打麻将、聊天，打发着时日。部分教师不安于现状，私下里看考研的书，期待着有朝一日从这山窝子里飞出去（而每一个成功者，必然使他周围的人深受鼓舞，带动了一批青灯黄卷者）。

修路，最大的问题是资金。显然地，无论是乡里、县里，还是市里，都没有做好足够的准备。决策者的思维总是强调"办法总比困难多""边打边向"（本县俗语，有边做边找办法的意思）。集资，成为让每一个教师头疼的一件事。为了这条路，每个教师连续几年集资，这笔款项，占据了一个老师收入的一半。当然，集资的不仅仅是教师，全县所有拿工资的干部（事业单位的教师、医生、科研工作者们也是干部身份），都按行政和职称级别，集资相应的款项。用我们当时流行的话，就是"捐工资"。因为集资并非出于自愿行为，而是行政手段，不管同意与否一律在工资里扣除。

对于集资的行为，大家存在着几种看法。思想觉悟高的，觉得只要是县里做出的决定，就必须不折不扣地拥护和执行。次之的，虽心里有看法，但是觉得既然大家都集了，自己也没什么说的，随大流。持否定态度的，觉得为政者量力而行，做能力范围内的事，不能将负担转嫁到个人头上，况且动用行政手段集资是否具有合法性也是值得商榷的。如此等等。课前课后，大家议论比较多的，就是集资修路问题。

20世纪90年代初期，社会正开始转型，改革措施繁多、通货膨胀、财源枯竭，导致地方尤其县乡一级财力非常吃紧。县里对乡镇的财税任务实行奖惩考核，没有完成任务，将影响到乡镇负责人的"帽子"和财力的使用。那时，乡镇教师的工资尚没有纳入县财政直管，而与本镇财税任务完成情况息息相关。现在回过头来看，教师只要做好教书育人的本职工作即可，逐月拿到工资是天经地义的事情。但是，在当时的情况下却非如此。

本镇的经济情况在全县不是最好，也不是最坏，处在中游水平。但即便如此，高额的财税任务，使得乡镇的压力很大，加之中央那时改革措施的反复，加剧了县乡工作的被动。譬如，粮食体制改革，就探索、尝试着不同做法。本镇除了煤炭、农业税收和少量的第三产业税费外，几乎没有像样的企业和项目支撑财源，财税任务每每难以按期完成。为了不影响升迁，有时干部甚至不惜去"买税"（也叫"引税"）来完成任务。买税是一种虚假政绩，通过返还的手段将不属于本地的税源拉到本地来。实际上是挖了国家墙脚，减少了国家税收，增加了税收成本。

因镇政府不能及时完成上面制定的财税任务，县财政就不拨付本镇可使用的财力，包括教师的工资在内，都被冻结在县财政的账上。我记得刚分配来的大学生，教了一学期的书，不仅没有领到一分钱工资，头上还记着数百元的修路集资款，连食堂伙食费都无法上交，记账在学校。在一个偏远的农业小县，考取一个大学生并非易事，家里本指望能分担经济负担，有的还希望帮着偿还上大学欠下的债务。而今，不仅无法帮到家里，还得继续从家里拿生活费。

学校有个颜姓老师，一米八的个子，长得一表人才，为人也正派厚道。如果在别的行业工作，婚姻自然不会是个问题。但却是我们学校里的老光棍。曾经，有几个女人喜欢他或为他所喜欢，但就是光开花不结果，不能走到结婚那一步。那些背弃他而去的女人，没有足够的信心将婚姻的殿堂建立在经济不牢靠的基础之上。她们很现实地在爱情和家庭之间做出了不乏理性但世故的选择。我们不能说，连续拖欠工资，——一度是连续几年都有拖欠的现象，不无直接地影响到了教师们的终身大事。

颜老师就是这样一个深受其害者。而且他是个从现实中觉悟得比较迟的一个人。曾经，他是喜欢写诗作词的黄老师的拥趸，在因修路困居中学那段时间更是不离他左右。可见，黄老师的歌词不仅征服了异地的女性，也征服了高大、帅气的颜老师。颜老师也成为一个文艺男，学写诗作曲，偶尔还吹拉弹唱。事实上，造化没有给予他足够的禀赋，颜老师在这些方面并没有显露出超出大众平均水平的异禀，他纯粹是事倍功半地做着无用功。颜老师这种行事方式，是否也是影响他迟迟难以成家的一个原因，想来也是有可能的。黄老师每周都从邮差手中接到大量异性写来的信件，时不时地在《词刊》《当代歌坛》《心声》等音乐刊物发表歌词，偶尔还有一笔不菲的奖金寄来；黄老师还写作青春美文，是20世纪90年代流行一时的青年刊物，如《涉世之初》《金色年华》《少男少女》《女友》《青年文摘》之类的常客。

颜老师后来才觉悟到自己非此中良才，已经是三十好几了。他终于毅然转向，从青年教师队伍中脱离出来，投入了校领导层的阵营，并很快成为校委会成员之一，成为最微小的单位组织的一个准管理者。这已经是后话了。

然而，由于修路集资，以及学校管理层和普通教师之间的纠葛、矛盾，终又触发了其他一些事件。

"讨薪"风波

　　中学的"青委会"是什么时候成立的，无从考证。所谓"青委会"，就是青年教师委员会的简称。说是成立，似乎从来没有谁发起，形成章程、制度和行动措施。大概是某几个青年教师以半开玩笑的方式，在青年教师中间倡议起来的。这个看似松散的"组织"，集合了二十余位青年教师（青年教师占到学校教师总数的三分之二）。如果说校委会是中学的"执政党"的话，青委会有点"在野党"的意思。可见中国人从来不缺乏民主意识。青委会俨然成了谋求青年教师权利的机构，在学校形成了一定的影响。有几个中老年教师，既非校委会成员，但也显然不合适进入青委会，他们成了学校的中间派。在大多数的情况下，他们似乎站在青年教师这边，在不违背自己利益的情况下对校方的一些做法予以批评。他们有些像青委会的同盟派，比较典型的几个老师是，老马（其实本姓贺）、老金和老段。他们乐于和青委会的教师打成一片，用校长的话说，老是喜欢"煽风点火"。托克维尔有句名言，"人们似乎热爱自由，其实只是痛恨主子"，似乎很能解释这种心理。

　　青委会虽然没有公认的头领，也没有纲领、措施，但是在一般教师心目中，不自觉地总是唯我曾经说及的两位物理教师周老师和刘老师马首是瞻。周老师瘦高个，有一定的家庭背景（他后来离开学校，进入公务员队伍，并当上了某乡党委书记），口才出色，善于辩论，且思维缜密，诙谐冷静，富有城府。可以说具备一个领导的某些性格气质。刘老师个矮壮硕，热血沸腾，敢打敢冲，热情直率，只是行事有时欠缺头脑。是个可以冲锋陷阵的将才。记得某次，他和副校长结下梁子，为了泄愤，在一次课间操上，他突然跃上主席台振臂一呼，当着全校师生的面历数副校长的劣迹。我印象较深的是，他对副校长学历的质疑，说副校长是70年代的工农兵大学毕业生，没有资格当老师，遑论做学校领导。应该说，刘老师此举显得莽撞，并且他的质疑也不能说明问题，工农兵大学，毕竟是时代的产物，不能和个人的才能相挂钩。副校长恼羞成怒，当众批驳他，也抓住他的一些所谓"不可告人"的恶行，予以反击。学生起初感到惊愕，继而在下面窃窃私语，最后哄然大笑了。此外，教英语的李老师（两年后南漂广东，再也没有回来），和一个绰号叫"矮子"和"裂钵子"的老师，也是积极分子，有点类似边锋的角色。

　　首先让青年教师痛恨的，是学校的公费接待。自然，作为教育部门的下属学校，各种检查、视察、调研、评比等例行的工作不可少。虽然有些其实是无谓进行的，但是正是这些无谓的工作显示了一个管理机构的存在感和重要性。检查完以后，以校长为首的校委会成员，便陪着上面来的领导和工作人员去国道边的饭馆吃请。那时，本镇的中心，尚没有像样的酒店，都是那种小打小闹的家庭经营模式的小店。每次经过学校食堂的斜坡时，都难免引起用餐的老师们的议论和反感。究其心理，有些并非完全出于正义，说得难听一点有些"吃不到葡萄说葡萄酸"的意思，用后来的网络语言形容，叫作"羡慕嫉妒恨"。

对贪污腐败的痛恨，在理论上总是具有无可辩驳的正当性。然而，实际情况总是会更复杂些。没有谁生来就是个王八蛋、腐化分子，也没有谁生来就是活雷锋、圣人。学校有个事务长，说起来是个工勤人员，但是因为管理着后勤工作，似乎有些油水。我这里叫他胡主任。胡主任生得瘦高个，说话的声调有些阴阳古怪，他负责学校的采购工作，小到一日三餐的蔬菜、猪肉的采购，大到学校的教辅材料、实验仪器的购买（名义上他负责，但实际上校长起关键作用）。平时他喜欢穿一件绿军装，嘴上歪斜地叼着烟，一副嘚瑟的神气样子。青委会的教师大部分是大学生，颇有些看不起他。这种心理，在胡主任那里也是成立的。他更看不起年轻教师——用他的话说，是些"刺头""愣头青""二百五"，在口角上与年轻教师爆发冲突，是常有的事。但这样的冲突所能波及的范围很小，如同水面上冒个泡泡一样。

周老师和刘老师在密室中运筹帷幄，决定要给校委会难堪。他们在某次校会上提出，期末了，学校的收支情况怎样，要透明，要公开，要进行查账。校长一听，脸马一沉，随即脖子和脸部都被肿胀的血管所充满，他口才不好，有些口吃，在一般意义上，其实是个老实人，但是能干到校长，说明他并不是吃素的。他认为老师要讲"良心"，他说"我平时对你们如何，都是看得到的"……他边说，两只手边狂躁地挥舞着，反映了他内心的焦虑和愤怒。校长的反应在我们看来有些过度，因为大家认为公开学校账务，进行查账，没有什么不妥，符合上面的精神。而校长的表态有些无力，而且可笑。副校长这时两只手臂抱在一起，头歪在一边，沉默不语，显得心事重重的样子。胡主任，则紧张地观望着这一切，拼命地吸烟，脸上的表情既不屑又错愕……

最后决定成立一个查账小组，成员有校委会领导、青年教师和学校的中间派。出乎大家意料的是，查账似乎在一种春风化雨般的温和氛围中进行。青委会的周老师是查账小组成员之一，但是他在查账的过程中，在校委会的主导下并没有表现出任何过激和不理性的行为，而是相当地配合，甚至表现出某种软弱，像是被"收买"了一样。大家看到的情况是，查账小组在有组织、有秩序地进行，如同游戏，最后皆大欢喜。如果说，查账小组成员得到了什么好处（大家私下认为），那也是看不到的，都是在秘密中完成了。如同学校的账务是秘密，只有少数人知晓，查账竟然也是在一种暧昧的、秘密约定中完成。其结果是可想而知的。最后公布的情况是，学校账目清楚，除极少数瑕疵外，没有发现什么不合理的开支（招待费被默许为正当支出）。

周老师此举颇让我们费解。但也可理解为他不像我们那么愤青，他先刺激下校方但同时又与校方合作，在校领导那里显示了他的重要性，但又不至于树立起敌对的形象。说他成熟也好，狡猾也好，甚至软弱也好，我们感到周老师内心的想法不像我们那么简单。

每到期末，查账似乎成了学校的惯例。久而久之，大家发现，通过单位内部进行的"反腐",似乎没有什么成效。大家对此也就不那么认真了。

青委会显得风平浪静。两位刚分来不久的老师"矮子""裂钵子",在群体里显得活跃起来,他们有时会带来一些新的时政消息(他们是这方面的热心观察者,其中一位是政治老师)。用餐后,他们站在宿舍门口的法国梧桐树下,开始了他们的"演说",他们是群体里喜欢讲话的人。讲到激动处,他们会用调羹将手中的饭钵敲得"当当"响,那样子像是个叫花子似的。他们也是县财政政策的受累者,迄今为止,大家不记得他们领过工资。那样的经济窘境,配得上叫花子的称号。他们对此也深为不满。

周老师和刘老师在密室里策划了一个惊动了全县的"事件",县里对此定性为"11·5罢课事件"。11·5指的是当时的月份和日期。那天夜晚,山冈的中学岑静一如平常,晚秋天气凉爽中带着寒意,"月明星稀,乌鹊南飞"。周老师房间里坐满了青委会成员。周老师说:

"哪有这样当老师的,工资拖欠快一年了,你们说合理吗?"

"不合理!"矮子说得最激动。

"要不要到镇政府去闹一闹?"周老师说。

"要!"

"要!"

…………

激动和兴奋的情绪在宿舍内蔓延开来,有些像革命党在策划一个激动人心的计划。

当个人融入群体里面去,将会是怎样呢?法国社会学家古斯塔夫·勒庞在其大众心理研究著作《乌合之众》中说:"聚集成群的人,他们的感情和思想全部都转到一个方向,他们自觉的个性消失了,形成了一种群体心理。"并且约束个人的道德和社会机制在狂热的群体中失去了效力,"孤立的个人很清楚,在孤身一人时,他不能焚烧宫殿或洗劫商店,即使受到这样做的诱惑,他也很容易抵制这种诱惑。但是在成为群体的一员时,他就会意识到人数赋予他的力量,这足以让他生出杀人劫掠的念头,并且会立刻屈从于这种诱惑。出乎预料的障碍会被狂暴地摧毁"。勒庞认为,这样的个人会不由自主地失去自我意识,完全变成了另一种智力水平十分低下的生物。

第二天上课铃声响过之后,教室里的学生们发现他们的老师迟迟没来上课。他们感到惊愕,那些好学上进的孩子感到了不安,而那些调皮捣蛋者则显得兴奋不已,他们嘴里哼唱着,用手去捉弄前面的学生,找借口与漂亮的女生争执,或者大摇大摆地在课堂里随意走动……校长起初感到惊讶,这么多老师没来上课,可不是一般意义上的"迟到""旷课",这分明就是一起严重的教学事故。

镇长电话打来了,校长接完电话后脸色大变,惊慌得说不出一句话来。原来二十几个教师一起拥到镇政府去了,他们被一个副镇长拦在会议室。镇长和镇党委书记紧急地商量对策,为要不要赶紧向县里和县教育局报告这个"事件"颇费踌躇。

老师们显得很克制,甚至有些彬彬有礼,他们要求镇里面给他们及时发放迟迟拖欠的工资。

校长一路小跑，跌跌撞撞带着几个校委会成员赶到镇政府，教师们拒绝跟他回学校去。他们今天要讨一个结果，摆出了一副死猪不怕开水烫的架势。校长几乎哭了，在那里急得团团转。最后镇长出来了，提出老师们派出几个代表在会议室"谈判"，其他老师都回去上课。

"矮子""裂钵子"等几个老师留在会议室。但其他老师也不愿就此回去，他们站在镇政府的院子里，目空一切地望着这里的一切，平素在他们眼中有几分威严和霸道的乡镇干部们，这时显得矮小和猥琐。他们都躲得远远的。

谈判的结果是，镇长接受了教师们的要求，答应这个月一定将拖欠教师的工资发放下来。老师们回到了学校。

月末，老师们拿到了久违的工资。

县教育局将这件事定性为"罢课"，并对挑头的人员进行了相关处理。结果是"矮子""裂钵子"这两位教书不到一个学期的老师承担了整个事件的后果，被教育局分别调到县里最偏远、落后的两个中学去了。其他老师包括周老师和刘老师都没有被追究责任。校长无疑也被局里进行了警告和批评。

白昼之黑

第一次对煤矿产生记忆，是在少年时代。每年暑假，我都在乡下姨妈家度过。有一次，姨父让我和表哥去山上的矿井挑煤。清早，我和表哥各挑一副箩筐出门。那年，我大约十来岁。顺着一条河流往山上走，山乡的河流湍急，水中有山坡滚落下来的石头。刺目的太阳很早就在山头升起。我们走了大约两公里，浑身是汗，无暇欣赏路边沁人心脾的野花。这条汹涌、咆哮的河流，一直顺着山势盘旋，仿佛来自山顶。表哥显然熟稔这条山路，一直带我走到一个煤矿。堆得高高的煤块裸露在场地上，旁边一个工棚里，有简易的锅碗瓢盆和铺着草席的竹床。一些废弃的坑木丢在路旁，旁边的铁丝上挂着几件破旧衣衫。我们自己动手往箩筐里装煤。出于对自己能力的估价，我只装到平箩筐口一半的样子，表哥则装得满当。从家里出发到煤矿，花了一个半小时，但回去的路特别漫长和艰难。这条路可能是我这辈子走得最艰辛的一次。我的负重有六七十斤，但对于一个十来岁的少年来说，其困难的程度却可以用"艰苦卓绝"来形容。

而我对挖煤工人以及他们工作之艰辛程度，渐渐地有了近距离的些微的感知。姨父的亲兄弟在一个私人矿井挖煤，长得一身彪悍的精肉，在村庄里以力气大和蛮横著称。夏天，他总是露出一身黝黑的肌肉，下身则穿着一条宽大的花短裤。他们家的经济状况不佳，并且他喜欢酗酒，酒后则常常殴打两个后来长得和他一样健壮、凶暴的儿子。村子里另一户人家的男人，在一个国营煤矿上班，长得白皙斯文，被人尊重，据说是会计。他们家是村里少数殷实的人家之一，几个孩子也都文雅温柔。在他们收拾得干净整洁，甚至有些城里人味道的家中，我常去消磨时光。

会计服务的煤矿就在本镇。当我成年后来到这个乡镇，他早已退休回家养老。煤矿叫长埠煤矿，是全县最大的国营煤矿。

本县不缺煤，与这座煤矿有关。当然还有数十个私人开采的矿井。挖煤是个高风险行业，也是个高回报行业，本镇农民从事挖煤行业的人数不少。当然，从政策层面上，国家不允许这种小型、个体煤矿的存在。这里面有安全隐患的原因，也有对资源破坏滥用的因素。但是从镇政府来讲，个体煤矿的存在，既带来了不菲的税费，也是农民增收的重要途径。因此，无法从实际层面取消这种私人煤矿的存在。某种程度上来说，在隐形的层面上，还为乡村干部寻租提供了便利。长埠煤矿地处本镇，但为县煤炭局所管辖，管理人员和部分工人有正式编制，其余则为农民工，大多出自本镇。这些临时工，有的在煤矿干了十几年，有的是一两年。

如同贾樟柯电影里的场景，长埠煤矿是个封闭、独立，但也具有某种开放性的世界。这里的男女，仿佛都被一层黑黑的煤灰所裹挟。尤其是倦怠的矿工从地底下升到地面上来，那种经历过炼狱般的虚脱、厌世，统统写在脸上。戴着矿灯帽的脸上耻辱般地挂满黑色的煤灰，只留下一对其亮无比的眼白。我曾多次看过油画家赞美工人兄弟的画作，不少取自煤矿工人。他们的脸因为被黑色的煤灰所覆盖，刻画起来似乎不需费太多笔墨去表现过渡色，刷几笔重重的黑色，再勾勒一个正亮灯的矿工帽，咧开的嘴巴不自然地笑着——平常被烟卷熏得黑黄的牙齿这时白得出奇。他们肩上扛着铁镐、手上提着工包和电缆，脚上穿着高帮胶鞋，从运着煤车的轨道上向我们走来。而在一些文学作品中，他们经常和朗诵诗联系在一起，被隐喻为"追日者"、拥抱"地火"的圣徒、"被太阳遗忘的情人"之类。

这个国营煤矿，有着和其他国营工厂相似的面貌，一座三层楼的办公楼——建于六七十年代，红砖，白石灰浆勾缝，预制板隔层，绿色油漆木质窗框，台阶上大门两侧，挂着"中共××县长埠煤矿党委、××县长埠煤矿"的竖条白底黑字（老宋体）的牌匾。走进大楼，两边的墙上，右边是矿党委行政领导的照片和介绍，左边的墙上画着生产计划栏，里面填写着最新的生产数据。办公室照例有刷着红漆的磨损的木地板，有报栏架（放着《人民日报》《工人日报》《中国煤炭报》，还有《求是》《江西党建》等杂志），长条扇片电风扇在头顶发出结实的"哐当哐当"的摇晃声。四张漆着猪肝色的樟木桌子拼放在一起。过道里传来小便池的尿臊味，传来陈腐的木头混合着尘埃的呛鼻味，传来远处田野烧荒的草灰味，传来疲惫的人们身上的汗馊味……

以办公大楼为中心，北边是一个水泥地篮球场，东边的从厂矿大门进来的路两边是经年的法国梧桐树，路边有报栏和墙报，西边是食堂、文体中心（里面有棋牌室、乒乓球桌），宿舍分列在办公楼以南，是四排两层的砖木结构房子（自来水池、晾衣绳、瓜棚豆架、简易鸡舍、花花绿绿的窗口和永远不缺少喧哗之声的住户，显示出一种饱满的让人欢欣的世态人情）。如果我们忽略这个厂矿生产区域在地下，完全可以相信，这是一座任何意义的国营工厂。我们越是感受到厂矿地面部分的宁静、温馨，和在那个年代里大同小异的刻板、充满秩序的氛围，越是隐隐不安地意识到地下并不平静的部分。在伸手不见五指的、充满着呛人煤灰的坑井里，默默掘进、采挖的工人，长久的孤独和沉默（因此他回到地面的时候，脾气变得异乎寻常地暴躁，动辄挥手殴打老婆孩子），遥远的模糊的矿灯提示着人迹的存在。

加缪在《西西弗斯的神话》中写道：

> 我们只能看到一个人使劲全身推动着石头，把它推向一个斜坡，我们看见扭曲了的脸，紧贴着石头的面颊，肩膀顶着全是泥巴的石头，插入石头下面的脚，张开的臂，沾着尘土的手。经过他那用无天际的空间和无深度的时间来衡量的漫长的努力，他终于达到了目的。但他转瞬就看到那石头朝山下滚去，他要从那里把它重新推到山顶。他又回到平原……

一个挖煤工人的命运和这个推着石头上山的西西弗斯何其相似。只要愿意，他可以在这暗黑的矿井里永远地待下去。因为养家糊口的使命和那近乎麻木的惯性，他一次次从地面降到地底下，面对潮湿、嶙峋、乌黑的石头墙壁，将自己囚禁在这个封闭的令人窒息的空间，举起铁镐,展开与石头没有终期的搏斗。瓦斯爆炸、透水、塌方,以及必然而至的尘肺病,在暗处纠缠着他,损害着他的健康和意志,加速地把他推向地狱的边缘……

一辆辆卡车往返在厂矿和背后的山坡之间。粗重的车轮沾满碎裂的红壤的泥痕,血肉模糊,如同从战场上撤退下来的军车。路两边的油茶林里,白色的芬芳的茶花正迎风怒放,并不因为摇摇晃晃的卡车抖落下来的煤灰的覆盖,而改变纯洁的颜色。下过雨后,这条道路完全变成了黑色的泥浆,发出令人绝望的、油亮的反光。不远的山坡,人们在煤矿道岔上忙碌,弯轨机、扳道机、运煤车、绞车、风机、电动机,制造了不绝于耳的喧哗,这声音使劳作的人们变得更加专注,也更加麻木。

我还没有一次下到煤井底下的经历。当白昼的光线在这里折断、沉没,我只能想象在沸腾的地底下,那些鼹鼠般挖掘、前进的人,一边沉默地干活,一边依靠回忆打发这枯燥的时间。他们的孩子,此时正在教室里安静地上课,我经过他们身旁,一丝不易觉察的来自地底下的不安,在他们抬起的眸子里闪电一般迅疾地滑落……

一个扛着铁镐的矿工远远地走来了。他叫李达华,和当年那个香港演员××华差一个字。他出生在本镇一个叫屋场的村子,与煤矿隔着船形、枧溪冲两个村子。技校毕业以后,他分配在这个国营煤矿当矿工。他的家世代都是农民,只有他一个人跳出了"农门",然而还是回到了农村,只是和煤炭而不是泥巴打交道。从本质上来说,他依然是个体力劳作者。甚至比一个真正的农民更辛苦。只是收入略高一点而已。但这点优势无法让他确立幸福感。在他这个大队，队长是直接上司，队长上面还有股长，股长上面还有科长，科长上面还有矿领导——从副矿长到矿长，到书记，一个比一个大，都可以藐视他。在他的工作中，沉默是他最好的发言权。他的工作被上班、加班、开会所占满，而他总是被睡意袭来，时时刻刻想倒在床上一睡不醒。

李达华二十六岁，但看起来像三十六岁。他已经工作七年了。有两个孩子，都是男孩。他和妻子同一个村，打小就认识，可以说是青梅竹马。他们的父母都满意于这门婚事。李达华曾经喜欢技校一名女同学。在技校他曾是个风云人物，是篮球场和学校舞会的明星。但这说明不了什么。毕业后，他和女同学风流云散，天各一方，不了了之。

如同其他年轻人成长所需付出的代价一样，从一个技校生磨炼成为一个成熟的煤矿工人，他也经历了一个打磨"刺头"的过程。在技校时，李达华曾有过一次轰动学校的举动。一次在食堂打饭时，和食堂师傅发生了口角，进而发生了冲突。谁都没想到，这个一贯表现良好的年轻人，竟然径直闯进食堂工作区间，抓起掏煤的炉钩，直接刺进了师傅的大腿。鲜血喷射出来，溅到了食堂的玻璃窗上。这朵恐怖的鲜花，印在一个少年充血的眼瞳上，写满"暴戾"两字。师傅一个趔趄，退到湿漉漉的水池边，碰翻了桌上的菜篮、瓢盆，跌进黑暗的角落里。这样的举动配得上被开除出校，但是不知什么原因又被保下来了。也许这个师傅早就引起公愤，也不是个什么好东西吧。从此，他在技校建立起一个代代相传的名声。

　　谁能设想，这个曾经的好汉，一个血脉偾张的年轻人，短短几年，就变成了一个虚弱的、谨言慎行的懦夫。他不敢当面和队长顶嘴，看到矿长就绕道走。他的那些属于青春期尖利、脆薄的部分，一个少年未经风雨洗礼的狂暴、冲动，在这个阴郁得有如岩层般坚硬不可确知的地方化为了乌有。一粒晶亮、尖利的盐，面对一脸盆水的时候，是无能为力的。当他在黑暗中工作一天，准备倒在床上入睡的时候，队长的声音来了，"开会"，或者"加班"。如果抗拒，小则数百元的工资被扣除，大则升到地面在阳光下工作的机会变得渺茫。

　　小的时候，因为犯错，他被父亲关在黑暗的屋子里以示惩罚。再没有比暗夜带给人的恐惧感更甚的了，他在屋子里痛哭流涕，但无法减轻对黑暗的恐惧。这是从精神意志上对人的摧残。更可以想见，一个长期在黑暗的地穴深处工作、带着死亡压力的人，对黑暗产生的恐惧感，该有多强烈。

　　升到地面，泡在澡堂里，是李达华感到幸福的时刻。轻柔、滚烫的水抚慰着他紧张的肌肤，随着一层层皮肤褶皱中的煤垢洗去，委屈、恐惧，似乎也在一遍遍地消退。人在欢愉的时刻当中会暂时忘记不快的经历。仿佛历经不幸是为了到达享受。而这微不足道的慰藉也将黑暗和苦难升华为一种生的欢欣和鼓舞。矿区不乏小酒馆、赌馆，甚至有异乡女子在隐秘地从事皮肉生意。这在每个矿区都是大同小异的。人的本能也是大同小异的。只是矿区的风景带着煤炭的脏污的、暗黑的颜色，然而不缺乏内在的火焰和激情。

对于小镇来说，矿区的生活是个异数。乡村自古以来清新、秩序井然的面貌，被添加了异质、浑浊的色调。货币充当了调色油的角色。崇尚伦理、道义的农民们，在现代化的浪潮中，早已不是那些"不知有汉无论魏晋"的淳朴"良民"，他们也被资本所"异化"，被"人性恶"的现实所教训，而成了人心不古、见利忘义的"刁民"。在基层管理者眼中，他们变成了需要教育、提高的落后分子，而全然不知道他们其实是每一个君子和精英分子最初和最好的导师。

矿区的存在，模糊了乡村的背景，使这里变成了某种类似城乡接合部的地方。因此，平静中的骚动、沉默中的呐喊，构成了这里的基本声调。流动的人群、流动的卡车、流动的情绪，在铅灰色的天空下构成了一幅让人难忘的铜蚀画。

作为一个正式工，李达华有着相对固定的社会保障、医疗、培训、极少的出差的权利，比起临时工来说，这是体现优越感的方面。因此，比起临时工人，李达华并不算最糟糕的。即便是临时工人，也并不是轻易就能够加入这支队伍的。相对种田微薄的收益来说，挖煤，虽然辛苦，并且是将脑袋别在腰间的活，但收入明显要高些，来得快些。这也成了不少当地农民争相谋取的活路。

然而意外总是突然降临的。如同往常一样，那天，李达华与矿工们坐上缆车，进入那个令他厌恶无比的黝黑、深邃的巷道。先天晚上，他同妻子吵了一架，因此赌气睡到了客厅的沙发上。他们在村庄里修建了一栋两层的楼房，和父母住在一起。父母拿出了全部的积蓄，他们则负担了剩余的款项。父母逐渐步入晚景，并且被多种积年的疾病所困扰，而没送去医院治疗。他们没有多余的钱去治疗他们认为无法根治的疾病。一辈子的成就就是修了一栋房子，尽管在村子里，不算是最气派的。按照一种传统的观念，他们已经是有福之人，功德圆满了，可以无愧地去见地下的先人。早上，李达华吃过母亲煮好的面条，他的妻子因为任性，还搂着两个年幼的孩子睡在床上没有起来。李达华是骑着自行车来到矿里的。一场突然的瓦斯爆炸，夺去了他和几个工友的性命。

对于矿区来说，这是个意外，但似乎又是合情合理的事故。

这个世上，有些建筑不是给活人居住的。有些生命，在时光隧道中途跌倒，消失……那些不能跑完上帝预设路程的过客，死于疾病、灾难、处决或事故……在他们人生的风景里，没有经历完整的春夏秋冬。但是，他们和那些寿终正寝的亡灵，共同享有着同一片墓地。

长埠煤矿和火电厂之间，一片起伏的丘陵地上，坟茔林立。李达华的魂灵就栖息在这片丘陵之间。这片乱葬岗，埋藏着多少死于煤矿事故的冤魂，无人统计。矿难，总是容易让人想起报章披露的一些违法乱纪的小吏，一些昧着良心的暴富的矿主，一些菲薄的纸币草草打发（赎买）的余温未散的躯体，更多的眼泪和习以为常的麻木或恐惧……

我所在的中学，在奠基建校之前，也是一片乱坟岗。至今当地人仍用"扛人岭"指称中学。"扛人"，自然是扛死人的意思。在这样一个幽灵游荡的地方，却建了一所学校，当初的谋划者也够雷人的。中学的山冈,死者的怨气、嗟叹,早已为纷乱的脚步踏平,而长埠煤矿旁边的墓园,则依然是亡灵拥挤、人迹罕至的所在。

无一例外,那片红色的丘陵地,长满了油茶林和杂乱、茂盛的芭茅。纸钱、黄酒、爆竹和新鲜的鸡血,在每年清明、春节、中元几个节日,装饰着这片山地。有时新添的坟头,上面插满纸扎的花圈,如同一个幼儿肥胖的拳头抓着一大把圆形糖果。在一片深红、暗绿的林地里,白色的花圈显得格外醒目,一种脆弱的、宿命般的悲凉感,写在观望者的眼中。这是一种什么样的体验形成的一种条件反射?

与其说这是生命宁静、停歇的港口,毋宁说是生命的另一次远航,一次续接,一次燃灯!村庄的人们在夜晚的窗前,仿佛看到这些亡灵前来叩打窗棂,在树林里吵闹和哭泣,在他们的梦境里传递秘密的话语,在毫无征兆的时刻,通过打碎碗碟、附身游蛇、让孩子失魂落魄,来提醒生者对死者的问候。那是一片让人们极不情愿眺望、走进的领地,这片为死者所统辖的国土,让每一个闯入者既小心谨慎,又气喘吁吁。

我在法国诗人瓦雷里的名篇《海滨墓园》,读到对于墓园的精彩描写:

> 死者已化为冥冥的虚无,
> 森森白骨溶进了红色的黏土,
> 生命的才具变成了墓地的鲜花,
> 当年他们的谈笑风生安在?

又哪里去了，他们个人的风采和苹落的秉性？

当年那多情的眼里而今只有蛆虫的蠕动。

那些少女尖声细气的呼喊，

明眸皓齿，秋波的浮艳，

那撩人欲火的艳冶酥胸，

朱唇的热吻桃腮泛起的红晕，

那最后的礼赠那护卫这礼品的玉葱

全都付与了泥土复归为一场春梦！

在瓦雷里法国式的浪漫浮想里，对亡灵（美妇人）极尽绚丽、美妙的生命之光的留恋中，凸显了死亡的残酷和不忍。而在这座东方的墓地，在一个赣西边陲无名的山间，一个国有煤矿附近的山坡上，在没有大海送来白色的海鸥和充满着腥味的海风的内陆，死亡和墓园，似乎没有那么多华美、丰赡的想象。只有夜的沉闷和漆黑。那是死亡涂抹的颜色，比煤层更黝黑，更坚硬。我们关注那些矿难者卷席包裹的尸骨未寒的躯体，那些死亡突然降临的时刻内心的惊恐和无助，死神驾驭的车轮粼粼，碾过他们身上的森森白骨。而这万劫不复的时刻，再多的悔恨、不甘、愤怒，都无济于事。

当我们用经济学的目光来打量这死亡，那是不相匹配的成本和收支。作为一个劳动力，因为死亡，他的使用价值迅速归结为零。死亡提前剥夺了他的价值。无论是因为不可抗拒因素，还是因节省成本增加的安全风险。一个煤矿工人因矿难而倒下了，它还引发了道德因素的加入，死者家属、其他被雇佣者、有正义感的媒体，对矿主、基层官吏进行口诛笔伐。一场一定范围内的危机，在这个小镇和小镇以外的空间里扩散，就像一堆熊熊燃烧的篝火，在试图更大范围地咬噬野草的时候，被一只看不见的手使劲在掐灭。这是一种博弈。在一些观察者的眼中，认为只是因为利益的处置问题。他们认为，只要做出合理的利益补偿，一场涉及公共管理和道德危机的事故，终将被干净利落地摆平。

富有戏剧性的是，那些明知死者不可再生的家属，似乎关心的重点只是对赔偿金的数目的争夺，而不是对本应避免的事故的调查和追问，而当局者则只想怎样才能避免一场死亡事故不被上峰知晓而被冠以治理不善受到惩处。

死者尸骨未寒，但是人们关注的重点似乎与他无关了。

他最后"落户"于这片乱坟岗。与他的祖辈、父辈，当然还有意外夭折的后辈，抵足而眠，呼吸着陈腐的山岚，啜饮着潮湿的夜露。不甘或平静，都已不值一提了。

史铁生说："人的迷茫，根本在两件事上：一曰生，或生的意义；二曰死，或死的后果。"而中国人一向是忌讳言死的，孔子的弟子曾就这个问题请教他的老师，结果得到老师的一顿训斥："未知生，焉知死！"孔子的意思是，要将注意力贯注到生的意义上来，在生命实践中做文章，至于死后的事情不必去管它。几千年来，中国人大多数都是这样做的。因为中国人喜欢"现世安稳"，是用一种实用主义的智慧生活。

当年，荷兰画家凡·高，似乎看到挖煤工人内心的空虚，做了一个短暂的神甫，去给他们布道。期望神的福音，充盈他们空洞的内心，从而使他们获得一种超越现实苦难的力量，沐浴天国的光辉。然而他们并没有得到解救，包括凡·高自己。艺术成为他最后的宗教，他在阿尔的向日葵地里，燃烧着他的激情和才华，透支着他对生命的热爱和歌赞。然而他也不能顺利地走到生命尽头。与李达华死于意外不同，他是自己主动终结了自己的生命。也许，死亡都是一场意外。追问凡·高死后的价值，因为他生的绚烂和艺术的才情而显得厚重和肃穆；而李达华的死，如同他生前的默默无闻而不被人所知。如果说凡·高因自尽使他对艺术和生命激情奏响的乐音达到高潮，从而升华出别样的美和悲壮的话，可说是死得其所，而李达华形如草芥的生命和死亡就一钱不值吗？

在被厚厚的煤层遮蔽的挖煤工人的生命中，他匍匐前进的姿势，简单、机械和单调的重复动作，因为视线的切断而感受到孤立无援的境地，都使聪明的读者联想到加缪的作品。仿佛他们都是为加缪的写作而生的。是什么力量支撑着一个挖煤工人在这荒谬的处境里不崩溃？我想起我姨父的亲兄弟，那个喜欢穿女人短裤，喜欢抽烟、酗酒、胡作非为的男人，嬉皮笑脸和凶暴无赖交织体现在他的行为里——我认为这是他对自己黑暗的、幽闭的工作环境的一种反抗。那个狭窄、潮湿、黑暗并且令人恐惧的空间，囚禁了他本来活泼的生命。他的生命的热力和激情无处释放，于是，当他回到地面，返回本该属于他的丰富的世俗生活，他变得夸张和矫饰。他需要用出格的行为——偷情、打架、酗酒，来提醒人们，他的工作环境给他带来的伤害和屈辱。

高高的坟茔遮蔽了李达华阴间的时光——假使有的话。与他一样，因为事故，死于非命的煤矿工人，都葬身于此。他们胼手胝足，成为一道黑色的死亡的风景线。他们的墓碑无一例外地朝向村庄的方向，同时也是马路的方向，每年春天，疯长的茅草将它们的墓碑遮隐不现。

寿翁

寿翁其实并不老,只是个三十出头的年轻人。他因为长相奇特——脑后门仿佛长在额头上,凸显出一个光滑可鉴的半球形,如同年画里手托寿桃、伴着梅花鹿的寿翁。久而久之,他的名字被人忘记了,大家都叫他寿翁。寿翁在本镇虽算不上呼风唤雨的人物,却也有一定来头——他是镇税务所所长。寿翁过早谢顶,残留在后脑的几绺头发岌岌可危地趴在顶上,风一吹,像站立的秋草迎风乱舞。当他骑着摩托车在小镇风驰电掣,风一般驶过时,他的头就显得格外醒目,仿佛一个肉球插着一支残破的黑旗,恐怖地由远及近,又由近及远……寿翁一阵风过去,不仅裹起腾腾的黄尘,还裹挟了人们的目光。寿翁有些宝相,这是人们心中秘而不宣的共识。

当初,田东小学新分来的红霞老师,是本镇年轻人梦想的对象。寿翁也是执着的追求者之一。他对红霞展开攻势,嘘寒问暖,关怀备至。寿翁身上夹带着乡干部和街头地痞相混合的气质,说话粗声大气,口气不小,仿佛天下没有他搞不定的事。这种气质,对于一个刚从学校出来,毫无社会经验的女孩子来说,不乏新鲜感,甚至有几分吸引力。

寿翁的摩托车是公家配备的。当时公家的摩托车分为双轮和侧三轮两种。双轮摩托车方便、快捷,侧三轮虽略显笨拙,但适合三人一组出去办事。收税,是寿翁的日常工作,每日,他黄尘滚滚地出没于山乡,既威风凛凛,也很辛苦。不像人们想象中,基层干部吃香喝辣,坦白地说,寿翁工作的辛苦程度,超出一般人想象——这也助长了他的坏脾气,说话时不时夹带脏字。更让他措手不及的是,税制改革突然地进行。改革总是使过去工作的惯性不复存在,需要适应新的政策、新的要求。寿翁工作的税务所是体制的最基层,也可说是最前沿。与纳税人和企业的冲突,是他经常需要面对的。

税收是国家财力的重要保障。但自古以来,人们对收税人似乎带着某种偏见。人类学家林耀华在其著作《金翼——中国家族制度的社会学研究》开头部分,就写道——黄村某天来了一位收税人,因为不公平地对待了村里的一家人,结果被族人包围,差点引发一场流血冲突。这似乎是收税人与税民关系的一个缩影。

税制改革,带来了基层税务干部征收的难度。为了使税收政策尽快地为基层干部知晓,市里、县里都举办了培训班,并且通过文艺演出的形式,宣传税改政策。某次,县剧团配合税改工作,在本镇举办文艺演出,我们看到寿翁参演了一个小品,扮演一位抗税的个体户,其形象本身足以让人捧腹,加上角色带来的滑稽感,逗得观众哈哈大笑。

寿翁每天骑着摩托车风里来雨里去,满手油腻,裤管沾满污泥,冬天刺骨的寒风还让他患上了关节炎。每次我在山冈的中学眺望镇上的风景,仿佛都能看到穿着蓝色制服的寿翁驾着摩托车在小镇的街道飞奔。

寿翁一方面奋战在征税一线，一方面对红霞不懈追求——他之所以到三十好几还没成家，与他的相貌不无关系。这次小镇分来几位年轻女教师，对于寿翁来讲，是难得的机遇。寿翁虽迟迟未成家，但并非不通风月，某种程度来说，他甚至可以说是情场老手。据说小镇某小饭馆老板娘和某村一位寡妇，都与他有染。虽然他看起来并不聪明，其实骨子里也是个"情种"，只是用他自己的话来说，是吃过女人的亏。

但是，这次，寿翁对红霞老师的追求，终于还是功亏一篑。正如我前文所说，红霞最后还是嫁给了中学的郭老师——他们本来就是师范同学，有一定感情基础。这事对寿翁打击很大，他经常不修边幅，胡子拉碴，喝得烂醉。他痛恨的当然不是红霞——这事，红霞一点没有错；他痛恨的是自己，为自己的辛苦奔波、为自己丑陋的长相、为人们把他当作傻瓜的眼神。有时，我们看见他在镇政府食堂，端着印着"税务分局"的搪瓷饭钵去打饭——那饭菜，比中学食堂好不了多少，多是蔬菜配着几枚肉片，大桶汤由豆腐菜叶做成，味淡质寡，可随意舀喝。寿翁打好饭菜一个人默默地坐在某张饭桌埋头吃饭，周围有低声浅笑，蜚短流长。

寿翁依然骑着摩托车在小镇飞奔。不久以后，小镇的街上多了几辆摩托车，那是一些染着黄头发的小青年，叼着烟卷，戴着墨镜，时常在小镇的街上兜风——他们飞驰着，与寿翁交臂相遇，吹着口哨，嘻嘻哈哈地绝尘而去。这时，寿翁的样子就显得更加的笨拙，孤单，和醒目。他一个人迎着风在"突突"地往前奔驰，仅有的几缕头发直直地往后扯，被寒风吹彻的突出的前额，如同一个红肿的瘤体光滑而明亮。人们在小店里，在三站五所，在自家窗前，看到寿翁一个人满面风尘地在小镇的街上一掠而过——这样的情景，仿佛由来已久，就如同这天气，或晴朗或阴沉，总是合情合理与恒久不变的。如同一个妇人从晾衣竹竿上取下衣服平静地折叠，或者打开窗户，看到夹竹桃或野桃花正盛开着，心理恬静而自足一样。

谁也不会去想，寿翁挨个去小店收税，与人争吵，面红耳赤，暴跳如雷的样子。仿佛那也是合情合理的。那些店主刁难他，从屋里拿出一沓白条子告诉他，赊下的酒钱一大把，哪里有钱上税。寿翁依然不依不饶，据理力争，甚至用手掌将饭桌拍得"砰砰"响。有人对他说，凡事不要太认真，甚至有人偷偷给他塞红包，让他给减免税收。都被他一口拒绝。为了对抗他的权威，每当他来收税，人们总是提高嗓门，语气很冲，这种农民式的狡黠，与生俱来。寿翁的嗓门更高，每次要颇费许多口舌，才能将税收上来。而去镇办、村办企业收税，寿翁遇到的阻力更大，他们做假账，与他软磨硬抗，想尽办法拖、瞒、逃税。

寿翁费尽千辛万苦收税，但每年的税收任务完成得并不理想，甚至有传言说局机关要把他调到更偏僻的乡镇去。但传言归传言，他依然每日出现在小镇上——那个象征着他的权威的道具——摩托车，也始终像条忠诚的老狗不离身边。当初这辆锃亮的"五羊"牌摩托车，现在也变得锈蚀而老旧，每次发动时，总是要"突突"趔趄几下才能往前冲。他身上的蓝色制服被汗水浸渍得发白，脚上的皮鞋沾满泥

第二章 | 乡村之夜

土，裤管上落着油污——他身上的狐臭味变得显著起来，两鬓竟然开始出现白发。这个收税人——税务所所长，在人们心目中，变得和五狗和金清华之流差不多去了——街头，是他们生活的码头，仿佛，他们永远是无家可归的浪子。

时间深处

夜幕中，岭山似乎增加了它的高度，在白天它看起来更矮一些。也许是漆黑的夜晚视线受阻的缘故，也许是夜晚人内心的恐惧感增加的原因。夜晚赋予山巅以某种灵性，这不禁让人能够理解，古人对神灵崇拜的缘由。工业革命，增加了世界的光亮，削减了夜晚的暗度和长度，自然也削减了世界的神秘性和模糊性。当我们试图看清一切时，自然的真相反而在聚光灯下隐身。神，是有亮度的，适合在漆黑的夜晚出现。岭山下面，河流潺潺，古渡口和商埠早已不见了。荒丘中废弃的神祠还在，还有星星点点的香火续接支离破碎的往昔。

本镇有座荒庙叫聂公庙。聂公崇拜流行于江西赣江流域，聂公庙是该流域随处可见的神祠。据说聂公是三国时期开拓海南的将军聂友，有次射中一只白鹿，当他走近一看，却发现射中的是一棵樟树。乡民们认为这棵树是妖，便用柴刀去砍，没想到，这棵樟树不但砍后自动愈合，还会流血。此后当地便叫作樟树，是赣江流域某著名古镇。赣江虽不经过本县，但境内不少细流却汇入赣江，可以说本县是赣江这条动脉上的毛细血管。因此祭祀聂公似不足为奇。

不难设想，岭山脚下，这个古渡头曾有的繁忙。本地盛产木竹、茶叶、稻米、茶油，在古代，这些物产的输出，靠的是水路。本县地理位置特殊，濒临赣湘两地，水系都可通达赣江、湘江，过去上豫章、出长沙的乡民不少。那些在码头扛包、商铺做生意的，不少出自本县。南岭镇位于本县中部，地处全县交通要道，是南来北往的商旅必经之地。鸦片战争以后，随着沿海口岸开放和19世纪末京汉、粤汉铁路的修建，赣江这一"黄金水道"的优势全失，江西经济、文化、社会的衰落始于此，并迅速被相邻的湘鄂赶超，与原先平起平坐的江浙之间的差距更大。本县自然加入了全省衰败的大潮中。时至今日，这股退潮的惯性力量，依然在阻碍着本省的重新奋起。

岭山脚下的聂公庙目见了这个由盛到衰的过程。过去，在这古渡头上，商埠林立，社庙比肩，舟楫繁忙，人声喧哗。歇脚的船工、商人，在此囤货、饮茶、夜宴。在迎神赛会的日子里，更是全镇人倾巢出动，摩肩接踵，庆贺乡间的狂欢节。可以想见，士子、胥役、僧侣、渔樵、翁媪、妇人、儿童，纷纷出现在田野村道，指点议论，围观欢笑。一些野史资料甚至还记载了禁忌重重的妇女，获得的短暂的解放，在烧香礼佛、游神赛会时，"红裙翠袖，屡来兰若招提，与剃发披缁频频相对""俏装倩服，挈溋提壶，玩水游山，朝神礼佛。嬉戏于慈云之地，杂沓于缘觉之所"，从这不无礼教意味的批评中，我们却获得了栩栩如生的当时妇女活动的画面。

我们知道，明清两朝，朝廷对社会的控制加剧，政治上比较极权。但与此相反的是，民间宗教信仰和儒学异端以及民间文艺却畸形发达，百姓世俗生活空前活跃，人口流动也自由随意。属于国家祭典范围内的"正祠"和不在祀典的所谓"淫祠"，相混合地存在，代表官方意识的儒释道信仰以及乡野百姓的杂神崇拜，如荒野中的稻草和稗草相生相容，同在春风野火的眷顾之下。虽然历史上总有不少地方官员，痛陈淫祠的弊害，力主"禁淫祠"，但民间，总在一些莫名的机缘巧合下，官方神统和民间杂神都得到发展——"洪武元年，命中书省下郡县，访求应祀神祇。名山大川、圣帝明王、忠臣烈士，凡有功于国家及惠爱在民者，著于祀典，令有司岁时致祭。二年，又诏天下神祇，常有功德于民，事迹昭著者，虽不致祭，禁人毁撤祠宇。"（《明史·礼志四》卷五十，礼四）官方对神灵的态度直接影响到民间的祭祀活动。虽泥沙俱下，却也活跃繁盛。

此后在众所周知的20世纪反传统的风潮中，尤其是六七十年代的"破四旧"运动，这些祠堂大都没有逃脱毁坏的命运。本镇的聂公祠能幸免保存下来，得益于社会面貌的重新恢复。虽然岭山脚下已不复当年的景况，但毕竟如岩中花树，在艰难地重新吐放一抹鲜绿。

岭山为武功山余脉。武功山横亘在萍乡和吉安（古称庐陵）之间。旧时，山南庐陵称武功山为"泸潇山"，本县明代万历年间有个著名的才子叫刘泸潇，为"江右王门"成员，深受王阳明学术影响，时称"江右四君子"之一；山北的萍乡则叫武功山为"罗霄山"。"泸潇""罗霄"乃方言发音不同而书表各异。传说上古之时有两位道士，一位姓泸（或罗）、一位姓潇（或萧），在此隐居修炼，该山由此得名。这一带历来是佛道兴盛之地。距离此处不远的杨岐山有一广利禅寺（也叫杨岐寺），是一座重要禅宗道场。而武功山的道教，更因三国时葛玄及其后人葛洪在此修行炼丹而为世人所知。南宋名臣文天祥

（吉安状元、官居宰相）曾有一首诗《赠萍乡道士》：

> 道上观行人，半似重相见。
> 古云性相近，性岂不如面。
> 万形本一性，万心方一殊。
> 世固难绝圣，亦恐难绝愚。

这诗应是文天祥辞官归隐富田时所作，他当时官场失意，放浪于山水中，和许多当地的贤达、寺僧道士交往密切。这不无哲理意味但也难为常人所知的诗歌，与他勤王起兵后的壮烈诗篇迥然相异。如果没有后面的《过零丁洋》《南安军》《正气歌》，他是否能够扛起南宋诗歌殿军的大旗，其实是颇有疑问的——自然，这不是本文该探讨的话题。但文氏的诗，是佐证当地道教兴盛的一个注解。至今，岭山上的道观依然香火不断。道士受邀下山来给人做法事，则是当地一个常见的景观。此项仪式也叫"打醮"，旨在求福禳灾。《红楼梦》第二十九回说："一时凤姐儿来了，因说起初一在清虚观打醮的事来，遂约着宝钗、宝玉、黛玉等看戏去。"说的正是这项民间活动，凤姐约大伙儿看的戏是道士戏。本镇流行的道士戏，主要是为死者超度，帮助亡灵渡过地府升入仙界。除了娱神和巫术的神秘之外，更有不少地方俗曲和戏剧，有说有唱有表演，充满着民间对仙界、神界的俚俗想象和解读。

完整的道士戏演出很长。常见的打醮往往择其一二。丧葬的悲伤气氛,被娱神的欢乐所代替,在道士设坛打醮的仪式过程中,人们对亲人亡故的悲痛和对死亡的惊恐得到部分缓解。而懵懂未知的孩子,更是把打醮当作了乡村的节日。除了丧葬以外,求平安、驱瘟疫、祈丰收、除天灾,都在打醮的名目之内。

公社礼堂的后面是片池塘,承包者是本镇一户有势力的人家。兄弟几个分别在本镇政界和商界举足轻重。一个老人,这户人家的家长,意外地死亡了,人们在池塘里捞起了他的尸体。一个小孩造成了这个老人的死——不是直接的,而是意外的、偶然的原因。从法理上来讲,小孩并不负有法律责任。这样的事情并不经常发生。

小孩的父母在本镇是平常的人家,与亡者的实力不在一个量级。这几个如狼似虎的兄弟,提出要小孩为老人"赔命"。这一荒谬的理由自然不可理喻,但是几兄弟以势压人,说是根据某种民间的说法,必须让小孩赔命。小孩的父母完全被这一强词夺理的气焰给击倒了,所幸并未完全丧失理智,自然没有答应。这几个兄弟不是省油的角色,他们习惯了在本镇的说一不二,最后勉强答应让小孩去为老人守灵。守灵最后一夜小孩神秘地失踪了。一个幼稚的生命在直面死神的日日夜夜,是如何度过的,已超出了我们的想象。意外的失踪,更增添了这个故事的神秘性。小孩父母跑遍了本镇旮旯角落,没有寻到孩子的下落。他们的精神到了崩溃的边缘。

兄弟几个请来岭山上的道士设坛打醮。某种程度上,这种仪式不是做给死人看的,而是做给活人看的。道士们下到山来,带来法器,打起彩门，设好天坛，穿戴整齐，口中念念有词，请来各路神仙，来为死者超度。乡亲们不出意外地目睹了一场隆重、豪华的葬礼。

送葬那天，去往火电厂后面坟岗的路上，有两根坚实的水泥电线杆，左右对称地分列着。当棺椁经过时，蹊跷的事情发生了，牢牢扎根在红色丘陵上的电线杆同时砸落下来，将棺椁打开了。人们意外地发现被钉在棺材盖下面的小孩。

仿佛余华小说中的一个故事，现实中的残忍并不逊色于小说家的想象。人们在指责兄弟堪比禽兽的暴行的同时，也将目光投放到那茫茫黑夜——果真有一种神秘的力量存在吗？人们在咋舌的同时，进一步稳固了神灵在他们心目中的位置。

鲁迅说："人往往憎和尚、憎尼姑、憎耶教徒，而不憎道士。懂得此理者，懂得中国大半。"（《而已集·小杂感》）又说："中国根柢全在道教……"（《鲁迅书简·致许寿裳》）中国的寻常百姓，血液里也都羼杂着道家的基因。古人求长生不死之术、辟谷服药炼丹乃至超然出世、欲白日飞升，都在寻求一种极致的逍遥和欢乐，他们肯定这样一个仙界的存在，并矢志不渝地跋涉在通往仙界的路途。长寿的陆游有两句"饮酒以散愁，服药以去病"，可说是概括了古代文人的日常状态。病和愁是俗世生活不可避免的遭遇，唯有成仙方能摆脱此苦。于是养魂摄神之术而出，中国的宗教和百姓寻常日用是联系在一起的，是入世的、世俗的，也是实用主义的。

水泥电线杆击开棺椁并没有使岭山下来的道士的法术受到质疑，相反，人们更愿意相信一种道德和良心的意愿在打醮的仪式里发挥了某种作用，借助道士们的神秘仪式，人们更加深信某种善恶观和报应观的存在。这种教育，比之官方的典籍，更容易获得市场。不对事情做追根究底的逻辑性分析，更愿意将之打发到某种神秘和超验的灵物上去，这是农业社会百姓的一种思维习性。

我又曾经在一个村里，看到一个老艺人同他两个儿子给我们表演"跳觋"。那老者八十多岁了，面目清朗，身材修长，满口白牙，一头银发，很有几分仙风道骨之气。他的两个儿子，一壮一瘦，兴许浸淫世俗太深，看起来与俗人无异，难得看出一份脱俗之气。

跳觋，不同于寻常的跳大神——据说，那是活人和死人沟通的方式，跳觋传为太上老君创立，经西汉茅盈三兄弟（俗称茅山道士）研究形成，由中土汉民带到南方。西方的戏剧，我们可以直接欣赏，而这种古老的仪式则需要借助一种神秘的体验。坦率地说，我听不懂老人的唱词，包括两兄弟配合故事做出的滑稽而难看的舞蹈——懂行的人士告诉我说，他们是在请福建的陈、林、李三奶娘来，又请来莲塘竹篙岭下赖金玉、金祥、金名三师父，共同施展法术。神龛上的纸质画像描绘的正是这几位仙人。

这是一幢寻常百姓的民居，敞亮的厅堂此时被围观的人挤得满当。老人声音嘹亮——跳觋，和山歌有关——他边唱边吹起手中的牛角——上面包着银饰，瘦的儿子不时地焚烧黄纸，他的哥哥头上裹着红布，在一张席子上扭动着肥胖的身子，表演一种男扮女装的舞蹈。老人的太太——一个同样满头银发的矮个老妪，同样的面目清吉，目光矍铄，她站在跳觋的丈夫背后，用一双与年龄不相称的明亮眼睛深深地注视着我们。

香烛在桌案上燃烧着,发出轻微的噼啪声,清淡的青烟在室内萦绕,那张很有些年月的画像上,描金绘彩的人物或坐或行,一些树木、动物、河流、舟船、阁楼,在有限的空间里杂而不乱地分布着。

两个幼孩,手里抓着西瓜,迷惑不解的眼睛久久地注视着眼前的一切。

厅外——是寂静的田野。

时光仿佛凝固了。

从跳觋的徐姓老者家中到旧的公社礼堂,之间的距离不足两百米,而它们之间的时间距离是多少?是二十年,还是两千年?然而,无论是在公社礼堂里对"阶级敌人"鞭打、斗争的狂热,乃至于集体的恐惧性欢乐、一种抽搐的快感,还是在高寒的山上忍受着冰霜雨雪的无情摧折而努力炼丹服药,或者在破陋的道观里深深地弯下腰去,祈求去除瘟疫、灾祸、疾病,人们是否获得过一种真正意义上的欢乐,一种敏感于心、逍遥于物外的欢乐?

录像室

乡村录像室光线暧昧，人群显得杂乱无章，一个个捕获者张开了瞳孔中的网，屏幕上的内容暂时与门口黑板上粉笔写的广告无关。黑板上歪歪扭扭地写着"镭射""卿本佳人""蜜桃成熟时""叶玉卿""李丽珍""五元"等字样。镇上的人们停留在黑板前，嘴上嬉笑着，心里却在盘算，他们的脚步看起来颇费踌躇……录像室屏幕上边播放演唱会，边等待观众陆续进场。老板知道，不一会儿，这里就会满场。录像循环播放，随到随看。

一夜之间，小镇突然出现了两个录像室，并像强有力的磁铁一样，迅速将村民吸附过去。就连中学的老师，也常常偷偷溜出学校，混迹在短褐穿结的乡民之间，故作镇定但依然难掩一丝慌乱地缩着身子，贪婪地将目光盯着蓝光闪烁的屏幕。当叶玉卿开始她一举成名的宽衣解带时，下面的乡民发出了粗重的喘息，吞咽唾沫的响声滚雷一般地蹚过。一般来说，播放三级片属于管制的范畴，常见的片子还是古装、武打和喜剧片。碟片来自盗版。

有一个巨大的拷贝、流通和采购的地下市场，横跨珠江两岸，直到内地。一方面是管理缺位，或者基层文化稽查者与录像室老板沆瀣一气，共同牟利；另一方面是出于竞争的需要，两家录像室，不时靠新搞到的三级片来吸引如同吸毒上瘾的观众。

录像室、台球室，以及随后出现的六合彩，突然地成为小镇的新鲜事物，并有效地占领了乡民的生活空间。难以设想，道士打醮，艺人跳觋，和光怪陆离的录像室、台球场、地下赌博场，在一个偏僻的乡镇并行不悖地存在，是一个怎样荒诞的景观？

对于县城来说，录像室的出现，比乡镇要早十年左右。我记得第一次去看录像，是在 80 年代初（那时电视还没普及），一个邻居因为被知识分子的政策优待，从一个高中毕业后在家务农的农民选拔到城关镇当副镇长。有一天他带上我到镇政府旁边的企业办看录像。

而本镇录像室的出现比那时晚了整整十年，但却是迎来了一个全面开花的好时期。那时，也是香港电影最繁荣的几年，此后便日益走下坡路，直至进入新世纪，随着互联网的兴起，录像室完全从人们的视线中消失了。后来遍地开花的网吧和 90 年代的录像室有些类似。

香港影视的繁荣，带来了内地录像室的遍地开花，盗版碟片的大量涌现，也催生了另一种播放工具——VCD 的出现。电视里一个常见的广告是："燕舞，燕舞，一曲歌来一片情！"但很快这家企业就销声匿迹了。VCD 开始成为本镇青年男女结婚的必备大件之一。

录像，改变了人们对外部世界的认识，甚至改变了他们的世界观。如果对徘徊在录像室外的观众做一番观察，你会得出很多有趣的发现。首先，那些从四书五经、伦理道德影响中走出的乡村老人——当然，他们也经历了"文革"那样一个对旧社会完全批判、抛弃的年代——但传统的惯性力量，没有比现在更迅疾和有力地得到遏止——他们从一开始对录像厅广告不堪入目的文字、图片感到震惊、愤怒，到后来的略感好奇、谨慎待之，以至于最后如偷腥得手的嫖客一般窃喜地出入其间，这种变化是在意想不到中完成的。他们对待男女问题，也不再像过去那样保守，对于年轻人轻浮、随意的婚姻观，开始变得睁一只眼闭一只眼了。他们开始学会顺应这个时代，接受新的事物和观念，在某些人身上，甚至比年轻人更思想解放。

其次，商品和务实的观念，也开始扎根到他们的脑海里。比如，对待年轻人的婚姻，不再仅仅看中对方的人品、父母的口碑，还有彩礼、嫁妆、对方家庭经济状况、负担轻与重等更实际的内容。香港人重物质的观念，通过碟片和电视剧，悄悄地影响和改变了内地山乡百姓的价值观。

中学的丽娟老师是个年轻的女性，出生于一个教师家庭，通过招考进入教师队伍。这个性格温和、谈吐平常的女孩，与另一个乡镇的乡村老师恋爱了。原先他们是在一个学校当老师，两颗年轻、纯情未化的心，很快互相吸引了。发现苗头的丽娟老师的父母，果断地将他们拆开，并通过在县教育局朋友的运作，将丽娟老师调到我们中学来了。

恋爱中的年轻人有着对美好未来的无限憧憬，和对现实的阻挠劈波斩棘的勇气。父母的反对并没有阻挡两位年轻人恋爱的脚步。他们依然频频见面。丽娟老师的男友——刘鹏常常骑车从另外一个乡镇过来见她，并在我们中学留宿。因为来往频繁，我们学校老师都和他很熟了，常在一起打牌，开玩笑。至于刘鹏常在丽娟老师房中过夜，像已经成婚的夫妻那样生活，自然不免成为老师们的一个谈资。其实，在我们学校，恋爱中的男女，这种未婚同居的现象非常普遍。因为居住空间彼此紧紧相连，逼仄而狭小，土墙难以隔音，略有响动，很容易造成隔壁单身汉们的想入非非。

刘鹏常常到我们学校来看丽娟老师，反之亦然。这样的事情自然隐瞒不住悲愤交加的父母——丽娟老师的母亲，多次突然杀到我们中学，两母女如势不两立的敌人般互相辱骂和厮打。丽娟妈妈这时完全不像一个母亲对待女儿，而像是对待丈夫情人的孩子似的，恨得眼睛里冒血，巴掌毫不留情地在曾经百倍疼惜的女儿脸上留下恐怖的红印。

丽娟父母反对这门婚事，理由其实很简单——刘鹏家在乡下，条件差，教师地位和薪水卑微；其本意是想让女儿找到更好的人家，过上更好的生活。这个更好的生活，在老人的观念里，就是工作好，地位高，能比常人有更宽裕的经济条件。"父母良苦用心一片全当作了驴肝肺"（丽娟母亲语）。丽娟直到多年以后，在与父母隔绝往来而爱情已经退潮，生活被俗常琐屑纠缠得一地鸡毛、穷匮困顿时，才明白了父母的良苦用心。而步入暮年已精疲力竭的父母也已与丽娟和解了。感情没有对错，男女之爱、母女之爱很难步调一致、保持协调，冲突不可避免。只是在一个重利轻义的环境下，父母之爱对女儿情爱的僭越和干涉程度要深刻得多。

这样的例子，在我身边，在这个乡镇，屡见不鲜，具有很高的相似度。

一个尊崇仁义道德的乡村，在悄悄地发生着改变。

我们镇隔壁有个乡叫寒山，乡长是个五十来岁的矮瘦男人，有个漂亮的女儿在沿海城市淘金。坦白地说，是在高级酒店从事暗娼业，每年汇回的钞票以几十万元计。作为一乡之长，一项主要的工作，就是抓财税任务的完成，以对上级的目标考核负责。这是一个非常小的乡，不到五千人口，且处于高寒山区，县里要求该乡一年的财税任务只有不到三十万元。但对于这个一年只种植一季水稻，几乎没有工业企业的山乡来说，却是难以完成的任务。向例，任务完不成，乡长要摘帽子。那年年终考核，该乡财税任务未完成。乡长果然被撤职，降级安排了一个虚职岗位。

该乡长，当时说了句几年以后还在全县流传的一句话：

"这破乡真穷，辛苦一年当不得我女儿在广东搞一年！"

笑贫不笑娼，已成为一种具有代表性的认识。比如本镇农民，攀比竞奢之风盛起，办喜事越来越讲究排场和面子，哪怕贷款甚至破产也在所不惜。一个农民活了一辈子，如果没有做一份事业，是很可耻的事情，会在村里抬不起头。所谓"事业"，指的是盖新房子。90年代，在我们乡镇，盖一栋新房，需要花费十万到二十万元不等，靠一年到头在田里刨地是毫无指望的。本镇一栋栋新居之所以拔起，得益于年轻人在外打工挣钱。而部分是女孩子在城市从事皮肉生意所得。这个乡民们是心知肚明的，但不会因此感到羞耻。女孩（或妇女）的父亲们依然可以志得意满地端坐在新房的厅堂里抽烟吃茶喝酒，一副功德圆满的样子。而那些还居住在陈旧破鄙的老房子的邻居，则在干活间歇直起腰来，不时投以羡慕嫉妒的一瞥，或者在经过时谄媚地（其实心里是恨恨的）打声招呼……

"不闻夫博弈者乎"

有一首流行于21世纪初湖南桃源县的打油诗:"相见不问好,开腔问生肖,万户赌财运,日夜思独号,电视及时雨,码报似雪飘,输者顿足息,赢者怨注小,垄亩少人迹,沃野生蒿草,遥望买单处,人如东海潮。"形容乡间万人买码赌六合彩的盛况。本镇20世纪90年代乡民赌博之风,与此盛况不可相比,可见此风气如今在民间愈盛。我已经很多年没有重返当年栖身的南岭镇了,不知买码赌六合彩是否也如野火过坡,遍染该镇各处。但赌博之娱,确是乡民精神生活的重要内容。当时不是有句"十亿人民九亿赌,还有一亿在跳舞"的流行语吗?

打麻将、斗地主之类,由游戏行为变为经济行为,是很容易转换的。赌博,是人的欲望和侥幸心理的最大集散地。赌博的习俗自古有之。孔子就曾说:"不有博弈者乎?为之,犹贤乎已。"意思是闲着没事琢磨琢磨博弈,也比无所事事强。中国人对赌博这项消遣的发扬光大,恐怕在世界上无人能及。在一个文人精英阶层统治的封建时代,我们常见的画面是,文人唱和、曲水流觞,赌的不是钱资,而是智慧和才华,规定的时间、规定的题目作诗吟对不成,则罚酒一杯。其性质依然没有脱胎于一种文人趣味。即便乡野草民甚至官宦骚客,以钱资进行博弈,恐怕也受制于礼教对人的约束,没有今日之盛。

我曾在某研究乡村边缘人群的著作中，看到如此惊心动魄的现实：一种俗称为买码的"地下六合彩"在某县村镇兴起，地下六合彩1∶40的高额奖励，使之有一种"一块钱一担谷（读 guo），百块钱一辆摩（摩托车），千块钱一栋屋（读 wuo），万块钱一世享清福（读 fuo）"的称号。这种高昂利润对村民的诱惑巨大，因而也具有很大的欺骗性，一头扎进的男女老幼，时刻面临倾家荡产的险境。但绝大部分村民相信这是块真实的"馅饼"，认为是国家给了农民一个致富的机会，并谣传国家领导与"香港六合彩公司"签了合同，并让中央电视台《天线宝宝》等节目向村民"透码"。为准确地捕捉特码，村民们买来制作粗糙的所谓"码书"，日夜研读。中央电视台《天线宝宝》《天天饮食》《天气预报》等栏目一度成为村民中收视率最高的节目，村民们坚信这些节目内容会透露本期特码信息。比如某村民认为，《天线宝宝》中演出天线宝宝洗澡，嘴里还念叨"用肥皂洗干净"，在当地俗语中，肥皂一直叫"洋皂"，你就该想到意思要你买"羊"了……

当我的目光回望本镇 90 年代的情景，这一博彩方式尚未出现。村民喜欢玩的还是传统的麻将、扑克、押宝等。但类似的名词却并非闻所未闻。镇文化站——也就是现在录像室内，最吸引村民的录像除了三级片以外，便是赌片了。诸如《胜者为王》《天下无敌》《赌神秘笈》等片子常播不衰，至于周星驰的系列赌片《赌圣》《赌侠》《上海滩赌圣》更是为村民津津乐道，周星驰恐怕也是在乡间知名度最高的港人之一。这些片子时不时会有一些"赌马""六合彩"之类的镜头或信息。

记得学校围墙外面有户人家，常年将自家电线搭在学校电线上使用——这也叫作靠学校吃学校吧，学校领导为此甚为苦恼，数次去交涉未果。强龙难撼地头蛇，恐怕就是这个道理。学校领导与这户人家交恶，彼此见面都沉着脸。但是学校的普通老师们却与这户人家打得火热。原因就是这户人家每天开着两桌麻将，收点赢家的庄钱。前去娱乐的主要是中学的老师。原先用红砖砌起的围墙不知何时挖出一个洞来，方便老师们进出。这户人家的当家人——一个五十多岁的主妇，每天都笑眯眯的，但这笑面的背后还是能让人看出内在的心机。她有时也会站在某位教师的身后观战，在老师打出某张臭牌时，发出惊讶的"啊"声。在那个环境中，她俨然是个皇后似的，有一种母仪天下的优越感。玩牌的老师大部分是年轻人，涉世未深，感情用事、毛躁不沉稳，而这位妇人则像位母亲似的，威严而深沉，让人不敢轻易造肆。虽然没有桃源县农民买码的狂热，但是教师们的赌博，一天下来输赢也相当于半个月的工资，因此很难说仅仅是娱乐而已。

镇派出所的警力不够正常应付全镇的赌民——公开赌博毕竟属于违禁行为，但是他们依然常年神出鬼没，突然出现在赌博现场。因此，一些公开且数额巨大的赌博行为，为警察所缉拿，往往成为人们茶余饭后谈论的话题。隐蔽的内线，以及一年收缴的不菲赌资等，这些信息又增强了故事的渲染力。中学的老师们在赌博的时候，对警察的防范自然是不可少的。因为一名教师，说起来也是个国家干部，却被抓到派出所去，毕竟是有损师德、难为情的事。他们往往将厨房大门——这是进入学校的一个通道，用木闩关得严实。打牌的时候也尽量小声细气，仿佛在干一件秘密的事情。厨房斜坡上二楼有间密室，约四五个平方米，平常堆放一些常年难以用上的废物，没有窗户，墙壁上被曾经放置的煤炭抹得乌黑。这样一个所在，被教师们发现并派上了用场——他们常常夜晚聚集在这个狭小、封闭、被香烟熏得人影憧憧的地方打麻将。无论是上场者还是观战者，都无一例外地聚精会神，神情丝毫未见怠慢。

一个个夜晚，在忙碌的指尖和屏住呼吸的心跳间流逝。常常在上午，你可以看到一个个打着哈欠、头发凌乱、脸色苍白的老师，夹着课本去上课。

赌博如此广泛而持久地占有着他们的业余时间，对他们的精神情趣进行剥夺和限制后，人的可憎的面目便显现出来。他们成为分裂的两个人，在平时是一种麻木的、饥渴的、事不关己的状态，而当谈论赌博进而坐在赌桌前面时，他们完全变成了另外一个人——一个神采奕奕、思维敏捷、笑容满面的人。这不禁让人想起茨威格在小说《一个女人一生中的二十四小时》中描写的一个赌徒，以及那双在牌桌上仿佛如飞鸟展翅般娴熟的手——它时而疯狂、兴奋，时而抖索、沮丧……

在正午的寂静的村子里，人们围坐在桌前，手中的麻将成为人们唯一交流的语言。年轻的后生和壮年者，此时远在城市打工，小孩子在学校的课堂——那些更幼小的孩子手中抓着吃食，在房前屋后被鸡鸭小狗们追赶。而寂静的村子在春节时，会变得异乎寻常地喧闹，然而已经不再是传统年俗吸引着人们的目光，很多人甚至对走亲访友都失去了兴趣，年轻人聚集在公祠、礼堂，或露天的老香樟树下，将一年打工所得押在了赌桌上。春节过完，口袋里的钱资也挥霍干净，他们又回到城里去。村庄复归寂静。

赌博强烈地吸引人们对它的依附，就连一些其他新兴娱乐也成为博弈的工具。台球就是其中之一。大约是90年代初，小镇上开始出现了台球，并成为除麻将、录像之外另一项热门的消遣。人们由起初的纯粹娱乐，很快就无师自通地玩出了各种赌博的花样来。比如，两个人玩，玩单色花色，谁先打完手中的球，谁赢。如果是三个人以上，则抓扑克牌，谁先打完自己抓的对应数字的球，则谁胜出。这样的赌博方式，连一些老人都很快学会。在年轻人外出打工的时日，他们甚至是台球桌上的主力军。本该出现在灯光宜人、安静而整洁的室内，球手穿着马甲、系着领结的高雅的运动，被乡民们改造成一副灰头土脸的入乡随俗的样子——透明塑料或有着红蓝条纹蛇皮袋的雨篷，被几根木棍胡乱地支在露天的场地上，从室内牵出的白炽灯泡像一根丝瓜样地垂挂下来——足以说明营业不分昼夜，一个曾经装敌敌畏的纸箱，里面装着润滑粉，在有着坑洞和胡乱丢弃的烟头的地上，雨坑倒映着旁边杂乱的镜像，台球桌灰迹斑斑，显得不洁而滑腻，经常被砸落出来的母球上密布着磕破的细小的黑点。中学斜坡下面井台旁有家小店，经营日杂货物之余，兼放着一张台球桌。通常收费是五角钱一场球。老师们将赌博的场地由牌桌增加到了井台边的球桌上。老师们的创造力并不比乡民们更出色，他们赌球的花样不出其右。

就是这张台球桌，一度占去我大量的时间——虽然我是为数不多的不爱麻将，远离赌桌的人，但却是桌球这项运动的欣赏者和热爱者，为此废寝忘食地在上面浪费了太多的时间。自然，也玩过这种以现金为博资的竞技。出于对自己技艺的自信，也出于被孤立而急欲融入群体的担忧，我终于未能幸免，成为无数个赌徒中的一位。

那个在乡间中学的井台边，穿着牛仔裤、花衬衣，有着一头卷发、戴着黑框眼镜，手中紧紧地握着一根球杆像握着一支步枪一样的年轻人，就是我。当他审慎地观察着乡镇风起云涌的赌风，开始弥漫到小镇毛细血管的各处，并为此对世风和民风感到杞人忧天式的担忧时，却未能抗拒台球对他的吸引，并进而无法拒绝同事们提出的以钱资博胜负的挑战，成为台球边持久而坚定的"战士"。

镜中锈色

无数个从井台边台球桌上挥霍的夜晚回到房间之后，我就变得异常沮丧和空虚。对于时间的珍惜，这是我从少年时开始培养的习惯。教书以后，一天没有读书写作，我就觉得这天是虚度，对于自己是亏欠、是不可饶恕的。对于打球浪费的时日，我一次次宽慰自己说是为了融入群体，以免人家说我不合群——我一面这样宽慰自己，一面为自己找到如此拙劣的借口感到可耻。我又习惯地坐到了书桌旁，当我拿笔写作诗歌的时候，心里面仿佛在接受神谕一般宁静而满足。写作已成为生活的信念，隔着被一行行诗歌装订的夜晚，我眺望那个沉迷在台球桌边的自己，感到十分荒谬和陌生。

写作不仅安慰着青春，给心灵以满足，还带来现实的声誉——遥远的省城几次邀请我去参加笔会，同时还带来一张张稿费单——虽然不多，但也足以片刻地获得一种虚荣。我习惯每天上午十时左右站在厨房旁边的苦楝树下往山坡下遥望，邮递员老王总是这个时候推着单车上了学校的山坡，每次他总是先把我的邮件——订阅的杂志、收到的期刊、稿费单、依然热潮未退的文学粉丝写来的交友信件——给我，然后再把学校的报刊拿到校长室。老王——我家邻居，一个四十多岁满脸络腮胡须的男人，是个让人愉快的宽厚的人。他并不因为我是个所谓的"诗人"而对我另眼相看，他用一种平常的语气和我寒暄，这正是我喜欢的。他的热情与和善的态度适用于每一个人。这是他难能可贵的地方。

而镇邮电所的那对夫妇则不是那么回事了。这对三十多岁的夫妇俩是邮电所仅有的职工——自然也是够用了，仿佛是从皇帝身边发配到边疆的贬官，我发誓，从来没见过一次他们的笑脸。每次去邮局取稿费，对于我来说，不是一件愉快的事情。那是一栋如同民居一样的红房子，上下两层，一楼办公，二楼居家。一楼营业厅的水泥台子上用一张到顶的铁栅栏隔出内外两个区间，里面的空间仿佛比银行的库房或者重要机关的机要局更加重要，显得神秘而不可侵犯，坐在桌前的夫妇——通常是他们中的一个，另一个在隐蔽不见的地方处理其他的事项，冷若冰霜的表情足以让人心里发颤。那个妇人尤其如此，柳眉倒竖，脸上不仅不笑，而且几乎不说话。假如说话，吐出的字也是短促、生硬而突兀的——不超过三个字，一般是"拿来！""嗯？"（强烈的质疑和反问之意，配以一副睥睨一切的神情）。每次从台面上捡起被她（或他）甩过来的几张纸币时，我仿佛受到极大的羞辱，像是我取得的不是自己合法所得，而是借债、赃款，或是其他不该获取的收入。

这些我都懒得去说，不想在此处浪费我太多笔墨。我想说的是，每次我去邮电所取款，身边总会遇到几个和我有着相同愿望的老人——这些乡村老者，戴着棉帽，围着裙兜，套着袖套，鼻子通红，灰发枯涩，形容悲苦，但是他们手中却握着一张对我来说堪称巨额的汇票，几千甚至上万块，与我手中几十块上百块的稿费单实在不可同日而语。这些取款单上通常是由一个年轻姑娘写下的歪扭甚至稚嫩的字迹——大部分来自广东，也有一些是福建、浙江等地。如此大的款项来自一个初中毕业——甚至初中辍学就远离故乡，身无长技的乡村姑娘，里面总是充满着让人生疑的悬念。

为此，她们在沿海获得了一个称呼——"小姐"。在身体尚感到羞怯且受到压抑的年代，有一个词是让人振聋发聩且使用频率较高的："强奸"。而进入90年代以后，在一个性逐渐开放并且存在购买的状况下，"强奸"这个词的使用率逐步在下降，这个词以及伴随着它的动词属性渐渐淡出了流行语汇和行为本身。而另一些词，如计划生育、性病、艾滋病乃至母乳喂养、减少婴儿死亡率，等等，使用率则呈上升趋势。

在镇政府录像室里播放的香港碟片偶尔暴露的都市"小姐"（妓女）活动场景，引发了人们对这些乡村女孩（其中不乏妇女）在城市生活的想象。她们必定也是涂着红红的唇膏、身上洒着劣质的辛辣的香水，衣着暴露地坐在路边一个个光线暧昧的小店里，有的甚至穿着黑色的裙子，站在南国的街边椰树林下，而酒店、歌厅、舞厅，照例也是她们出没的场所。比起喧闹、繁忙、劳累的流水线上每日十几个小时的工作，和与这辛苦工作的微薄所得，突破道德障碍后，做一名"小姐"，既轻松，收入又高。如果是在自己的家乡，在那个乡镇，这些村姑估计没有人会从事这个行当。而在一个陌生环境，不会给自己此后的生活造成舆论上的被动，促使她们敢于冒风险从事在这个国家依然视为非法的职业。

对于其社会危害性，社会学家和法学家对此有着足够多的论述，不需要我更多赘言。我只想描述这样一支人数可观的"小姐"队伍在90年代之后的兴起，给乡村带来的改变。自然，我只能看到我工作的这个乡镇。当1991年我从师范学校毕业来到这里之初，我以为乡镇依然是个有着满眼的青年男女，其中不乏让人眼前为之一亮的靓丽村姑。但我失望了。来到本镇以后，这种想象中的景象不曾出现过，我的停留在80年代电影银幕上的乡村场景欺骗了我。

在一个缺乏人情之美的乡村——不仅是物质贫乏，更主要是视觉贫乏、精神贫乏，对于一个个年轻的单身的乡村教师来说，通常是难以忍受的。而他要和这个地方耳鬓厮磨，最后臣服于这片天空下的土地，成为它风景中的一部分，要做出多大的改变和牺牲？

对于一个个怀抱梦想来到沿海打工的年轻姑娘来说，何尝不是如此？当她们在他乡不堪忍受艰苦、单调的流水线工作，而欲隐姓埋名开发身体资源获取财富的时候，她们应当也经历过挣扎和抗拒、犹豫和彷徨。她们有的刚步入青春，还未享受青春和爱情芬芳的果实，就要过早地在一张肮脏凌乱、布满病菌的床上凋零和腐烂。难以设想，这样一群女性——每日面对陌生的人打开自己隐秘的私处，接受身体和精神上的双重羞辱，她的内心世界该有多强大、坚固，或者有多麻木和冷漠。只有在最危险的、最黑暗的地带，才能看见最深刻和最复杂的人性。

性开放带来部分案件的减少，但相应地增加了其他的社会风险和治安隐患。与这个职业相伴随的毒品、黑社会等形成了一个凶险的、让人惊惧的灰色地带。对于乡镇本身来说,年轻声音的减少,使乡镇的生气和活力大减,而呈现迟暮的老态和沉闷的氛围。在古典诗词中被人称颂的"罗敷""采桑女""采莲女""浣纱女"消失了,哪怕在革命小说、红色影视和伤痕文学中那齐耳短发、飒爽英姿的苏区女人,头戴金黄草帽、手握镰刀的秀丽青年女性,乃至于在莫言等小说中那样一个富有母性心性的"姐姐",也都从老人们的记忆中和小说影视中撤退了。这一人文景观的消失,是20世纪90年代以来乡村最大的事件!一个古典意义上乡村的瓦解不是土地问题,而是人的问题,是一个传统意义上农民的属性发生变异、难以适用的问题。

谁去调查过那人数庞大的"小姐"队伍洗脚上岸后,是在疾病中或者吸毒中了此残生(在她目睹人性最灰暗的风景后,是否还有健康生活的信念?),或者为避免老无所依随便找到一个男人结婚生子后,她们的下一代将面临一个怎样的家庭背景?

道德在这个时代变得脆薄如纸。我一度还从回乡过年的年轻打工者口中熟悉了一个词"提包"——不是名词,而是动词,意思是抢劫某个事先被知道塞满钞票的皮包,然后隐遁他乡。人们用称羡的、向往的语气描述一个个这样的"提包"事件,以及当事人——在他们眼中,变成了这个时代的"英雄"。这样的故事在年轻人当中极具蛊惑性和煽动力。当然,他们也会提到在某次"提包"事件中,"英雄"失手,被吃了枪子儿。但这依然阻挡不了一颗颗青春懵懂的心蠢蠢欲动。

致富的神话被人鼓吹,中规中矩、忠厚仁义、路不拾遗、义薄云天而视金钱如粪土的美德私下被年轻人视为笑柄。一种弱肉强食、浮躁冒进的风气在乡镇弥漫。相应地，小姐们在故乡的处境得以缓解，她们回乡过年时，已经风尘化和都市化的打扮，难免暴露出她们职业习性的蛛丝马迹，然而让她们吃惊的是，乡村和亲人对她们接纳的尺度大大超出了她们的意料。

狄更斯在《双城记》中说："这是一个最好的时代，也是一个最坏的时代。"对于一个转型社会、变革社会来说，这是一句让人深思的话。

解救妹妹

当我坐在书桌前又一次陷入沉思，我想起自己的一次远行。因为它和我的家庭有关。这是我这几年中仅有的一次跨省远行，为了寻找我的妹妹。

在我们家三个孩子中，妹妹是最可爱，也是最叛逆的一个。她的这种性格决定了她人生的很多选择。甚至在幼时，就能从中看出端倪。我记得她大约三岁的时候，冬天里，姐姐、我和她三人在旧居的厅堂里烤火——说是厅堂，其实不很准确。我们赣西的民居，通常是两进式，或四进式的，正中是厅堂，有的厅堂上有个露天的天窗，下面是蓄水的天井，两边是厢房，厨房是独立的——一般有一个炉灶，用来做饭，还有一个火塘，有一根垂下的炉钩，上面挂着水壶，更上面则悬挂着熏制的腊肉、腊鱼、腊肠之类，火塘前面通常围着烤火的人。但是我家旧居结构却特别，只有前后两间屋子，屋后是个很小的花园和厕所。旧居那一带是旧社会的老街区，门前有被车马和行人踏得光溜的驿道，两边的房子大多是店铺。我记得小时爷爷总是称呼我家旧居为"上街店面"。"大革命"期间，本族有个叫李成荫的，是国民党"靖卫团"的头领，这一带都在他的统领范围。我家前屋，是厅堂和厨房的混合空间，后屋是寝室。那一次，我们坐在炉灶上烤火，灶上正在煮稀饭，妈妈从里屋出来，用汤匙搅拌一下锅里的稀饭，回去纳鞋底去了。我和姐姐睡思昏沉，冷不丁没注意，妹妹就把手伸到锅里去了——她要学妈妈搅拌稀饭，一声惨烈的尖叫划破岑静，一家人又惊又慌，赶忙将妹妹送到医院——至今，妹妹右手还留有疤痕。还一次，我们兄妹三人在火塘边烤火，妹妹好动，她将一支燃烧的茶树枝拿在手中玩，随后又点着了我们背后的柴火堆，干燥的茅草、荆棘、茶树枝燃烧起来，火一下子蹿上了黝黑的木质天花板，并迅速地伸出巨大的火舌吞噬易燃的一切。一场突然而至的火灾惊动了左邻右舍，大家急忙提水来扑火。这带有灼痛感的记忆，伴随着几年以后我家搬到南门，永远地定格在那个腊月里……

妹妹以优秀的成绩初中毕业考上地区卫校。我刚从该市师范毕业回乡，她就跟着来了，前后相差三年。毕业后妹妹供职在我前文述及的寒山乡政府，做计生干部，后又调入县中医院，在一个分院的门诊部。致富的热潮在县里涌动。政府也助推了这股热潮，鼓励机关干部、教师、医生下海经商。妹妹一个同事，是分院的医生，姓陈，女朋友在广东汕尾打工，在政策的感召下，请假追随女朋友的脚步去了。

妹妹的心也不安定。她天性喜欢冒险，不喜欢按部就班的生活。对于一个年轻的女孩子来说，发财自然不是她的首选，她应该谈一场轰轰烈烈的恋爱，享受青春的美妙。但她似乎对那个人人憧憬的广东——那时就是一个发财致富的代名词，有着更美好的憧憬。她联系了陈医生，表示自己不想在一个沉闷的小县城消耗生命，想到城市来见见世面，让陈医生留心一下有没有适合做的事。陈医生说，你还是在家里上班好,不用过来。妹妹再三地表示了出去的愿望。最后,陈医生似乎被感动了,说,你万一想来也行。

妹妹坐上了县里去往汕尾的长途班车——是那种有着肮脏被褥,上下双层的大巴。那时县里除了开往地区、省城的客车,很少有开往其他省里地区的班车,但是却有开往广东任何一个城市的大巴,春运期间,更是一天几班。

这也是妹妹第一次出本地区以外的远门。经过一个晚上和大半个白天以后,她来到了一个陌生的城市,我想她初涉世事的心除了兴奋、憧憬,也还有紧张、慌乱和茫然。广东一些城市的城乡接合部其实依然是混乱和落后的,并不是想象中的高楼林立、秩序井然、富有情调。我想妹妹疲惫不堪地从车上下来时,看到眼前的一切,可能略微有点失望,但还是鼓起勇气走向了接站的陈医生和他女朋友。

随后她被带到一条巷子中的一套民居内。那是一套租来的两室两厅的房子,已经住了十来个人,大家在地上打通铺,吃大锅饭,饭菜是粗劣的,难以下咽。除了陈医生,没有人上来和妹妹搭讪。屋内充溢着一种怪异的气氛。先前据陈医生在电话里说,他在一个叫中寰的医院上班,但这个医院始终没有在妹妹视线中出现。第二天,她被带到一个写字楼,一个八九十平方米的大厅里挤满了人,可能不下一百人,他们的注意力全在主席台一个系着黑领带穿短袖衬衣戴眼镜的年轻人身上。此人在滔滔不绝地灌输一种新型的营销理念——直销。从理论上来说,他的理念似乎无懈可击。一幅致富图景,正在急欲发财的人们的大脑里拉开帷幕。用妹妹的话说,这个人正在给他们

"洗脑"。在富有煽动性的讲演中，不时伴随人们"要致富！"的狂热口号。

毫无疑问，妹妹进了一个传销组织。在当时，传销这个词对于妹妹还很新鲜、陌生。他们虽然用直销这个说法——就像用一块布试图掩盖真相，但疑虑始终像片阴影停留在她脑中。他们之间的结构如下：

1. 陈医生的女友作为上线，发展了几个人员，其中包括陈医生。每人上交了三千块钱取得加入资格，他们同时开始发展下线。

2. 陈医生发展了妹妹。这是他目前为止唯一的业绩。

幸运的是，妹妹没有带现金去，她随身带的卡里面只有一点应急的余额。家人准备在她急需的时候打钱过去。

也许陈医生本身也对这个组织抱有疑虑，同时作为妹妹的同事，他没有做出强人所难的事。因此妹妹算是体验了一次生活，并没有实际的经济损失。

妹妹每天被拉着去"洗脑"。据她说，听了几堂课以后，她有些相信那套理论了。恐怕每个进行洗脑的传销人员，都掌握着一套"魔鬼辞典"，它足以使一个个想发财致富的人进入圈套。妹妹在那里待了一个星期。

一天，《新闻联播》播出国家打击非法传销的报道，使妹妹陡然醒悟。她固然怀着美好的愿望，所幸并未完全失去理智。

汕尾对于我来说也是个陌生的地方。但1996年8月的某一天，我手中握着一张车票，踏上了寻找妹妹的旅程。妹妹，包括陈医生，看到新闻后想离开这个组织,却受到了控制。但妹妹还是利用一个机会在士多店里用电话向家里告诉了情况。父母心急如焚,我一边宽慰他们,一边通过广东的文友求助。

我已经在本镇待了五个年头,长期浸淫于此,使我对这里的感受显得复杂,可以说是爱恨交织。当我坐在一路向南的大巴上,在夜晚闷热难以入眠的车厢内,仿佛看到往事一件件涌上来,它们陪伴我一路南行。

带着解救妹妹的使命,使我对前方的景况怀着深深的忧虑,心中显得焦灼。

在那个满是摩托车和广告牌、木棉树和其他蓬勃的热带植物的小镇,我看到满眼的异乡男女在涌动,在工房、公司、店铺和尘土飞扬的巷道里,在酷热的骄阳下,他们穿着T恤衫、牛仔裤,趿着拖鞋,目光茫然地出没。因为一场变革,他们纷纷从乡村来到了都市,从家乡来到了异地。他们每个人心中都怀揣着一个梦想,色彩缤纷的、绮丽绚烂的梦想。在粤语的天空下,他们逐渐体验到一种黑色的枯涩、一种难言的疼痛、一种隔膜,和一种处处碰壁的焦灼。他们中也有成功者——成为打工者中的优秀代表,拥有了自己的工厂和事业,但更多的是平常的默默无闻的流水线上的工崽,日复一日,收入微薄,并且看不到改进的迹象。

混乱的背景、流动的人际关系、碎片化的个体,使每个人都觉得生活像河流一样,匆匆流逝,而人沉溺其中,丝毫抓不住一些具体的东西。比如爱情、人情、关怀、赞美乃至仇恨。没有深刻的情感在流水一般的生活中留下刻度。久恒的东西因此不存在。如果有，那就只能是难以驱散的焦虑和孤独。

而在这贴着瓷砖、装着铝合金窗的屋子里，在匆匆流逝的人群中，一种叫传销的组织，正控制着越来越多想以最短的时间致富的人。现实生活的财富积累如此之难，因此他们相信，在另外一个可能的形式中，存在着一条可以迅速发财的道路。只是它还没被窥破，没有引到脚下。这种对经济秩序和公共安全构成极大伤害的行为，在此后似乎愈演愈烈，难以控制，并随着时间的脚步一同跨入新世纪，至今没有完全绝迹。

解救妹妹的过程，没有预料中的艰难。也许这种组织刚刚发展起来，虽然对人控制，但还没到无机可乘的地步，又由于当地文友的帮助——他是道上的人，以江湖上的方式，将妹妹，包括陈医生，带出了那个出租房。

见到妹妹那一刻，我们相拥而泣，百感交集。陈医生脸上有不安和愧色的表情。他也是一个被蒙骗者。

但还有成千上万的人被控制在一个个传销组织当中。他们坚强或脆弱的心被瓦解、粉碎，陷入困境。他们或者还在继续相信一个可以通过叠罗汉般的方式迅速致富的神话。他们并不甘心。

下海

中学有个英语老师叫李永华。他的父亲曾经是我的初中美术老师,因为自诩的师生关系——我私下里认为自己有美术天赋,在我的老师当中唯独看重与他的关系。事实上,他不自知。这个美术老师每次来上课,都是夹着一册课本,手中捏着一支完整的白粉笔。每次都是在黑板上用粉笔勾勒一个酒瓶子,或者几个苹果、一把蔬菜什么的,然后匆匆离去。我虽然每次上美术课,都压抑不住心中的激动,心里怦怦跳,仿佛他是专门来为我上这堂课似的,但这么多年过去,我的理智告诉我,他对我一无所知。1989年,我曾经干过一件傻事——那时,我已经在地区师范读书了,暑假里寻到他家,去看他,以示感恩之情。但是敲开门进去,他看到我时一脸茫然,他脸上的表情告诉我他根本不记得我,使我羞愧莫名。我接受真正的美术教育,是在十六岁以后——我才真正地懂得诸如"透视""三色五调""结构""比例",以及开始知道"列宾""米开朗琪罗""古典主义""洛可可风格""巴洛克风格""印象主义"以及"野兽派""立体派",等等。但我私下里还是难忘初中美术老师,他是引领我接近美术最初一步的人。因此,当李永华在我教书的第二年,从另一个乡镇中学调入这里时,我迅速地将他引为"自己人"。

李永华那时大约三十五岁,有一个读小学的儿子和一个性格有些刚直、长相文秀的妻子。他本人可算得上是一个美男子，清秀、白皙，鼻子挺直，眼睛漆黑。然而校方对他的评价，与他的外形不相称。有一个词叫"吊儿郎当"，用在他身上比较合适。他被校领导视为吊儿郎当，又喜欢忤逆出头，处处与校方作对，让校领导尤其贺校长头疼不已。我曾经描写过这样一群青年教师，似乎都难以与校领导合作，成为兢兢业业、刻苦钻研、爱岗敬业的好老师。究其原因，我认为是这些年轻人身上还有一点不切实际的理想主义，他们内心真正的"生活"和"理想"，难以完全融入这个乡村现实。在他们心目中，他们人生实践的舞台，应要高于目前的现实。这种不协调和不一致，导致内心的冲突和对出于稳定需要的校领导的不满。今天看来，这种矛盾，实属正常。今天，我时常看到一些都市白领和知识青年，到偏远山区支教，并获得来自社会上的掌声，对此我持保留意见。那种带有经历性质然后转身离开的生活，并不会从根本上改变个人的处境。这与所谓送文化下乡、送戏下乡无异。然而一个扎根在乡村，看不到改变命运迹象的年轻教师，他心中的想法就完全不一样。那是需要冲突和隐忍，直到熬到中年，完全妥协于现实。在这里并不关涉所谓"伟大"或者"平凡"，价值始终是种客观、中立和内向的东西，并不因为外在的高低贵贱而有本质区别。从我当年教书的乡镇来看，我们县是个中部老区县，算得上山高水远，但是教师资源并没有到明显缺乏的地步。之所以出现需要支教，我认为是优者富余，而贫者匮乏的问题，总量上我们不缺老师。但是教育机制的不合理，导致优势资源过度集中，待遇千差万别，那些在乡村的教师并不安心。

年轻教师们认为自己的生活并不该如此，而熬过中年在学校领导层的教师，则认为你们还不成熟，幼稚和浮躁，你命该如此。李永华正往中年奔，他在青年教师队伍中算是大龄，但不具有领导气质。因为他基本不住校，屁股没坐性。而在青年教师中有号召力的还是周老师和颜老师。李永华喜欢摆弄黑白摄影，他说他有色盲，否则可能接过家传，学习绘画。自幼接受熏陶，使他对美术并不缺乏鉴赏力。得知我是他父亲的学生，又看到我房间张贴的一些素描和速写，他便常到我房间来。印象中，我已不记得他是否有宿舍，因为他的教科书和粉笔盒，常年丢在我房间里——而我基本是个每日住校的人。他的家在县城，每次坐火电厂的大巴或往来乡镇的中巴车来学校上课。除却上课的时间，他基本待在我房里，并且永久地占领着我的床，他总是倒在我床上看我做事、与我聊天。我没有见过他在我房中的第二个姿势——永远是倒在床上，似乎非此他不能说话，或者说他是个睡眠严重不足的人。他的这个姿态表明对现实的抗拒性和排斥性，他并不想站起来与现实握手言欢，而是冷冷地、慵懒地睥睨它，并不介入，更拒绝拥抱。他教的班学生的英语成绩差强人意，虽然他是师范大学英语系的科班出身，比起那些毕业于中专的老师来说，更有知识，但是那些老师的教学成绩远胜于他。对于贺校长来说，接受李永华是被动的、迫不得已的事情，从内心来说他并不欢迎。因为李永华吊儿郎当的名声不仅在本镇，就是在全县教育界也算是有点"名气"的。这也为他赢得了"见多识广"的经历，他被各个乡镇的中学甩来甩去，难以久留，可以说他跑遍了全县各个乡村中学。

学校的罢课事件以及其他一些令校方头疼的事情，大多与他有关。对于他教学之余的生活，我们则一无所知。虽然知道他喜欢摄影，他也常在我房间聊起摄影知识，和他父亲供职县文化馆期间，他少年记忆中，县里那些文艺家的逸闻趣事，但对于他在这方面有什么成果，却是闻所未闻的。他在本县摄影界恐怕也是没有建树的吧。这符合他的性格，因为他做事不扎实、不深入，虽然他天资聪颖，甚至有些刁钻，但成功似乎与他无关。

他也是学校第一个停薪留职南下广东的人。暑假过后，教师们陆续返回学校。唯独不见李永华，大家不免窃窃私语，以为他又被甩到哪个乡村中学去了——他就像一个烫手的山芋似的，没人敢接。但事实上他先于一步向学校打了停薪留职报告。以他一贯不被校领导待见的经历，这次贺校长极其痛快地签字同意了，甚至罕见地与他拉起家常，勉励他在南方好好干，发了财不要忘了这山沟沟里的穷弟兄。究其原因，这是一个双赢的举动：李永华既体面地离开学校（避免被甩出的尴尬），学校又甩了包袱、做了人情。学校利用他名下拨款请了一名高中毕业的女孩代课，相当部分的盈余则入了学校的小金库。

李永华突然离开，本应使我如释重负，毕竟每天无所事事地陪他聊天，不符合我的本意。但不知为什么，我却有点不适应，觉得有一丝空落和期待。也许我的心也被李永华的停职而带离出了这片山冈。

某一天，接到一封李永华的来信。这是我见过的来信中最特别的一封——换在今天，自然是无足称奇。信封上的收件地址和姓名都是打印的，没有留下回信地址。内文也是两张 A4 纸打印。我见惯了手写信件，打印机在我们中学还没出现过，就是在我们县里，那时也是极其罕见的——迟至90年代末，一些女孩子在电脑学校学习打字，竟然能够成为谋生的一项技能。我们学校当时使用的印刷工具，是在钢板上用蜡纸刻写、滚筒油印。就连报纸杂志似乎还没使用激光照排技术。我将李永华这封信在青年教师们中间传看，引起惊叹和轰动，这封仿佛承载着"南方梦"的信札，带着激光打印的三号宋体字飞到我们眼前——貌似写给我个人，其实从内容和叙述方式来看，是写给大家的，是在向大家宣告一个华丽转身的李永华，一个即将王者归来的李永华，在岭山以南的遥远的海滨城市向我们幽默一笑和招手致意。

李永华在信中描写了那个繁华的、充满机遇的大都市，说需要的就是我这样的人才，在那边大有我的用武之地，而不应该在这个无人知晓的山区埋没。他甚至说，他可以分分钟为我介绍合适的岗位，为中学的同事们介绍合适的岗位。

为了给李永华回信，也为了向他表露自己愿意追随他的脚步南下"淘金"的意愿，我在城北找到李永华家，见到他的妻子——她曾经来过我们学校一次，不记得是为什么原因。李永华的妻子相当古怪且生硬地接待了我，她似乎积蓄着一肚子的怒气，这怒气是为丈夫的离去，还是对自己生活的不满，都不得而知。出乎我意料的是，她说你不要听信他吹牛，他在哪个公司或者机构，我也不清楚。这大大出乎我的意料，但似乎又合情合理。李永华给我的来信只是给自己吹起一个光鲜、巨大的肥皂泡，以获得大家的瞩目和掌声——他相信自己已看到了这样的效果,至于对回信,他并无期待,否则就不会在寄信地址栏那里留下空白。

李永华的一封来信给中学的老师带来短暂的欣喜和不适,仿佛一面雪亮的镜子,照见我们贫寒、粗鄙、愚蠢的生活。李永华是我们中学第一个吃螃蟹的人,至于他成功与否,可另当别论。他打开了一扇门,门外:温暖、湿润的潮汐自南方而来,涌动不已,让人跃跃欲试。自我离开中学之前,有十来名教师先后停薪留职去了广东,除少数回来以外,大部分扎根彼岸,没有回来。他们从事的职业涉及教育、贸易、金融、企业、广告……据说最富有的资产达到了数千万,而在一个个公司之间漂移不定、无所作为的也有。他们有的把妻儿留在老家,有的全部接过去了,成为没有落户籍的移民。至于心中是否为此感到欣慰,则无从想象了。

附:南岭中学1992—1996年停职下海的教师名单:

李永华,男,60年代初出生,英语教师,下落不详;
贺爱民,男,70年代初出生,语文教师,从事教育;
郭春华,男,70年代初出生,语文教师,先后从事教育、企业;
贺红霞,女,70年代初出生,数学教师,从事企业;
黄小名,男,70年代初出生,语文教师,先后在南海、温州从事企业,后返回;

严新建，男，70年代初出生，数学教师，从事教育；
贺义平，男，60年代中出生，体育教师，从事贸易；
郭　峰，男，60年代末出生，英语老师，从事金融；
颜清华，男，60年代中出生，数学老师，从事企业，后返回；
罗益清，男，60年代初出生，语文老师，从事贸易、金融；资产不菲；

……………

离开中学

1996年是个特殊的年份。首先是，贺校长（此前他已调到邻乡荷塘南村中学做校长）意外地突然因病亡故了。这消息足以让我们震惊。我初听到这个消息时，心里很有些难过。他的英年早逝使他的优点放大在我们眼前——他是个善良和胆小的人，耐烦，吃得苦。他没有那种明显趋炎附势的恶习，对于上级是诚惶诚恐，唯恐有所怠慢，但这份恭谦是他做人的本分，与谄媚无关。对于普通教师的诉求，他也会耐心听取，虽然很少做出满意的答复。他非常在意他这个位置，目光缺少远见，看人缺乏一种锐利的判断。因此也得罪不少有才华而年轻的教师。他很难说在学校建立起了威望，这与他的前任相反。我是和贺校长同一年来到南岭中学的，他和他的前任对调（此君从南岭调到南村，贺校长从南村调入南岭），这次贺校长重返南村中学，却病故在这个岗位上。

我初到中学时，经常听到一些教师念及前任校长，语气中充满敬意和留恋。自始至终我没有见过这个据说个子高大、壮实、有着络腮胡须的人。相反，贺校长个子矮小、长相女气，性格也柔弱，缺少智慧但人很老实，他的妻子似乎没有多少文化，在学校厨房做些事情，他们有一个读小学的儿子。

据说，我们中学斜坡下面的水井水质不好，含矿物质较高，容易得结石。中学就有好几位老师因为结石而住院治疗，贺校长就是其中一位。我们中学的前身是片坟岗，至今尚有几处无人动迁的坟冢，而坟冢又最善于藏蛇，经常有蛇在校园出现，甚至夜晚爬上学生宿舍的床头，引起一片慌乱。学生是住校制，有女生晚自习回到宿舍，在包包里发现蜷缩的乌蛇，吓得惊叫失声。男生则闻讯喜滋滋地跑到女生宿舍来看稀奇，展示他们旺盛的荷尔蒙——用木棍挑起蛇扔到走廊，群力击之。柳宗元有篇《捕蛇者说》收在课文，学生对此并不陌生。蒋氏几代人宁愿冒死捕蛇而不愿更换差事恢复赋税，是说明"苛政猛于虎"的道理。有一位捕蛇人，不是出于对赋税的恐惧，而是一种职业的习性，经常出现在我们学校，翻开坟茔阴湿的断砖，往往有收获。他捉到蛇丢到携带的蛇皮袋里系紧，就悄无声息地离去。据说，捕蛇人随身带一种蛇药，可以应急解毒。此人是方圆数里最神秘的人之一。之所以述及这些，是想说明，一口处在坟岗之下的水井，其水质很难说是干净的。贺校长患胆结石住院期间，我们几个年轻教师还到医院去看过。他脸色常年蜡黄，也许在多年前就埋下后来致命的病根。

其次是，那年年底我也离开了中学。暑假期间，贺校长突然来到我家，通知我参加县教育局的招考。这件事，足以说明贺校长是个热心和爱才的人——事实上暑假过后，他就调到南村中学了。贺校长来到我家，让我感到吃惊。他用一贯的风风火火的口气说，他得到上面的通知，要我去参加县教育局的招考——在全县教师队伍中公开遴选一名文书。至今我对他所指的上级，仍然感到迷惑，是谁，出于怎样的意图让他去通知我考试呢？对于这次考试，我毫无准备，最后落榜似乎也是情理之中。

这次考试，全县有几百名教师参与了竞争。我们中学的黄小名、贺春华老师也都加入了角逐。对于一名乡村教师来说，这自然是改变命运的一个好机会。虽然一个教育局的小小文书，根本算不了什么。坦率地说，我那时对公文写作所具备的常识非常欠缺，就连一些教育的基本知识也并不了解。比如，有道填空题"两基"，我根本闻所未闻，或者说从来没有在意过。虽然我仍然以进入前十名的成绩得到教育局局长面试的机会。教育局局长，后来我们熟识了——我仍然记得被他叫到办公室时的紧张，感到自己完全被一种外在的力量给控制着，双手出汗，喉咙发紧。局长是个秃顶微胖、五十岁上下的人，他第一句话是，你能背多少唐诗——现在想来，也能舞文弄墨的他大约是熟背唐诗三百首的。我老实地说，背得不多——这个答案恐怕无法使他满意。我知道，我虽然忝列面试者之中，但这个机会肯定不属于我。我看过笔试公示成绩，黄小名排第一，我仅列第七名。

小名不出意料地公选入教育局了。那个经常在炭火边和我谈诗，晚上分别在房间写作美文的朋友，他的离开比之李永华，更让我怀念。那时，我们非常关注各自的写作，关系紧密，如同古人说的，经常"如切如磋，如琢如磨"。我们是典型的文友和知己。

但年底，我却更意外地获得一个机会——写作改变了我的境遇，我的作品被推荐到县委办主任手中，并为他所器重。我出人意料地从一名乡村教师变成了一个机关工作人员——我开始担任县某领导秘书。我用了很短的时间，熟悉了公文写作，并担任县委主要领导的讲话撰稿。这一切来得如此之快，让我自己也很惊讶。在乡村中学，我待了近六年时间，在这期间，写作支撑了我全部的生活，我不认为自己是个优秀的教师，但是对写作却投入了自己全部的热情和信念。我喜爱的是写作本身，从来没想过通过写作去获得命运的改变——至今我仍然确信，如果不是被人推荐，仅因写作并不足以让我调离这所乡村中学——而我自己对于这个建在山坡上的中学，也不觉得难以适应，如果可能，我倒愿意一辈子在此待下去。

来到县机关，改变了我的生活，使我曾经潜心静气扎根的中学，变得遥远和陌生。但这种程序化和严谨的机关生活，也摧毁了我的情趣——我仍然觉得自己并不适合从政，天性中是个散漫的小知识分子、一个美的囚徒和一个无可救药的艺术爱好者。在县委几年，我的写作遭遇瓶颈和失语，变得难以为继。我的思维被八股文所左右，我的生活，如果说以前是处在自然的环抱中，仍然不失一种"陶然忘机"的生趣，现在则处在同僚和规则的尘网中难以自拔。不能不说，这种生活，对写作伤害很大。

进入县机关的，还有在学校富有号召力的周老师。他们家是大族，在地方权力结构中盘根错节，人脉深厚。周老师本身也很优秀，尤其在管理和领导力上，在中学的青年教师中非常突出，大家基本以他马首是瞻。他是那几年间中学有影响的"事件"的策划者和指挥者。周老师在县政府办当秘书，此后仕途也一直顺风顺水，不断升迁。

还有一个叫周德清的老师,这一年也离开了中学。关于这位老师,我不得不多说两句。他平素不太与人来往。他家离中学不远,在火电厂旁边一座临街房子。说他性格有些清高,似乎不算离谱;三十多岁了,一直与世无争,也不见他加入恋爱的队伍。是仅有的既不靠近校委会(领导层),也不与"青委会"(青年教师群体)走得很近的人。当年,我们中学空降了几位年轻的小学女教师,曾引起中学的男教师们怎样的骚动,他们中大多是光棍,急不可耐地向女孩们发起了猛烈的攻势。而周老师则像是清心寡欲的寺僧,或隐者,冷眼旁观,坐怀不乱。可以说,他是个毫无故事的人。然而春节前,他家来了一个女裁缝,年纪大约有三十岁,在他家做过年的新裳。女裁缝来自另外一个乡镇,既无出众姿色,也乏不凡气质,可说是普普通通、平平凡凡,但却出人意料地被周德清看上了,两人很快就结婚了。结婚不久,他就考上某高校研究生并进而读博士,成为一位年轻有为的学者。

不断有人从中学离开,他们去向各异,命运迥然。但总的来说,离开的大部分是有所专长和抱负的。他们当中,从政、从商和做学问的大概各占三分之一。虽然不断有人离开,但又有新的老师陆续添加进来,因而总量上保持不变。变化的是,在1990年代初,学校那种纯朴、稳定的情趣,一种乡村生活的诗意和小浪漫,逐渐瓦解和流散了;那种趋于一致的兴趣爱好变得四分五裂,原先教师队伍中形成的较浓的文艺氛围也被追逐金钱的急迫感和焦虑感所代替;一种漫不经心和随遇而安的生活,被严重自我嘲弄和轻视并明目张胆地钻营利益的风气所扭曲。一个手中握着透光的底牌极具现实的人，一巴掌将一个尚遮遮掩掩、不知何处的白日梦者打翻在地。

有一年，我在南昌遇到黄小名，他刚刚参加完中央电视台《唱响中国》颁奖晚会回来。他创作的《那一片红》荣获优秀歌曲奖。这在我们小县城是极具轰动的事情，就是在省里，也是很上得了台面的，省文艺界的领导乃至分管文艺的省领导亲自接见了他。我和小名，是仅有的离开南岭中学还紧密联系的人，这可能跟我们一直坚持写作有关。时间这匆忙的魔术手早已将今日的中国改造成一个既活力四射又压力重重的国度。曾经供职的南岭中学，我自离开后就没有重返过，倒是会经常自省城回乡时经过南岭镇——这是一条目前的必经之路。因而也年复一年看到她的改变，这些改变虽然缓慢，但当你回忆初次来到这里的情形，你还是会觉得很惊心。一种陌生和粗粝的风景自窗外扑面而来，让你无所适从。照例，我能够通过车窗看到东边红色山冈上的中学，依然有一面略显旧色的红旗在蓝天下摇曳，几栋新旧不一的建筑混搭在山冈上，板栗树林和苦楝树还在，针刺的果实和黄色的苦楝果是松鼠的美味，也隐喻着一段尖锐、苦涩的记忆。

当年一起教书的老师，不知还有几个留在那里。我突然想起一个姓樊的老师，曾经做过副校长的，是个鳏夫，有一个孙子辈年龄的独子，名叫"天赐"。樊老师在我工作不到两年就退休了，是个喜欢开玩笑和被开玩笑的人。他一辈子经历过几个女人，他经常与我们分享这段粉色的记忆，然而我总能从他的玩笑中听出他内在的苦涩——他大约是用一种轻松的、调笑的语气表达对她们的怀念。还有一位校领导，有个长得像日本动画片里一休的儿子，尚在幼稚阶段，经常被老师们用来调笑，问他爸爸妈妈晚上在被窝里干什么，这个有着大头大眼的小孩便用手做出那个大家意会的动作来——每当这个手势出来的时候，周围便响起爆炸般的开心的笑。这里面不能不说有一种残忍，但似乎又无伤大雅。恰如这平淡、无聊的岁月，这沉闷和时间冗长的乡村，一个个小细节如同大树上吹落的叶子，悄无声息，无惊无奇。

我那时辅导过一个不爱学习的男孩画画，后来他考上了美院，又留在美院任教。每年过年他都会电话问候，或者到我家里拜年——虽然我2000年来到省城工作，但每年过年都会还乡和父母团聚。眼见着这个小孩渐渐长成大人，脸上生出粉刺、长出胡须，甚至最近一两次看到头顶中央竟然出现白发——这个发现，尤其让我惊讶。每次他来，都难免让我暂时性地陷入对曾经工作的乡镇的回忆。这种感觉和鲁迅先生回忆鲁镇不同，那是他对旧世界的不满，和哀其不幸怒其不争的愤慨，当然也有小温馨和友情（但很快就用一个年老的麻木的形象来对回忆中伶俐、调皮的形象进行否定）。我记忆中的南岭镇，倒是装着不少温暖的画面，和自以为长久不变的人情和风土。

如果说，岁月是一支平淡的乐曲的话，其中一定也有几节尖锐的小号刺破苍穹的高音，正如一天的光线，从混沌的黑色中突然亮起的刺目的黎明。

第三章

补遗

官厅

在我十六岁以前，世界是个封闭的环。这个世界可触可感，是个方圆千余平方米的空间——如果具体为错落在曲折小巷中七八栋房子则更为形象。每天睁开眼看到的，都是熟悉的东西——晨曦、鸟鸣、板栗树、邻居，和各种（其实不外乎几种）场景。我们一天中最兴奋的时刻，就是等待夜晚降临，左邻右舍手里拿着凳子聚集一堂，在一栋老屋的厅堂看电视剧。

看电视节目，作为一种新生事物，在我们生活中构成了饱满的、如此重要的消遣，甚至那些延续了千年的游戏、传统仪式、节庆，都变得黯然失色。大家——包括其中年龄最大的老头老太太，都表情严肃、一动不动地专注于面前一台十四英寸不时闪烁雪花或荡起涟漪的黑白屏幕，每个人的坐姿都一模一样，连平时活泼好动的稚童，都雕像般静默在黑暗中，只有明亮的眼眸闪现出几许新奇的、不解的光芒。

几分钟以前，正强奶奶手里抱着小板凳，小脚蹒跚就像一只旱鸭子摇摇摆摆地赶去老屋占位置的形象，回想起来都令人发笑。

我坐在黑暗里，像其他人一样，盯着前面的电视机。心里却想着这众人之中的一个缺席者——父亲，他是官厅仅有的在异地上班的人。我经常写到父亲，以致后来每次下笔，都认为不会再写。但对于这位从小疏于沟通的亲人，随着年岁增长，每次在写作中将他进行回忆，似乎都多了些不同的理解。

老屋居住着三户人家，媛娇婶一家常住于此，我们家和崽曼婶一家是外来户，暂租此地——几年以后，我们分别在离这里几步远的祖宅地上新盖了房子。按照费孝通先生差序格局的理论，这片街坊中，我们三户构成了类似亲缘者关系，感情上最亲密，其余数户次之。

我家与媛娇婶家此前并不相识，为何能在很短的时间里缔结成这种宗族般的亲密关系，我至今不能理解。我家原先住在上街，在我七八岁时，母亲将那仅有的两间（带一个后院）房子卖掉了，选择在这里过渡——那是出于一种什么样的心理，一直未曾探寻。崽曼婶家晚一两年才搬来——他们也住在上街，租人家房子住（她公公婆婆则拥有县城临街的店面）。她的儿子泉生，与我同年，包括正强——我们仨开始建立一种发小关系。

媛娇婶，包括其他邻里，愉快并毫无隔阂地接纳了我们。回想起来，这种人际关系，是我经历中仅有的。闭上眼，方圆千余平方米空间的每一个角落、每一个细节、每一个邻里街坊的音容笑貌，都历历在目。

这栋老宅，是媛娇婶家与另外一户人家共有——她家住在旁边一栋建于20世纪80年代的红砖房子里。这栋清水砖老宅，年代至少可以上溯到民国以前。我们这个宗族里的长老，是媛娇婶的公公，一个相貌堂堂的老人——高大，儒雅，谈吐不凡。邻里之间有纠纷总是他出面调停。他的威信建立在他的道德感和公正基础之上。但他还不算这里最老的老人。他母亲——姓徐，是开国少将徐国贤的亲姊，常年坐在光线幽暗的室内，微胖，性格和蔼，皮肤白皙，脸上见不到老年斑，青绿色血管历历可见。毫不避讳地说，我是周围孩子中最受她喜欢的，至于为何，则并不清楚。

后来看过一部电视剧《四世同堂》，我惊讶地发现，他们家正是如此——老人除了她长老般的儿子外，常年住在这里的是一对孙子（媛娇婶是长孙媳妇，次孙尚未婚娶），另有一对孙女分别出嫁在离这里数百米和数千米之外的村落——每年春耕时节，她们都会返回娘家。这里的习俗，打禾莳田，不仅出嫁的女儿回来帮忙，左邻右舍也会一起上阵助力。反过来，其他家农忙亦是如此。更进一步，如果哪家有红白喜事，邻居们都会不请自到，悉数前来帮忙，连角色都极为熟稔。主持者当仁不让是媛娇婶的公公。

媛娇婶有一儿两女，男孩叫剑剑，女孩分别叫芳芳、琴琴。剑剑刚蹒跚学步时，有一天老人没看住，一头栽到厨房水缸里夭折了。这是我们街坊最沉痛的事件。它在每个人心里都落下阴影，更直接改变了媛娇婶、毛崽叔性情。此后，丧子的阴霾一直笼罩在他们心头，挥之不去。

让我暂时忘记这不快的经历。我整体的印象中，媛娇婶一家是喜乐、和谐的，每个人都让人亲近和尊重。如果非要找出瑕疵来——那就是长老的爱人，一位表情总是严肃、眉头紧蹙、面相身材瘦削（与她婆婆相反）的老太太，对我们这些孩子似乎挑剔多于包容。媛娇婶性格直爽，快言快语。有一次，年三十下午我沐浴后穿上新衣，她竟当着众人的面夸奖我"帅"——这份褒奖，极大地满足了一个孩子的虚荣心，并将之视为一种正向的心理暗示。毫无疑问，我已成为芳芳、琴琴事实上的兄长。以前，我一直认为我的童年是孤独和患有社交恐惧症的，对此，我要修正这份矫情和文过饰非。毛崽叔作为同辈人中最爱读书的人，招干到镇政府上班去了。这个我童年见过的最聪明的人，他的人生得失都与他过分聪明有关。他喜爱阅读的习惯直接影响了我，让我意识到阅读是使人变得风趣、谈吐不凡的重要原因（回想起来，他读的只是些武侠和言情小说）。有一次他神秘地对我说，晚上带我去看样新东西。他没有带自己的孩子，而是独自带上我（也许觉得她们尚未懂事，不宜接触）——在镇政府会议室第一次看了录像片，成龙主演的《醉拳》。

长老对我的影响似乎只在一些重要关节上。他的三言两语，往往让我突然开窍和醒悟。

我在媛娇婶家待的时间，比在自己家里时间长。放学回来第一件事，便是走到他们家去，与几个孩子抱抱亲亲，坐在客厅里听大人闲话。那时，还没装上自来水。媛娇婶家厨房后院是片菜地，有一个铸铁的压水井，我们家生活用水，都来自这里。压水井在过去农村非常普遍。我后来常去正强家（这个同龄人比我吃苦能干）——他一边奋力压柄取水，一边与我说笑。每天放学回来，他要将一片足有七八分地的菜园子给浇透。为了给蔬菜补充养分，还要按合适比例在水中加入尿液。因此，每家屋角或柴火房都备有一个尿桶。

这个大队——我们还习惯这么称呼，是一个著名的蔬菜种植基

往昔书

地。除了种植少量水稻，各家都将时间交付给种菜、卖菜这样辛劳的工作上。长势良好的蔬菜，是官厅给外人的显著印象。

媛娇婶家是周围几户人家中最干净、温馨和充满书香气息的。无疑也是最受尊重之家。我依然能记起她家客厅陈设：靠窗的位置是一张书桌（玻璃板下面压着许多黑白照片，有合影也有肖像），旁边是一张床铺（住房还是紧张），书桌另一头有个书橱，里面摆放着一台双卡录音机，几排磁带书本一样整整齐齐——朱明瑛、张蔷、朱晓琳、李玲玉、李燕华、范琳琳、毛阿敏、凤飞飞、成方圆、杭天琪、程琳、郑绪岚、苏红、翁安芳……我第一次认识她们，是从这台双卡录音机开始。书橱下面是台蝴蝶牌缝纫机。客厅中间是两张竹躺椅，长老和他太太通常会躺在那里，手里摇着蒲扇，或你一言我一语，或长时间静默。墙上贴着电影画报——《许茂和他的女儿们》《野火春风斗古城》《谭嗣同》《赤橙黄绿青蓝紫》《泉水叮咚》。这是一个相对富裕的农民之家的摆设。我们家则不同，完全看不到这些。一则我们是临时的过渡租户，二则我们家的主人，父亲，常年在异地上班（即便在家，我也不认为他有这样相对"高雅"的爱好）。以客厅为中心，东边两间房，一间是过去的灶屋（已废弃不用，沦为过道），一间是长老和太太的卧室。从客厅、厨房以及往西延伸出去的是两间车厢式红砖房——其一是毛毛叔和媛娇婶的卧室，另外一间是徐老太太的寝室。

这个封闭空间内的人际关系虽亲密，但并不尽然是和谐，也有抵牾、撕裂和痛楚。比如崽曼婶与丈夫毛毛叔，三天两头便有一次激烈争吵（一直持续到崽曼婶突发心肌梗死去世），每次争吵，最受苦的是家里的锅碗瓢盆——因主人的暴怒而在空中飞来飞去，起初泉生和弟弟丁丁泪水涟涟，颇让人同情——后来连他们都安之若素，任由大人吵架，他们充耳不闻地玩着游戏。我家租住的房子，夫妇两人（是近亲）都在粮食系统上班，是这街坊中仅有的全家吃商品粮的人家，生有两个女儿，大女儿是个哑女，却有着冰雪聪明的脑袋，妹妹性格安静得几乎让人感觉不到存在。她们视我也如亲哥一般。突然地，她们的父亲有一次出门后就再也没有回来，这成为大家心目中至今未解的谜。媛娇婶家的美满遭遇不测，我前面说及的男孩剑剑的意外夭折，造成了全家的撕裂，长老夫妇、媛娇婶和毛崽叔都是受伤害者。悔恨和罪恶感像巨石压在长老胸口，此前他从不上麻将桌，仿佛仁义礼智的楷模，忽然地放任自己也成为麻将桌上的常客——而将数次对毛毛叔不要过度玩牌打麻将的说教，抛诸脑后。媛娇婶与毛崽叔的抵牾日深，以至于后来俩人关系急转直下。我们家，比如母亲，则一直未能处理好与爷爷的关系，童年的阴影也像一张蛛网，覆在心中，让人挣扎、抑郁。

　　毛崽叔的弟弟显平尚未婚配，目前在县国营照相馆做学徒。是个英俊、对武术有偏好的年轻人，曾在我面前表演单手劈砖。有一天，我看到他在大街上用自行车载着一个烫着波浪卷、极时髦的美女。这个幸福的人，正处在恋爱中。但他后来的妻子却是另外一个经人介绍的长相端正的女性。

　　我去往正强家的次数越来越多了——我上了初中，已经摆脱了一群小丫头的"兄长"角色，我的兴趣在于与同龄男孩交流阅读连环画、少儿杂志的心得，以及对灵异世界、气功、武术的看法上。正强有个同学阿胜，母亲是县中图书馆管理员，他经常带书出来，与我们分享——我的文学种子，也许从那时开始播下。我甚至经常在正强家留宿——从傍晚陪他在压水井旁劳动开始，到晚上两人在一块旧门板上练习打乒乓球，到深夜共读——我的母亲，似乎在我的生活中隐身了。值得一说的是，姐姐、母亲也分别同正强姐姐、母亲建立了牢不可破的友谊——我未曾留意的她们培育友情的细节，但与我们相比并不相差分毫。

与我家以及与我个人感情次之的另外几户，可书者其实也不少。几个孩子牛铁、海兵、大弟，这些童年的玩伴，以及他们的家长给我的印记——在"官厅"这个封闭的环里，依然栩栩如生。我之所以不厌其烦地叙述，并在记忆里捕捞这过往的形象，是想说明，今天，这一切，已被解构。包括这样一种宗族关系早已松动，其中好几户人家已经搬出官厅，在别处新盖了类似别墅的新房。过去的老宅、老人早已不复存在，包括我们这七八户人家缔结的美好关系也已被拆解。我童年的玩伴们早已走向了四面八方。

摩丝头

到现在我都不知道他的真实姓名。大家都叫他"摩丝头"。我们县城的女人几乎都认识他。20世纪80年代末90年代初,他的服装店生意在县城是数一数二的。紧挨着这家店的,还是一家家服装店。女人们买衣服都喜欢往这条街上去,久而久之,便成了服装一条街。他的店铺看起来,与别的店也没有什么不同:玻璃门、金属把手、卷闸门,挂在灯光昏暗的室内墙上的衣服——它们,露出嘲弄般的表情,散发着来自异地新鲜的气息,挤挤挨挨,像一个个木偶紧贴墙壁,随时会走下来似的。卖衣服的店主,都有一种慵懒的气质、黯淡无光的眼神,唯有理发师可以与之媲美。我们县城最早的理发室是国营的,开在新华书店隔壁,泉生的舅舅——一个瘦弱得像猴子样的人,就是理发室职工。多年以后,看电影《西西里的美丽传说》,男孩被父亲拉去理发室剪头发,我惊异地发现,20世纪40年代的意大利西西里岛理发室情景,与我家乡20世纪80年代的理发室,几乎一模一样。国营理发室倒了以后,浙江温州的师傅来了,他们带来了新的手艺、新的发型,县城年轻女性热衷于在温州理发店停留。温州师傅成了改革开放以后,我们县城最早的个体理发行当的师祖。一直持续到80年代末,他们才在县城消失。"摩丝头"的发型应出自最后一批温州理发师之手。唯一不同的是,他的头发每天都像是喷了半瓶摩丝，比《上海滩》里的许文强有过之而无不及。油黑的头发像一面弧形的光可鉴人的黑色镜面，使嗡嗡的苍蝇无法在上面落脚。时日既久，人们只叫他"摩丝头"。他也完全笑纳这个称呼。

表面上看，他的服装店毫不起眼。但他最懂得女人的心理：爱美、喜新厌旧，永远是她们不变的真理。他不仅掌握着女人的心理，也掌握着独一无二的进货渠道，服装款式总与外面最流行的保持一致。因而他的衣服是抢手货。我们家的经济状况，在县城属于窘迫的，姐姐与同龄的女孩相比，也更单纯和质朴——她初中毕业，便未再读书，而是早早地进入社会打零工，肩负起一份经济责任。即便像姐姐这样不追赶时髦的女孩——那是被经济状况抑制的结果，与她的天性并非一致，买衣服也总是以"摩丝头"为首选。作为不称职的鉴赏者，我总是被姐姐带上，为她提供意见。在官厅，与姐姐同龄甚至包括几位年龄稍长的少妇，她们交流时，嘴里总是少不了"摩丝头"这个话题。

"摩丝头最近进了一批新货。"

"你这件衣服好看，是摩丝头那家的吧？"

"摩丝头的店这两天关了呢。"

"摩丝头……""摩丝头……"

…………

有一天，我翻开相册，看到照片上少年圆嘟嘟的脸，仿佛女性刘海遮挡的额头，以及蹩脚、难看的服装，简直为那时的自己羞愧，以致缺乏示人的勇气——我太太看到这些照片，发出难以抑制的暴雨般的笑声。我同时难以相信，照片上那个满脸稚气的少年，身上穿的衣服来自"摩丝头"的店铺：那个不起眼但被全城女人惦记的空间，那张被全城女性乞求的傲娇的脸（苍白、宽阔、布满暗红色刺疣），五颜六色的衣服像潮水，在那个原本寂静的空间里涌动，像一片秋天的树林充满喧哗与骚动，那些来自广州、温州、泉州、株洲，以及鬼知道什么地方的服装，从四面八方的暗夜涌入我们县城，在这个"据点"秘密会合。它们相互之间打着哑语、挤眉弄眼，或爆发出持久的争吵，像一群宫廷的嫔妃，卷入宫斗和腹黑，为争宠而不惜大打出手。店铺外，秋天的县城显得多么凄凉，消防队的小伙子们举着水枪，身上套着难看的橘红色的抢险救援服，消防车发出知了般的哀鸣；灰扑扑的县城街道，除了一条潮湿的水迹以外，便是被风扬起的尘土，以及耷拉着叶子的法国梧桐；十字街头，百货商店已经被个私商铺冲击得毫无脾气，影院门口曾经激动人心的电影海报也踪迹难觅，录像厅里天天刀光剑影，我们县城最著名的流浪汉及疯婆子：五狗魔气、金清华、仙莲颠婆子……依然驻扎在隐秘的角落，神气活现地度过他们黄金岁月的最后时刻。

"摩丝头"像被女人们惯坏了的国王，有着君临天下的沉着、冷静和果决。他的服装是一口价，容不得别人讨价还价。那些悻悻离开的女人最后还会回来，乖乖地付钱，又怨又喜地把衣服抱走。每个月，他会消失几天，他的行踪比县委办公室的机密文件，都更加让人难以知晓。那些怨恨、忌妒的服装店主，使出各种伎俩——他们拿来烧酒、熟腊肉，甚至不惜用美人计，试图从他嘴里撬出蛛丝马迹——

而他，简直就是大革命时期我们县牺牲的烈士转世：杀头可以但要说出秘密，比登天还难。在那些孤绝、仿佛四周布满窥视的眼睛的月黑风高之夜，"摩丝头"腰间缠着钱袋子偷偷出门了。说起来，我们县在本省都是边缘，在赣西不知名的角落，交通远谈不上便利——"摩丝头"却能克服这些困难，神出鬼没地南下北上，哪里有新式衣服就往哪里去，他的嗅觉简直比猎犬还要灵敏。那是一个电话都不普及的年代，BB机、大哥大这些玩意儿，还要迟至几年之后才出现。"摩丝头"动用了摩的、汽车、火车甚至三轮车等工具，他有着狂热的激情和疯狂劲头，对于目标有着坚定不二的信心和果敢，他在夜风中抚平吹乱的头发，夜不成寐地来到了理想的货物的身边，又神气活现地出现在门口挤满了尖叫着、推搡着的女人们的店铺里。

有一天我惊异地发现，这世界还有一种叫"诗歌"的东西。它们像小抄本，在我们县城文化干部和文青之间秘密流传。我第一次见到"北岛""海子"的名字，是在我们中学一个叫"小碧岭"文学社团的油印本上。这种仿佛长在异域的果实，与我们通常理解的唐诗不是一回事。"床前明月光，疑是地上霜""国破山河在，城春草木深""离离原上草、一岁一枯荣"——诸如此类，早已注入我们对诗歌范式的理解，经过经年的背诵、抄写，变得不可撼动。那个操场上传来吵吵闹闹的喧响，广播里放着《五月的花海》歌曲，夏日的燥热的风送来球场"嘭嘭"和大街上汽车喇叭"嘟嘟"的声音中，我被班主任叫到教学楼取新批改好的作文本。班主任姓贺，有着鲁迅先生短刃般的胡须和钢针一般的直发——他恰好临时被校长（一个喜欢麻将和垂钓的衣着邋遢的人）叫去布置一个什么事情去了。我未与班主任碰上面，独自留在散发着墨水和陈年木地板、办公桌被电风扇吹起的特有的气味中，孤单、惶恐和无聊。或许是新鲜油墨的气息吸引了我，我走到隔壁洞开的油印室，顺手拿起新印制出来的"小碧岭"诗报。这注定是个被铭记和值得命名的日子，我感觉到周围的声音全部消失了，我像个沉溺在深水中忘记呼吸的溺者，目光（以及身子）随着这些分行的、奇异的句子浮游："卑鄙是卑鄙者的通行证，/高尚是高尚者的墓志铭""爱怀疑和飞翔的是鸟，淹没一切的是海水/你的主人却是青草，住在自己细小的腰上"……经由这些奇异的诗句，我仿佛突然领悟了语言和世界，我的生活突然变得陌生和不可理解。我从小对莫名、神秘远方的渴念像突然得到印证和召唤。

我奇怪地想起"摩丝头"店铺前的女人们。如果读到这些叫"诗歌"的东西，她们对美的追求是不是就不会这么肤浅、世俗和物质化？那个被缪斯女神幸运启示的下午，和别的日子一样轻盈、平常、明亮，但又是如此不同。我像参悟到某种秘籍的僧人，或被打入一针对庸鄙、凡俗的生活开始免疫的信众，从此要背负一把叫"诗歌"的利剑行走江湖。一个人一旦被诗歌"种痘"，便会敏感地在周围的人群中发现他的同道。我发现的第一个同道，是英语老师的爱人，县委党校的一位老师，他也拥有一个笔名：岩鹰——这是个多么好的名字，威严、孤独、犀利、睥睨一切。我似乎也偷偷给自己取了个毫无想象力纤弱得像个女孩子的笔名：叶子。更让我难以忍受的是，这个充满学生腔的名字在全国各地校园诗报上比比皆是。然后我突然地又拥有了一个远方的笔友——符合诗歌想象的穿白色连衣裙、扎着马尾、文静瘦弱的女学生。我在赣江之滨的师范学校念书时，班上一位热心的女同学又将她的闺蜜介绍给我认识，也让我们成为"笔友"，并且在某次秋季开学，她从井冈山脚下的宁冈县经由吉安，去往省城交通学校时，见过一面。拜诗歌所赐的这一切，让我眼花缭乱，正如这个世界本身。我突然发现这世界不是安静、变动不居、漫长得如马拉松的平地，而是一道雷声激荡、充满冒险与挑战的激流。

英语老师与爱人"才子佳人"的形象，深入我们心中。英语老师年轻、漂亮、时髦，仿佛通过一种世界性语言掌握着更多外部信息的人，她与拥挤在"摩丝头"店铺前庸俗的女人们，显得格格不入。她的优雅照亮了我们中学——小碧岭的角角落落。而她的诗人丈夫——岩鹰，有着理想的诗人形象：长发、忧郁、戴着眼镜、烟不离手、手不释卷。县委党校与中学仅一墙之隔，时常在放学的黄昏，见到他们手牵手，招摇过市，让人艳羡不已。我同时不无忧伤地想到，要想写好诗歌，必须拥有一位足以让他产生激情和眷恋的伴侣，一位能够照亮和抚慰他晦暗内心的女性——她足以幻化为滚烫的诗句，时时进入梦中；她就是诗歌本身，是一座源源不断提供灵感和泉源的宝藏。我正是旧照片上有着圆嘟嘟脸、被丑陋的刘海遮住额头的少年——对这个形象我颇有自卑之感。这形象也符合海子早期的样子——自卑感，也纠缠了他短暂的青春期——一个神童，如耀眼的彗星孤绝地滑行在冰凉的、鲜花盛开的深蓝天幕。

英语老师的连衣裙、蝙蝠衫、牛仔裤、大圆领西装，我相信也来自"摩丝头"那里，除非她在县城之外还有其他采购渠道。"摩丝头"的奇装异服，已足以让我们对世界的新异感到震惊——它不断吹来异域的风，在那一点点对传统服装形式、花样的突破中，让人们的精神世界受到刺激。为了获得一件新衣裳，女人们变得疯狂、陌生，也变得更迷人、靓丽和自信。那是个美学大行其道的时代。美是旗帜、是武器，它摧毁一切，解构一切。甚至有人不惜为美是客观还是主观，大打笔墨官司。美是启蒙和解放思想的抽象工具。我当然理解不了古人早就说过的"天下皆知美之为美，斯恶矣"——当大家都去追求一种流行的、公共的美时，美其实是一种丑的东西。

"摩丝头"已足够让我们县城变得疯狂，而诗歌更是洞开了一个少年对县城之外广大世界的想象。这种想象首先来自书本，我成了一个对诗歌读物着迷的人。这是一种与我们语文课本完全不同的文本，我开始相信并追求新颖的文字和艺术，对古老的东西则充满敌意。我深信诗歌的威力，无远弗届。我仿佛从那时开始，就认定了自己一生，将要过什么样的生活。

我相信那个年代本身就是奇异而温暖的，同时也有一些"有趣"的人值得回忆。比如，校长——那个总是衣着邋遢的人，我知道，他远非"摩丝头"的顾客——但可能是那个年代县城知识分子里面最聪明的人物之一。他曾代表我们县参加地区围棋比赛；在篮球场上，他是指挥若定的后卫；在治理县中上，他是校史里最耀眼的人物之一。这些我都不说，我只说两个小故事：1.我曾经提及，他喜欢垂钓和麻将（我们班主任贺春林老师与他简直像同穿一条裤子）。有次，他到县城附近一个池塘钓鱼,被村民拿住,村民哪认得堂堂县中校长,将他关在牛棚里。在经过一夜与蚊子、潮湿、燠热和臭气熏天的环境搏斗后,一个无意走过早起喂牛的年轻农民,惊讶地叫道:"老师你怎么在这里!"校长也不气恼,笑嘻嘻说出原委,这位他恐怕连名字都想不起来的学生偷偷地将他放掉了。2. 有一天,校长夫人让他带孩子去医院打针,她发现孩子有发烧迹象。校长说,他上午有个会议要开,拿起公文包就出了门。当校长夫人抱着孩子从医院出来,走到县文化馆位置时,一个乒乓球从四楼洞开的窗户飞出来,落到脚下。一个男人探出头来,叫道,这个抱孩子的妇女,帮忙把球捡下。校长夫人捡起球,抬头看到校长的脸,气得差点将孩子扔到街上,嘴里开始大骂……

某种意义上,"摩丝头"、校长、岩鹰,也许是同一个人,他们都带着那个年代我们县城放荡不羁的特征。在那总是漫长的每一个晨昏,在县城灰扑扑的面目中,在暗蓝色天穹下以及有着无限多的松林、红壤和山丘的无名角落,上演着早已被外部世界忘记的疯狂的、忧伤的剧目。

从上海来的女人

现在你坐在郭老师的院子里,他带你参观了他的居室。这是一栋建于乡间的别墅,足有一亩多地。这个欧式与中式混搭的乡间庭院,种满了植物花卉,有假山和一个八角翘檐凉亭,一个工作室——里面摆满了他的画作。主楼共三层,第一层为会客厅、厨房、客房,二层为主人起居室,三层依然摆满了他的习作。客厅中堂是一幅寓意吉祥的香炉、果实、花卉、册页的静物画,工笔重彩。左右一副对联,出自福建书法家、散文家朱以撒之手。你与郭老师的关系说来话长。你们未见面也有多年了。你离开了县城,到省城谋生已逾二十年。县城早已不是记忆中的县城。郭老师也早已不是二十多年前风流倜傥的模样,脸上多少也有些岁月沧桑之感。他已退休,从广东顺德一家文化事业单位返乡村居,也有数年了。

郭老师的画,有那样一种特点:非江湖、非学院,自成体系。他善于画国画,近年尤喜画人物,又尤其善于描绘村夫野老、文人隐士、酒徒琴客、道家僧人,人物的眼睛很少金刚怒目,而是眯缝成一条线——仿佛对外部的世界视而不见,完全沉醉在内视的精神世界里,你从他笔下的人物,都可看到他自身的影子。总体而言,郭老师的画作在一定范围内有知名度。但艺术市场,是个鱼龙混杂、良莠不齐的江湖,人们欣赏艺术的趣味,也不尽然出于艺术价值本身。

1993年春节过后的某个上午，作为乡村教师的你，行走在熙熙攘攘的县城街道上。天气寒冷，你穿着廉价西服、戴着眼镜，一副被诗歌和艺术浣洗得脸色苍白、神情忧郁的样子。你茫然地走在街上，惊异于短短几年，县城就从一个荒凉的寂静之地变成了一个躁动的、甚嚣尘上的闹哄哄的世界。那些贩子，手持喇叭叫卖节前未卖出去的衣服，来自闽粤的流行音乐借助劣质音响集束轰炸，人们显得蠢蠢欲动，兴奋、焦灼以及猎犬般的眼神，像五颜六色的水流，在街上流淌。你师范学校毕业刚两年，涉世未深，还处在对乡村变化的不满和写作前途未卜的茫然和困顿中。恰好这个时候，一只手落在了你肩膀上。回头一看，是郭佳明老师。那时他是县文化馆美术干部。你们相识亦有两三年了。

你最早被邀请，来到郭佳明老师家，还在你读师范的时候。他可能把你视为同道，是这闭塞、落后的小县，一个艺术上的可造之才。郭老师住在城厢中学后面的红色山坡上。一栋米色西式房子——经过他和太太（杨老师，后面将会写到她）勘探、选址、立基和修建后，矗于高处——回过头来看，不能算是一个很明智的选择。但从那时起，你就感受到郭老师的行事风格与众不同。他有不落窠臼的独到眼光。

那是很奇特的一个夏天，你每日一个人留在郭老师山上米色房子里，对着照片绘制油画肖像。那房间够大，因而显得空旷。你不知道为什么会出现在这里，荒诞地度过一个个漫长、炎热的白昼。源自主人对你的信任，你可以在两层楼的每个房间随意出入——当然，你并未这样做，出于自尊，也出于起码的礼仪。你工作的空间，是一楼的客厅，有一个油画架，一些颜料，几张已经刷上底子的画布，一些画笔，还有松节油、调色油、刮刀等画具。你每日凝视着手中半个巴掌大的彩色照片，那陌生的形象，像古老的悲哀的谣曲从眼眸中升起。青灰色水磨石地面反射着户外的天光，风将婆娑的树影摇落到室内。在山坡上听风的感觉与在平原上是不一样的，风很大，比起你经验中的风声要大几倍。这栋房子除了视野开阔，可以将县城俯瞰眼底的优势外（这点也很难被主人利用，因为白天他们通常待在工作岗位上，郭老师在文化馆——他的工作状态怎样，你不得而知；杨老师在城厢小学，那情景不难想见），它的劣势在你每日清早从家里来到工作室，晚上再原路返回时则深刻体会到：必须走过一条蜿蜒、陡峭的山路，才能到达。对于居家来说，比如采购生活用品、搬运东西时，则是非常不便的——而这些行为几乎是生活的日常。你难以想象郭老师夫妇是怎么解决这问题的。究竟是审美重要，还是维持生活的便利性更重要，主人选择在此卜居，似乎没有经过充分的考量。

你打量着室内的结构、布局，与县城通常的居室也不尽相同。现在回忆起来，有些接近北欧极简风格——跟郭老师作为一个艺术家的审美有关。你在弥漫着油画颜料和调色油的气味中，在仿佛停滞的时间里，显得孤寂、忧伤和沉默。你接受的这一任务不明所以，最后这批肖像的去向你也不便了解。你看着面前穿西装、打领带的中年男子，用嘲讽的、狡黠的眼神望着你，有时又不乏严肃、恼恨地投来敌视的一瞥，甚至像个疲惫、倦怠的人渴望解脱般无望地望着你，和这个漫长夏日……你有时起身走动,来到郭老师的工作室。那是一个方正的大间,中间是个案台,上面铺着毛毡,摆着画册、宣纸、颜料和几支笔头干枯的毛笔（像是几个世纪都不曾使用过）,一个笔筒里插着数把崭新的油画笔,连套在笔刷上的塑料纸都没有拆封。一个白色方格书柜,里面插满了画册。一张八开的国画肖像（像是来自一次匆忙的速写）,画的正是郭老师,手法老练、极为传神,落款是"程新坤写,一九八二年五月十六日"。你无法不注意到墙上一个西式画框里的油画肖像：意大利画家提香的《花神》。这是郭老师新居落成后,你赠送的礼品。你用了两个星期的时间,精心临摹的结果。正因为此,造成了你一年后的夏天,出现在这个陌生的房子,像是没有尽期地绘制油画肖像的结果。它同时像整个事件链条的最初一环,连接着两年后那个春节过后下午你肩膀上迎来的一掌拍打。

郭老师夫妇育有一儿一女,他们不在你回忆的那个夏天出现,他们消失在哪里,你至今未找到答案。主人中午和傍晚准时下班回来做饭。总是杨老师先到——她是上海知青,留在本县未再返回沪上,说着一口不熟练的本县方言。她是当年下放在本县一批上海知青中的一个。因为婚姻,这个上海女子留在千里之外的山乡。杨老师微胖,皮肤白皙,短发,大眼睛,说话温和,但气质与本地女子有些不一样。她回来后,换上居家衣服,开始宰杀鸭子。本县有道名菜：莲花血鸭。据说已经排到去年省商务厅评选的十大赣菜前两名的位次。作为上海人的杨老师很会做莲花血鸭,至少你觉得比母亲做得好。她不厌其烦地每天中午带回一只本地麻鸭,在厨房里手脚麻利地忙开了,等到郭老师回家，菜差不多上桌了。你猜想郭老师是故意挨到这个时间点才回家，他是个极懒于家务的人。杨老师对家务充满热情，她打着赤脚，咚咚地踩着光滑的水磨石地面，身上也是汗淋淋的。傍晚，郭老师总是提着一袋葵花子慢悠悠地回来，那是晚饭后，他在前院乘凉时的零食——他有时一个晚上可以嗑掉一斤瓜子。你通常用完晚餐才回去，踩着星光，无限疲惫又无限虚空地沿石阶下山。

在另一个时辰，某年春节，你来到郭老师家拜年。座间有一对气质不凡的夫妇，年龄与郭老师不相上下。他们谈起本地政治，对于你来说十分陌生。从他们的谈话可知，来访者在县人大常委会工作，是个中层干部，其太太在某局机关工作。这对夫妇都是当年从上海来的知青，出于某种原因，他们根扎于此，生儿育女，融入本县姓氏庞杂、支系纷繁的土客民系的大血脉中去。

当你看到这对气质不凡的夫妇，衣装考究，谈吐不俗，神情雍雅，感觉似曾相识。你想起小学语文老师，姓焦，也是个上海知青，他们住在学校大门右侧的红色平房里，你们经常可以看到语文老师、丈夫、孩子，在局促但不乏整洁的空间内的生活图景。说起来，郭佳明老师的爱人杨老师当过你小学美术老师，她也许毫无印象了。你与她先生成为艺术上的忘年交。在那个奇异、闷热和多风的夏天，面对下班回来，手里提着鸭子，穿着裙子，光着脚丫在客厅与厨房之间走动，户外的树影迷离地落在她身上，眼前图景如同梦境一般的画面，你数次想告诉她，她曾经在多年前给你上过美术课，但仿佛那是一个不能确认的谎言，你始终没有说出口。

多少年前阳光明亮、天气寒冷的初春，你走在县城街上。郭老师从后面追上你，拍了你一下，是想告诉你，与他携手去南方开辟新的天地。这个穿着棕色夹克衫、灰色毛线衣，胡子拉碴的人有些口吃地向你描述了一番激动人心的前景。简而言之，通过此前他对改革开放前沿广东的考察，那里正发生翻天覆地的变化，充满着机遇和可能。你们将南下顺德，与一家广告公司签约，在市场经济的海洋里大显身手。虽不懂政治，你依然记得小平同志南方谈话后，神州大地掀起的热潮。即便是地处偏僻的乡村中学，在教职工里面，也涌动着一股不安分的暗流。县政府也鼓励机关事业单位干部下海创业。你向学校递交了申请，开始出门远行。在阳光更盛大、明亮和炽热的南方以南，在林立的高楼、涌动的人流、陌生的粤语中间，像一把刚刚锻打出的利刃被丢进水里，接受真正的人生洗礼。此后岁月一去不返，你也将在种种无法预料的遭际，在经历挫折与困顿、热望与虚无、选择与疑难的种种境遇中，越走越远……

文化馆干部

似乎有过一个文化馆的黄金时期：人才辈出、福利待遇好、群众文化艺术培训开展得红红火火。我一位文化馆朋友说，那时观摩全省美展、全国美展，路费、食宿费可以报销，而且给出差补贴。有位省领导某次会上也说，当年他参加过南昌县文化馆开办的文学培训班，在那文学发烧的年代，像追星一般听来自本土和省外的所谓知名诗人、作家口吐莲花的激情演讲，窄小的空间内高昂的情绪和涌动的热望足以掀翻头上的屋顶。后来看根据刘醒龙小说改编的电影《背靠背，脸对脸》，起初对基层文化干部的钩心斗角感到惊诧，后回想起自己曾与他们有过非常近距离的观察与互动，似乎不难理解。

记得毕业前夕，美术老师廖弓力问我们毕业后的想法。留校是尖子生、学生会干部蠢蠢萌动的欲念，我则脱口而出：想去县文化馆。当时感到廖老师脸上露出诧异（片刻之后变得宽容）的表情，我很快明白我的想法大胆而天真，几近于无知。按照国家对师范生的培养政策，我们无一例外将播撒到地区各个县乡的学校去。成为乡村教师，这是绝大部分同学的命运。我也许看报纸受了蛊惑——我县文化馆一位干部因为拍摄一组照片《老土地进京记》获得大奖，而选调到省城画报社工作。成为一名教师，似乎不是我的理想，我的兴趣在于写作和绘画。我已经在一些内部油印的小报上发表过一些诗歌，它诱惑我要去成为一名诗人，而一个所谓文人在基层最理想的单位，无外乎文化馆和文联。

我与郭佳明老师的结缘源于美术。1993年早春，在一列南下的火车上，我与他还有陌生的县文化馆的老师们，坐在硬座车厢内，经过漫长的二十多个小时的奔波，抵达了广州市（我第一次来到这么大的城市，感到周围摩天大楼的压迫），然后转乘其他交通工具，到达顺德市凤凰山庄。这是新鲜、异质的旅程。我将与本县最知名的美术家、文化人朝夕相处。我不知道这次偶然、随机的南下行为，其实是有组织和目的性的。它不是某个人的心血来潮，而是回应改革开放潮流的一次创新之举，是经过县文化局班子会议研究并由局长亲自带队的。我不知道，我对县文化馆的认识误解很深，过于理想化。经过市场经济洗礼后，县文化馆早已不将创作、辅导、培训作为主业，创收和发展经济，竟然成了中心工作。由大胆而有想法的能人，牵头组成了工作队，几乎囊括了全馆最优质的创作力量，他们到处接单搞创收，涉及绘制广告，制作灯箱、霓虹灯招牌，代理展陈，拍摄照片，刷写标语。甚至接受力所能及完全与文化无关的业务。简而言之，只要能够带来经济效益的一切，他们都做。毫无疑问，他们掘得了改革开放后的第一桶金，文化馆干部以及临时聘请的工作人员，忙碌在各个单位、机关之间，个个挣得荷包满满。

我们这支由七八个人组成的队伍到达顺德市的时候，还有一两个人赶来与我们会合——他们是其中一位老师的亲戚，在广东打工，似乎境况不佳；这引起了其他老师的不满，觉得那位老师包藏私心。这点在之后的相处中屡屡被诟病。贺局长是县文化局一把手，他亲自带队南下，反映出他对此次合作的重视，希望是一次文化体制改革创新的契机。与我们合作的是一家私营广告公司：顺德市凤城广告公司。老板姓潘，三十五岁上下，个不高，肤色偏黑，人很精明。他接手这家广告公司有几年了，经营一般。在郭老师的游说下，对合作的前景有较高的期望，希望借助这只来自井冈山山脚下的艺术家、文化干部之手，打造一个具有竞争力的广告业的翘楚。他在一个豪华酒店设宴，款待了我们一行。宾主举杯畅叙。对于二十出头的我来说，颇感新鲜，然而我第一印象却是，精美的粤菜对于有食辣传统的我们来说，却并非可口。

顺德是个侨乡，改革开放后成为富庶之地，在珠江三角洲中部，毗邻广东、中山、江门，是广府文化的腹地，以粤曲、粤剧和美食闻名天下，历史上出过文武进士七百多人，李小龙、李兆基、郑裕彤、陈冯富珍等人就出自此。对于来自内陆经济欠发达地区的县城文化人来说，美的、碧桂园、格兰仕、海信、科龙等知名企业，是他们感受顺德经济实力最直观的一面。他们，在头脑里勾勒出发挥特长创收的昨日种种，意图将那小打小闹的模式重新在这里演绎一遍。尽管是县文化局做出的决定，但我也明显感受到，文化馆老师们各怀心思，对此次南下在意识上并未完全统一：有的雄心勃勃，眺望这南国的平原，幻想在制高点上插上艺术加设计加经济的旗帜；有的心猿意马，保持着小知识分子的矜持和美术工作者的清高，对打工身份的认同度不高，随时准备逃离；有的观望等待，将此当作一个据点和跳板，期望将个人的兴趣和才能发挥到广告之外更大的天地中去；有的随波逐流，从不发表意见，不积极站队，只想利益共沾，随大流进退；有的动辄质疑，自己的想法并不明确，只是本能的什么都反对。我是被郭老师邀请加入的，本身也没有明确的目的，我还很年轻，只想多些经历而已。

贺局长很快就回去了。他已安全地将队伍带到了顺德，并与合作方见了面，签署了协议（如果有的话），对改革开放前沿阵地有了感性的认知，回去怎么通报已经心中有数。随着贺局长离去，我们这支队伍的精气神开始委顿。理想和现实的差异，在大家心中激荡起波澜，埋藏在内部的矛盾也不时爆发，陈芝麻烂谷子的旧账经常在茶余饭后翻出来。我第一次见识到，一个群体、一个充满利益的成年人的世界，是这样经不起凝视。

广告公司在大良镇一个游乐园。它只是里面很不起眼的一小部分。歌舞厅、游泳馆、儿童乐园、酒店、录像厅、博彩机等设施和娱乐，吸引人们前来消费。豪车、大哥大、小姐，这些明显打上地域烙印的新鲜事物，让我们意识到时代的资讯远超出了我们的认知。跨过赣粤边陲的崇山峻岭，我们感受到，这里的经济与内陆处在不同的发展水平，思维定格在不同的频道，文化处在不同的场域，对时政的关心也存在巨大的落差。我们被统一安置在一栋旧水泥房子三楼的一套居室里，食宿都在里面。一楼二楼属于私人的居住领地。那是大门口的位置。经由此，人们来到一个布满棕榈、绿植，音响震天的让人眼花缭乱的世界；大门外，经过下山的斜坡，是大良镇中心城区，一个电器、服装、玩具、家私厂房林立的人口稠密的区域。

我的一个保存至今的笔记本,记录了1993年我在顺德凤城广告公司生活的一些点滴。这些日记(加上随意的文学化的发挥),像是"民间文献",可让我回到那已消逝的"历史现场"。

1993年2月13日的日记,这样写道:

> 相对于顺德而言,我们来自北方。实际上,这座城市正是这样理解的。它称之为的北方,是文化意义上的,不仅仅和经济落后联系在一起。除了临海,顺德和我县在地理上其实没有明显的不同。家乡也有水牛,至今它们仍是农民主要耕种工具之一……

博彩,是很多打工者娱乐的方式。1993年2月16日的日记写道:

> 红颜色的赌博机放在游乐园的林子里,一根在红蓝白三色间旋转的杠子,吸引着众人的眼球。当它缓缓停滞下来的片刻,空气变得凝重,心脏在承受一种莫名的压力。货币以筹码的面目在盘面上出现,它们散落在不同的格子里,或者堆成一沓,押在一条彩色的格子上,它的重量,仿佛使这个盘子发生倾斜;那些筹码,一种被机器压制出来的薄塑料片,欢乐和痛苦的根源,它暗含着博弈、财富和经济学,它也关乎人的恐惧、幻想和性命。当它以货币的方式重新出现的时候,那些曾经的持有者,他们所付出的辛劳、血汗,通过肮脏交易或公平买卖所得,它的意义完全

被消解。它重新以无辜的面目出现，仿佛处子，没有沾染一丝尘世的灰尘、污垢。而现在，它还掌握在博弈者手中，它短暂地占领一方城池，渴望冲锋陷阵，过关斩将。但它无法逃脱作为一滴水的命运，被这沙盘一样的转台所吸附。哦，无论你的欲望有多大，终归像一滴水一样会被一个巨大的黑洞给吸进去。有人欣喜若狂地捧着一兜筹码离去，但这种占有并不牢靠，只要他重新在这个转台边上出现，这机器就有信心让他将兜里的货币拱手相让。

那些熟客，享有坐在凳子上的权利，嘴里咬着烟头，这简单的猜色（红或者蓝，若是白色则全部归为庄家）游戏，却像最复杂的运算，让他颇费脑筋。烟雾漫上来，升上众人的头顶。总有人叹息，为自己没有当机立断下注而懊悔。也有人拍台子骂娘。这无疑助长了赌博机的斗志，它的杆子一刻不停地旋转着，像一只忠实的水车，划过流水的生计和命运。

作为一个依然在写诗的年轻人，你不难看出这所谓的日记，带有文学的想象和比附，并非原汁原味的记录。1993年3月4日的日记记载：

夜总会在游乐园的山顶上。从屋子走到外面的露台时，便可以看到山下灯火璀璨的夜景。通常，山顶上的音乐像来自高处的洪水奔泻下来，巨大的声浪仿佛要将山头掀翻。那些黑色的本田、皇冠、凌志,还有雅马哈、铃木,无声无息地滑向山顶。珍贵的花木里面精心布置着射灯,使这些扶疏的植物看起来更加碧绿。这和那些闪烁在幽暗灯光下的脸庞看起来相仿佛。

1993年3月21日的日记,记载了这样一个故事:

宿舍里来了两个新人。女的穿带白毛领的灰色皮衣,男的有一张黑瘦的脸,他们看起来像一对夫妻。文化馆老师们从经验判断说可能是露水夫妻。他们把旅行箱搬进了我的宿舍,并在一张简易木板床上摊开了铺卷。据说得到潘老板的指示。坦白地说,这个房间不过五六平方米,中间拉一块蓝布算是隔成了两间。我还完全没有这方面的经验,而他们无所顾忌地弄着"那事"。有一天晚上,我在写诗《秋风漫过校园》(作者注:后来发表在《星星》诗刊一九九三年第九期上),突然听到"嘭"的一声(因动作过猛),隔壁床板发出断裂的巨响……

1993年10月25日是香港歌星陈百强去世的日子。在翌日的日记中写道:

录像厅里光线炫亮,人群显得杂乱无章,一个个捕获者张开了瞳孔中的网,屏幕上的内容暂时与门口的广告牌无关。屏幕上这个男子,油头粉面,衬衣上的片甲闪闪发亮,他唱得很投入,可以说是深情款款，我注意到他眼角喜悦的泪花在闪动。尖叫声此起彼伏，随着他移动的步伐追逐他。他怀抱中的鲜花衬托着一张熠熠动人的脸。他唱了一首又一首——《一生何求》《念亲恩》《相思河畔》《摘星》……这是我第一次听他唱歌，我觉得我有些喜欢他。

昨天，他在医院死去。据说他长期患有抑郁症，死时仅三十五岁。我来到顺德时，他其实已经在香港一家医院里成为植物人。死亡将他在我心中的完美形象上升为凄美。所有美而破碎的东西，成为我的珍藏品。"愁绪挥不去苦闷散不去／为何我心一片空虚／感情已失去　一切都失去／满腔恨愁不可消除……"

1993年12月9日的日记，记下了当年往窗外的一瞥：

窗外是一幅高达三十余米的广告牌，上面绘制的是一个新开发的楼盘：银河大厦。这是我们刚画完的一幅广告。阳光照在上面，油漆新鲜欲滴。两个背着铺盖卷的民工站在那儿目光茫然地望着面前的大街，他们正在等待某个包工头的召唤，让他们爬到脚手架上去，娴熟（或笨拙）地涂抹砂浆。那样的时刻，他的神情与现在不一样，而是显得生动、充满信心，虽然这工作包含着某种危险性。属于他的这一时刻，还未到来。他现在无所事事地摩擦着黑胶鞋上的泥块，袖着手（不是因为天气而是出于习惯）……

这本日记，完全没有对文化馆老师言行的记录，仿佛根本就不存在。也许我太年轻，对他们的精神世界还把握不了。或者说我对"我们"生活之外的内容，更感兴趣。我怎么可能忘了那些场景呢？尤其随着阅历增加，和我后来从事文学创作，我对他们的理解进一步加深，对那个时代，对我县社会面貌也有着自己的认知。

广告公司当时还有两位设计人员。一位来自湖北，瘦弱的谨言慎行的书生模样；一位来自江西大余，年纪稍长，有一种大咧咧无所谓的神情。自然地，我们的到来，让他们本就不稳固的位置受到威胁。很快，他们就消失了。这让我感受到一种残酷性。我们这支精气神离预期有差距的队伍，在初始阶段，还是有些生气的。我们接受了一个制作彩车的任务，我是外行，只能看着郭佳明等老师自信熟练、热火朝天地干起来。潘老板对我们的表现也很满意。

这是尚有春寒的日子，但也提前感到南国气候的燥热。游乐场每日播放陈慧娴的歌曲《红茶馆》：

红茶馆

情侣早挤满

依依爱话未觉闷

跟你一起暗暗喜欢

热爱堆满

你身边伴情侣一般

……………

　　这样的时辰似乎依然是温馨的。郭老师偶尔回去县里，不知出于什么缘故；回来时，总带来杨老师做的"莲花血鸭"。这菜肴以超乎寻常的美味让我们感受到故乡的召唤。我们依然不适应粤菜的清淡，生活在赣西的人们舌尖若离开辣椒简直活不下去。

　　我们其中一位是县剧团负责人，单位改革后，曾带队伍走南闯北，在沿海一带靠商演维持队伍不散，挣取工资。他非广告文案、制作技术人员，镇日靠吸烟、思考打发日子。一年以后，承包了另一个广告公司，自己做起了老板。有几位老师先后找到理由，回去上班了。与大部分离开乡土打工的农民不同，他们是文化人、国家干部，在与潘老板的相处中，丝毫没有获得尊重感——在潘老板眼里，我们这些人，与其他打工仔没有什么不同。大概半年不到，包括郭老师自己，文化馆干部一个不剩地离开了公司，留守下来的除了我，还有三个非文化馆的受邀者。我们几个，坚守了一年，履行完合同——他们几个，后来与潘老板续签了合同，还在顺德做了好几年，我则回到了学校上课。此次南下之后，郭老师并未再返回县文化馆，他作为人才，调入了顺德市大良镇博物馆，成为当年珠三角地区文化、教育、医疗系统众多从赣湘引进的人才中的一个。

　　2019年冬天，我从省城回到莲花，吴老师邀请我到他家做客。他是当年一起在顺德凤城广告公司中的一个。再次见到他，竟跨越了二十六年时光。已白发苍苍的吴老师热情地引我参观他的居室兼私人性质的博物馆：

  1. 反映我县20世纪50年代初至70年代末的老照片。包括极少的一些文献。坦率地说，那并不久远的历史，透过发黄的照片，带来的冲击力是难以言传的。吴老师说他要为历史存档，其中不乏荒唐、艰涩的往事，他想让人记住。这让我一下子肃然起敬。我听说过他的一个故事——2007年4月，本县新扩建工业园区，一推土机司机挖土时，意外发现一个盗墓洞，盗墓洞周围散落大量木炭屑、碎瓷片、铜片等，同时也陆续有人捡到了一些零散的文物。作为文物部门的专家，吴老师第一时间赶到现场予以保护。他说，当时他的行为引起了某副县长的不满，他亟待将工业园区的扩建推动下去，吴老师跳进墓洞，说有本事从我身上挖过去。吴老师讲起往事时依然激动万分。他向县委书记汇报了此墓发现的重大意义，引起县委书记高度重视。一个极具价值的安成侯墓（汉景帝之孙安成侯刘苍墓）重现天日。

  2. 汉砖收藏。吴老师带我到另一层楼参观了他藏有的汉代画像砖，足有数百件之多。吴老师说都来自这数十年在本县乡间的发现，有的被老百姓作为猪圈石，有的插在菜地围墙里，有的散在山岗和废墟间，吴老师都出资收藏下来。他甚至在展馆的角落复原了一座汉代墓室，将汉代人视死如生、阴宅若阳、追求天人合一的意味直观地呈现出来。当吴老师急不可耐地拉着我走进这个复原的怪诞的空间时，一种不安的、恐惧的感觉，瞬间将我吞没。

国画

土耳其作家奥尔罕·帕慕克在随笔集《别样的色彩》中曾坦言，有一部书曾影响了他的人生，即美国作家福克纳的《喧哗与骚动》。在帕慕克的小说《新人生》中，这一发现直接转化为小说的核心情节：一个叫奥斯曼的土耳其大学生从同学嘉娜那里发现了一本神奇的书《新人生》，阅读该书改变了奥斯曼的生活和世界。这部寓言体小说，不断出现奥斯曼对这部书《新人生》的凝视，让读者在对耸立在土耳其旧时代瑰丽建筑、破碎文明，和新时代迷雾重重、光芒遮蔽的隐喻中，感受到这位才华横溢的作家一以贯之的写作主题（对土耳其民族身份认同）个性鲜明的书写。显然，帕慕克深受西方现代主义潮流影响。另一部小说《寂静的房子》，则明显感到其写法——意识流，是对福克纳《喧哗与骚动》、伍尔夫《墙上的斑点》的师承与致敬。让我深感兴味的是，一部书的强大力量足以摧毁一个旧世界这个有趣说法，和以此为主题展开的叙述——理念最终落实为强大的艺术想象和还原社会历史面貌，刻画栩栩如生、如梦如幻的生活情境的能力。

1996 年年底，我来到机关，成为县委办一名秘书。这是我人生很大一个转折。我从每日对乡村生活有限的感触，和小知识分子感伤的、诗意化的体验中，获得了整体性的了解本县政治、经济、文化、历史和社会生活的平台。秘书的职业属性，可以是很窄的案头具体文牍工作，也可以是宏观地把握全局背景下，对现实发展具体问题进行出谋划策，是重要的智囊和助手。所谓"身在兵位，心为帅谋"。这一身份的转化，让我开始步入不一样的人生——虽然后来还是螺旋曲折地转回写作这个职业。秘书生活，对于我的写作，大有裨益。尽管，当初身处其中时，我感受到的并非愉悦，而是痛苦。我的诗歌创作一度停止了。如果像很多文笔尚佳的年轻人，从此以一手锦绣文章为职业生涯增光添彩而助益仕途——我很可能走上这条道路，但我警惕并抗拒成为后者。我在机关里接触到很多同事，不少年轻时爱好文学、写诗、写散文，在他们行政生涯中现在成为只能缅怀和回忆的"文化遗产"。我初入机关写不出东西的煎熬和痛苦，我想他们都曾经历过。写作依然是我的理想。虽然，到现在依然是在一个相对陈旧、窄小的县委、县政府大院的生活，难以成为一种文学的素材，它抑制着文学的想象力，不能上升为普遍的读者的情感和经验。究其原因，现在想来"官员"（几套班子和各机关工作人员）的生活，是一种为行政服务的工具，它的本质是治理（如果运转良好将造福一方，若是运转欠佳则贻误百姓）。行政管理是一门学问，而这个群体工作的神秘色彩与生动活泼的社会生活形成鲜明的反差。因而文学的笔墨很难有发挥的余地。这是我当时痛苦的根源所在。今天回头来看，宽阔的视野和具有交锋性质的现实生活经验，恰恰是文学可以走得更远的支撑和底蕴。

正是在这个时候，突然地，一部小说《国画》火遍了全县（当然也火遍了全国）。虽然不能说到了机关干部人手一册的地步，但也大致差不离。小说作者王跃文曾是如我一般的基层政府的秘书，写作这部书的时候，依然在省政府机关从事文秘工作。《国画》的火热，似乎是对我理解的机关生活难以下笔的反证——相反，官场书写，在明清时期大有作为，如晚清四大谴责小说：李宝嘉的《官场现形记》、吴沃尧的《二十年目睹之怪现状》、刘鹗的《老残游记》、曾朴的《孽海花》，读者并不陌生。《国画》开启了"官场小说"的书写热。一度，官员生活的状态，真实的或臆想的，大量出现在或精美或粗制滥造的所谓"官场小说"中。而《国画》始终是无法逾越的高峰，究其原因，官场只是标签，文学性与艺术性是这部小说畅销的根源所在。

我从一个相对开放，四周是草木庄稼、农人田野、朝露夕阳的生活图景中，来到了一个有门卫和铁门的高墙大院之内，在连咳嗽都似乎小心翼翼，寂静得有些漫长、荒芜、坚硬的时光中，在一个坐着六个秘书的大间内，整日与剪刀、糨糊、报纸、刊物、稿纸、文件为伴。电脑还不普及，钢笔依然是我们的书写工具。拟好的稿，自己拿到打字室，交给专门的打字员（通常是年轻的女性），自己校核。

在那个年代，县委、县政府每个副县级以上领导都配有一个秘书。秘书性情各异，文字能力不同，头脑灵活度有差异，社交面和协调能力有大小——这都直接影响到其后的发展。我这个原先怕与领导干部打交道的人，开始要每日近距离地接触、观察他们。这些通常西装革履（在夏天则是白衬衣、深色裤子）、手夹公文包，要么头发一丝不苟，要么秃头而通常都显得气宇轩昂、满脸红光的人，每日匆匆忙忙地在面前出现。他们更多的时候是在一间间编号的室内，在办公桌前（插着国旗、摆着内线电话机、放着文件夹）奋笔书写、阅批，或与下属、投资者、拐弯抹角的来访者的对谈中；他们离开办公室，走下楼梯时的步履总显得匆忙，有人帮着拿水杯、提包，他弯腰钻进楼前的汽车里，一溜烟地去向只有少数人知道的地方。

　　成为一个秘书以前，我很少将目光聚焦在将我们县国土面积、自然面貌、人口、经济发展状况、产业机构、文化背景——这些宏观的主题上，我的关注点更具体、更细微，正如我在一本散文集序言中写的：

　　　　一个乡村教师在黑夜中的感受，一个在田野里躬耕劳作的农民的内心想法，一个理发店里的小姑娘茫然的目光，一个火力发电厂的工人灰蓝的工装，一个乡村收税人骑着摩托一驰而过的背影；甚至一片山冈，一条村道，一片田野，一条乡村公路……

　　我以亲历者和目击者的身份看到并感知这一切。随着环境的变动，眼前具体的人和景（暂时地）消失了，我整日被抽象的数字、经济术语、形而上的声音和虚拟的蓝图所包围。在县委大楼冗长的白昼和沉沉的夜晚之中，我离一种有质感的、真切的生活越来越远。这是一个悖论。掌握实情，调查研究，本是机关干部特别是秘书的基本要求，但实际上，因其工作性质，远不如各行各业的具体从业者感受直接。

　　这个县委、县政府大院，应该在民国时期就是全县的行政中心。

我读小学时，有个好友就住在这个大院里。当时这栋办公楼（建于90年代初）的位置，是栋古老的宅子，类似于乡间的祠堂（以前的公署），有个院子，分别住着几户干部家属。我同学家就在其间。这个院子，草木扶疏，在我成为秘书之前，来过一两次。那是以一个文学青年的身份，去拜访县文联的老师——姓彭，这位从乡土走出来的作家，已经去世多年了。我记得当时将发表的诗歌样刊给他看时，他脸上露出的惊讶表情。这是一间灰扑扑的房子，似乎常年没有打扫，也不常打开，暗红油漆面旧桌上堆放着《今古传奇》《山海经》《故事会》之类通俗文学杂志及年代可以上溯到去年以上的发黄的沾着茶渍的报纸。烟灰缸里插满了烟头，像一株模样怪异的菌群。一把布满窟窿的藤椅。墙上挂着一排用夹子夹住的账单式的文件，自上墙以后，怕再也没有翻阅过。说实话，我当时对县文联的印象，实在不佳。县文联紧挨着县委宣传部。我叔叔大学毕业后，就分在宣传部工作，他以此为起点，做了一辈子行政工作。我似乎在重复叔叔的命运，在那个安静的大间，陷入沉思默想。显然，我们的办公室与县文联至少在整洁度上不可同日而语。眼观六路、手勤脚勤，似乎是不教自会的功课。我们每日早早到办公室，打开水、拖地板、抹桌子是一天工作的序曲，其他秘书还会给领导办公室收拾。县委政府主要领导各配有一个年轻人负责内勤机要，他们就住在办公楼的某间。我是县委主要领导的文字秘书，内勤事物由这小伙子去完成。曾经在宣传部一张玻璃板下看到用工整的书法写着：一屋不扫，何以扫天下？这位未曾谋面（已经调入市委宣传部工作）的有抱负者，通过这种方式提示自己要勤快，同时表达雄心——让我想起鲁迅先生上私塾时刻在桌子上的"早"字。坦率地说，我当时并非完全是钦佩，而对这直露的表白稍有反感。天下毕竟不是谁都可以扫的。

我们县是个国定贫困县，革命老区县，人口少，产业不鲜明，农业缺乏特色，工业不强，储量丰富的煤炭开始枯竭。崇文重教——那并不辉煌的历史总为人们津津乐道，人们愿意相信并去"创造"一个个动人的故事来让自己满意；同时，那质朴、渴望富裕的人们，在田间、集市、车间、街上，投来古老的哀愁般的目光，像午后的风，席卷在这多山、丘陵纵横的土地上。这片被吴风楚雨浸润、交织着诗书礼乐与巫蛊觋术之风的边地，喜辣喜血食的远在东周时期就有文明迹象存在的古老大地——我自小生活其间，熟悉它的气息和人们脸上的表情，熟悉街头巷尾那小贩走过大街的叫卖声、街头青年血气方刚（肩膀脊背刺青、头发染成黄色）的样子、鞭打黄牛踩在水田青筋暴露的农人黝黑的腿、纺织女工温实然而空洞的眼睛、一个行将退休的干部松软的脖颈和灰白发鬓、一个卖菜老妪风湿的肩膀和膝盖……我仿佛全都洞悉和知晓。当我以一个诗歌爱好者、一位乡村教师的眼睛去看待这一切的时候，我总有一种想默默地走到桌前书写的冲动；而现在，我似乎成了一个肩负某种使命的人，参与到改变他们生活的行为中。我当时的这种想法，现在想来，显得多么可笑啊。

在我成为秘书不久，有一天，一位年轻、美丽的女性拜访了我。此前我并不认识她。我不否认在那个光线明亮的上午，她的突然来访并没有给我造成困扰，相反我感到愉快。我那时的办公室在四楼，还没有搬到三楼那个六位秘书共处一室的大间。这是政策研究室的一间办公室，我和主任共处一间，恰好他出去办事了。我的工作主要是搞调查研究和撰写报告。一年以后，才转到县委主要领导秘书岗位上。这位女性带着刚走出校园不久的清纯，但同时带着善于沟通交往的潜力与我聊了一会儿天，称是我的师妹和仰慕者。说我那发表在《萍乡日报》上的诗文她都读过（仿佛不是赞扬而是讥讽）——我当然更希望她说的是不在她视野范围内的《星星诗刊》《诗神》《星火》之类的杂志——然后拿出一个稿子请我"斧正"。这是一份演讲稿，这个幼儿园教师为即将登台演讲所做的准备。我看了一眼这份手写的稿子，字体的笨拙与她姣好的相貌之间存在太大的反差——这让我想起约翰·契弗小说《五点四十八分的慢车》中曾给我留下较深印象的一句话："她的书法给他一种感觉，即她是某种内心——某种情感——冲突的牺牲品，这种冲突的爆裂程度破坏了她在纸上书写的笔画的连续性。"这位看起来信心满满、乐观的女性，自然会有与小说女主人登特小姐完全不同的命运。她那天下午还在我办公室坐了好一会儿，我当时愚蠢到没有理解看稿、改稿其实也完全可以是个借口。许多年以后，我成为一个真正的写作者，有一天县里的一个文友请我们吃饭，说几个非凡的女性想结识我们夫妻——她们以我们这对作家夫妻为荣。这几个在县城品位不俗、气质高雅、引人瞩目的女性——我当时并未一眼认出，她也在其中，而那天的饭局也可以说是以她为中心所展开的。她成了一个校长，并且全身上下洋溢着一种知性的、成熟的美丽，与我当年初见之下对她未来的预想完全相符。

这样的插曲，在我的秘书生涯中，仅仅是一个细小的涟漪。此后，我逐渐进入状态，看起来与别的秘书别无二致。属于勤快地扫地、打开水、端杯子、写材料的角色。我很惊异，与我现在见到的机关干部八小时之外几乎不来往的情况不同的是，我们办公室十几个同事之间业余时间也很亲密。周末会轮流在各家打牌、吃饭，彼此的家属都很熟悉。搞得真是一家人似的。我想有两点可以说明：1.大家对办公室的岗位特性心知肚明。铁打的办公室、流水的秘书。办公室作为基层县委、县政府的协调运转中枢，流动性很强，每人待的时间少则两三年，多则四五年，就会起用流动出去，在乡镇或局机关发挥独当一面的作用。大家通过强化私谊这种方式，为今后的仕途助力。2.历史文化机制依然在发生作用。讲究互动与交往，是我们这个人口少的弱势小县的某种传统。不独在县里，在异地的莲花人身上，我也看到这种趋向。这往往给人造成一种莲花人家乡观念较重的印象。

曾经，有位后来仕途很顺畅的官员，因严厉、作风干练、雷厉风行，在我县留下一些故事。在20世纪90年代中后期，调侃官员的一些段子时不时冒出来，成为一种"无伤大雅"的民间文化。我曾经写过，我们县有个很有名的人叫金清华，一个无业农民，后来政府安置他做了环卫工人。他以善于即兴创作打油诗而著称。我听到金清华版本的关于这位政声突出的官员的打油诗和段子就不下五种。我发现，在机关干部中，私下里传播这种"亚文化"，并不算禁忌，大家哈哈一笑，算是对工作紧张的一种缓解和润滑。

我自认为从来不是一个出色的秘书。一个有些人文情怀的年轻人,并不适合在机关里做秘书。他可以在学校、出版社、研究机构、文化单位发挥作用——正是这样,千禧之年岁末,我突然得到机会,调入了省城从事文学创作。我离开故乡有二十多年了。现在发现,故乡不是一个记忆、概念,不是一段情感、一种血脉,更不是一个背景,我们自己就是故乡的一部分。

异乡人

我很多未曾亲历的故事，来自他——另一个郭老师（郭佳明的堂弟）的讲述。这个学者，正是当年我读师范时，在报纸上看到的凭着一组获奖照片，调到省城来的那个人。他身上有种莲花男人的典型特征：急公好义、质朴却头脑灵活、不善于家务但擅长外交，最主要的是家乡观念重。只要是故乡的召唤，他会是二话不说首先响应的那个人。记得千禧年那年，我们县建成了据说是全省最大的县级广场，主政者倡议莲花籍在外人士捐款，以弥补建设资金的不足。我记得郭老师捐出了五位数，在捐款者当中数额名列前茅。就在前不久，我们几个老乡一起聊天，一位记忆力超群者（能完整地背诵王勃《滕王阁序》和郭小川《祝酒歌》，这些储存在他脑海里的篇章不下百部）说起一个故事：那是另外一次家乡发起的募捐，这位在某厅担任处长的老乡，向郭老师看齐捐出了五千元，后来发现郭老师的五千元是在为家乡助力的一个项目中的扣款。朱某（这位"朗诵家"）半开玩笑地说：上当了！这很能说明郭老师急公好义但并非没有头脑。他身上有种感召人的热情，但表现出的经常却是一个批评者的、怒其不争者的姿态。他最大的兴趣是研究学问。通常他身上却贴着喜欢打牌的标签。关于故乡历史、现实掌故，我没有见过比他更了解的人。他是从文化意义上、民俗学的角度，来叙述这些故事的。每次有郭老师参加的聚会我最兴奋。我像个比读者更期待新的精彩故事的那个人。

他,又总让我想起波兰作家布鲁诺·舒尔茨小说中的父亲形象:"父亲,那个不可救药的即兴诗人,那个异想天开的剑术大师……"(《裁缝的布娃娃》)

"父亲自觉地越来越远离了那个快乐的世界,逃进想全身投入的艰难晦涩的学术领域。"(《死季》)

有一天,我来到他还在画报社的办公室,刚在一个已经显出破损迹象的真皮沙发上落座,视线碰到零乱的办公桌上一只仿佛从遥远的县文联暗红旧桌上移来的"像一株模样怪异的菌群"的烟灰缸时,他便急不可耐地向我谈起董其昌——新近他在《新华文摘》上看到的一篇文章。他谈到董其昌"恶霸地主"的行径——"骄奢淫逸,老而渔色,有多房妻妾,且招致方士,专请房中术,竟到了变态的地步",已六十高龄的董其昌竟然看中了诸生陆绍芳佃户的女儿、年轻美貌的绿英姑娘。更可恶的是,他的几个儿子都相当专横,尤以第二个儿子董祖常最为狠毒,带了人强抢绿英给老子做小妾。紧接着,他突然话锋一转,大赞董其昌的书画理论"南北宗":"禅家有南北二宗,唐时始分。画之南北二宗,亦唐时分也,但其人非南北耳。北宗则李思训父子着色山水,流传而为宋之赵干……南宗则王摩诘始用渲淡,一变钩斫之法,其传为张璪……"(见董其昌《画禅室随笔》)他几乎一字不落地把这段中国山水画史上影响深远的话给背出来了——我发现,在博闻强记的功夫上,他一点不落后于前面那位朱君。郭老师好抽烟,修长的脸膛通红,不再丰茂的灰白头发不时被电风扇吹起(他不断地用另一只手缕直,而夹烟的那只,半天没动,烟灰像一只弯曲的、开着玩笑的毛毛虫),他睥睨的眼神里射出激动的精光,略微弯钩的鼻子一耸一耸,说话时,嘴巴张开——以一种等待回应或者思索者的停顿引导着对方的思路,牙齿经年遭受烟熏火燎已变得黯淡无光,并略有黑黄色。他的谈话很有吸引力——他是那种很愿意交谈的、诚恳的人。我注意到,他桌上研好的墨,和一张册页大小已勾画了几笔山水轮廓的宣纸——他竟有些羞涩地说,他开始在学习国画。"首先要入古""在取法古人中获得技巧",他接着说起宋元的范宽、郭熙、李唐、马远、王蒙、黄公望、曹知白及清初"四王"。他滔滔不绝,显然在绘画理论上已经走得很远,为即将退休从事绘画创作做了充足准备。他扫了我一眼——仿佛具有看透我心思的灵异功能,说摄影(他是全省仅有的两位中国摄影家协会理事之一)不能算是艺术,最多只能算是科技+美术,是近代技术进步的产物,依附于绘画上的一个视觉艺术的旁支。他并非信口开河、胡言乱语,而是建立在阅读、感悟基础之上。他自豪地讲起老家"郭家里"的故事,说你是作家,如果听我讲这些故事,将要写成厚厚几本书。他随口说起我曾写过的他家乡地方神祠"丛林寺",一头身上插刀吐血而亡的猪(它倒地处成为神祠选址地);那个村善出教师和算命先生——后者70年代结队去县政府上访的故事,我至今印象深刻。他不避讳说自己很懒,四体不勤,家务事不做一分。他用家乡谚语形容——"蛇钻入屁眼都懒得扯"!他自豪地说,小时候,因为不爱干农活,被村里耆老诟病,母亲义正词严地护短:我儿子是干农活的人吗?他将来是要做秀才的！他的懒，让我想起在广东顺德，他的堂兄——那位不洗澡不洗脚（用报纸包住臭脚）睡在宾馆的人——难道懒并以懒自豪是"郭家里"男子的集体习性吗？

无论如何，郭老师出自一个社会结构复杂，同时人才辈出的村落。这个"郭家里"的地域，横跨了数个行政村。我们老家通常说，"郭家里，郭十里"（意即范围达十余平方公里）。这个村落，与擅长朗诵的朱君那个离县城一两千米的"莲花村"相仿佛。那个村子，有莲花桥等古迹，我们县名得来与此有关。朱姓，在我县不如李姓、刘姓显赫，但出过至今为人津津乐道的人物：一门三进士（父亲朱之杰及两位都入翰林的儿子朱益浚、朱益藩——后者是清末光绪、溥仪两位皇帝的老师）。该村另一位进士朱寿慈，曾做过白鹭洲书院山长。朱家人骑马坐轿，村子也叫花塘官厅——我未曾考证与我家所在琴亭官厅二者的关系。琴亭官厅早已倾圮，花塘官厅历经百余年依然完好。

朱君曾在南昌一家酒店担任老总多年。那家酒店的特别之处，就是屋顶戴着一个金光熠熠的巨大皇冠——那象征气派、豪华的浮华标志，老远便能从洪城路的建筑群中一眼认出。酒店顶着那皇冠从20世纪来到21世纪，如同一个揶揄的、穿着一套旧西装依然不愿意扯下标签的人，时时刻意让你注意到它的存在。朱君的普通话带着浓浓的乡土味儿——我们那独特的口音（永莲宁方言），外人一听便知道来自哪里——每次他即兴朗诵，我在他略显壮实的身躯，宽脸、五官齐整、一头浓密黑发的脸上，在那抑扬顿挫的气流造成的铿锵音节

第三章 | 补遗　　　　　　　　　　　　　　　　　　　　433

中，总仿佛看到那戴着金色皇冠的酒店在眼前浮现。酒店门口有几个印度男子，盛装打扮，彬彬有礼地向宾客展示周到服务（他们不仅会说普通话，而且会讲地道的南昌话）。我不知道他们是否适应这里不给小费的习惯。去年暴发的新冠疫情尚未结束，这几个印度迎宾，就在火急火燎地等待重返中国。一所高校副校长老乡，曾在一个小范围内介绍莲花男人的特点：一会写字（大多能写一手过得去的硬笔或毛笔字），二会做菜（也许郭老师是个例外）。会写一手漂亮的书法，在我们那里很能抬高门面。写字的传统，在家乡，可谓源远流长。这一点，也体现在朱君经营的酒店中。一楼的墙面和柱子，挂满了某次征稿来的书法作品，作为装饰和酒店文化的一部分。这些书法，在锃亮的、金碧辉煌的大厅，像笑语喧哗的乡贤，带着某种遗老遗少们僵硬的、作揖客套的举止，望着来自五湖四海的客人们，而忘了时间并在时间流逝的无声中变得衰老的自己。

在酒店大厅那易于流逝而让人迷幻的时光，和酒店内部空间所营造的一种似是而非的梦幻情调中，我看到墙上的书法在哗啦啦地"唱歌"——就好像，它们常年被压抑在博物馆阴沉玻璃柜后面的某种品性得到释放，像一群循规蹈矩的孩子突然获得了放肆、粗野的权利。无疑，我这个老乡是始作俑者。他任性而直率地拉近了书法与百姓的距离，将它们从展厅、博物馆那高高在上的位置请下来，让它们来到普通老百姓身边——甚至，这栋涉外酒店，还成了推广国粹和传统文化的一个"民间舞台"。我们被朱君邀请到酒店品尝一道特色菜——"莲花血鸭"，这道据说"不亚于莲花本地手艺"的菜肴，是想激发我们这些异乡人的乡愁吗？一只游进城市的鸭子，头戴着金光闪闪的皇冠，是要告诫乡族子弟，摆脱乡土的羁绊才能真正成功，其实最后，还是想回到那不可能回去的故乡？我记得小时候，听大人形容某家有实力，说"他家是开饭店的"。开饭店，无疑从小成为千万个孩童懵懂的理想。我想起开服装店的"摩丝头"，身上的神秘色彩和仿佛活在自己梦幻色彩中的特质，与朱君有着某种相似性。

记忆是生命成长、远航的某个起点。而记忆是无时无刻不在累积的，拨开记忆错乱纷繁的迷障，总能找到那最初的原点——它始终在召唤、引导着我们回到故乡。